马伯庸 著

长安十二时辰 上

湖南文艺出版社

博集天卷
CS-BOOKY

图书在版编目（CIP）数据

长安十二时辰. 上 / 马伯庸著. —长沙：湖南文艺出版社，2017.1
ISBN 978-7-5404-7831-5

Ⅰ.①长… Ⅱ.①马… Ⅲ.①长篇小说—中国—当代 Ⅳ.①I247.5

中国版本图书馆CIP数据核字（2016）第253116号

上架建议：长篇小说

CHANG'AN SHIER SHICHEN. SHANG
长安十二时辰. 上

作　　者：马伯庸
出 版 人：曾赛丰
责任编辑：薛　健　刘诗哲
监　　制：蔡明菲
出 品 人：郑冰容
特约监制：游婧怡
特约策划：邢越超　张思北
特约编辑：温雅卿　胡　可
营销支持：王钰捷　李　群　张锦涵　赵冬妮
封面设计：SilenTide
版权支持：中联百文
版式设计：潘雪琴
出版发行：湖南文艺出版社
　　　　　（长沙市雨花区东二环一段508号　邮编：410014）
网　　址：www.hnwy.net
印　　刷：三河市兴博印务有限公司
经　　销：新华书店
开　　本：787mm×1092mm　1/16
字　　数：371千字
印　　张：21
版　　次：2017年1月第1版
印　　次：2019年11月第7次印刷
书　　号：ISBN 978-7-5404-7831-5
定　　价：39.80元

若有质量问题，请致电质量监督电话：010-59096394
团购电话：010-59320018

目录

—

contents

第一章

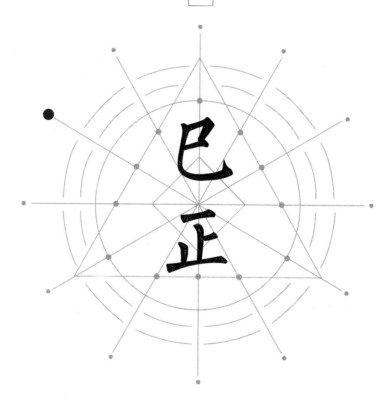

巳正

无数黑骑在远处来回驰骋。远处长河之上，
一轮浑圆的血色落日；孤城城中，
狼烟正直直刺向昏黄的天空。

天宝三载，元月十四日，巳正。

长安，长安县，西市。

春寒料峭，阳光灿然。此时的长安城上空万里无云，今日应该是个好天气。

随着一阵嘎吱声，西市的两扇厚重坊门被缓缓推开，一面开明兽旗高高悬在门楣正中。外面的大街上早已聚集了十几支骆队。他们一看到旗子挂出，立刻喧腾起来。伙计们用牛皮小鞭把卧在地上的一头头骆驼赶起来，点数货箱，呼唤同伴，异国口音的叫嚷声此起彼伏。

这是最后一批在上元节前抵达长安的胡商队。他们从遥远的拂林、波斯等地出发，日夜兼程，就为了能赶上这个长安最重要的节日。要知道，从今晚开始，上元灯会要持续足足三夜，大唐的达官贵人们花起钱来，可是毫不手软。

西市署的署吏们一手持簿，一手持笔，站在西市西入口的两侧，面无表情地一个一个查验通关文牒和货物。今天日子特殊，西市比平时提前半个时辰开启。这些署吏都想赶快完成工作，回家过节去，查验速度不觉快了几分。

一位老吏飞快地为一队波斯客商做完登记，然后对排在后面的人招招手。一个穿双翻领栗色短袍的胡商走过来，把过所双手呈上。

老吏接过去看了一眼，顿时愣住了。

这份过所本身无懈可击。申请者叫作曹破延，粟特人，来自康国。这次来到长安一共带了十五个伴当、十五峰骆驼和一匹公马，携带的货物是三十条羊毛毡毯和杂色皮货，一路关津都有守官的勘过签押。

问题不在过所，而在货物。

老吏做这一行已有二十年，见过的商队和货物太多了，早练就了一双犀利如鹘鹰的眼睛。十六个人，却只运来这点货物，均摊下来成本得多高？何况长安已是开春，毡毯行情走低。这些货就算全出手，只怕连往返的开销都盖不住——万里长路上，哪有这么蠢的商人？

老吏不由得皱起眉头，仔细打量眼前这位胡商。曹破延大约三十岁，高鼻深目，瘦削的下颌留着一圈硬邦邦的络腮黑胡，像是一把硬鬃毛刷。如果算上他头戴的白尖毡帽，整个人得有七尺多高。

老吏问了几个简单的问题，曹破延一一回答。他的唐话很生硬，来来去去就那么几个词，脸上一直冷冷的没有笑容，完全不像个商人。老吏注意到，这家伙在答话时右手总是不自觉地去摸腰间。这是握惯武器的动作，可惜现在他的腰带上只有一个空荡荡的小铜钩。

出于安全考虑，所有商人的随身利器在进城时就被城门监收缴了，要出城时才会交归。

老吏不动声色地放下笔簿，围着曹破延的商队转了一圈。货物没有任何问题，普通货色。十五个伴当都是胡人，紧腿裤，尖头鞋，年纪都与曹破延相仿。他们各自牵着一峰骆驼，默不作声，但肩膀都微微紧绷着。

"这些家伙很紧张。"老吏暗自做出了判断，提起笔来，打算在过所上批上一个"未"字——意思是这个商队身份存疑，得由西市署丞做进一步勘验。可笔未落下，却被一只大手给拦住了。

老吏抬头一看，发现一个浓眉宽脸的汉子，正在冲他微笑。

"崔六郎？"

这个人在西市是个有名的掮客，人脉甚广，举凡走货质库、租房寻人、诉讼关说之类，找他做中介都没错。所以他虽无官身，在西市地面儿却颇吃得开。

崔六郎笑眯眯道："还没吃朝食吧？我给老丈你捎了张饼。"然后递过去一张热气腾腾的胡麻面饼，正面缀着一粒粒油亮的大芝麻，香气扑鼻。老吏一捏，发现在面饼的反侧深深压着一枚小小的直银铤。他暗自掂量了一下，怕不有二两，虽不能做现钱，但也能给闺女打支好簪子了。

"这几位朋友头一次到长安来，很多规矩都不清楚，还请老丈通融。"崔六郎压低声音道。

老吏略作犹豫，还是接过面饼，然后在过所上批了个"听"，准许入市。崔六郎叉手致谢，转过身去，流利地说了一连串粟特语。曹破延只是微微点了一下头，既无欣喜也不兴奋。

在崔六郎的带领下，那支小小的驼队顺着槛道鱼贯进入西市。

过了槛道，迎面是一个宽阔的十字路口，东、南、西、北四条宽巷的两侧皆是店铺行肆。从绢布店、铁器店、瓷器店到鞍鞯铺子、布粮铺、珠宝饰钿铺、乐器行一应俱全。这些店铺的屋顶和长安建筑不太一样，顶平如台——倒不是因为胡商思乡，而是因为这里寸土寸金，屋顶平阔，可以堆积更多货物。

此时铺子还未正式开张，但各家都已经把幌子高高悬挂出来，接旗连旐，几乎遮蔽了整条宽巷上空。除夕刚挂上门楣的桃符还未摘下，旁边又多了几盏造型各异的花灯竹架——这都是为了今晚花灯游会而备的。此时灯笼还未挂上，但喜庆的味道已冲天而起。

"咱们长安呀，一共有一百零八坊，南北十四街，东西十一街。每一坊都有围墙围住。无论你是吃饭、玩乐、谈生意还是住店，都得在坊里头。寻常晚上，可不能出来，会犯夜禁。不过今天不必担心，晚上有上元节灯会，暂弛宵禁。其实呀，上元节正日子是明天，但灯会今晚就开始了……"

崔六郎一边走着，一边为客人热情地介绍长安城里的各项掌故。曹破延左右扫视，眼神始终充满警惕，如同一只未熬熟的猛鹰。周遭马骡嘶鸣，车轮辚辚，过往行旅都在匆匆赶路，没人留意这一支小小的商队。

两人走到十字街正中。崔六郎停下脚步："接下来咱们去哪儿？是寻个旅舍还是阁下有挂靠的店家？"曹破延从怀中拿出一张折好的纸，递给他。崔六郎先怔了怔，然后笑道："原来您都订好了，来，往这边走。"他伸直手臂，略带夸张地朝右边一指，抬腿前行，其他人紧随其后。

曹破延并不知道，他和崔六郎的这一番小动作，被不远处望楼上的武侯尽收眼底。

望楼是一栋木制黑漆高亭，高逾八丈，矗立在西市的最中间，在其上可以俯瞰整个市场的动静。楼上有武侯，这些人都经过精心挑选，眼力敏锐，市里什么动静都瞒不过他们。

崔六郎、曹破延从入市开始，就一直被望楼严密地监视着。看到崔六郎的手势，一名武侯直起身子，拿起一面纯色黑旗，朝东方挥动三下，并重复了三次。

两个弹指之后，望楼东侧三百步开外的另外一座望楼，也挥舞起了同样的黑旗；紧接着，更东方的望楼也迅速做出了响应。就这样一楼传一楼，不过数十个弹指工夫，黑旗的讯息已跨越了一条大街，从西市传到了东边一坊开外的光德坊内。

光德坊的东北隅是京兆府公廨，旁边便是慈悲寺。在两者之间，夹着一处不起眼的偏院，这里原本是孙思邈的故宅，不过如今药王的痕迹全没了，取而代之的是肃杀气氛，院子里竖起一栋高大的黑色大望楼，比其他望楼要高大许多。

楼上武侯看到远处黑旗舞动，在一条木简上记下旗色与挥动次数，飞快朝地面掷下。

楼下早有一名高壮的通传接住木简，一路快跑，送入三十步外的一座轩敞大殿。大殿正上方高高悬着一块金漆黑木匾，上书"靖安司"三字楷书，书法丰润饱满，赫然是颜真卿的手笔。

一进殿，首先看到的是一座巨大的长安城沙盘。赤黏土捏的外郭城墙，黄蜂蜡捏的坊市墙垣，一百零八坊和二十五条大街排列严整如棋盘，就连坊内曲巷和漕运水渠都纤毫毕现——当然，唯独宫城是一片空白——旁边殿角还有一座四阶蟠龙铜漏水钟，与顺天门前的那台铜漏同调。

俯瞰此盘，辅以水漏，如自云端下视长安，时局变化了然于胸。

沙盘旁边，两位官员正在凝神细观。老者须发皆白，身着宽袖圆领紫袍，腰佩金鱼袋。少年人脸圆而小，青涩之气尚未褪尽，眉宇之间却隐隐已有了三道浅纹，显然是思虑过甚。他穿一袭窄袖绿袍，腰间挂着一枚银鱼袋，手里却拿着一把道家的拂尘。

通传跑到两位官员面前，持简高呼，那洪亮的嗓门响彻殿内："狼入西市，已过十字街！"

官员们没动声色，身旁一名美貌女婢向前趋了一步，拿起一杆打马球用的月杖，将沙盘中的一尊黑陶俑从西市外大街推至市内，与崔六郎、曹破延所处位置恰好吻合。

殿内稍微沉寂了片刻，年少者先开口探询："贺监？"连问数声，老者方才睁开眼睛："长源，你是怎么安排的？"

年少者微微一笑，用拂尘往沙盘上一指："崔器亲自带队，五十名旅贲军已经布置到了西市之内。一俟六郎套出消息，崔器马上破门捉人。外围，有长安县的不良人百余名把守诸巷；西市两门，卫兵可以随时封闭。重重三道铁围，此獠绝无逃脱之理。"

随着拂尘指点，女婢飞快地放下一尊尊朱陶俑。沙盘之上，朱俑转瞬间便将黑俑团团包围，密不透风。

"这些狼崽子以为装成粟特胡商买通内应，就能瞒天过海，殊不知从头到尾都是咱们在钓鱼。以有心算无心，焉有不胜之理？"少年人收回拂尘，下巴微昂，显得胸有成竹。老者"嗯"了一声，重新合上眼帘，不置可否。

每隔一小刻，大嗓门的通传就会从外面跑进来，汇报崔六郎和曹破延的最新动向。

"狼过樊记鞍鞴铺，朝十字街西北而去！"

"狼过如意新绢总铺，右转入二回曲巷！"

"狼过广通渠三桥，拐入独柳树左巷偏道。"

女婢手持月杖，不断挪动黑俑到相应位置。曹破延的行走轨迹，形象地呈现在两位主事者眼前：这支商队正离繁华之地越行越远，逐渐靠近市西南的独柳树。

独柳树是西市专门处斩犯人的场所，商家嫌不吉利，多有远避，是以四周人越来越少。

年少者微一侧头："徐主事，那附近有什么建筑？"

在两位官员身后，环绕着十几张堆满卷帙的案几，数十名低阶官吏都在埋头忙碌着。一个微胖的中年书吏听到呼唤，连忙放下手中书卷，跑到沙盘前。他的视力不是很好，需要费力地趴在边缘前探身子，才能看清黑俑所在。

徐主事略一思索，立刻如诵书一样答道："东北巷，地势多洼下湿，只设有十六个货栈，旁接广通渠。开元十五年曾遇暴雨，渠水暴涨，三名胡商的存货悉毁，价五千贯……"他的记忆力相当惊人，随口答出，全无窒涩。

年少者打断了他的滔滔不绝："这十六个货栈，附近可有出口？"

"哎哎，没有，不过……"

恰好在这时，通传又闯入大殿，打断了他的话："狼入丙六货栈，未出！"

殿内的气氛一下子被这条传文给挑动起来，所有人的视线都投向沙盘。

"就是这里了！"年少者眼神霍然发亮，"传令崔器，准备行动；不良人即刻清场货栈外围，不许任何人进出。西市二门随时待命。"一条条简短有力的命令从他嘴里发出，语气中带着掩饰不住的兴奋。

通传记下命令，飞快地离开殿内。年少者双臂撑住沙盘边缘，身子前倾，望着黑陶俑喃喃自语：

"我倒要看看，这些突厥的狼崽子来长安城，到底想干什么。"

命令从靖安司大殿上传到望楼。然后通过一系列旗语，迅速跨越大街，传回到西市的北侧望楼上。武侯把旗语抄在木简上，抛到楼下，同时大喊道："崔旅帅，接令！"

木简还未落地，就被一只大手牢牢捏住。

抓住木简的是个身材高大的虬髯大汉，此人胳膊粗得像一道梁木。他接过木简，迅速扫了眼上面的命令，精神一振，立刻回头大吼道："全体集合！"

从他身旁的仓房里，五十名旅贲军的士兵迅速鱼贯而出。他们个个身披墨色步兵甲，手持擎张寸弩，腰悬无环横刀，其中十人还斜挎长弓。整个列队集合的过程中，没有人说话，只听见沉闷的脚步声和呼吸声。

崔旅阴沉着脸扫视一圈："目标在丙六货栈，先围后打，尽量留活口。一会儿都机灵着点，谁也别给旅贲军丢脸！"说完一挥手，朝外面跑去。士兵们五人一排，紧紧跟随着主将，开始时小跑，然后急速奔跑起来。

他们轻车熟路地掠过十字街，钻进曲巷，朝着西市南坊而去。沿街的客商看到街上突然尘土飞扬，跑过这么多军人，都露出惊骇之情。还没等他们交头接耳，又有大批不良人走过来，要求各商铺暂时关闭大门，街上的行人也被请进临近的店铺休息，任何人都不准离开。

在西市的东西两个入口处，守门士卒将石制坊闩从地坑里抬起，随时可以关闭大门。

蜘蛛网一层层地飞速编织着，一支利箭直刺而去。

进入丙号货栈范围后，崔器做了几个手势，早有默契的旅贲军分成三个方向，悄无声息地接近丙六货栈，不良人已经将附近所有的路悄悄封锁。这一带只有几个商队的马匹牲畜拴放于此，三两个伙计看着。有不良人过去，交涉几句，把牲口都远远牵开。

至此，丙六货栈与西市完全隔绝。

崔器半蹲在丙六客栈附近一堵土墙的拐角处，摘下胸前护心镜，挂在横刀头上，小心地朝外伸去。借着护心镜的反光，他不必探头也可看清前方状况。

丙六货栈是一所压檐木制建筑，长六十步，宽四十五步，近乎方形，只有一个入口，四面有通风窗，但特别小，不容成人通行。因为这一带靠近水渠，夏季容易被淹，所以建筑底部悬空，被十六根木柱托起，有点类似岭南建筑风格。

门口守着一个大鼻子胡人，正是曹破延的十五个伴当之一。他背靠木门，不时低头去玩手腕上的一串木珠，显得心不在焉。崔器估算了下弩箭的距离，如果真要动手，他有信心在十个弹指之内破门而入。

崔器把目光投向入口，屏住了呼吸。万事俱备，就等货栈内的动静了。

在与外界隔着一面木墙的货栈内，曹破延背靠屋角双手抱臂，面向入口而立。他已经摘下白尖毡帽，露出一头浓密的黑色发辫。其他人在货架之间散开，三三两两地低声交谈着，但用的不是粟特语而是突厥语——当然，站在窗边的崔六郎表现出一副完全听不懂的样子。

崔六郎搓手笑道："曹公，谁给您找的这地方？这里潮湿得很，附近也没有食肆杂铺，不如我给您另外安排一间。"

曹破延像是没听见这个问题似的，冷淡地回答："做正事。"

崔六郎也不尴尬："好，好。您找我到底做什么事，现在能说了吧？"

曹破延打了个响指，两个伴当走过来，在地上铺开一卷布帛，展开来是个宽方的尺寸。然后他们又拿出了小狼毫一支、墨锭一方、砚台一盏。崔六郎一怔，不知道这是什么意思，难不成要开科考诗赋？

他再一看那硬黄布帛，不由得倒吸一口凉气。布上密密麻麻画着无数方格，墨线纵横，正是长安城的一百零八坊图。不过这地图太过粗略，仅仅只是勾出坊市轮廓和名字。

"这玩意只在皇城秘府里头有收藏，百姓谁家私藏，可是杀头的大罪！"

曹破延双眼一眯："……你不敢接？"

崔六郎哈哈大笑，后退一步盘腿坐在地上："我若是不敢，就不会把你们接进西市了。富贵险中求，干我这行的，有几个把大唐律令当回事？来呀，笔墨伺候，你们想标什么？"

"我要你在这份长安坊图上，把所有的隐门、暗渠、夹墙通道等要害之所标出来。"曹破延一字一句道。

崔六郎一边应承，一边脑子里飞快转动。长安城内地势错综复杂，可不是纵横二十五条路街这么简单。诸坊之间有水陆渠道，城墙之间有夹墙，桥下有沟，坡旁有坎，彼此之间如何勾连成网，联通何处，大部分长安居民一辈子都搞不清楚。

若有这么一张全图在手，长安城大半虚实尽在掌握，来去自如。看来这些突厥人所图非小啊……

一人掏出皮囊，倒了些清水在砚台上，一会儿工夫，研出浅浅的一摊墨水。崔六郎舔开狼毫笔尖，蘸了蘸墨，提笔画了几笔，忽然又停手："曹公，你不是中原人，对布匹不熟。这布啊，不成。这叫硬黄布，做衣服合适，上墨却略显滞涩。不如我去买些一品的宣纸回来……"

"你不能离开。"曹破延断然否决。

崔六郎摇摇头，提笔开始勾画。刚填完长安城一角，他又抬眼道："长安城太大，若是事无巨细都画上去，三天三夜也画不完。曹公你用此图到底是要做什么用？我心里有数，下笔自然就有详略。"

曹破延道："这与你无关。"

崔六郎双手一摊："你要我两个时辰内填完长安城全图，却连干什么用的都不肯说——抱歉，画不了。"

曹破延听了这一串说辞，不由得大怒，一步迈到崔六郎的身前，伸手要扼他的咽喉。

崔六郎犹豫了一下，没有躲闪。他知道靖安司的人就在外头，只消一声高喊，这些突厥人一个也跑不掉。可是那样一来，之前的心血就全浪费了。他赌曹破延现在只是虚张声势，没拿到坊图不会真的下手。

只要再诈上一诈，就能搞清楚他们的真正目的了。

曹破延掐在崔六郎咽喉上的手骤然停住，崔六郎心里一松，知道自己赌对了。曹破延保持着这个姿势，头忽然朝着窗外歪了一下，似乎在侧耳倾听。崔六郎有些紧张，难道是旅贲军的人粗心大意搞出了噪声？他连忙问道："曹公，怎么了？"

"你听到什么没有？"曹破延指了指窗外。

崔六郎听了听，外面寂静无声。他有点茫然地摇摇头："什么都没有啊。"

"对，什么都没有。"曹破延露出草原狼才有的狰狞笑意，手指猛然发力，"刚才进门时，附近明明拴着许多牲口，热闹得很，现在却连一声马鸣都没了。"

一听这话，崔六郎的面部遽然变色，开始是因为惊慌，然后是因为窒息。

崔器在外头等待着，心里越发不安。货栈那边没什么动静，可他就是觉得不对劲。作为一名老兵，他的这种直觉往往很准。

他再度用横刀把护心镜探出去，这次对准的是丙六货栈的窗户。窗口很小，镜上只能勉强看清有人影晃动。忽然一个人影在窗前消失，同时传来"咚"的一声，似乎有沉重的东西倒在地上。

不好！崔器的心脏骤然停跳了一拍，他猛然收回横刀，急切地对周围吼道："破门！快！"

旅贲军早已在各自的战位准备就绪，命令一下，八支弩箭立刻从三个方向射出，登时把守门的突厥人钉成了一只刺猬。与此同时，两名士兵猛然跃上门前木阶，掠过刚软软倒下的敌人，用厚实的肩膀狠狠撞在门上。

竹制的户枢抵挡不住压力，霎时破裂。轰隆一声，士兵的身体连同门板一起倒向里面。在他们身后，另外两名士兵毫不犹豫地踏过同伴的身体，冲进屋去。手中劲弩对准屋内先射了一轮，然后迅速矮下身去。这时趴在地上的两名士兵已经翻身起来，把门板抬起形成一个临时的木盾，护在同伴身旁，给他们争取弩箭上弦的时间。

这一连串动作行云流水，无比流畅，仿佛已经排练过无数次。

距离他们最近的几个突厥人吼叫着扑过来，突然又一头摔倒在地，发出痛苦的惨叫声。三具长弓在客栈远处发射，二尺长的铁箭准确地穿过货栈的狭小窗口，刺穿了他们的大腿。

这一轮攻势争取到了足够多的时间。更多的士兵手端手弩冲进货栈，边前进边举弩大喊："伏低！伏低不杀！"

可是突厥人仿佛没听懂似的，前仆后继地从货架的角落扑出来。他们高呼着可汗的名字，赤手空拳冲过来。对于旅贲军的士兵来说，这些人根本就是活靶子，一时间，货栈里充斥着金属揳入肉体的闷响声和人的惨叫声。

士兵们并不急于推进，他们三人一组，互相掩护着缓缓前移。突厥人只要稍有现身，立刻就会被数把手弩射中。

士兵们得到的指示是，要尽量留活口，所以尽量瞄准非要害部位。可是这些绝望的草原狼悍不畏死，哪怕只剩一口气也要设法反击。数名士兵因为无法痛下杀手，一时犹豫，反遭偷袭而受伤乃至阵亡。即使无力反击，那些突厥人也会立刻自杀，绝无犹豫。

很快屋内恢复了安静，只剩下横七竖八的尸体躺在过道和木架之间。在付出了三名士兵战死的代价后，旅贲军终于控制了整个货栈。

士兵们没有放松警惕，谨慎地一个货架一个货架地搜过去。突然，一个原本躺倒在地的突厥人一跃而起，扑向距离最近的一名士兵。那士兵猝不及防，被他拦腰抱住，两人纠缠在一起。突厥人张开大嘴，去咬士兵的鼻子，可他的动作猛然一僵，旋即扑倒在地，脑后勺上赫然插着一根青津津的弩箭。

过道尽头，一名士兵的同伴持空手弩，手臂缓缓下垂，眼神慌乱。他本该让突厥人活下来，可同袍的遭遇让他忘记了训令。

"笨蛋！我怎么教你的！"

崔器一把夺下那士兵的手弩，抬手就是一耳光。他黝黑的脸膛仿佛涂了一层铅灰色，暗淡无光。

破门只花了十个弹指，全灭敌人在二十六弹指之内，这在京城诸卫中算是卓越的成绩。可突厥人太凶悍了，居然一个活口都没留下，这可不是上头想要的结果。

崔器带着怒气在过道上踱步，眼神扫过那些尸体，手指不安地攥紧刀柄又松开。忽然他愣了一下，旋即快走两步，前方正是崔六郎的尸身。

他双目圆睁，脖颈处有明显的指痕，不用仵作检查也知道他是被掐死的。

"阿兄！"

崔器悲愤地一声虎吼，单腿跪在地板上，想要俯身去抱住死者。两人眉眼相仿，正是同胞兄弟，只可惜其中一个已永不可能睁开眼睛了。

"如果我能再早下令三个弹指……如果我能亲自去破门……"悔意如同蚂蚁一样啃噬着崔器的心，他的手指猛烈颤抖着，几乎握不住阿兄的手。

一个旅贲军的士兵跑过来，看到长官这副模样，不太敢靠近。崔器偏过头去，用眼神问他什么事。士兵连忙立正："刚才清点完尸体，一共是十五具。"

除去崔六郎，一共有十六个突厥人进了货栈。也就是说，现在还有一人没有捉到，经过辨认，应该是为首的曹破延。崔器猛然吸一口气，重新站立起来，眼中跳动着火焰。

"搜！"他沉着脸喝道。

货栈不是住家，是一个没有隔断的大敞间，中间只有一些木制货架。崔器在货栈里巡视了几圈，没有发现任何异样。这样一个坦坦荡荡的地方，一眼就能望穿，他能躲到哪里去？难道这家伙会什么西域妖法，能穿墙不成？

崔器忽然觉得头顶有点凉飕飕的，他停下脚步，猛一抬头，瞳孔霎时收缩。在他的正上方，有一个井口般大小的木盖，盖子略有歪斜，露出一丝湛蓝的天空。

这里居然有一个通风口！

丙六货栈的顶部是压檐结构，所以没人想到屋顶居然还会有一个通风口——正常来说，只有平顶屋子才有这样的设计。

这大概是之前的某位使用者偷偷开的口子，没有在西市署报备。崔器恨恨地骂上一句，吩咐人拿来梯子，然后给手弩装进了一支拿掉箭头的弩箭。狂怒并未让崔器丧失理智，这是最后一个人，务必要留活口，否则整个计划就完蛋了。

现在货栈周围都是旅贲兵，曹破延就算去了屋顶，仍旧无路可走，几等于瓮中捉鳖。

崔器唯恐再出什么疏漏，亲自登上梯子，朝上头爬去。爬到顶端，崔器正要推开木盖，突然感觉到一阵杀气。他急忙缩头，一块嵌着铁钉的硬木条擦着头皮飞过。他二话不说，抬手就是一弩。噗的一声，似乎刺中了什么。崔器一喜，手脚并用往上爬去，却冷不防被一条腰带抽中了左眼。

这腰带是熟牛皮制成，质地极硬，抽得崔器一阵剧痛眩晕。腰带头上有一个小铜钩，抽回时又在他脸颊上划了一道长长的血口。这袭击激起了崔器的悍勇，他不退反进，反手一卷扯住腰带，用力一拽，硬是冲上了屋顶。

还未等站稳，他就感觉腰带一松，显然对方松开了手。崔器一下子失去平衡，拼命摆动手臂，好不容易才重新站稳。就在这个当儿，他听到咔嗒咔嗒一连串脚步踩在瓦片上的声音，随即哗啦一声跃起，然后远远地传来一阵沉闷的咔嗒声，然后是哗啦的水声。

这声音有些诡异，不像是落在土地上。崔器大急，他的左眼肿痛看不清东西，可脑子却还清醒。他意识到，自己犯了一个巨大的错误。

丙六货栈旁边，有一条紧贴坊墙的广通渠。这条水渠在一年前拓宽了漕运，专运秦岭木材，所以渠深水多，宽可行船。此时尚在正月，水渠尚未解冻，上面覆有薄薄的一层冰面，如同朱雀大道般平整，而水门并无任何部署——崔器之前的安排，光顾着陆路，居然把这事给忽略了。

他听到的，正是曹破延撞开冰面，落入水中的声音。

广通渠从西市流出之后，连通永安渠、清明渠，更远处还连着龙首渠和宫渠，流经的里坊多达三十余个，跨越大半个城区——换言之，只要曹破延潜水游过西市水门，就可以轻松脱出包围圈，在全城任何一个地方上岸。

崔器恨不得抽自己一耳光，这个错可实在是太愚蠢了。

情急之下，他也纵身飞跃朝水渠里跳去，可他却忘了自己披挂着沉重的明光铠，双脚刚一触冰面，冰面就咔嚓一声断裂开来，直接把这位旅帅拖入水底。

临入水前，他的右眼勉强看到，一道水花正向水门疾驰。

水渠和仓库之间，有高高的堤墙阻隔。旅贲军的士兵只能从另外一端绕过去，花了不少时间，然后他们纷纷脱甲下水，七手八脚把长官拽上岸来。这么一耽误，曹破延早已消失在水门的另一端。

崔器被救上渠堤，趴着大口大口吐着冰水，面色铁青。在他手里，还攥着一根挂着铜钩的牛皮腰带。

这是整个行动里唯一的收获。

靖安司的殿内气氛凝重如水银，每个成员都轻手轻脚，不敢作声，生怕惹恼两位脸色不悦的长官。

谁都没想到，十拿九稳的一次追捕，居然让煮熟的鸭子飞了。刚才那一场突袭很完美，可是毫无意义，连个活口都没留下。

崔器单腿半跪在殿前，浑身湿漉漉的不及擦拭，水滴在地板上洇成一片不规则的水痕。在曹破延逃离后，他被紧急召回了靖安司。上头急于弄清楚到底哪个环节出了问题，而望楼旗语没法传递太复杂的消息，他只能亲自跑一趟。

面对靖安令和靖安司丞，崔器不敢隐瞒，跪在地上把整个过程一五一十地讲出来，然后把头低垂下来，听候审判。老者拂了下衣袖，长长叹了一声："本来是请君入瓮，反倒成了引狼入室……"

每个人都知道这句话的严重性。那个曹破延在刚才展现出了凶悍、狡猾和极强的瞬时应变。这么一个居心叵测的突厥人在上元节前夕闯入长安城，谁也无法想象，接下来会发生什么事。

更要命的是，这头狼几乎可以说是被靖安司一路带进来的，这个责任若是追究下来，谁也担不住。

"卑职已派人沿渠搜捕。"崔器小心翼翼地补充了一句，希望能冲淡几分失职的惭愧。

年少者铁青着脸，一摆拂尘："这点人济得什么事！你知道广通、永安、清明、龙首诸渠有多长？去把各街铺的武侯和里守都调出来，诸坊封闭，给我一坊一坊地搜！"

"长源，拂尘可不是用来砸人的。"老人抬起手掌，温和而坚决地制止了他，"方才封锁西市半个时辰，已有越矩之嫌。若是来一次阖城大索，整个长安城都会扰动不安——今天可是上元节灯会，现在街上处处都在扎灯布置。你闹的动静一大，连圣人都要过问的。"

年少者还要争辩："贺监不任其事，可不知道！曹破延这十六人，只是最后入城的一批，他们有更多党羽早已潜藏城里。若不尽快搞清突厥人的意图，恐怕这长安城会有大祸临头！"

他的语气已近乎无礼。不过老者并未动怒，他伸出一根指头，朝东北方向点了点——那边是官城的所在："我没说置之不理，但公然搜捕绝不可行，可不能给那一位添麻烦哪。"

一听到老者提及"那一位"，年少者眼神黯淡了一下。他沉吟片刻，旋即又爆出更炽烈的火光："既然贺监认为台面上动不得，那我若是只调遣少量精锐，暗中擒贼呢？"

对于这个建议，老者捋着胡须，似乎游移不决。

崔器一听得此言，突然昂起头来大声道："崔器自知犯下大错，不求宽宥，只求能手刃仇敌，为阿兄复仇！"今日之败，他连连犯错，若不打出血亲复仇的旗号将功折罪，只怕下场堪忧。

可年少者和老人同时摇摇头。

长安住着近百万居民，汉胡百官诸教九流，各种势力交错纠葛，是一个明暗相间的复杂旋涡。崔器半年前才到长安任职，上阵杀敌没问题，指望他在城中穿梭寻人，就不太现实了。

靖安司汇聚了各处的精英，有精通市易钱粮的能员老吏、有过目不忘的主事文书、有凶悍武勇的战兵，甚至还有一批深谙胡情的胡人属员——现在唯独缺少一条能游走于长安暗处、嗅觉敏锐的老猎犬。

本来他们有一个最适合的人选，就是崔器的哥哥崔六郎，可惜他已经殉职。崔器知道长官在惋惜什么，他双目一红，一拳砸在地上，竟砸得砖块微微裂开一道细隙。

沉默片刻，老人拿起旁案上的幞头，端正戴好，又把算袋、手巾系在腰间。年少者一愣，忙问贺监是要去哪里。老人叹道："宫里对突厥狼卫非常重视，今天的事瞒不了多久。我进宫一趟试着拖延几个时辰，在这期间，长源你最好想出应对之策，弥补先前的错误，否则……"老人白眉一垂，没有说出口。

年少者肩膀微垂，暗自松了一口气，同时又心生鄙夷。这个老家伙滑不溜的，一见事情办砸，就找理由离开，不肯承担任何定策的责任——他这一走也好，省得自己束手束脚。

现在一刻值千金，他可没太多时间耗在对付自己人这件事上。

年少者把老人送至照壁，然后回转殿内，神情明显轻松不少。他严厉地看了仍跪在阶下的崔器一眼，袍袖一拂："非常之时，惩戒暂且押后。接下来你不可再有分毫懈怠！"

崔器面容一肃，拱手退下。他知道，那位姓贺的老头子只是挂名，真正掌管靖安司和自己性命的，是眼前这位叫李泌的年轻人。别看这位上官年纪轻轻，手段着实犀利，杀伐果决，整个靖安司都被他调教得服服帖帖。

处置完了崔器，李泌用力敲了敲案角，把各部主事都叫过来："你们现在好好想想，有什么合适的人选可以取代崔六郎？——记住，我要最好的。"

殿中主事个个陷入沉思，没一个吭声。距离灯会只有四个时辰，在这之前要找到曹破延，近乎是不可能完成的任务。这差事做得好，未必有好处；做得差了，搞不好就成了替罪羊，连推荐人都要倒霉。

李泌看见部下们畏畏缩缩，正要开口训斥，忽然目光一凝，看到那个目力有恙的徐主事犹犹豫豫抬起了手。他知道此人叫徐宾，本来在户部做书令史，记性奇佳，阅卷过目不忘，所以被调来靖安司担任主事，就是略有口吃。李泌下巴一抬，示意他说话。

徐主事犹豫了一下，开口道："哎哎……在下倒有一个人选，不知是否合您的意。"

"讲！"

"他是我的一位朋友，叫……哎哎，叫张小敬。从前在安西都护府军中做一个什长，后来叙功调回长安，在万年县担任不良帅已有九年。我想或许合李司丞之意……"

"哦？"李泌眼神一眯。

这份履历说来简单，细琢磨可是不一般。不良帅乃是捕贼县尉的副手，流外官里的顶阶吏职，分管捕盗治安诸事。一个都护府的小小什长，居然能当上一县之不良帅，已是十分难得，更何况这不是一般的县，是万年县。

长安分成东、西两县，西边为长安县，东边为万年县。这万年县在天子脚下，王公贵族多居于此，关系盘根错节，此人居然能稳稳做了九年，李泌忽然产生了点兴趣。

"他人现在何处？"

"哎哎……他去年犯了事，如今身在长安县狱中，已是待决之身。"徐宾斟酌着字词。周围的人窃窃私语，徐主事是不是糊涂了，怎么推荐了一个囚犯来？还是个死囚？这不是触上司霉头吗？

谁知李泌却面无表情："我要的不是圣人，是能人——这个人是不是最好的？"

徐宾连忙提高了声音："长安之内，缉事捕盗无出其右。"

一枚银鱼袋从半空划过，徐宾慌忙伸手去接，差一点没接住。李泌道："用我的马去接。两刻之内，我要在这里见到那个人。"

徐宾愣了一下，才听懂长官的意思。他先把银鱼袋系在腰间，又觉得不合适，连忙解下来捧在手里，匆匆忙忙跑出殿外。

李泌环顾四周，发现其他人都抻着脖子往外看，不由得发怒道："你们还闲在那里看什么？马上去给我查！东西二市的过所市状、城门监的检录、各处街铺的讯报，都给我彻查一遍，快！"

靖安司的官吏赶紧纷纷回到自己位子，埋头开始工作，殿内又陷入忙碌。李泌从身旁婢女处接过一条开水烫过的缠花锦帕，用力在脸上搓了搓，忽然又想起来什么，开口道："姚汝能，你去京兆府一趟，把张小敬的注色经历调过来。"

一个年轻小吏立刻起身，飞奔而出。

李泌把外袍胸襟扯开，将双臂撑在沙盘旁边，身子前倾，继续俯瞰着长安城的沙盘。他的犀利眼神扫视着每一栋建筑，似乎想用目光将那头狼生生剜出来。

殿角的铜漏，水滴仍在从容不迫地滴下。无论世事如何急迫，它从来都不曾改变。

沙漠，废墟，还有浓烈的血腥味道。

无数黑骑在远处来回驰骋。远处长河之上，一轮浑圆的血色落日；孤城城中，狼烟正直直刺向昏黄的天空。

他费力地直起身来，愤怒地大声示警。可城垣周围是层层叠叠的尸山，没有一个人站起来回应他的呼唤。唯有一面残破不堪的龙旗耷拉在城头，旗杆歪歪斜斜，几乎要断裂中折。

咚咚咚，敌人进攻的鼙鼓响起，骨箭如飞蝗密集。这一次，只有他一个人面对……

张小敬猛然醒来，才意识到自己并不在西域，而是在长安县的死牢之内。枷锁牢牢锁着自己的脖颈和双手，连从梦中惊醒都动弹不得。

梦里那战鼓的咚咚声，原来是有人在用鞭柄敲打木槛。他抬起眼皮，看到牢门前站着两个人，一个是死牢的节级；还有一个人狭面短眉，下颌五缕乱糟糟的长髯，眼神关切。

"徐宾徐友德？"张小敬微微一愣，旋即笑道，"想不到最后来送行的，居然是你。"言语之间，竟听不出丝毫临刑前的失魂落魄。

徐宾知道他误会了，可也不好解释，冲节级拱手道："麻烦请开牢门，卸枷锁。"节级鼓着两只略凸的眼睛，像是一只不甘心的癞蛤蟆。可当他扫过徐宾右手捏着的银鱼袋，又退缩了，只得掏出钥匙，哗啦一声解开牢锁，让两个牢头去卸枷。

两个牢头战战兢兢，似乎对张小敬很敬畏，紧张到怎么也拆不开枷锁。张小敬冷哼一声："笨蛋，这是三扭蛇锁，拇指得从下面扳，中间使劲。"牢头遵其指示，咔嚓一声，枷锁终于裂成两块。两人各执一块，惶急站开。张小敬用余光扫了一眼节级。后者打了个哆嗦，赶紧避开眼神。

张小敬身材不高，但结实得像块泰山磐石，额头微凸，下有两道短黑醒目的蚕眉。他晃动发酸的手腕，环顾左右，大声道："酒食在哪里？县里置办断头酒，成例是五百钱，你们可不要克扣。"

周围的人避之如瘟疫，都不去搭话。徐宾弯腰进入牢里，挽住他的胳膊，低声道："有人要见你……"

"嗯？"

张小敬一脸诧异。原来徐宾不是来送终，竟是来捞人的？可他一个好好先生，哪儿来的神通从死牢里救人？

徐宾没有过多解释，只是催促节级赶紧办手续。很快胥吏送下来一份文书，要徐宾签字。张小敬一看那文书的侧封就知道，这不是赦免状，而是移调囚犯的文书，一般用于大理寺或刑部从县狱里提调犯人——这两处提调，可不会先给犯人除枷。

张小敬心中疑窦重重，不过此时还不是问话的时候，他保持着沉默。

徐宾龙飞凤舞地签下自己的名字，然后一干人等离开阴暗的死牢，回到地面。阳光从入口照射进来，在最后几级台阶形成鲜明的光暗对比。张小敬踏上最后一级台阶，忽然停住脚步，脸上浮现几许感慨。

这一阶，是阴阳分割的界限。他本有向死之心，可没想到从鬼门关前转了一圈，莫名其妙地又回来了。

接下来是吉是凶，还不知道，但好歹多看了一眼阳光，已经值了！

张小敬旁若无人地走向一口水井，这多少有点不合规矩，但周围的囚卒都远远站开，无人呵喝。张小敬铁钳般的双手交替拽着井绳，很快打上一桶带着冰碴的井水。他高举水桶兜头一激，冰水浇在头上，让他打了个惬意的冷战，一扫地牢里的污秽和萎靡。

张小敬搁下水桶，高高仰起了头，冰水顺着发绺滴下去，隐隐从身上散发出凌厉的气势。此时日头正炽，金黄色的阳光洒下来，照在他的左眼窝里。那里早已没有眼珠，只有一道极深的老旧刀疤，在阳光下分外凶悍。

"朗朗乾坤，别来无恙。"

他举起拳头，向天空用力一挥。那一刹那光影摇动，刀砍斧凿般的侧脸有如金刚一般狰狞。

办妥了提调手续，徐宾带着张小敬匆匆出了长安县公廨。徐宾心急如焚，连囚服都来不及让他更换。公廨前的拴马石前有两匹凉州骠骑，骏马额头前有一条醒目的玳瑁带抹额，这意味着两匹坐骑可以驰行于任何一条大街上，甚至包括朱雀大街上的御道，不必受《仪制令》的限制。

两人各自跨上一匹，张小敬问道："去哪儿？"徐宾答道："哎哎，咱们回光德坊的靖安司。"他看了一眼牙门前的日晷："得尽快赶到，嗯，得赶快，得跑一刻半呢。"

"一刻之内准到。"张小敬用无名指扫了扫马耳，马匹的灵敏反应让他很满意。

长安外郭以朱雀大街为分隔，东归万年县管辖，西归长安县管辖，是以长安县的监狱位于西城的永达坊，去光德坊的话，得先朝西穿过三条大街，再北上四个街口，全程得有十来里路。想在一刻内赶到，必须得策马狂奔，不得有半点耽搁。

两人扬鞭驰上大街，飞奔而去。两匹高头大马泅泅上路，街面上无论行人还是肩舆都纷纷避让，唯恐冲撞。徐宾的骑术明显不及张小敬，他整个人几乎伏在马背上，双手死死抓住缰绳，颇为狼狈。

张小敬放缓一点速度，与徐宾平齐，独眼乜斜："友德兄，到底是怎么回事？"

徐宾勉强控制住骑姿，喘了口气，这才开口道："捞你出来的，是靖安司。"

"靖安司？"张小敬略感诧异，他精熟长安官府体制，却从来没听过这个名字。

徐宾解释道："戡乱平镇曰靖，四方无事曰安，靖安司是朝廷新立的官署，统摄整个西都的贼事策防——这都是你进去之后的事了——他们如今正征辟贤才，所以我荐举了你。"

张小敬蚕眉一挑。负责长安城治安的有金吾卫的街使，有御史台的巡使，有长安、万年两县的捕贼尉，这得是什么样的"贼"，逼着朝廷要另外成立一个新署来应付？

徐宾继续道："主管靖安司的叫李泌，字长源。他以待诏翰林知靖安司丞。正是李司丞要见你。"

张小敬"嘶"了一声，疑窦更增，这就更加反常了。靖安司的职责是"贼事策防"，庶务必然繁剧。让待诏翰林这种闲散清要的文官来管抓贼？这不是胡闹吗？

张小敬在脑子里搜索了一下名字，忽然想起来了："莫非……是那个说棋的神童？"

徐宾别有深意地点点头。

开元十六年，有个叫李泌的七岁神童入宫朝觐。天子正在和中书令张说弈棋。天子令张说、李泌二人以"方圆动静"为题吟棋。张说写的是："方如棋局，圆如棋子。动如棋生，静如棋死。"而李泌则开口说道："方如行义，圆如用智。动如逞才，静如遂意。"大得天子赞赏，送其入东宫陪太子读书。

现在算起来，李泌已是二十二岁，正是雄心勃勃崭露头角之时。靖安司丞位卑而权重，可以积累庶务资历，正是个完美的晋身之阶。想到这里，张小敬用小拇指刮了刮左眼窝，嘿嘿一笑："李司丞如此求贤若渴，看来靖安司是惹下了大麻烦吧？"他说起话来，总带着淡淡的嘲讽味道。

徐宾有些尴尬地把视线转开，他这个朋友的眼光太毒，可讲话又太直，这两个特点结合在一起，可真叫人受不了。

"抱歉，这个我还不能说。哎哎……等会儿李司丞会跟你讲。"

张小敬哈哈一笑："好，不问了。什么事情都无所谓，再惨还能惨过被杀头吗？"

徐宾的视线投向前方，脸色凝重："这个……哎哎，真不好说。"

就在两人朝着靖安司奔驰的同时，曹破延刚刚爬上陡峭的漕渠堤岸。岸边恰好立有一块高逾二丈的青石路碑，上书"永安北渠"四字。他手脚并用奔到石碑旁，背靠着碑面坐下，脸色煞白，喘息不已。

他左边的肘部一直弯曲着，关节处露出一截黝黑的钢弩箭尾，袖管隐有血迹。他很幸运，如果上面装了箭头，只怕整条胳膊就废了。

忽然，曹破延的耳朵一动，他迅速伏低身子，用石碑遮挡住身形。在不远处的大路上，一队金吾卫街使的巡队隆隆开了过来。这条路上的行人车马特别多，动辄拥堵不堪。巡队不得不大声呵斥，才能分开一条路——在这种情况下，几乎没人会去注意河渠旁的动静。

等到巡队远离，曹破延才用右手捂住左肘，缓缓起身。他环顾四周，正要迈步出去，突然目光一凛。远处有一个人离开大道，迈过排水沟，正晃晃悠悠朝石碑这边走来。

这是个四十多岁的醉汉，穿着一件缺胯白袍衫，胸襟一片湿漉漉的洇痕，走起路来一步三晃，想来喝得可不少。曹破延只得重新矮下身子去，尽量压低呼吸声。

这醉汉走到石碑前，先打了个响亮的酒嗝，然后一手顺开衩撩起袍边，一手窸窸窣窣地解开腰带，居然对着石碑开始撒尿。这一泡尿可真长，醉汉还饶有兴致地扶住阳具，去冲碑上的浮土。撒完尿以后，醉汉随手把腰带一扎，转身正要走，可他忽然低下头，发出一声："噫？"

他看到，从河渠到石碑之间的堤岸上，有一串凌乱的水痕足迹。醉汉好奇地趋前几步，绕过石碑，恰好与碑后的曹破延四目相对。

醉汉愣了一下，然后哈哈笑了起来，口里说："子美，原来你回来了哇，来来咱俩喝一杯。"曹破延伸出手去，搂住他的脖子，醉汉兀自嘟囔着别闹别闹。下一个瞬间，石碑后传来颈骨被拗断的声音，嘟囔声戛然而止。

不多时，曹破延身着缺胯衫，神态自然地朝着大街路面走去。胡人穿华袍，在长安再普遍不过。他就这么走入人群，如同一粒沙子落入沙漠。

张小敬和徐宾抵达光德坊，恰好用了一刻时间，代价是徐宾颠丢了自己的头巾。在经过了严格搜检之后，两人在靖安司大殿后的一处僻静庭院见到了李泌。

这里是一间退室，素墙灰瓦，平席简案，窗下潦草地种着忍冬、紫荆、几簇半枯的黄竹，主人显然没有在装饰上花任何心思。唯一特别的，是一台斜指天空的铜雀小日晷，可见主人很关心时间。日晷周围挖了一圈小水渠，潺潺的清水蜿蜒流淌去了院后。

徐宾交还了银鱼袋，躬身告退，只剩下张小敬和李泌单独面对。

张小敬双手深揖，一只独眼趁机飞快地打量了一下。这位面色清秀的说棋神童身着深绿襕袍，符合待诏翰林的六品之阶。但鱼袋是五品以上官员才许佩，他被赐银鱼袋，说明是天子超品恩赐——从这一个小小细节，就能嗅出浓浓的圣眷味道。

不过此时的李泌，可没那么春风得意。虽然他极力维持平静，但眉梢唇角的肌肉一直紧绷着，张小敬一眼就看出来，这位年轻人正承受着极大的压力。

最有意思的是，李泌居然还手执一柄拂尘，不知道一个靖安司的庶务官，为啥拿着这么一把道家法器。

李泌拂尘一抖，没做任何寒暄，直接开门见山："接下来我要跟你说的，是朝廷的头等机密。你只有两个选择，为我做事，或者回去等死。"

张小敬保持着沉默，他知道对方并不需要回答，只是在确认谈话的主导地位。

李泌走到案边，用力一扯，将墙上的白薄宽绫扯下来，露出一幅大唐疆域总图，用拂尘指向北方一处：

"天宝元年八月，突厥内乱，新任的乌苏米施可汗不服王化，起兵作乱。朔方节度使王忠嗣联合了拔悉蜜、回纥、葛逻禄等部出兵讨伐，整整打了一年半，如今突厥可汗已是穷途末路。"

他的声音清澈、冷静，十分有条理，就像是排练过很多次似的。

李泌一边说着，一边从旁边书架上取下一卷以红绸做标签的书录，扔给张小敬。这是一卷长幅，上面横贴着一张张纸条。纸条上的笔迹都很潦草，长则百字，短则一句，按照时间顺序排列。单独看，都语焉不详，但可随着书录徐徐展开，张小敬却越看越是心惊。

"二年九月初，朔方留后院传来一份密奏，说突厥可汗派遣了数批近侍狼卫潜入长安，欲对天子不利，以扭转前线战局。那些突厥狼卫是草原最可怕的精锐，残忍狡黠，对可汗极其忠诚。为了专门策防此贼，朝廷才设立了靖安司。"李泌稍微停顿了一下，继续说道，"可是突厥人的计划到底是什么，我们并不知道。留后院和靖安司拼尽全力，也只是勉强捕捉到了其中一队的动向。"

说到这里，李泌用手指关节轻轻叩了一下松木案几："本来靖安司设下请君入瓮之计，想用这一队狼卫钓出其他潜伏者。可惜手下庸碌，功败垂成，在半个时辰之前竟让关键人物给逃了！"

李泌吩咐人把刚才那次行动的往来文牍都取来，让他浏览，隐隐有考校的意思。张小敬翻了一遍，指着其中一条记录道："突厥人来自草原，对马匹鸣叫最为敏感。李司丞你下令清走货栈周围牲畜的时机太早，有声变无声，自然会引起警觉。"

李泌闻言，不由得怔在了原地，此前靖安司有过议论，曹破延是如何识破圈套的，结论莫衷一是。李泌一直认为是崔六郎无能才会露出破绽，没想到原因居然在自己身上。他本来有意考校这个人，看其有没有真本事，结果反倒让人把自己的错处揪出来了。

一念及此，李泌先是略有惭愧，可随后却微微笑了起来——这岂不正是靖安司寻找的人？

张小敬倒是面色如常，他在长安干了九年不良帅，什么诡异奇特的案子都经历过了，这点简单的推断还原，根本不算什么。

李泌叹息道："入瓮之计失败之后，一切线索都断掉了。我们唯一确定的是，狼卫一定会在今晚上元灯会时动手！"说到这里，他看向窗外的日晷，目光凛然。

张小敬闻言一惊。上元灯会向来是酉时燃烛，如今已过了巳时，满打满算只剩下四个时辰。

靖安司必须在四个时辰里，从百万人口的长安城中揪出所有的突厥狼卫，这几乎是不可能完成的任务。

张小敬这才明白，为何李泌会如此急切地把自己从死牢里提出来。这件事太重要、太难、太急迫，寻常手段根本做不到，这位年轻的官员不得不兵行险招，纡尊降贵地跟一个死囚犯谈话。

李泌高挑的身材微微前倾："四个时辰之内，你能做到吗？"

张小敬反问道："为什么是我？"

"我查过你的注色经历，你之前在西域跟突厥人打过交道，对付他们应该很有经验；你又做了九年长安不良帅，这城市的情况，恐怕没人比你更熟。"他有意停顿一下，复又抬起一只手，"只要你能办成这桩差事，我保你个敕许特赦。"

对死囚犯来说，再没有什么比赦免更有诱惑力了。

可张小敬没有流露出惊喜，他的独眼微微眯着，似乎在思考着什么，然后恭敬地拱手："多谢司丞美意，在下情愿回牢里等死。"

李泌眉角一抖，他居然拒绝了唯一可以求生的机会？为什么？

"长安有一百零八坊，想在四个时辰之内找出几个突厥人，神仙也没办法。反正都是死，我现在回牢里，还落得个清省。"张小敬摊开双手，然后转身朝外头走去。

"给你授宣节校尉，再加一个上府别将的实职，够不够？"

"这可不是酬劳的问题。"

李泌的脸色阴沉起来："我没有时间可以浪费，开出你的条件！"他不相信一个人会放弃这个机会，除非他不想活了。

张小敬继续向前走去："我已经说了，这与酬劳多少无关，做不到就是做不到。"

"你恨突厥人吗？"李泌突然问了个无关的问题。

张小敬脚步停住了。

"恨。"声音无喜无怒。

李泌的声调陡然提高："你那么痛恨突厥人，难道打算坐视这些野兽在长安肆虐？"

张小敬依然保持着背对姿态："长安上有天子百官，下有十万强军，怎么抓突厥人的事，反倒成了我一个死囚犯的责任了？"他的语气里，带着淡淡的嘲讽味道。

李泌厉声道："因为如今能救长安城的人，只有你！"这话说得近乎无赖，张小敬正要摇头离去，不料李泌疾步向前，不顾身份扯住他的袖子，一旋身挡在他面前，两道剑眉几乎并立在一处：

"张小敬，我知道你对朝廷怀有怨气。但今日之事，无关天子颜面，也不是为了我李泌的仕途，是为了阖城百姓的安危！听明白了吗？是为了百姓，你若一走了之，于心何安！我不关心你怎么想，但你必须得把这事办成！这是几十万条人命！是人命！"

他说到后来，声音竟有些发颤，显然是情绪鼓荡之故。这可不多见。

张小敬没料到这位年轻官员突然失态。当他听到"人命"二字时，心中终于微微掀起波澜。不知为何，梦中那一幕尸山血海的景象再度出现，狰狞的狼旗与哭声交织。默然良久，他终于长长叹了一口气："好吧，李司丞，你说服我了。"

李泌松开他的袖子，后退一步，又变回矜持的姿态："我之前的其他承诺，依然有效。"

张小敬沉吟片刻，开口道："不过我有一个要求。官府办事顾虑太多，行事束手束脚，若要让我四个时辰之内擒得此獠，就得按我的规矩来。"

"你的规矩……是什么？"

"就是不讲任何规矩。"张小敬的右眼闪过一丝危险桀骜的光芒。

李泌是聪明人，立刻明白了张小敬的意思。长安城的水太深了，种种势力交错制衡，做起事来阻碍重重。如果不能有一柄快刀斩开这团乱麻，别说四个时辰，就是四个月也未必能有什么成果。张小敬要在四个时辰之内在长安城内抓住突厥人，必须要有碾压一切的绝对权威——想干什么就干什么，每个人都配合，没人能阻挠。

李泌迟疑了一下。这家伙在长安做了九年不良帅，什么狠辣手段都有，真要行事没了顾忌，难以想象会造成多大影响。

张小敬见他不言语，嘿嘿冷笑一声，转身就要朝外走去。

"且慢！"

李泌终于下定了决心，他抬起右手，亮出一块黄澄澄的铜腰牌，上头镌刻着"靖安策平"四字：

"从现在开始，你就是靖安司的都尉，凭此腰牌，长安城内的望楼和街铺武侯、坊守里卫、巡骑、城门卫、京兆府两县的不良人都能听你调遣。见牌如见本官。"

张小敬毫不客气地接过腰牌，系在腰带上，打了一个牢牢的九河结。从现在起，他就是全长安最有权势的死囚犯人。

李泌忽然问道："我给你如此之大的权柄，若你不告而逃该怎么办？"

"没有保证。"张小敬毫不犹豫地回答，"人是你选的，路是我挑的，咱们都得对自己的选择负责。"

谈话就这么结束了。李泌摇动案上铃铛，叫来两位婢女。她们把张小敬带去附近厢房，让其脱下灰囚衣，换了一套便于活动的小袄加褐棉袴。收拾停当后，李泌亲自把张小敬带到靖安司的大殿。

这里是整个靖安司的中枢所在，集结各部精英，汇总各处军情，并加以推演；厢房里有一个庞大的库房，里面堆积着长安从六部到两市各个方面的卷宗，可以随时调阅。徐宾就是因为在这方面有专长，才被抽调过来。

让张小敬印象最深的，是靖安司的望楼。

整个长安，每一坊都设有二到三栋望楼，平日用来监测盗匪火警。在李泌的部署下，如今望楼多了个功能，设了专门的执旗武侯，他们可以用约定的旗语进行交流。白天用旗，晚上用灯笼明暗。

这样一来，长安城任何一栋望楼看到的情况，都可以迅速地传到靖安司中枢。同样，靖安司中枢也可以对任何一处迅速发出命令。

这套玩意显然是学自边疆烽燧，但比烽燧更为便当。望楼彼此之间相距不过半里，军情瞬息可横跨整个长安城。张小敬一眼就看出这东西的实用之处：这意味着，无论他身在长安何处，都可以通过望楼与靖安司保持联络，无形中多了一只俯瞰长安的巨眼。

不过这套望楼体系耗费极巨，只有靖安司这样的怪胎才用得起。

此时崔器也在殿内，正在与负责沙盘推演的婢女低声交谈。李泌喊他的名字，崔器连忙跑过来，单膝跪倒，他可还没忘自己是戴罪之身。

李泌平静道："崔旅帅，六郎之死，源自清场不慎之失。令自我处，本官也负有责任。"崔器猛然抬起头来，几乎不相信自己的耳朵。他一没料到，阿兄的死居然是因为这么一个小小的疏失；二没料到，这位长官居然自承其错，难道……这是收买人心之术？

李泌对此撇了撇嘴，他现在可没时间玩弄权术，只是高傲到不屑透于人罢了。他一指张小敬："正是这位张都尉破解此疑。他接下来会接替你阿兄，追查狼卫。"

崔器打量了一眼张小敬，眼中既有感激，也有疑惑。

他知道张小敬是个死囚，不明白为何李泌会把宝押在他身上。不过军人以服从为天职，他行了一个军中礼节，振声道："我麾下有三百旅贲军，步骑均可，两刻之内，可以抵达长安任何一处——希望张先生可以给我个机会手刃仇敌，为我阿兄报仇！"

张小敬注意到，他说的是张先生，不是张都尉，李泌交给他的这一把利剑，似乎没那么容易操控。

时间太紧迫了。接下来的安排紧张而密集，张小敬记下了望楼旗语和一些必要的联络方式，然后走到大沙盘前听取关于突厥人的简略介绍。

负责解说的是那位手持月杖的娉婷婢女。她面对沙盘时推时讲，声音明朗清越，还带着一丝轻微的胡音。张小敬略显无礼地多看了她一眼，这个叫檀棋的姑娘，有着高耸的鼻梁和盘髻黑发，应该是汉胡混血。

"重点是，突厥狼卫打算怎么动手？"张小敬问。

檀棋道："目前还不知道。唯一的一份情报，来自朔方留后院。有一个部族的突厥首领曾声称，整个长安城即将变成阙勒霍多——你知道这是什么意思吧？"

张小敬点点头。阙勒是个突厥名词，近似于九幽血狱，而霍多则是化为尘土之意。整个词既是一句诅咒，也是一种传说中的凶兽。"阙勒霍多"这四字，即使不懂突厥语的，也能感受到其中滔天的杀意。

长安城即将变成阙勒霍多，这也许是一句夸张的修辞，也许是什么东西的比喻，没人知道。

檀棋知道时间紧急，语速很快："……这是我们在丙六客栈搜捡到的一块残布，上面勾勒了半个长安城外郭。很可能曹破延想要的，是整个长安的详尽坊图。"

一听是长安坊图，张小敬的两道蚕眉纠到了一起。李泌注意到他的神色变得严峻，问道："依你之见，突厥人要这坊图做什么——嗯，让我换个问法，如果坊图在手，他们能做些什么？"

"顺渠下毒、连坊纵火、乘夜杀良、散播妖谶、阑入皇城……若是上元灯会，只消在崇仁坊、延寿坊、兴庆宫、曲江池几处观灯繁盛之处抛洒几枚铜钱，都能闹出大乱子。有坊图指引，这长安城他们就能来去自如，可干的事情只怕太多。"

张小敬掰着手指，侃侃而谈，每说一句，周围人的脸色就寒上一分。

李泌面色严峻，他已把形势估计得足够严重，可没想到还有这些匪夷所思的险恶招数。靖安司的人毕竟是官面上的，这些方面的见识远不如这位见惯了鬼蜮伎俩的前任不良帅。

"依你之见，倘若不能公开搜捕，接下来该如何着手？"李泌问。

张小敬答道："私藏皇城坊图，是要杀头的大罪。除了官府，一般人家不会有。曹破延既然无法从崔六郎那里获得，要么去皇城里偷，要么……"他的视线移到了沙盘上，身体朝檀棋挪了挪，几乎与她肩碰肩："望楼最后一次看到曹破延，是在哪里？"

檀棋对他的大胆有些吃惊，迟疑了一下才回答道："曹破延翻过水门的速度太快，望楼来不及监视。不过据我们推测，他可能在延寿坊、布政坊一带上岸。这两处都是人流繁盛之地，利于隐藏。我们已经派人去搜索了。"

张小敬道："我猜他不会走远，最终还是得回到这里来。"说完一指沙盘。

"西市？"崔器有些惊讶。李泌却微微点头，和张小敬异口同声："胡商！"

胡商多聚集于西市，其中不乏身家巨万的巨贾。长安坊图对生意大有裨益，他们暗中收藏一份并不奇怪。张小敬对他们的秉性再熟悉不过，这些人天生就是逐利之徒，胆子比骆驼还大。

崔六郎败露之后，曹破延不敢再接触唐人。若想在最短时间内拿到坊图，他别无选择，只能打胡人的主意。

"可你知道去找哪个商人吗？"李泌皱眉问。西市胡商的数量太多，不可能一个一个排查。

张小敬捏了捏拳头，淡淡答道："非常之时，自有非常之法。"李泌略显紧张，可话到嘴边还是咽下去了。

这家伙说的"非常之法"，恐怕会是一些不合仁道的手段。不过现在可没时间奢谈刑律和良心。殿角铜漏，水仍在一滴滴敲击着时筒。每一滴，都可能意味着数百条人命的散失。

"张都尉，朝廷之国运、阖城民众之安危，都托付给你了。"李泌大袖一拂，郑重地双手抱拳，肃容一拜。他身后的官吏们见状，也一并起身，齐齐拱手。

张小敬没有回礼，只是用手掸了掸左眼窝里的灰尘，淡然道："我是为了长安百姓，其他的可不关心。诸位莫要会错了意。"

众人霎时脸色全变了，这是什么话？虽然私底下大家对朝廷都有怨念，可怎么能堂而皇之说出来？

张小敬咧开嘴笑了笑，转身走出殿去。靖安司的一干属员心惊胆战，都看向李泌。李泌面色如常，拂尘搭在手臂上，似乎全不为意。

这家伙这是在向自己暗示，他不愿受任何控制。

在门口，崔器已经备好了一整套装备：精炼障刀、贴身软甲、烟丸、牛筋缚索，等等，还有一把擘张手弩。张小敬娴熟地把这些东西披挂起来，又蹲下身子，用两截麻绳把裤脚扎紧。穿戴妥当后，一股精悍杀气扑面而来。

张小敬把那柄手弩拿起来，反复拉动空弦，又用耳朵听了听，对崔器道："拆掉望山，钩心再调紧两分。"崔器闻言一怔，望山是辅助瞄准用的，比较累赘，有准头的人不爱装，钩心调节的是弩箭飞速，越快威力越大，但准头不易控制——看来这位是个用弩的高手啊。

他连忙拿着弩箭去找工匠调整，张小敬趁机把徐宾叫到一边，压低声音道：

"麻烦友德你派人去敦义坊西南隅，那儿有个闻记香铺，给掌柜的送个口信：

立刻离开长安，一刻也不要耽搁。最好你也劝家里人尽快出城，绝对不要去参加灯会。"

徐宾瞪大了眼睛，不明白他的用意。

张小敬语气无比严厉："我在长安城待了这么多年，比任何人都知道这座城市有多么脆弱。若李司丞所言不虚，我估计——"说到这里他难得地犹豫了一下，然后加重了语气：

"这次长安在劫难逃。"

曹破延此时正站在某一坊的大门口。此时他头上多了一顶斗笠，不掀开的话，完全看不到面孔。

此时坊门大开，无数摊贩摆摊在坊墙之下，吆喝声四起。十来个闲汉在一处空地抓着粗绳两端，牵钩做戏，围观鼓劲的人更有十倍之多。在坊门旁边，立着一具高逾五丈的挑竹大灯轮。灯轮上每一角都垂着五彩绸穗，只待黄昏后举烛。

曹破延拉低斗笠，从里卫身边朝坊内走去。靖安司已经传来了一通文告，让诸坊里卫留意一个连鬓胡人，只是事起仓促，没有附上图影。里卫们正忙着为牵钩喝彩，他们一看曹破延衣着不是胡袍，连打量都懒得打量，任其进入。

曹破延走到十字街口附近一处僻静角落，从怀里掏出一截小纸卷，看了眼，然后拦住一个跑过的小孩，询问李记竹器铺在哪里。小孩见他相貌凶恶，连忙说就在背街宽巷尽头的宅子里。

曹破延顺着指点走去，这里果然有一个竹器作坊，过道和门前堆满了还未糊纸的灯笼架子和竹篾子，有鸾凤，有云龙，还有各色神仙与吉祥物件。看来这里生意不错，到了上元节当日还在忙碌。

他敲了敲门，三下长，一下短，然后再两下长。屋里沉默片刻，一个高鼻深目的枯瘦竹匠探出头来，一把削竹尖刀提在胸口。

"白毡金帐设在王庭何处？"他用突厥语忽然发问。

"草原的雄鹰不惧狂风。"曹破延掀开斗笠，也用突厥语回答。

对方打开一条小缝，让他闪身入内。

第二章

午初

这两匹马你追我赶，在坊里的街道上奔驰，
不时骤停急转，掀起极大的烟尘。
路上的车子行人纷纷闪避，引发了更多骚乱。

天宝三载元月十四日，午初。

长安城，长安县，西市。

西市的市面，并未因刚才的骚乱而变得萧条。随着午时临近，诸坊的百姓乡绅、高门府上的白袍采买、散居京城的待选官吏、全国各地的投献文人等都一窝蜂地拥来，指望能抢购到最新进城的胡货。甚至在人群中还能见到许多头插春胜的女眷，她们不放心别人，非得亲自来挑选不可。

张小敬走在街头，行步如飞。在他身后，紧紧跟着一个稚气未脱的圆脸年轻人。此人叫姚汝能，是才加入靖安司不久的年轻干吏，京辅捕吏出身，有过目不忘的才能。李泌派他来，协助张小敬进行调查——当然，也存了监视的心思。

"张都尉，您是要去哪里？"姚汝能忍不住开口问道。张小敬的脚程太快，周围人又多，必须竭尽全力才能跟上。

张小敬脚下不停："柔嘉玉真坊。"

这柔嘉玉真坊的名字，姚汝能倒听过，乃是个专供女子面药口脂的铺子。铺子里都是大食贩来的秘制养容药膏，效果奇佳，在长安城的贵妇圈相当有名，店主是西市数得着的豪商。

姚汝能忽然超前一步拦住他："请您解释一下去这里的目的。"张小敬眉头一皱："都什么时辰了，你还在这里啰唆！"姚汝能一本正经地说道："您现在身份特殊，行事须得先说明缘由，也好让李司丞放心。"

"我若不说明呢？"

姚汝能·握腰间刀柄："我随时可以抓您同去。"他话音刚落，张小敬五指伸过来，一下抓住刀锷，轻轻一掰，那佩刀便要离身。姚汝能急忙侧身去抢，不防张小敬脚下一钩，他登时扑倒在尘土里。

张小敬俯视着他，冷冷道："我若真想跑，你现在已经死了几次了。"

说完他转身离开，姚汝能狼狈地从土地上爬起来，顾不得拍掉身上的土，连声喊道："喂，张都尉，你这么干，我可是要上报的！"

张小敬理都没理他，径直朝前走去，姚汝能只得气急败坏地跟了上去。

玉真坊在西市东南二街口的北侧曲巷内，需要拐一个弯，恰好可以挡住外街的喧嚣和视线。

一入坊内，迎面是三面椒香泥墙，上头分列九排长架，架板都用粉绫包裹，上头摆着大大小小的琉璃瓶与瓷器。此时只有十几个身披各色帔帛的女子，她们不时低声垂头交谈，露出雪白的脖颈。伽香的味道轻柔地弥漫四周，令人沉醉。

伙计一见进门的居然是个男人，呆愣了一下。张小敬把腰牌一晃，沉声道："靖安司办事，带我去见店主。"伙计还要讲话，张小敬独眼一眄，朝那些女子扫去。伙计不敢惊扰顾客，只得说去通禀掌柜，张小敬却一把拽住他胳膊，径直向坊后走去："军情要事不容耽搁，我随你去！"伙计还要挣扎，被他用刀柄一磕腰眼，登时不敢动了。

就这样，张小敬拽着两股战战的伙计，大剌剌地朝后面走去。姚汝能紧随其后，他对这个做法倒是无异议。时间紧急，哪能容他慢吞吞地来回通禀。

坊后是一个开间大院，一个胡人胖子正斜靠在钩纹团花的波斯毡毯上，左手拿着高足杯，肘下支着隐囊，屈左腿而坐。旁边一个黑靴小侍捧壶而立。中庭一个美貌歌姬正围着一棵梅树唱着《春莺啭》，且歌且舞。

张小敬他们一闯进来，歌舞登时进行不下去了。两名护卫走过去想要阻止，店主却皱了皱眉头，挥手让他们退开："阁下是……？"

"靖安司都尉，张小敬。"张小敬放开伙计，亮出腰牌，然后示意姚汝能把院门关上。

"哦……可是万年县的张阎罗？"店主在长安待了许多年，稍微有点名气的人，他都有耳闻。万年张一眼，号称五尊阎罗——狠毒辣拗绝，乃是镇压东边混混们的一尊杀神。不过……听说他早几个月犯事被抓，判了绞刑，怎么这会儿又出狱了？

张小敬面无表情地一拱手："有几个问题，要请教尊驾。"

店主伸出右手食指，慢条斯理地顺着嘴角的胡须滑动，一直滑到高高翘起的一撇须尖，才意犹未尽地放下。张阎罗这是没钱过节了吧？居然敲诈到了玉真坊的头上，也不问问这坊和官里的关系。

"来人，给张爷取一匹路绢来。"

官定素丝一匹四十尺，做寻常交易之用。若是长途运输，还要再多叠四十尺，谓之路绢，只适合骡马驮着，常人根本没法抱走。店主故意给路绢，存了有意羞辱的心思。

想要钱？那就自己当畜生驮着出去。

张小敬走上前去，作势要接。店主轻蔑一笑，可他笑意还没消失，就看眼前白光一闪，一把利刃架到了脖子上。

别说店主，就连姚汝能也是大吃一惊。他本以为这个死囚犯和店主有什么交情，想不到居然上来就动了狠手。姚汝能"唰"地抽出佩刀，却不知该掩护张小敬，还是该阻止他。

这时一群玉真坊的伙计冲进来，姚汝能的心和刀同时一横，学着张小敬的样子厉声道："靖安司办事，都给我站开！"那群伙计果然不敢上前了。

张小敬的声音依然冷漠："我的问题还没问呢。"

"你敢动我一下，就等着被踩死吧！"店主恼羞成怒。

张小敬垂下头，凑到店主耳边："不瞒你说，在下是一个死囚犯。办不成差事，回去也是死——你猜我会怎样做？"店主望着那只森森独眼，心中一紧，他最怕的是不守规矩的疯狗。他眼神闪动数息，只得开口道："你到底要问什么？"

张小敬把刀口挪开一点："最近你有没有和突厥人打过交道？"

店主对这个问题有点诧异，不过很干脆地答道："没有！"

"那你听过最近有什么商家和突厥人接触吗？"

"没有。突厥人？在长安都多久没看见了。"

突厥早在贞观年间已一蹶不振，西突厥在显庆年后也分崩离析，只剩下几个小部族在草原上时反时归。至于留在长安的突厥人，已完全归化。除了俘虏、使节和赴京朝觐的酋长们，长安不闻突厥之名已经许多年了。

"不如把你的人叫过来问问，也许他们知道呢。"张小敬坚持。

店主只得吩咐伙计们过来，一个一个询问有无和突厥人有接触，结果自然都是否。张小敬挥手让他们散了，继续问道："那么你知道西市谁家里有长安坊图？"

店主一听，连忙摇头："别家有没有不知道，反正我没有。"他又补充了一句："这有违大唐律令，形如谋反，谁敢私藏？"

张小敬收起刀来，退后一步："实话好教你知，最近有几个突厥人潜入长安，想在上元节闹事，如今只缺一张长安坊图。你没收藏就最好，不然朝廷事后查出谁家私藏了坊图，那可是泼天大祸。"

店主这才明白，为何这个官差办事如此急吼吼的，原来还有这一层因果。他直起身子，换了一副关切的表情："小老虽只一介商贾，也有报效朝廷之心，不知那几个突厥人什么形状什么来历，小老也好帮忙探听。"

张小敬冷冷道："不必了，若见到可疑之人，及时报官便是——对了，此事是朝廷机密，不可说与旁人。"

"自然，自然。"店主连声答应，刚要吩咐奴婢端来几瓶琉脂净膏子给几位抹手，一抬头，两人已经离去。店主见他们走了，双腮赘肉一敛，唤来一个心腹小厮，耳语了几句。

张小敬等人离开玉真坊，在曲巷口对面的一处旗幌下站定，对姚汝能道："你记下刚才坊内所有伙计的面孔了么？"

姚汝能点点头。

张小敬道："你仔细盯着玉真坊前后门，有什么可疑的人出来，让西市署的不良人缀上去，看他们进了哪家商号，记下名字。"

姚汝能这才恍然大悟，张小敬是在敲山震虎。刚才那么一闹，店主必然心中惊骇，赶紧去提醒那些私绘了坊图的商家——这样一来，只消盯住玉真坊的使者，便可知道谁藏有坊图。有了店家主动带路，这比一家一家去盘问省事多了。

这种做法看似粗暴，却最省力气。姚汝能看向张小敬的眼神都变了，不是积年老吏，可想不出来这招，分寸火候都拿捏得恰到好处。

"您怎么知道玉真坊有问题？"姚汝能好学地问道。

张小敬面无表情地回答："随便选的。这西市豪商里，身家清白的可不太多。"

姚汝能"咝"了一声："……万一猜错了呢？"

"那整个长安城就会完蛋。"

"……"

姚汝能以为这是张都尉在开玩笑，可对方脸上殊无笑意。

姚汝能是京畿岐州人氏，家中世代都是捕盗之吏，父亲、伯父先后死于贼事。后来朝廷垂恩，破格把他拔擢到长安为吏。所以他临行前发下过誓言，一定要在长安城做个让恶人闻风丧胆的干吏，才不辱家门。

张小敬干了九年不良帅，整个万年县都服服帖帖的，这在姚汝能看来，简直是一个最完美的偶像。他出发之前暗自激励自己，一定要从这位老前辈身上多学点东西，说不定未来也能当上不良帅甚至县尉。没想到这一位张都尉，和自己想象的不太一样。

姚汝能想象中的捕盗老手，应该正气凛然，像一把陌刀似的锋芒四射，贼盗为之束手。可这位张都尉，行事说话都透着一股邪劲，具体哪儿不对说不上来，总之是隐隐带着来自黑暗面的不安气息。他忽然想起李泌临行前的叮嘱："对此人远观即可，不可近交。"不由得心中一凛。

这时张小敬忽然问道："你做捕吏没多久吧？"

"啊？对的，三个月零八天。"姚汝能回答。

"那我问你，做捕吏该当如何行事？"

"自然是疾恶如仇！"

张小敬惋惜地摇了摇头："那在这个城里可活不了太久。"

姚汝能站起身来："我敬重您是前辈，也钦佩您的手段，可您别打算用这种言辞吓跑我。我会继续履行职责协助您，同时上报一切可疑动向，除非您把我杀死。"

面对这个轴人，张小敬也有些无奈。他比了个随便你的手势，什么都没说。

不良人们这时已经慢慢聚拢过来，姚汝能交代了几句，忽然想到一个细节，回头问道："张都尉，仓促之间，人手有限，那些商号平时进出的人那么多，该怎么盯梢才好？"

"只盯胡人。这种事，他们不会信任外族。"张小敬毫不犹豫地回答。

其实大唐从来不以血统而论，长安城汉胡混杂，非中原出身的文武官员多的是。即使是靖安司的属员里，也颇有几个精通算学、熟知行商的胡吏。不过夷夏之防这种论调，总会有人偶尔在心里嘀咕。

"涉及胡人，要不要跟西市署报备一下……"姚汝能刚提出点意见，就立刻被张小敬不客气地打断：

"我现在需要的是手和脚，不是一张嘴！"

姚汝能不敢耽搁，领命而去。靖安司并没有自己的不良人，不良人都是从各坊各署就近征调，需要花点时间。

张小敬站在旗幡下，双手抱臂一动不动，表情凝滞，谁也不知他在想些什么。此时太阳已快行至天顶，时间正像渭水一样飞快地流逝着。他的独眼一直望向远处的望楼。望楼上一片平静，尚无任何旗帜挥舞。

他等待的另外一个消息，至今还没有动静。

与西市一坊之隔的靖安司，此时正陷入前所未有的忙碌。

所有的书吏都埋首于无数卷帙之间，殿中只听见卷轴被展开的唰唰声。

仆役们一刻不停地从外面抱来更多卷宗，堆在书吏案前。为了提高效率，他们会提前把卷轴展开，铺在一个简易的竹插架上。这样书吏可以直接浏览内容，不必在展卷上浪费时间。

每位书吏都配发了三具插架：一架用来展卷，一架用来浏览，一架用来卸卷，保证书吏在任何时候抬眼，都有现成的卷子可以阅读。

他们必须在两刻之内，完成一件既简单又困难的工作。

开元年后，突厥和大唐之间的贸易一直处于停顿状态，但双方的需求却不会因此消失。精明的西域商人早就注意到了这其中的商机，悄悄地建立起了一条中转商路。他们从草原收购毛皮牲畜，以西域货物的名义运入长安，再从长安运出绸帛茶盐，辗转运去草原。不少长安的胡贾大商号，都与突厥人有着千丝万缕的关系。

李泌调来了近五年来所有进出长安的商队过所，重点核查羊皮、牛筋、泥盐、铁器这四宗货品的入出量。前两者是草原特产，后两者是草原急需，哪几个商号经手的货量越大，说明与突厥人的联系越紧密——对靖安司来说，这意味着曹破延找上其门的可能性就越大。

这是张小敬在临走前跟李泌定下的办法。

在往常，这些统计数字，得让户部忙上几天才能有结果。但现在时间比珠玉还宝贵，这些各部调来的案牍高手只好拼出命去，算筹差点都不够用了。

李泌虽然没参与具体事务，但他背着手，一直在书案之间来回踱步，仿佛一位国子监的老夫子。过了一阵，他扫了一眼殿角水钟，然后又烦躁地摇了摇头，转回到沙盘前。

"檀棋，你觉得张小敬这个人如何？"李泌忽然问。

檀棋正在把望楼最新的通报摆在沙盘上，听到李泌发问，不由得厌恶地耸了耸鼻子："相由心生，我看他就是一个粗陋的登徒子，真不知道公子你为何把前程押在一个死囚身上。"

檀棋是汉胡混血，鼻梁高耸，瞳孔有淡淡的琥珀色。她是李泌的家生婢，母亲是小勃律人，从小在李家长大，聪慧有识，所以最得李泌信任，说起话来很随便。

听到檀棋的问话，李泌用指头敲了敲桌面："太宗在法场救下李卫公时，曾有一句圣训：使功不如使过。太宗能用李卫公，我为何不能驾驭此人？"

檀棋撇撇嘴："他哪里配和李卫公比。"

"我看他一直在偷看你，你可不要做红拂啊。"

"……呃。"檀棋面色一红，话登时接不下去了，狠狠地剜了他一眼。李泌哈哈大笑，疲劳稍去，忽然又轻轻叹息一声："你若知道他的来历，就不会这么说了。"

"难道还是罗刹鬼转世不成？"檀棋撇撇嘴。

李泌道："那是在开元二十三年，突厥突骑施部的苏禄可汗作乱，围攻安西的拨换城。当时在拨换城北三十里，有一处烽燧堡城，驻军二百二十人。他们据堡而守，硬生生顶住了突厥大军九天。等到北庭都护盖嘉运率军赶到，城中只活下来三个人，但大纛始终不倒——张小敬，就是幸存的三人之一。"

檀棋用衣袖掩住嘴唇惊讶，光从这几句不带渲染的描述中，都能嗅到一股惨烈的血腥味道。

"张小敬归国叙功，授勋飞骑尉，在兵部只要打熬几年，便能释褐为官，前途无量。可惜他与上峰起了龃龉，只得解甲除籍，转了万年县的不良帅，一任就是九年。半年前，他因为杀死自己上司而入狱。"

檀棋倒吸一口凉气，不良帅的上司，岂不就是万年县的县尉？下杀上，吏杀官，那可是不义之罪，唐律中不得赦宥的十恶之一。

"为什么他会杀死自己上司？"她问。不过李泌只是微微摇了一下头，檀棋知道公子的脾气，不该说的绝不会说，于是换了一个问题：

"公子你为什么会选这么危险的家伙？"

李泌抬起手掌，猛然在虚空一抓："只有最危险的家伙，才能完成最艰巨的任务。长安城现在危如累卵，非得下一服至烈至刚的猛药不可。"

檀棋叹道："公子的眼光，檀棋从不怀疑。只是周围的人会怎么想？贺监又会怎么想？还有宫里那位……公子为了那一位，可是往自己身上加了太多负担。"

她太了解大唐朝廷了。靖安司这种地方，就是个天然的靶了。哪怕有一点点错漏，执掌者就要面临无数明枪暗箭。

李泌把拂尘横在臂弯，眼神坚毅："为他也罢，为黎民百姓也罢，这长安城，总要有人去守护——除我之外，谁又能有这心智和胆量？我虽是修道之人，亦有济世之心。这份苦心，不必所有人都知道。"

这时徐宾捏着一张纸匆匆跑过来，口中高喊："名单出来了！"

徐宾他们完成了一个不大不小的奇迹，居然真的在两刻之内汇总出了数字。名单上有七八个名字，都是这五年来四类货物出入量比较大的胡商，依量排名。

李泌只是简单地扫了一眼名单，立刻说："传望……不行，望楼转译太慢——张小敬现在何处？"檀棋知道公子已经进入任事状态，收起谈笑，指着沙盘道："西市第二十字街北曲巷前，姚汝能和他在一起。"

在沙盘上，代表张小敬的是一枚孤零零的灰色人俑，和代表旅贲军的朱陶俑、代表突厥狼卫的黑陶俑不一样。

"用快马，把这份名单给他送去。"李泌吩咐。

廊下即配有快马，骑手随时待命，专门用来传递内容复杂的消息。名单被飞快地卷入一个小鱼筒内，骑手往袖管里一插，一夹马镫，应声而出，马蹄声迅速远去。

与此同时，大嗓门的通传跑入殿中，与快马恰好擦肩而过。

"报，贺监返回。"他肺活量十足，唱起名来气完神足。

李泌眉头一皱，他怎么这么快就回来了？这可不太寻常。他看了檀棋一眼，后者会意，月杖一打，把代表张小敬的那枚灰色陶俑从沙盘拨开。

通传把另外刚送到的几份文书也一并交过来，这都需要李泌最先过目签收。他且看且签，突然眉头一挑，从中拿出一份，随手交给了旁边一个小吏，低声交代了几句。

李泌刚刚吩咐完，贺老头子匆匆迈入殿内，劈头第一句就问道：

"长源，你居然任用了一个死囚？"

闻染拍掉手里的蜡渣，把父亲的牌位摆了摆，然后轻叹了一声："今天可是上元节啊，真的要走吗？"

屋子里没有人，她只是在自言自语。

刚才有人送来一个口信，口信里有一个独特的暗号，她知道这是恩公发来的。

口信说让她立刻离开长安，但却没提具体是什么事。这让闻染有些为难。自从父亲死后，她毅然接过这间香铺的招牌，一个人咬着牙惨淡经营。凭着几分倔强和执着，现在她的生意已颇有起色。上元节各处都要用香，正是赚钱的好时机，若是自己现在离开，可要少赚不少钱呢。

但这是恩公的命令，闻染不能不听。若非恩公，去年闻家早就家破人亡。父亲生前曾反复叮嘱，让她一定对恩公言听计从。

她轻轻叹息了一声，把行囊整理好，顺便抬头看了眼墙上的货牌。木牌密密麻麻，每一块都代表了一份沉甸甸的订单。闻染识字不多，不会写账本，只能通过这样的方式记生意。她看到，其中一块木牌写了个"王"字，旁边点了十二个粉色墨点。

这是安仁坊王节度家的大小姐，订了十二封极品降神芸香，预定今日送到。

闻染两道淡淡的蛾眉皱了起来。这份订单，对闻记香铺可是至关重要。那位小姐对自家的合香爱不释手，一直想要几封新的。若把她哄高兴了，日后自己在整个高门女眷的圈子都会打响名气。

安仁坊在敦义坊的东北方向，隔着三条大道，距离不算特别远。闻染心想，好歹把这份订货先送过去吧，再出城不迟。

她主意既定，转身取来芸香，放到一个竹扎的香架上，背出门去。闻染本想赁一匹骡子，可今天过节，附近脚铺里的牲口全被订光了，加价都没有，没奈何，只能背着香架子一路走去。

此时路上行旅颇多，她挤在人群中，勉强走到崇业坊，却走不动了。这里有一处玄都观，达官贵人多来此进香，各色牛马大车停在坊口，将道路堵得水泄不通。老百姓只能暂时停下脚步，耐心等待。

闻染安静地站在队伍里，浑然未觉，在对面怀贞坊的坊角酒肆二楼，一道阴森森的视线越过宽街，在她身上来回扫了几回。

一个穿着浅青官袍的中年男子收回视线，缓缓举起酒爵。他双眼狭促，鼻尖挺而勾，一动嘴唇便会扯动鼻翼与眼睑，好似一条蛇在脸皮之下游走。

"那个女人，你们看见了吗？"他啜了一口酒，淡淡问道。

他身旁站着几个锦袍少年，听到询问，纷纷点头。

中年男子怨毒地说道："她和她爹去年那案子，搞得鸡犬不宁，还枉送了一个县尉的性命。今天既然让我撞见了，可见是天意。此仇不报，别人会说我封大伦好欺负——你们一会儿，可得好好关照她一下。"

锦袍少年们都哈哈笑了起来，眼神里尽露淫邪。

封大伦把酒爵放下："你们尽管放手去做，张阎王在狱里等死，这次谁也保不住她。"一提到这个名字，他眼神里闪过一丝惧意和恨意。连他自己也说不清，到底哪种情绪更浓烈些。为了驱散这种令人不快的情绪，他挥了挥手：

"站着干吗？还不赶紧去做事？"

锦袍少年们叉手告辞，噔噔噔地跑下楼去。

闻染好不容易才从崇业坊的拥挤走出来，沿街走了一段。不知不觉中，她发现身边多了几个浮浪少年。这些少年个个衣着轻佻，袍襟开处，能看到脖颈下的几缕深色文身。

浮浪少年们开始只是在附近晃荡，然后一个一个不动声色地贴近，把其他行人排挤开。慢慢地，闻染的前后左右都被他们占据。这些人彼此之间距离松散，却连成一条坚不可摧的人墙，把她关在其中。

闻染感觉有点不对，想往外冲。浮浪少年们嬉皮笑脸地挡住她，用肩膀和胳膊把她顶了回去。闻染恼怒地抓住其中一个人的胳膊，用力一扯，没把人扯开，反倒把袍子给拽下来，露出两条黝黑的胳膊。

那个少年两条胳膊上文着两行狰狞的青字："生不怕京兆府，死不惧阎罗王。"

这，这是熊火帮的标记！这个帮派，是万年县一霸，豢养了数百个无赖闲汉，轻则寻衅滋事，重则杀人越货，终日横行街头，肆意无忌。

难道……这就是恩公口信里提到的危险？闻染心想。可是她不明白，熊火帮的人，为何来找她的麻烦？

闻染就像是落入了激流，完全身不由己，被人墙裹挟着，一路朝着北边的偏僻地段而去。闻染倔强地咬着牙，眼睛不断从人墙间隙朝外看去。她忽然眼前一亮，发现前头坊角有一处武侯铺，几个武侯手持叉杆，正在铺前闲坐。她猛然加速，撞开一个浮浪少年，跑向武侯铺大声呼救。

武侯们听见呼喊，纷纷拿起叉杆，可他们一看到姑娘身后十几个双臂文字的浮浪走过来，脸色都为之一变。为首的少年不慌不忙走过去，一拱手道："家里婆娘不听管教，叫几位爷见笑了。"说完从腰间解下几吊钱送了过去。

这话不尽不实，武侯们却不欲多生是非，收了钱，一齐朝后退去。少年们嬉笑着，把绝望的闻染拽回到人墙里。在前头的路口，正停着一辆拱厢马车，两扇车窗被黑布罩着。浮浪少年们推推搡搡，把她扭送到车厢里，然后又跳上去两个人，把门从里面关牢。

马车徐徐跑动起来，闻染在黑暗中十分惊慌，却无处可逃。过不多时，忽然车外传来一阵恢宏的钟声。这钟声很特别，宏阔中带着点剔透的清音，一听就来自济度尼寺的紫金佛恩钟。武则天曾在此出家，寺钟系紫金所铸，与其他寺庙的钟声颇有不同。

这钟声，让闻染忽然平静下来。

不是因为佛法无边，而是因为她忽然意识到，自己还未到彻底绝望之时。

济度尼寺位于安业坊内，闻染常来这里送香，对附近路径非常熟悉。她一听到钟声，立刻就判断出自己此时的位置——大概是在安业坊西侧，距离本来要去的安仁坊很近，中间只隔着一条朱雀大街。

朱雀大街是长安城最中间的南北大路，宽约百步，直通宫城。如果有机会跑上御用的驰道，说不定便能脱困。

闻染这样想着，背靠厢壁直起身子，她的手在黑暗中触到地板缝隙里一枚松动的铁钉。

她的性子，可从来不会轻易放弃。

随着一声压抑到极点的惨呼，曹破延身子猛然向前挑起，双目赤红。嘴里的木棍差点被咬断。

一截黝黑的弩箭杆被竹匠手里的尖刀挑了出来，鲜血淋漓。随后他搁下刀，熟练地给伤口缝合、敷药、包扎。

"弩箭无头，不会伤及性命，只是手肘几个月用不得。"竹匠说，用水盆洗掉手里的血水。曹破延额头上沁满了汗水，虚弱地点了点头。

这时门外传来脚步声，一个面色阴郁的男子走了进来。这男子是典型的突厥人相貌，有着一张皱裂丛生的狭长马脸和两条浓密的白眉。他穿着一件连地的素色丝绸长袍，风格既不类中土，也不似胡服，后头还搭着一个庑斗状的兜帽。

"右杀贵人。"曹破延和竹匠一起躬身做礼。

右杀不是人名，而是突厥官位。王族分督诸部者，在东者称左杀，在西者称右杀，权柄极大。这么大的一位人物，居然藏身于长安城内，若让朝廷知道，定会是一场轩然大波。

右杀扫了一眼曹破延的手肘伤口："我刚刚得到确切消息，你带来的十五位勇士，已经转生了。"曹破延"扑通"一声跪倒在地，羞愧地拿起旁边的尖刀对准心口："一切罪责都归于属下，愿以死赎罪。"

狼卫是大汗最忠诚的侍卫。他们奉命进入长安，就没打算活着返回草原。但这些狼卫的生命，本该换回几百倍的唐人鲜血，才算对大汗尽忠。死在一个破落货栈里，实在是极大的浪费。

右杀冷笑道："你的性命是属于大汗的，有什么资格自己决定？"他从曹破延手里把尖刀拿过来，削掉后者头顶的一缕头发，绕在手腕上——这在草原上，代表收取有罪者的魂魄。从这一刻开始，曹破延已彻底死了，只剩下一个服从任何命令的躯壳。

"接下来你要完成我的所有命令，才允许死去。"

曹破延的头颅低低垂下，一声不吭。这位右杀贵人，有着阿史那家的高贵血统，是突厥这次在长安行动的统摄之人，代表了大汗的意志。他的意愿，就是曹破延的命运。

右杀把刀丢开，抬手道："坊图的事你不必管了，我已另外派人去弄。现在有另外一项任务交给你。"

"嗯？"曹破延抬头。

右杀道："刚得到消息，此时朔方节度使王忠嗣的家眷，正在京中。你去把他的女儿绑来，剁掉指头，一节一节地送到草原的唐军行营去。"他说这话的时候，嘴角不自觉地露出残忍的快意。

王忠嗣是突厥的噩梦，是让突厥人喘不过来气的罪魁祸首。狼卫难得来一次长安，不送一份大礼，实在有失礼数。

可曹破延却眉头紧皱。这次在长安的行动筹谋已久，眼看到了实施阶段，怎么能因为一时的心血来潮而随意更改呢？有一句话他一直没说，那位崔六郎，也是右杀这边一手安排的，结果发现是唐人的细作。他倒不怀疑右杀与唐人勾结，可他连最起码的审查工作没做好，结果导致十几个精英狼卫还未发挥作用便丧生，背黑锅的却是曹破延。

这位右杀贵人的性子和突厥贵人们差不多，太过粗疏随意，在草原也许还行得通，可在长安城的行动中，他并不适合做一个统帅。

曹破延把这些念头强行抑下去，谦恭地匍匐在地："西市一役，唐人已有所警觉，此时或许已布下天罗地网。属下担心……突然节外生枝，于大局无补，反而易生乱子。"

右杀脸色阴沉下来，这可是他突然想到的神来之笔，居然被一个卑贱的狼卫如此质疑。

"闭嘴！"右杀愤怒地一挥袍袖，"你们狼卫不需要嘴，只需要獠牙！"

曹破延还要声辩，右杀抬起腿来，一脚把他踹翻在地。可惜手里没鞭子，不然非得狠狠地抽一顿这个狂妄的浑蛋不可。

到了这份上，曹破延只得闭上嘴，默默地从地上爬起来，叩头谢罪。可是他的双拳微微攥起，眼神里跳动着不甘的火焰。一串彩石小项链从他的脖颈上垂下来，看起来像是出自孩童之手。

右杀喝退了曹破延，转身推开门，走到外屋。

外面是一个宽阔的工坊，数十名突厥人正在热火朝天地做着木工活。他们不似狼卫一样精悍健壮，大多都有一个佝偻的脊背和一双满是茧子的大手。这样的工匠，每一个都是草原上的至宝，此时他们却藏在这个小小的工坊里，埋头苦干。周围还有十几名健壮的狼卫在来回巡逻，眼神锐利。

一根根毛竹被削去叶子，截成三尺长短的直杆，两侧各钻上十个半寸大小的细孔，并排斜放在窗下。另外还有五六个人正在分批把灯笼装车，这些灯笼有葫芦、仙桃、蝙蝠、祥云，等等，造型各异，体积都差不多，相同点是中间留出一个圆筒状空隙，恰好可以插入一根竹管。

右杀拍了拍手，所有的工匠都停止了工作，朝他看过来。

"可汗通过我的眼睛，在看着你们。"这是他的开场白，每一位工匠都单腿跪在地上，用右手抚在左胸，垂下头。

"许多年前，这里的城市任由我们蹂躏，这里的女人和牛羊任由我们掠夺。现在我们却龟缩在草原一隅，任凭大唐和回纥人奴役我们。但这一次，我们将找回祖先的荣光，从白旄大纛的帐下出发，穿过风雪，穿过刀箭。仇恨是最好的坐骑，只有它才把我们带至千里之外的长安。我们每一个人都是大汗愤怒的信使，是复仇的火焰。现在，我们像蛇一样钻进敌人的心腹之内，用他们住所的石块搭建坟墓。太阳不会永远照在仇敌的草场，总会有风雪落下！"

右杀的口才非常好，他的声音压得很低，却能让整个屋子的人都听得一清二楚。每一个人，都被他的情绪所感染。

"我刚才检查了你们制造的进度，还不够快！这不是灰顶帐，不是犊子车，这是伟大的阙勒霍多！你们必须再加把劲，完成它的肉身。它的魂魄，也已经接近长安。到了日落时分，两者合二为一，我们将看到它降临长安，把这座城市的壮年、老年、女人、孩童全数吞噬，从血到骨一点不留！你们的名字，会比大汗最勇敢的勇者还荣耀；你们的子孙，会同时被先祖和英灵庇佑！"

右杀最后一句，是吼出来的。工匠们和狼卫们眼中流露出极度亢奋的凶光，他们不敢高声欢呼，只能有节奏地捶着胸，跺着脚，低声喊着"阙勒霍多！阙勒霍多！"。他们的靴子踏在地板上，发出整齐的咚咚声，如同南下进军的鼓声。

曹破延一个人待在里屋，也保持着半跪抚胸的姿势，不过他却没有外屋的人那么兴奋，只是冷冷地看着右杀的演说。

做完最后的动员，右杀又交代了几句，离开了铺子。

竹器作坊的门前，是一条通向大街的狭长巷道。右杀一边缓缓走着，一边用双手把兜帽从后头掀过来，遮住自己的突厥面孔，露出长袍背后金线绣成的十字标记。他又取出一串琉璃念珠挂在脖子上，用右手捏住正中的木制十字架。

当他踏上大街时，整个人已经换了一番形象——慈眉善目，和蔼可亲，对路过的每一位行人，都微笑着合掌祈颂："愿仁慈的主与你同在。"

快马飞驰而过，片刻不停，直接将鱼筒朝张小敬丢了过去。张小敬伸手一捞，牢牢抓住。

与此同时，姚汝能那边也汇总了对玉真坊的监视，匆匆赶了回来。胡人的反应非常快，店主在张小敬离开之后，立刻派了五个仆从，分赴五家商号。然后那五家商号又分别派人去了别家商铺。亏得姚汝能调度得当，才顺利搜罗到了所有被通知到的商铺名字。

现在张小敬手里有了两份名单，一份是藏有坊图的商家，还有一份是与突厥人联系密切的商家。把这两份名单叠加比对，最可疑的几家一目了然。

靖安司能在如此之短的时间内搞出这么一份东西来，真是奇迹。

"李司丞是宰相之才。"张小敬放下名单，由衷地赞叹了一句。他做不良帅那么多年，破案无数，深知很多事情并不需要搜考秘闻，真相就藏在人人可见的文卷之中，就看你能不能找出来——此所谓"大案牍"之术。李泌特意在靖安司集中一批精干官吏，专事检校查阅，正适合应付眼下这局面，可见此人卓识。

张小敬朝远处望楼做了个手势，告知妥收，然后开始分派任务。

名单一共勾选出了四家最可疑的商号。这几家虽然都在西市，但位置很分散。张小敬和姚汝能只好各带一队人马，分头行动。

在分手前，姚汝能恭敬地请教行动方针。张小敬攥起拳头，在他心口处虚捣一下："干掉不合作的，就这么简单。"

姚汝能在公门不是没遇到过悍吏，可他真没见像张小敬这么粗暴办案的。他就像是一柄飞舞的千钧铁锤，没有耐性从瓶中掏出金银，索性把花瓶砸得粉碎。姚汝能有一种奇怪的感觉，即使没有时辰的急迫限制，这个人也一样会这么干。

"是不是觉得这不合仁道？"张小敬语气里带着讥讽，指了指周围人来人往的行人，"对敌人心怀仁义，就等于放纵对这些百姓的残忍——记住，这是你的第一课。"

"可我们现在并不知道，他们是不是敌人啊。"

"不合作的，就是敌人。"

张小敬先去的是一家叫作西府的金银器铺子，店主籍贯康国。西府店虽然主业是金银器，但也经常以借贷的形式参与到大宗贸易中来，所以才会被列入靖安司的名单。

曹破延进入西市时用的过所，写的正是来自康国，而且盖有当地印鉴。这种文书，若没有点康国上层的关系，不太容易能弄到——要知道，康国本来就是突厥种的国家，虽然两者有分野已久，但族类血统这东西谁敢保证？

当然，这并非出于歧视。事实上在这四家被怀疑的商号里，两家是胡人，两家是唐人，并无任何偏见。靖安司和鸿胪寺不一样，向来不惮用最大的恶意来揣测任何人。

西府店位于西市第三个十字街的西北角，这是个黄金地段，诸路交会之所，最为繁盛。这家的门前的气象与别家颇为不同，两侧皆是两抱立柱，都漆得锃亮黑底，上嵌一圈一圈的蟠龙云纹。张小敬掀开布帘，踏入铺子。

店里很安静，没什么客人。一进门，就被一个弯月形的高木台拦住。台子比寻常人恰好高一头，只能勉强看到空荡荡的台面，却看不到台后状况。他摇动一枚挂在旁边的铜铃铛，很快一个留着山羊须子的胡人老头从台后探出头来，居高临下望着他，面无表情。

"兑器还是兑钱？"老头干巴巴地问，语气很不好。

张小敬在台面上用食指和中指轻轻敲了三下，亮出腰牌："官府办事。你是店主？"

老头点点头。

张小敬直截了当道："我们现在怀疑西府店私藏长安坊图、勾结突厥残党，需要搜查一下。"

这个指控非常严重，店主却没流露出什么表情，慢吞吞地答道："鄙店是做金银生意的，绝无私藏坊图之事，亦不曾主动与突厥人勾结。"他的唐话非常流利，没有任何口音。

"那要本尉搜过才知道。"

店主脸上的褶皱抽动一下，瞪着张小敬道："老夫与京兆尹很熟，你们不妨先去问他老人家。"

这种金银铺子，跟朝中很多大员都有借贷关系，靠山多得很，寻常差吏根本不敢轻易上门。张小敬眼中凶光一闪，正要动用强力，忽然一个不良人惊慌地闯了进来。

"张都尉，外面有黄烟起来了！"他大喊道。

张小敬眉头一皱，立刻转身掀开布帘走了出去。店外街上很多行人已经停下脚步，朝着西北方向的天空指指点点。他仰头望去，看到远处升起两股烟柱。一股是浓浓的黑烟，另外一股是略淡一些的黄烟，两股互相交缠，扶摇直上，在清澈的天空中非常醒目。

那个方向，是姚汝能去搜查的远来商栈。远来商栈是疏勒商人的产业，主营大宗牛马羊生意，跟草原突厥的关系更为密切，可疑程度不逊于西府店。

黄烟是靖安司携带的烟丸所发，见烟如见敌，必须立刻聚拢赴援。姚汝能身手很好，又带了七八名不良人。他升起黄烟，说明一定是碰见硬茬了。

张小敬立刻召集周围的不良人，朝着那个方向跑去赴援。跑过去一个街口，张小敬突然停下脚步，跟在身后的人一时没收住，差点撞上去。

一丝疑问在张小敬脑子里闪过。

他猛然想起西府店主的那番话，越发觉得可疑。"绝无私藏坊图之事，亦不曾主动与突厥人勾结。"——没主动勾结，那么就是被动应付喽？

这么想的话，老头子提及京兆尹时语调略不自然，难道是在暗示报官？

张小敬"啧"了一声，懊恼地用手掌用力拍了拍自己的脸颊。这才坐了多久牢狱，自己就迟钝到了这地步。若换作从前，恐怕当场就觉出不对劲了。

"你们继续去支援姚汝能，我回去看看。"

张小敬当即回身，以惊人的速度跑回西府店。到了店门口，他"唰"地抽出寸弩，架在左肘端平，右手扣住悬刀，躬身踏了进去。

铺子里依旧非常安静，这次老人没有探出头来迎接。张小敬谨慎地扫视了一圈，然后走到高台的尽头与立柱相连的地方，一脚踹开侧面的小门，侧身闯了进去——寸弩的正面，始终对准着台子的方向。

在台后，张小敬看到老人靠着木壁旁的垫脚边，脑袋软软歪向一侧，眼睛瞪得大大的。张小敬过去蹲下身子，伸手探了一下脖颈，发现老人已经没了气息。他把尸体翻过来，看到背部腰眼有一道深深的伤口。

很明显，刚才老人跟张小敬对话时，台后站着另外一个人，正拿着利器顶着他后心。老人不敢呼救，只能通过种种暗示来提醒。可惜张小敬一时疏忽没有深究，以致其惨遭毒手。

张小敬目光一凛，将寸弩端得更平，朝店铺后面走去。从他刚才离开到现在，还不到小半炷香的时间，凶手恐怕还没离开。

高台的后面是个略显杂乱的长间，房间正中是张方案，上头搁着几卷账簿、小衡秤和绞剪。周围一圈高高低低的檀架上，摆满了各式各样的金银器物，每一件都擦得锃亮。地板上还躺着十几个包着绣角的蒙兽皮大箱子，有几个半开着箱盖，可以窥见里面金灿灿的诸国钱币。

西府店除了做金银器经营，还有一项业务是汇兑，大秦、波斯、大食等地的金银钱币，到这里可以折成大唐铜钱绢匹，反之亦然，所以这里才会有万国泉货汇聚。

几个伙计和护丁的尸体躺倒在这些钱财之间，他们都是心口中刀，这样出血不多，血腥味不易被外人觉察。

张小敬走过这一片狼藉，大概可以还原当时的场景：突厥狼卫闯进店来，第一时间干掉了店里的伙计们，恰好自己入内，狼卫胁迫店主蒙混过关。一等离开，就立刻出手杀死了店主。

这狼卫比靖安司估计的还要凶残，从一开始就没打算和平交涉。

张小敬深吸一口气，看到在长间的尽头有一扇虚掩的小门。门上挂着一把已被打开的方锁，锁眼卜插着一把花柄钥匙。这应该是西府店里收藏贵重物品的小间。张小敬走到门口，拉住门把，先往外一拉，没动，只能往里面推。可他轻轻一推，觉得微有阻力，随即门内传来一连串叮叮当当的金器撞击声。

张小敬暗叫不好，急忙推开门去看。原来门里是一列向下延伸的台阶，通往店底的地窖，在台阶底部躺着一件摔扁了的菊瓣金盏。闯入者显然经验丰富，搁了一件金器在门里头。如果还有人推门而入，金盏滚落，可以立刻发出警报。

张小敬重新给寸弩紧了弦，然后一步步踏下台阶。走到底部之后，眼前是一条狭窄甬道，前方拐过一个弯，可以看到隐隐烛光。他身子紧贴着墙壁，慢慢先把寸弩伸过去，然后猛然跃进去。

屋里没人，只有一根蜡烛在壁上亮着。借着昏暗的烛光，张小敬看到这个房间并不大，物件也不多，但个个是精品，在烛光映照下熠熠生辉。张小敬一低头，看到地板上翻倒着一件鎏金仙人驾鹤纹的茶罗子，罗屉半抽出来，里面空空如也。

"该死！"张小敬低声骂了一句。很显然，店主把坊图秘藏在了茶罗子里，结果被狼卫给找了出来。

这可不是什么好消息。

在房间的另外一端，一张飞天挂毯半挂下来，墙壁后是一个漆黑的洞口，可容一人猫腰通行。这是店主给自己修的密道，这些商人从来都是狡兔三窟。估计那个闯入者听到警报之后，立刻就从这条暗道逃遁了。

张小敬冲向洞口，忽然脚步一收，把外袍脱下来裹成一团，先扔进洞去。几乎就在同一瞬间，洞里突然传来皮筋响动，然后一支弩箭飞射而出，正中外袍。张小敬间不容发地抬手，寸弩对准洞内射了一发，然后迅速补箭拉弦，又补了一发。

洞中之人心思缜密，故意不去熄灭房间里的蜡烛，埋伏在洞口里侧。倘若有追兵冲到洞口，挡住烛光，便成了最好的靶子。不过弩机都是单发，张小敬用外袍废掉他的箭，占得了先机，不容他回填拉弦就补上两箭——在这么狭窄的洞里，几乎不可能躲过去。

不管射中与否，张小敬纵身入洞，前方黑暗中脚步声急促远去。可见那两箭即使射中了对手，也不是致命伤。张小敬端着弩机，边走边上弦，紧追不舍。可只追出去十几步，他突然觉得脚心微微发痛，急忙抬腿，然后俯身一摸，才发现原来地面竟撒着一串铁蒺藜。倘若他追得稍微急了点，就会被刺穿脚背。这么一耽搁的工夫，闯入者又逃远了几分。

不过短短几个呼吸之间，两人已经来回斗了数个回合。张小敬扫开铁蒺藜，抬弩盲射，同时大喊道："伏低不杀！"可回应他的，只有更急促的脚步声。

这密道不算宽阔，拐弯却不少。好在一条路到底，没有任何岔路。闯入者在前头跑，张小敬在后面追。前者身上不知带着多少铁蒺藜，沿途抛撒得毫无规律，严重阻碍了张小敬的速度。但张小敬刚才那两箭，也对闯入者造成了不小的伤害，这能从蹒跚的脚步声中判断出来。

两人你追我赶，不知不觉追出数百步之远。张小敬忽然眼睛一眯，看到前头有一束日光投射下来，看来出口快到了，是个垂直向上的竖井。一个人影顺着木梯攀爬而上，等到张小敬冲过去时，那人已爬到顶端，推了几下木梯，发现在竖井里无法推倒，又没时间拆毁，就随手把空手弩砸了下去。

张小敬闪身避过，抬弩射击，可惜弩箭擦着那人的头皮飞向天空。他也扔掉弩机，手脚并用顺梯子爬上去。当他从出口探出头来，脑袋冷不防差点撞到一具辘轳上。

原来这个出口，被伪装成了一口废弃的水井，辘轳床阑一应俱全。张小敬爬出井口，第一时间抽出障刀，侧举到自己耳边，以防止可能的偷袭。障刀比横刀要短要轻，适合贴身近战，在井口这么狭窄的地方也能施展开来。

不过什么都没发生，闯入者似乎对设伏已经失去了信心，直接逃掉了。

从密道的距离和方向考虑，张小敬大概判断出来，这里应该是在西市南边的怀远坊内。这家店主本事不小，居然挖出一条跨坊的地道。

怀远坊里有很多胡人聚集，如果让那个闯入者混入其中，麻烦可就大了。

张小敬看到草地上的一串脚印朝远处延伸，立刻追了过去。这口井位于一座小庙的后院，这是个民间野祠，庙里供着华岳府君，连庙墙也没有，开门即是坊内横街。时值上元，不少附近居民都会来烧一炷过路香，香火还颇旺盛。

张小敬绕到庙前，看到一群百姓惊讶地指指点点。两个卖笼饼和羊羹的小摊子翻倒在地，一片狼藉。再往前看，一个头戴折上巾的年轻人趴在地上，手持马鞭，朝着一个方向大骂，显然是坐骑平白被抢。

张小敬面色一凛，若是让突厥狼卫抢到坐骑，可就前功尽弃了。他拨开人群冲到街边，飞身截住正好路过的一辆单辕马车。车夫猝然遇袭，下意识地挥鞭要抽，反被张小敬一脚踹下车去。车厢里一名女子惊慌地探出头来，张小敬大喝一声："靖安司办事！征调尔马！"她吓得掩住胸口，又缩了回去。

张小敬手起刀落，斩断了辕马与车子之间的几根缰绳，跃上光溜溜的马背，双腿一夹，朝着突厥人逃遁的方向疾驰而去。

怀远坊里住户密集，道路拥挤，再快的马也跑不起来。张小敬很快就看到了前方那个纵马狂奔的身影，那家伙骑术了得，一路撞倒各种摊贩，引起一连串惊呼和怒骂，却始终保持着速度。

可惜张小敬抢的这匹坐骑不是骑乘用的，又没有马鞍坐力，再如何鞭打，也最多能与突厥人保持三四个身位，能看清他脑后裹的布巾，但没法更近了。

这两匹马你追我赶，在坊里的街道上奔驰，不时骤停急转，掀起极大的烟尘。路上的车子行人纷纷闪避，引发了更多骚乱。这番混乱终于惊动了坊里的里卫，两个卫兵手执用来拦阻惊马的木叉子，从街道两侧朝马头叉来。突厥狼卫右腿一偏，缰绳狠狠一勒，坐骑发出一声嘶鸣，前蹄扬起，刚好避过木叉的夹击，然后他迅速调整姿态，继续疾驰。

但这点阻挡，已为张小敬争取到了足够的时间。他猛然冲近几步，从腰间掏出烟丸，向前方投去。这烟丸含有白磷、硫黄、芦苇缨子、松香、樟脑等物，遇风而燃，燃则发烟，本是军中联络示警之用，靖安司也制备了一批。

他这一投，恰好把烟丸投入前头搭在马鞍旁的夹袋里。被抢走马匹的那个年轻人，可能是个正要去干谒权贵的文人，夹袋里都是一束束诗文。烟丸一燃，立刻把这些纸束都点着了。滚滚黄烟从夹袋里冒出来，宛如在马背上竖起一面流动大纛。

这一下子，突厥狼卫面临着两难窘境。如果对此置之不理，烟柱将会让自己无处遁形；可这个夹袋是用皮绳捆在马鞍旁，要解开必须腾出一只手，速度势必会大受影响。后头追赶的那个浑蛋，可不会放过任何机会。

他下意识地回过头去，看到追兵的独眼里满是冷笑，不由得心中一寒。那眼神他很熟悉，那是草原上最危险的孤狼。

狼卫一咬牙，往前又奔出数步，突然掏出匕首，顺着马耳狠狠刺入颅中。那马一声哀鸣，轰然倒地，狼卫借着跌倒之势跃入街旁的一条小巷。马匹的巨大身躯恰好挡住了巷口，形成一个绝佳的路障。随后赶到的张小敬不得不勒紧缰绳，停了下来。

他并不焦急。怀远坊的望楼看到黄烟以后，会第一时间击鼓示警，里卫会立刻封闭两侧大门。接下来，就是瓮中捉鳖。他不信这个突厥狼卫还能找出第二条跨坊的密道来。

那两个拦马的里卫气喘吁吁地跑过来，张小敬向他们表明身份，然后问这个方向能否通向坊外。一名里卫告诉他这是一条死路。张小敬又问巷子另外一侧有什么建筑没有。里卫犹豫了一下，说有。

"是什么？"

"祆教祠。"里卫有点苦恼地抓了抓头。

这条巷子走到尽头，视野突然开阔，形成一个宽约两百步的广场。在广场正中立着一座两层大祠。这祠白壁红瓦，四面皆有拱门，形制与中土迥异。门上镌刻着三只立在莲花座上的骆驼雕像，背承圆盘，盘有薪火，两侧有鸟身人形祭司侍立。

这祆祠屋檐用的瓦，皆为朱赤之色，状如火焰。一片一片相叠成片，让祠顶看起来如同一堆熊熊燃烧的篝火。

张小敬和里卫冲进广场时，广场上的信众已经嘈杂成了一片。祆教在长安不立寺，不弘教，这个祠只供长安胡人里的信众礼拜，所以广场上聚集的几乎都是胡人。

此时他们都面带惊骇，望向祆祠方向。张小敬独眼一眯，看到那突厥狼卫站在门口，双臂挟持着一个老者。那老者身披一件金边白袍，两条红束带交叉在胸前。

里卫面色大变，说那是祆祠的祆正府官，地位与中国一寺住持相仿。倘若他出了什么事，整个怀远坊的信众只怕鼎沸。张小敬略一点头，朝那边仔细端详。一直到这会儿，他才看清那突厥狼卫的面貌。不是曹破延，他的脸宽平如饼，双目细长，还有个大酒糟鼻。

突厥人中，祆教流传也十分广泛。但看这个狼卫穷凶极恶的模样，恐怕对可汗的忠诚还在对神灵之上。

张小敬跨步向前，走到祠堂阶前，居然说出一口流利的突厥语："你现在已被包围了，如果放开人质，束手就擒，我可以保证你得到勇士应有的礼遇。"

突厥狼卫的匕首顶住祆正的咽喉，声音有些喑哑："只有大汗才有资格称颂勇者之名。"张小敬嘿了一声，能选派来长安的狼卫都是死忠，劝他们投降比让天子不睡女人还难，区区几句话，休想打动。

不过对付挟持人质，他这位前不良帅，可有的是手段。

张小敬冷笑着迈步朝前："你一定会死，但你的名字不会。接下来，我们会对外宣布，你供出了大汗与王庭的一切秘密，并亲自为大唐军队带路。很快整个草原都会知道，是这个人出卖了整个部族，是这个人玷污了狼卫的尊严。"

"不可能，你不会知道我的名字！"突厥狼卫发出沉沉的低吼。

"你可以赌赌看。"

张小敬把刀尖对准他的胯卜，虚空一划，笑而不语，独眼里闪着狰狞的光。狼卫突然觉得嗓子发干，手腕不由自主地抖了一下。

突厥狼卫有个极其隐秘的仪式。每一个成为狼卫的战士，都会得到一位美貌女奴的侍奉，让他的阳具充分勃起，然后在上面文上一个特别的名字。当阳具垂下时，看到的是一个狼名；当勃起时，则显出本名。突厥人相信，阳具象征强大的生命，这会多赐予勇士一条狼命在身。

这个狼卫不清楚张小敬如何得知这个仪式，但他意识到，自己的尸体若是落入这个独眼男子手里，绝不会有什么好下场。

"放开人质，我会让你英勇地战死，否则你的名字将会永远耻辱地流传下去。"

张小敬走到距离两者五步远的地方，停住了。他在等待，等待恐惧在对方心里发酵。那位袄教袄正紧闭着双目，喃喃自语，不知是在求饶还是祈祷。

周围的信众紧张地望着这场对峙，甚至有些人跪倒在地，聚拢起一个小小的火堆，投入香料和油脂。袄教以火为尊，拜祭火神。这一举动引起了不少人效仿。一时间袄祠四周兴起了十几个小火堆，祷告声四起。

就在这时，广场上传出一声响亮的厉喝：

"还我马命来！"

一个影子从人群里嗖地跳出来，扑向突厥狼卫。突厥狼卫本来就极端紧张，猝然遇袭，下意识地手腕用力。那袄正脖颈泛起一道血光，口中嗬嗬，扑倒在地。然后那影子一头撞去，把突厥狼卫硬生生撞到了台阶下面。

这一下子掀起了轩然大波。袄教信众们先是惊骇地发出尖啸，接着全拥了过来，霎时将跌落台下的突厥狼卫团团围住，怒骂和拳脚声此起彼伏。张小敬急忙扑过去，可愤怒的信众根本无法控制，人头攒动，你拥我挤，一时极其混乱。张小敬和两个里卫试图分开人群挤进去，口中高喊让开，却屡屡被撞开。

这时从巷子口冲出几十个身着皂衣的健士。不是本坊里卫，而是长安县直辖的不良人，为首的正是姚汝能。他们看到这边黄烟缭绕，立刻赶来支援。这些不良人个个手执铁尺，进来后迅速分割信众，强行驱散，不服的就铁尺伺候，很快将局面弹压下去。

不过这只是暂时的，大部分人不肯离去，他们聚拢在周围，大声喧哗，等着官府给出一个合理的解释。一个祆正在众目睽睽之下被杀，这可是个惊天的变故。

张小敬管不了那么多，他快步上前，看到那突厥狼卫躺倒在地，五官流血，四肢扭曲，竟已被活活殴死。他俯身在狼卫身上摸了一圈，脸上"唰"地变了颜色。

坊图，不见了。

饶是张小敬心理素质奇佳，也不禁冷汗大冒。刚才信众骚乱，凑到狼卫身旁的人太多，说不定哪个宵小临时起意，盗走了他的算袋——这是运气最好的结果，如果是被突厥人的暗桩趁乱取走坊图……他急忙朝四周望去，却只看到无数张充满敌意的面孔攒动，无从分辨。

张小敬懊恼地回过头去，那个搅局的身影正趴在祆正身前，一脸不知所措。张小敬认出了他的脸，是刚才被狼卫夺去马匹的年轻人。

"你叫什么名字？"张小敬强压住怒气。

"仙州岑参。"年轻人毫不示弱地回瞪着他。

"你为什么要杀他？"

岑参气乐了："他当街抢了我的马，为何我不能追上来讨要？"他忽然情绪一低，带着哭腔："抢就抢了吧，为什么要杀了它啊？绿眉多善解人意，跟我这么多年，就这么死在巷子口……"语气忽又一顿，"马死尚能用金偿，我的诗也都烧光了，这可怎么赔啊？"

张小敬没空听他唠叨，对姚汝能沉着脸道："把这家伙和狼卫的尸体都带走——对了，远来商栈那边怎么回事？怎么会燃起黄烟？"

"唉，别提了。远来商栈那边突然闹惊畜，好几匹生马跑了出来，偏偏又是没牒照的，正赶上我们上门，一亮身份，商栈的人以为是西市署缉私，一句话没说上就打起来了……"姚汝能一脸无奈地解释，同时摸了摸额头，那里有一道新鲜的狭长伤口。

张小敬歪歪头，还未发表意见，忽然听到远处望楼咚咚几声鼓响。这是提醒声，说明即将有靖安司的命令传来。两人同时朝望楼看去，一会儿楼上武侯开始挥动旗帜。姚汝能连忙开始转译。他的脸色随着转译的进展，变得非常古怪。

张小敬问道："是谁发的命令？李司丞吗？"

"不，李司丞只是副手，这个命令是贺监亲自发的。"

"贺监？"

"哎，您不知道吗？就是靖安司的真正长官——贺知章。"

听到这个名字，张小敬微微动容："命令是什么？"

姚汝能译完命令，整个人完全呆住了。好在望楼的命令都会重复传送三次，他忙不迭地又译过一遍，发现无误。他看向张小敬，有点手足无措。

"靖安都尉张小敬，即时夺职，速押归司台……"

第三章

午正

还未入坊，两人已能听见丝竹之声隐隐传来。

靡丽曲调此起彼伏，诸色乐器齐响，杂以歌声缭绕其间。

未见其景，一番华丽繁盛的景象已浮现心中。

天宝三载元月十四日，午正。

长安城，长安县，光德坊。

贺知章站在靖安司大殿的正中，手里托着一枚铜金方印，神态平和。李泌站在他的对面，目光锋锐如飞箭射来，可却不能影响这位老人分毫。

司里的其他人都低下头去装作忙手头的活，谁也不敢发出声音。

这时殿外的通传跑进来，先看看李泌，又看看贺知章手里的大印，犹豫了一下，这才向贺知章拱手，粗声粗气道："怀远坊望楼回报，张都尉已被控制，即刻返回。"

虽然他有意压低嗓门，可还是让周围的人都听了个通透。

贺知章要的就是这个效果，他满意地点了一下头，这才对李泌语重心长道："长源，莫怪老夫用这司印压你，实在是你行事太孟浪——任用一个死囚为靖安都尉？还是刺杀上司的不赦之罪？传出去，明天御史们的弹章能把你给埋喽！"

李泌怀抱拂尘，冷哼一声："明天？不知这长安城，还有没有明天可言。"

"啧，长源哪……你勇于任事，老夫自然明白，但兰台的人能明白吗？相国们能明白吗？就算他们明白，可在乎吗？"说到这里，贺知章特意加重了语气，"你以为老夫为何匆匆返回？李相那边已经听到行动失败的风声，试图夺取靖安司的指挥权！现在老夫还顶得住。若他知道，你竟把长安存亡押于一个死囚身上，到时候群议汹泅，就是我也扛不住压力！"

他见李泌沉默不语，又换了副和蔼口气："朝堂之上，处处伏兵，稍有不慎便是倾覆之祸——老夫今年八十六岁，已无所谓，你还年轻，要惜身！"

贺知章一口气说这么多，可称得上推心置腹，可李泌却不为所动："您在这里每教诲一句为官之道，那些突厥人就离得逞近上一分。"他看了一眼殿角，铜漏里的水依然无情地滴落着。

贺知章道："我没说不抓突厥人！只是听说那人对朝廷的怨恨溢于言表，你就这么信任他？"

"我不信任他，但他是现在最好的……不，是唯一的选择。"

"西都汇集天下英才，满城人物，难道没一个比得上那死囚犯？"贺知章口气转而严厉，"你已错了一次，让靖安司倍受重压。如今情势，可容不得第二次犯错！"

李泌踏前一步，目锐如芒："您只想保住靖安司，而我要保住长安！"

这时通传第二次踏入殿内，粗着嗓门吼道："报，靖安都尉张小敬等，已至门口。"贺知章挥了挥衣袖："不必进来了。把他的腰牌收缴，直接押还长安县。"

这时李泌忽然大喝一声："慢！"

"长源。"贺知章的语气已带着几丝不满。李泌却不顾呵斥，呛声道："刚才西市、怀远坊先后有黄烟升起，必有重要进展。不如先叫他进来，交代清楚，再议处不迟。"贺知章明知李泌在拖延，可也明白眼下情势紧急，于是轻叹一声，挥了挥手。

不过他又安排了四个旅贲军士在侧，一旦张小敬报告完，就立刻上前将其拿下。

贺知章轻易不会干涉司务，但若李泌逾越了规矩，他就会化身笼头缰绳，把年轻人拽回来。突厥狼卫当然要抓，但他绝不能让政敌们找到借口，染指靖安司。

这一切，可都是为了那一位的安全。

脚步声响，张小敬大剌剌地迈入殿中，全无突遭解职的惊惧。他先冲檀棋眨了眨眼睛，然后把好奇的目光投向那位须发皆白的老者。

这个人在本朝实在太有名了，诗书双绝，名显开元、天宝二十多年。就在十天之前，贺知章宣布告老还乡，天子特意在城东供帐青门，百官相送，算得上长安一件颇轰动的文化大事。可张小敬万万没想到，这位名士居然又潜回京城，摇身一变，成了一个和文学毫无瓜葛的靖安令。

他今年已经八十多岁，致仕时已是三品银青光禄大夫兼正授秘书监——这是为什么别人敬称其为贺监——来做靖安令这么一个所由官，实在是高配。很显然，做出这个安排的人，不指望贺知章能有如何作为，只是希望凭他的资历和声望坐镇正印，方便副手李泌在下面做事。

张小敬忽然笑了，贺知章的出现，解答了他一直以来的疑问。

长安城的城防职责，分散于金吾卫、京兆府、御史台、监门卫等官署，叠床架屋，矛盾重重。这个靖安司凭空出现，凌驾诸署之上，若非有力之人在背后支撑，绝不可能成事。

贺知章的身份，除了银青光禄大夫兼正授秘书监之外，还有一个太子宾客的头衔。而李泌则是以待诏翰林供奉东宫。这靖安司背后是谁，可谓一目了然。

虽则如今太子不居东宫，可从这些幕僚职衔的安排，仍可略窥觑中玄妙一二。

贺知章注意到了张小敬的无礼视线，但他并未开口责难，只是垂着眉毛闭目养神。

李泌走上前来，要他汇报情况。张小敬摸摸下巴，把事情原原本本说了一遍。李泌脸色一变："这么说，突厥人已经拿到了坊图？"

这可是他们仅有的一条线索，若是断掉，靖安司除了阖城大索没别的选择了。

张小敬道："还不确定，我已安排姚汝能封锁祆祠周围，正在逐一排查附近住户……"话未说完，贺知章"嗖"地睁开眼睛，语气严厉："好大的胆子！你可知道擅封祆祠，会引起多大的骚乱？"

"不知道，也不关心。我的任务只是抓住突厥狼卫。"张小敬回得不卑不亢。

"那你抓住了吗？"

"如果你们总是召我回来问些无聊问题，那我抓不住。"

李泌微微有些快意，张小敬这家伙，说起话来总带着点嘲讽的味道，现在轮到贺老来头疼了。

贺知章眉头一皱，这个死囚实在是太过无礼了。他举起大印，想叫人把张小敬抓起来，先杖二十再说，这时通传第三次跑进殿内。

"报，祆教大萨宝求见。"

殿内稍熟长安官场的人，心里都是一突。长安城的胡人多信祆教，一旦起了争议，光是信众骚动就能掀起大风波，所以官府与祆教的交往向来谨慎。大萨宝统管京畿诸多袄祠，影响极大，他忽然至此，肯定是来兴师问罪的。

贺知章一阵冷笑。这个无知囚徒，非但搞砸了唯一的一条线索，还惹出了这等风浪。他看了一眼李泌："长源，你今天已经是第二次犯错了。"

贺知章轻轻点了一句，然后转过脸去："绑起来！带走！"

李泌尴尬地站在原地，眼神闪动。如果真是惹出袄教的乱子，他也没法出言庇护。几个如狼似虎的侍卫得令，把张小敬按住，五花大绑，就要朝殿外推去。忽然殿里传来一阵尖利的木脚摩擦地板的声音，众人循声望去，看到徐宾略带惶恐地站起身来，周围的书吏都跪坐着，把他衬得特别显眼。

贺知章眯起双眼，不动声色地盯着他。

面对靖安令的威压，徐宾战战兢兢，有心想替好友说几句辩解的话，可情急之下口吃更加厉害，脑门都是汗，一个字也说不出来。他挣扎了半天，终于放弃了说话的努力，迈步走出人群，快步走到张小敬身旁——徐宾没那么复杂的心思，当初是他把好友送进靖安司，也必须是他送走才成。

贺监是大人物，应该不会为这点小事记恨我吧……徐宾这样想，右手去挽张小敬的胳膊，同时低声说了一句："抱歉。"张小敬反剪着双手，面色如常。对一个死囚犯来说，这不算最糟糕的情况，最多是回牢里等死，和之前没区别。

只是先给了他一点生的希望，转瞬间又彻底打碎，这比直接杀他更加残忍。

贺知章已经对这个穷途末路的骗子没兴趣了，他心里琢磨的是，一会儿怎么应对大萨宝。这事仔细想想，颇为奇怪，袄教的消息什么时候这么灵通？这边才出的事，那边立刻就找上门了，莫非背后有人盯着寻靖安司的岔子？

一进入到朝争的思路，老人的思维就活跃起来。

不料张小敬像是读出他的心思一般，呵呵笑道："贺监你别瞎猜了，是我让姚汝能通知他的。"

闻染的手指非常修长灵巧，可以挑起最细的木香线，也能绣出最精致的平金牡丹。此时她背靠车厢，右手两根手指拼命挤住板隙，夹住那枚松动的铁钉头，一点一点地扭动。与此同时，她还在心中默默地记着马车转向的方向和次数。

车子平稳地朝前驶去，车厢里依然黑暗。那四个押车的守卫一边两个，自顾闲谈着。马车内弥散着一股芬芳的香气，这是斜放在旁边的香架散发出来的。闻记的合香，一向以香味浓郁、味道持久而著称。

大概是被香味所影响，守卫们不知不觉聊到青楼的话题，个个面带兴奋。其中一人转过头来，淫邪地盯着闻染鼓胀的胸口。闻染恼羞成怒，突然大声尖叫。守卫不得不抽了她一耳光，才使她安静下来。等到守卫们都回到座位上，闻染缓缓抽回右手，刚才她趁着尖叫声掩盖，把钉子从缝隙中生生拔了出来。

她在黑暗中握紧拳头，让尖锐的钉子头从指缝之间透出。

又过了一阵，车夫在前头忽然高喊一声"吁——"，车子速度又降了下来。今天上元节，街上人太多，马车不得不走走停停。

闻染双目突睁，一跃而起，一拳砸向刚才唐突她的那个守卫。拳头狠狠砸在对方的眼窝上，守卫发出一声惨叫，闻染拳头收回来时，指缝间的钉子头沾满了鲜血。

其他三个守卫一时间都惊呆了，闻染另外一只手趁机把香架推翻，合香洒了一地。在狭窄的车厢空间里，这个阻挡颇为有效。闻染趁机冲到车厢前部，扯开帷幕，对着车夫后脑勺狠狠捶了一下。

车夫猝然被铁钉凿脑，剧痛之下缰绳一勒——马车正在转弯，辕马吃这一勒受惊挣扎，车架子登时失去了平衡，后面车厢里的人东倒西歪。闻染一咬牙，偏过身子滚落车下。她一落地，打了几个滚，片刻不敢停留，朝着东边飞奔而跑。

她之前一直在推算马车行进的位置，估计这附近是在殖业坊和丰乐坊之间的横街。这两坊都在朱雀大街的西侧。她只要沿着横道往东跑，很快就能看到朱雀大街。

两个又惊又怒的守卫跳下车厢，去追闻染。他们身强体壮，步子迈得大，很快就拉近了和闻染的距离。为首一人跑得最快，追出百步，距离她只有一步之遥。浮浪少年狞笑着伸出手，去抓她的头发。不料闻染猛然回头，一包粉末从手里砸出，在他鼻梁上绽开。

这是她跳车前抓起的一个香包，里面是给王家小姐特制的降神芸香。这东西对人体无害，但闻记香铺做工细腻，香料均碾得极细。浮浪少年一下子被粉末迷住了眼，不得不停下脚步去揉。

趁这个机会，闻染一跃冲上了朱雀大街。

她抬起头，遥遥看见街对面荐福寺的金色塔尖，心里升起一股希望。那里就是安仁坊了！

就在闻染踏上朱雀大街的同时，大萨宝恰好刚刚踏入靖安司的大门。

大萨宝今年六十多岁，此时换上了一件立领白纹缎面长袍，脖子上交叉挂着两条火焰纹的丝束带，这是只有极正式场合才穿的祭服，代表萨宝府对这件事的重视。

一位祆正在祠前众目睽睽之下被杀，这是何等的侮辱。

他抵达靖安司，被直接引到了一处偏殿独室里。这里没有侍婢，只来了一个五大三粗的军士，端来一杯茶。茶是剑阁兽目，倒是不坏，只是茶粉筛得太粗，一看四散的饽沫，就知道煎茶者漫不经心。

过不多时，一位老者推门而入。

大萨宝在长安待了许多年，一看鱼袋和袍色，就知道此人身份极高。两人各自施礼，互通了名姓，大萨宝这才知道此人是大名鼎鼎的贺知章，态度凝重了不少。贺知章双手一拱，徐徐开口道："惊闻有歹人唐突贵祠，侵戕法士，靖安司既然策京城防贼之重，必不轻忽，已遣精干官吏通力彻查，绝无姑息！"

等一等！大萨宝觉得不对劲，听贺知章这意思，一上来就要把靖安司的责任摘干净，不由得怒眉一扬，操着生硬的唐语道："明明是贵司追拿贼党，引入我祠……"

贺知章立刻截口道："幸亏教众见义勇为，殴毙凶顽，我会向圣人禀明，予以彰表。"

贺知章这两句话连拉带打，既撇清了责任，又抛出甜头，还顺带暗示自己在天子面前说得上话。大萨宝却不领情，拐杖一顿："你们靖安司为了拿贼，导致祆正无辜牵连，这得有个说法。不然信众哄起，我可压不住他们。"

祆教在长安是小教，只在胡人商团之间流传，朝廷以萨宝府羁縻。不过它的信众行事好聚众，一旦有什么纠纷，极易酿成骚动。所以凡涉祆政事务，大唐官员都是如履薄冰，以安抚为主。这一招，大萨宝屡试不爽。

不料贺知章神情突然一变："萨宝可知道那凶徒是何人？"大萨宝闻言一愣，贺知章道："此人是突厥可汗的狼卫，潜入长安，意图在上元节有害于君上。"

大萨宝一听，手里的茶碗咣当掉在地上。

"突厥人？有害于君上？天上的马兹达啊……"他接到的报告只说祆正被杀，却不知道狼卫的事。若事涉突厥，性质完全就变了。大萨宝知道，这是朝廷最不能触碰的一根红线。

贺知章敏锐地捕捉到了大萨宝的神色变化，趁机说道："虽然此人在祆祠前被殴毙，可身上却有一件重要物事被人取走，不知所踪——此事不搞清楚，就是泼天的祸事。"

这个暗示很明显，东西寻不回来，祆教与狼卫脱不了干系。如果大萨宝一意孤行，鼓动信众闹起事来，那就是里通突厥的叛乱之罪。

大萨宝连忙高声分辩道："我教祆正是被贼人杀死的，绝无可能勾结突厥人。"

本来是他兴师问罪，这一句讲出来，气场霎时易势。不过贺知章并非乘胜追击，反而微微一笑道："本官素知祆教明礼笃诚，岂会与奸人勾结，为贼所乘而已。"

大萨宝松了一口气，贺知章又闻言道："善神马兹达有云：善思、善言、善行，皆为功德。尔等弃绝三恶，奉守三善，又岂会为虎作伥？"

大萨宝一听此言，双目精光大射。马兹达是祆教正神之名；三善三恶云云，皆是教中习语——贺知章是怎么知道的？

要知道，祆教教义繁复，在长安始终未能大兴。朝廷官员多以"胡天""胡神"代称，从无兴趣深入了解。大萨宝从波斯来长安二十余年，知音难觅，一直深以为憾。贺知章这一番话，可是第一次有大唐最高级的官员认真引用本教经义。

贺知章见火候差不多到了，肃容一拜，满怀深情道："今日长安有事，正需要尊者与我靖安司行个方便，一并躬燃纯火，荡涤宵小啊。"

一听到"躬燃纯火"四字，大萨宝眼眶几乎都湿润起来。祆教以火为尊，这四个字真真打中了心思。老人颤巍巍地站起身来，放开拐杖，双手拢作火焰形状横在胸前，向贺知章深施一礼。

"祆众，愿为贺监前驱！"

朱雀大街是一条宽阔恢宏的南北通衢大道，整个长安城的南北轴心。路面中央微微拱起，两侧有深沟，东西宽约一百五十步。路面覆着一层厚厚的浐河沙，有如一条青白色大江，将长安外郭城区分成长安、万年两县。道路两侧种着高大挺拔的槐树与榆树，每隔一百步还有一对东西对立的石雕，气势宏大庄严。

这是天子御道，老百姓只能沿指定的九个路口横穿，不能越线，也不许快跑。闻染踏上这条路之后，只能站在队列里，缓缓向前移动。好在那两个追来的浮浪少年也不敢在御道造次，只能远远在人群里跟着。

闻染一路有惊无险地走到对面路口，长长舒了一口气。安仁坊里的贵人极多，府邸可以向街直接开门，不必通过坊门。所以从坊墙扫过去，一溜有十几座大的雕楣朱门。王家小姐的府邸大门就在右起第三家，门下有四棵榆树，立有两尊忠义石兽与十二根大戟，好认得很。

王家小姐的父亲是朝廷大员，到了她那里，自己应该就安全了。

闻染念及于此，快步上前。当她快接近王府朱门时，那大门忽然嘎啦嘎啦朝两侧打开，从里面驶出一辆奇特的车子。

这车子的拉乘不是马不是牛，而是两峰白骆驼，车厢左右都是云木低栏，没有顶檐，一眼望去似是拖着一张罗汉床。一个身材高挑的女子正扶在前栏，向前张望。她头顶用银绳挽了个高髻，身披翻领碧色长衣，足蹬红云靴，看上去飒爽英武。

闻染站在石兽旁喊道："王家姐姐！"那女子探下身子来，笑道："哟，这不是闻染吗？你身上好香啊，隔着十里都能闻见。我订制的降神芸香带了吗？"

闻染正要解释，王家小姐一挥手："来，上车再说吧。"

闻染提起襦裙角纵身跳上车。车栏里摆着一张厚厚的茵毯，一排亮漆食盒里盛着各色点心，角上还搁着个小巧的六角熏香炉，一个侍女正小心地侍弄着这些器具——俨然一副踏青野游的架势。

王家小姐叫王韫秀，她玉指一挑，炫耀道："你来得巧，正好我新得了这一部奚车，正准备出去逛逛。这可是草原来的新鲜玩意，全长安城就这一辆，别人家可没有——来，披上这件胡袍，不然坐起来就没气氛了。"

闻染本来要说自己的事，可王韫秀显然对她的事情不感兴趣，只是滔滔不绝地说着这车子的妙处。闻染知道这位闺秀性子骄蛮，颇好胡风，不敢搅她的雅兴，只得接过胡袍披上，耐着性子等她说完。

说话间，奚车出了王府，转向南侧，沿着安仁、光福、靖善几坊一路趟下去。那两个浮浪恶少看见她登上王家的奚车，不敢上前，又不能走开，只得远远缀在后头。好在骆驼行走不快，他们步行倒也跟得上。

奚车一过靖善坊，周围行人就少了很多。长安南城不似北城繁盛，民居寺观不甚密集，显出几分荒僻气象。车子行至一处路口时，车夫忽然把骆驼停住。王韫秀不满地问怎么回事，车夫说将作监的人在修路，让我们绕行。

前方确实立起了一块写着"外作"的柳木牌，远处几个袒露半臂的民夫脸蒙白巾，正用木耙刮着沙土。王韫秀冷笑："区区将作监的奴婢，也敢拦本姑娘的车？给我闯过去！"

闻染正琢磨着何时开口，忽然耳边响起一阵沉闷的轰隆声。她转过头，瞳孔在瞬间骤然紧缩。这里地势很低，在路口右侧的高坡上，一辆满载石料的无马大柴车正飞驰而下，遥遥对着坡下的奚车撞过来。

柴车分量极重，从坡上冲下来就像一只失去控制的疯狂巨兽，车轮轰隆，势不可当。闻染发出尖叫，车夫急忙驱动骆驼，可仓促间哪里来得及。柴车挟着极猛极重的风雷之势，狠狠地撞在了奚车侧面。

一连串木料开裂的巨响传来，奚车被生生撞碎顶翻，整个车体倒扣在地上，顷刻间就被石块掩埋。

这个意外惊动了附近街铺里的武侯，他们纷纷赶过来查看。那几个将作监的民夫忽然直起腰来，从沙土堆里掏出短刀，朝武侯们扑去。这些人筹谋已久，下手狠辣，那些武侯几乎一瞬间就被全数斩杀。一个恰好走过的卖果妇人转身要跑，一个民夫掷出一刀，正中她后心，也倒在了血泊中。

这些民夫料理完武侯，聚拢到碎烂不堪的奚车旁边。奚车二轮朝天，把乘客全扣在了底下。幸亏这车是低栏深底，像盒子一样罩住了她们，而不是直接压下去。车夫就没那么幸运了，他被压在两峰骆驼下，筋骨断折，眼见活不成了。

民夫们把车子侧边的木板踹开，拖出里面的三名乘客，发现那个侍女穿着的女子已经丧命，其他两个人只是骤受冲击晕倒。一个民夫摘下脸上的白巾，露出曹破延的严肃面孔。

"哪个是王忠嗣的女儿？"他问。其他几个人都摇摇头，表示分辨不出来。这两个昏迷不醒的女子都穿着胡袍。曹破延抬起头，瞟了一眼远处慢慢聚集起来的路人，一挥手：

"没时间了，砍下她们的手臂和头，都带回去，慢慢分辨。"

曹破延抬起刀来，正要剁下去，却被旁边一个叫麻格儿的狼卫给拦住了。麻格儿是个粗豪大个儿，比曹破延还高："右杀贵人交代了，要捉活的。王忠嗣杀了他的儿子，他必须亲眼看着仇人的亲眷死去。"

曹破延喝道："这都什么时候了，还计较这些私人恩怨！带着两个活人，这是多大的累赘！搁哪儿去？"

麻格儿回答："右杀贵人说有一处备用宅子，可以……"

"那也要占据多余的人力和时间！狼卫效忠的是大汗，不是右杀的一己私利！"曹破延手腕用力，奋力砍去，不防麻格儿也抽出刀来，当啷一声架住。

曹破延大怒，这个麻格儿是他选拔进狼卫的，现在居然敢违抗命令！他正要出言训斥，却看到周围一圈狼卫的眼神有些古怪。他忽然意识到，自己的顶发已经被削去，严格来说，现在的身份比草原上的牧奴还低。

这些狼卫现在跟随他，是因为右杀贵人有过吩咐。如果他和右杀贵人的命令发生冲突，狼卫绝不会顾及同袍之情，因为右杀代表的是大汗。

曹破延一心希望对大汗尽忠，讽刺的是，阻止他的却正是其他狼卫对大汗无可置疑的忠诚。

对峙没有持续多久，曹破延长长吐出一口气，把刀放下。麻格儿如释重负，他太了解这位老长官，真要发起威来，在场的谁也拦不住。

"延州的货快到了，这是最重要的事，我必须亲自去接应。人质你们自己送去吧。"曹破延转身离开，头也不回。

麻格儿也不敢麻烦他，连忙吩咐其他人把闻染和王韫秀拖上一辆事先准备好的四面挂帐的大车，迅速离开路口。

在更远处，两个浮浪少年呆傻在原地，面对着半条街的鲜血不知所措。

贺知章再度走回到大殿。他的脸上挂着一种微妙的尴尬，脖子上多了一条火焰状的束带。这个略显滑稽的造型，让所有人都忍俊不禁却又不敢笑出声。

贺知章看了一眼张小敬，没多说话，径直走到李泌跟前，递去一卷略显破旧的名册。李泌只是简单地翻了翻，立刻交给徐宾。靖安司的书吏们又开始调阅各种卷宗案牍，大案牍术又运转起来。

张小敬双手抱臂，站在殿口，有些放肆地盯着檀棋。她感觉既厌恶又无奈，真想狠狠甩一月杆过去，可又不能，因为这个猥琐的登徒子，刚刚创造了一个奇迹。

贺知章和大萨宝的会面，完全是张小敬的主意。

根据他的推测，突厥人应该是在怀远坊祆祠有一个内线，冒充信众。狼卫故意逃去祆祠，是有预谋的，为了方便他的同伙取走坊图。

祆教相对封闭，信众之间彼此相熟。因此这个内线不大可能临时安插，恐怕已潜伏了一段时日。

每一个祆教徒，都要定期来祆祠祭火，奉献香料、油脂与金钱，都有记录。若想知道此人身份，最好就是取得祆教的供奉名录。有了这份名册，再和长安户籍做对比，凭靖安司强大的庙算能力，很容易就能看出端倪。

这就是为什么张小敬主动通知大萨宝。没他的配合，那份名册可不太容易拿到手。

接下来，就是如何说服大萨宝配合的问题，声望崇厚的贺知章显然比李泌更适合交涉。

尽管对张小敬毫无好感，可为了长安大局，贺知章也只能勉为其难地听一次死囚的话。那一番感动祆正的言辞，正是张小敬教贺知章说的。

祆教的人对金钱、权势不是特别在乎，唯独对能沟通教义者极有知己之感，循这个路数去游说，非但消弭了信众骚乱，大萨宝还主动配合，立刻派人去取了怀远坊供奉名录来。

檀棋看向张小敬，眼神复杂，这个男人似乎早就算好了一切，连贺知章这样的人都不得不按他的规划行事——现在才是最有趣的部分，檀棋饶有兴趣地想，贺监会怎么处置他？是收回成命，还是坚持驱逐？

可先动的不是贺知章，而是张小敬。他把手臂放下，掸了掸眼窝里的灰，朝殿外走去。李泌眉头一皱，问他哪里去。张小敬似笑非笑："这问题，不该问我吧？"殿里一时沉默，就连埋头查阅的书吏们，动作都略慢了几分。

贺知章"咳"了一声："靖安司自有法度，不容一介死囚留驻，但老夫对你并无成见。你今日功劳，不会唐捐。在牢中有何要求，不妨提来。"

"那就送点纸钱吧。"

"哦？"这个要求出乎了贺知章的意料。

"我想提前祭一祭即将死去的长安和百姓。"

听到这回答，贺知章气息为之一噎，他被这句话气得手抖。张小敬呵呵一笑，昂首朝殿外迈去。李泌突然伸手拦住了他，冲贺知章厉声道："贺监！此人于今日有大用，难道不可从权？"

贺知章缓慢而坚定地摇了摇头，这是原则问题。

李泌细眉一竖，从怀里掏出自己的印信，就要往桌上搁。檀棋大惊，公子这是要翻脸以辞官相胁了，为了一个死囚，至于到如此地步吗？

这印信还未搁下去，殿角一个小吏突然高声道："李司丞，您看这个！"然后递来一束公文。李泌一看，连忙拿给贺知章。贺知章眼神轻轻一扫，双肩突然剧烈地颤抖起来，神情如遭雷击。

这是一条讯报，来自延寿坊的街铺巡兵。

街铺在诸坊皆有。百姓之间有了纠纷或者看到什么异状，往往先报本坊街铺，谓之讯报。靖安司为了及时掌握整个长安城的动静，李泌要求各处街铺的讯报事无巨细，都要报来一份，有专人甄选分拣。

这条讯报称：有百姓在延寿坊旁的桥下发现一具男子尸体。经初步勘验，死者脖颈为巨力拗断，衣衫被掳。附近酒肆的饮客已辨认出此人身份——焦遂。

长安城饮酒成风，其中有八人最负盛名，号称"饮中八仙"。为首即是贺知章，还有李白、李适之、李琎、崔宗之、苏晋、张旭、焦遂等七人——焦遂是八仙中唯一个白身。贺知章与他从开元初年起便为酒友，两人交谊极笃。

贺知章没想到，居然在这时候接到老友的死讯。

李泌沉声道："延寿坊附近是永安北渠，正是我们怀疑曹破延上岸之处。焦遂的死状，与崔六郎一样，只怕也是突厥人下的毒手。"这句话的冲击更大，贺知章眼前竟是一阵眩晕。

"快扶住贺监。"李泌不动声色道。

檀棋赶紧上前一步，搀住贺知章胳膊。她感觉到，老人的手臂在微微抖动着，身子摇摆。他一直有风头眩的毛病，骤闻噩耗，竟有发作的迹象。

幸亏靖安司这里备有茵芋酒，赶紧给他灌了一杯。这药酒是药王的方子，贺知章喝完之后，情况总算略见好转，可整个人如同被抽走了魂魄似的。毕竟他已八十多了，体虚神衰，故友亡故，又最伤心神。

贺知章挣扎着想起身，可头晕目眩随之加剧。他长长叹息一声，知道这病一犯，便没办法视事。他把李泌叫到身前："此间……只得暂且仰仗长源你了。"他停了停，又压低声音道："张小敬这个人，可用而不可留。一俟狼卫落网，必须立刻处置，否则后患无穷——靖安司的敌人，绝不只是突厥人呢……"

这几句话，已经耗尽了老人的全部精神。檀棋连忙派人准备牛车，唤了一位医师随行，将他送回自宅去修养。李泌肃立原地，拂尘抄在胸前。

等贺知章离开之后，张小敬眯起眼睛，莫名其妙冒出来一句："李司丞掌握得好时机。"语气半是钦佩半是嘲讽。

"事急从权。"李泌面无表情。

两人像打哑谜似的，檀棋在一旁听得一头雾水。她动手把案上文牍收拾干净。焦遂的那封讯报放在最上面，她顺便多看了一眼，忽然注意到一个奇怪的地方。一般讯报的右上角会标有李泌的签收时间，这封是午时二刻签收，恰好是贺知章返回靖安司之前。

她蛾眉一皱，公子早就看到这消息了，可为何拖到刚才方对贺监讲起？难道说……

这个太离谱了，檀棋摆了摆头，把这些荒唐念头赶出脑外。

这时徐宾已经捧着一卷文书跑过来。凭借大案牍之术和祆教的户籍配合，他迅速地找出一个可疑之人。

此人叫作龙波，来自龟兹，开元二十年来京落为市籍，同年拜入祆教，就住在怀远坊内，一直单身。供奉记录显示他最近半年来，给祆祠的供奉陡增，为此还特受褒奖。天宝二载底市籍有过一次清册重造，但龙波的户口仍是开元二十年。有一位户部老吏敏锐地注意到这个小纰漏。户籍上要写清相貌，若是旧册不造，则有可能冒名顶替。

姚汝能此时还在祆祠附近，李泌让望楼通知，让他立刻前往龙波的住所搜查。

靖安司内，忽然陷入空闲状态。这时李泌忽然想起来了："嗯？那个叫岑参的臭小子呢？"那个家伙关键时刻坏了靖安司的事，他到底是不是受雇于突厥人，不审问清楚可不成。

崔器在旁边立刻答道："身份已经审清楚了，是仙州乡贡士子，籍贯南阳，来京城准备开春参加进士科。"他又补充了一句："岑家祖上，曾三代为相。睿宗时家族受株连流徙。父亲岑植，曾做过仙、晋二州刺史。应该和突厥人没关系，单纯……比较愣吧？"

一个破落官宦子弟，难怪在骑囊里放了那么多诗文，这是打算在开科前投献邀名呢。

李泌现在满腹心思都在狼卫上，一听岑参是这来历，袍袖一拂："哼，坏了这么大的事，别想逃责，先关一阵再说。"周围人心里清楚，倘若突厥人真干出什么大事，这就是现成的替罪羊。这个来京城赴考的可怜士子，这次别说中进士了，只怕性命都未必能保住。

张小敬念叨了一句"那小子身手倒还不错"，也就不说了。现在时间越发紧迫，这些无关的事暂且都放了放。两人同时趋向沙盘，看着盘中那标记着"怀远坊"的模型。

此时在真正的怀远坊内，姚汝能一脚狠狠地踹开木门，闯进屋去，举弩转了一圈，发现空无一人。

龙波的住所是个无院直厢，进门后只有一间正厅和一侧厢房，不良人一拥而入，霎时把屋子挤得满满。此人独居，家具不多。靖安司没费多大力气，就从床下搜出一批突厥风格浓郁的小物件，有金银器物，有羊皮纸，还有几盒马油膏。

看来龙波与突厥人有勾结，当无疑问。只可惜其人不在屋中，不知去向。姚汝能派人去附近询问邻居，邻居们纷纷表示，龙波很少与旁人来往，不知道他以何为营生、常去哪里。

姚汝能不甘心，回转屋里又兜了几圈，忽然发现一个可疑之处。正厅里有个灶台，灶台上方贴着一张灶君神像。袄教奉火为神，信众要一日三次在家祭灶火，怎么可能会贴个汉地灶君在上头？他凑过去，看到纸面干净平滑，少有烟火痕迹，伸手一摸，发现纸头的墙壁有些凹陷。姚汝能心中一动，把神像扯下去，里面露出一个砖槽，搁着一块方形木牌。

这块木牌有巴掌大小，四角刻着牡丹和芭蕉纹形，皆是阴刻粉描。正面刻着"平康里"三字楷书，背面刻着"一曲"字样。

姚汝能一愣。平康里在长安城东边，是一等一的烟花销金之地，在京城无人不知，无人不晓。此木牌叫"思恩客"，只有熟客才会颁出，凭此可直入帘中。这位龙波别看生活清苦，在那里可真是投入不少呢。

龙波以信众身份潜伏，平日谨小慎微，心中难免压抑空虚。唯有去平康里消磨时光。那里客来客往，皆是虚情假意，可以暂时放松一下，很符合一个暗桩的心态。

不过平康里的姑娘太多，皆有假母管着。这牌子是哪一位假母发放的，尚需调查。

姚汝能迅速把消息传回靖安司，李泌对张小敬道："平康里在万年县界，那是你原来的辖区。旧地重游，办起事来应该轻车熟路。"

"轻车熟路嘛……"张小敬呵呵笑了一声，周围官吏们都露出心照不宣的微笑。檀棋厌恶地看了他一眼，觉得天底下男人都是一个德行，看到平康里的那些女人就迈不开腿。相比之下，公子洁身自好，可比他们强太多了。

张小敬叫上姚汝能，转身欲走。李泌忽然又把他叫住："嗯……之前的事，希望你不要心存芥蒂。如今贺监已放权，我的承诺依然不变。"对他来说，这算是委婉的道歉。

"现在我可没有接受道歉的时间。"

张小敬简短地回了一句，匆匆离去。

李泌望着张小敬的背影，大为感慨。这个人行事大胆，心思却很缜密，接手调查时明明所有的线索都断掉了，竟被他无中生有，硬生生劈出一条路来。更可怕的是，祆教的抗议本是一场大祸，结果却被他信手一翻，一石三鸟，既平息了萨宝怒火，又获得了新的线索，还堵住了贺知章的嘴。

十年西域兵，九年长安帅，果然名不虚传。

李泌内心忽然涌现出微妙的不安感。这样的一个人，真的心甘情愿为自己所用吗？阖城性命这么一个大义名分，真的能束缚住他吗？

李泌自度，如果他与张小敬异地而处，对刚才的事情一定心怀怨懑。辛辛苦苦奔走效力，居然还要被人猜疑和羞辱，谁还会尽心办事？一想到他始终挂在嘴角的那抹淡淡嘲讽，李泌便有些头疼，这种失去控制的感觉可真不好。

看来贺监所说，也不无道理，对这个人，是要提前留份心思才对。姚汝能毕竟太稚嫩，而崔器又太粗疏，这两个人未必应付得了。

不过在那之前，还有另外一件更棘手的事情，急需解决。

李泌想到这里，不觉有几分疲惫涌上心头。他把拂尘往胳膊上一搭，高声道：

"檀棋，跟我来！"

李泌叫了一声，带着她来到殿后退室里去，特地关上房门。确认四周无人之后，李泌道："我要离开一下。"

"咦？您去哪儿？去多久？"

檀棋有点迷惑，情况已是十万火急，这个时候离开？李泌抬手捏了捏鼻梁："贺监离任，许多事情得重新布局，我必须得去跟宫里那位交代一下，大约半个时辰就回来。你对外就说我在退室休息，不许任何人进来。"

檀棋想到那一封蹊跷的讯报，不由得脱口而出："贺监……原来是公子你……"她话一出口就后悔了，公子做事，一定有他的道理，何必点破？

李泌却没有动怒，反而长叹一口气："此事我并不后悔，只是贺监位高名重，牵扯太多，我必须跟那一位坦承前因后果，以免他被动。"

"可……公子若不说，谁会知道？"

李泌摇摇头，嗓音变得深沉："我李泌绝不会对他说谎。"

张小敬纵马一路疾驰，直奔平康坊而去，中途姚汝能也匆匆赶上来。

一直到这会儿，姚汝能才有机会跟张小敬讲。他抵达远来商栈后，还没进门，就听见旁边马厩里一阵嘶鸣，紧接着就有十几匹健马蜂拥而出。他躲闪不及，被打头的一匹撞翻在地，磕伤了额头。等他爬起来亮出身份，商栈里的伙计说他是假冒的，一来二去就打起来了，他不得不燃烟求援。

张小敬问道："马厩在商栈什么位置？"

姚汝能道："这家商栈不做零卖，所以没有铺面。马厩就在店右侧，有一条斜马道与店内相连。"

"马厩的门当时是开着还是关着？"

姚汝能回忆了一下："应该是虚掩着，我记得上面有铜锁，但只是挂在闩上。"

"我记得我看到两道烟，一黑一黄，黑烟哪儿来的？何时燃起？"

姚汝能道："惊马冲过来之后，才起的黑烟。火头我没看到，但应该是从马厩后头燃起来的，许是马匹踢翻了火盆吧？"

张小敬听了呵呵一笑，马厩里堆着草料，怎么会在附近放火盆？远来商栈惯做牲畜买卖，不可能有这种疏忽。他欲言又止，末了还是摇摇头，嘟囔了一句："算了，这种事，还是让李司丞去头疼吧。"姚汝能心中好奇，可也不好去追问。

平康坊在万年县内。他们从光德坊出发，得向东一口气跑过五个路口，前后花了将近两刻时间，才抵达那个京城最繁盛的销魂之处。

还未入坊，两人已能听见丝竹之声隐隐传来。靡丽曲调此起彼伏，诸色乐器齐响，杂以歌声缭绕其间。未见其景，一番华丽繁盛的景象已浮现心中。此时方是正午，已是如此热闹，若是入夜时分，只怕更胜十倍。

平康坊虽然称坊，内里布局却与寻常坊内截然不同。张小敬一行从北门进入，向左一转，前方共有北、中、南三条曲巷，三处圆月拱门分列而立，绫罗挂边，粉檐白壁，分别绘着牡丹、桃花和柳枝。

说是曲巷，其实路面相当宽敞，可以容两辆双辕辎车通行。此时车马出入极多，车上多载有盛装丽人，各色花冠巾帔让人眼花缭乱，就连被车轮碾过的尘土都带着淡淡的脂粉香气——上元节酒宴甚多，大家都想选个体面女伴，观灯一游，所以都早早来此邀约。

姚汝能搜出来的这个木牌，写的是　曲。平康里三巷之中，南曲、中曲皆是优妓，来往多是官宦士人、王公贵族；靠近坊墙的北曲，也叫一曲，来的多是寻常百姓、小富商人或赴京的穷举子、选人之类，环境等而下之。从布局便看得出来：南曲多是霄台林立；中曲多是独院别所，还有一条曲水蜿蜒其中；只有北曲这里分成几十栋高高低低的彩楼，排列纷乱。三曲泾渭分明，一目了然。

张小敬站在入口处仰望一阵，对姚汝能道："进得这里，可不要妄动了。"姚汝能颇觉意外，他之前在西市蛮横无忌，怎么来这里却突然收敛了？张小敬指了指对街远处一处巨宅："你知道那头的宅子是谁？"姚汝能摇摇头，他是长安县人，对东边不是很熟。

张小敬嘿嘿一笑："那里原来是李卫公的宅邸，如今住的却是右相。"

"李林甫？"年轻人心中一寒，再看那宅邸上的脊兽，陡然也多了几分阴森气质。一朝之重臣，居然住得离平康里这么近，日夜欣赏莺红柳绿，可也算是一桩奇闻了。

他们举步迈入一曲，张小敬目不斜视，轻车熟路地直往前去。两侧楼上响来几声稀稀落落的吆喝，就再没动静了。姑娘们都有眼力，这两个人步履稳健，表情严肃，一看就不是来玩乐的。

两人七转八弯，来到一曲中段。张小敬脚下一偏，转入旁边一处小巷内。两侧只有些简陋的木质棚屋，黑压压的连接成一片，屋隙堆满杂物垃圾。

平康里的街路两侧皆修有沟渠，青瓦覆上，便于排水以及冲刷路面——除了这里，长安城只有六条主街有这待遇——这些沟渠都引到这条低洼巷子里来，排入坊外水道。所以这小巷内污水纵横，异味不小。

姚汝能心中纳罕，心想为何不去追查木牌来历，反而来这种腌臜的地方。可看张小敬的步伐毫不迟疑，绝非临时起意，显然已有成算，只得默默跟着。

张小敬走到一处棚屋前，敲了三下。一个人探头探脑打开门，一看张小敬，像是被蝎子蜇了一下似的，下意识要关门。张小敬伸出胳膊啪地拦住门框："别担心，小乙，今日不是来查你的案子。"那被唤作小乙的人畏畏缩缩退后一步，不敢阻拦。

棚屋之后别有洞天，居然是一个赌铺。这里可真是挖空心思，外表看只是几间破烂棚子，里面却打通成了一间颇宽敞的大通铺，有案有席，只是光线昏暗。

此时几十个赌徒趴在三张高案边上，正兴高采烈地围看三个庄家扔骰子，四周满布铜钱。张小敬一进去，所有的视线都投向他。赌铺里先瞬间安静了一下，然后人群当即炸开，一半人开始往窗外逃，另外一半往案底下钻，还有几只手不忘了去划拉钱，场面混乱而滑稽。

一个乞头气势汹汹地跑来，想看谁在闹事。他看到张小敬站在那里，像是看到恶鬼一般，张大了嘴巴，一时间连安抚赌徒都忘了。

"张……张头儿？"

张小敬不动声色道："你跑这里来了？"乞头面露愧色，不敢言语。张小敬道："带我去见你们囊家。"乞头犹豫了一下，却终究没敢说出口。他回身进屋，请示了一下，然后引着他们往后走去。

乞头、囊家云云，都是见不得光的习语。姚汝能观察此人行走方式，和张小敬颇为相似，估计原本也是公门中人，不知为何沦落至此。

这一片棚屋连成一片，里面被无数房间与土墙区隔，暗无天日，像是钻隧道迷宫一般。行走其间，隐约还能听到哭泣声和悲鸣，似乎有什么人被囚禁于此。

姚汝能心中一阵凛然，知道自己已经触及了另外一座长安城。这座长安城见不得光，里面充斥着血腥与贪欲，没有律法，也没有道义，混乱凶残如佛家的修罗之狱，能在这里生存的，都是大奸大恶之人。即便是官府，也不敢轻易深入这一重世界。

他的喉咙发干，心跳有些加速，不由得朝前望去，发现前面的张小敬步履稳健，没有任何不适。那个人的背影轮廓模糊不清，似乎和黯淡的背景融为一体。

这位前不良帅应该没少深入虎穴，没少跟恶势力做斗争。只要跟随着他，一定不会有错。再者说，恶人与捕吏是天然的对头，倘若自己连看一眼这里都胆战心惊，以后怎么与之争斗？想到这里，姚汝能重新鼓起了勇气，攥紧拳头，目光灼灼。

他忽然有点遗憾，张小敬若不是死囚犯的话，说不定现在是他的上司。这人虽然江湖了一点，可真能学到不少东西。

他们走了半天，眼前一亮，里面别有洞天，居然是一处砖石小院。院子不大，颇为整洁，院子正中灶上搁着一把漆黑药壶，弥漫着一股药味。一个裹着猩红大裘的人在灶边盘腿坐着，怀里还抱着一只小黄猫。

张小敬道："葛老，别来无恙。"

大裘一动，一个苍老的声音从中传来："张老弟？我没想到会再见到你。"语气平淡，不是疑问，而是在陈述一个事实。

"我也没想到。"张小敬无意解释。

"你这一回来，就惊得我的赌铺鸡飞狗跳，真是虎死骨立，杀威犹存啊——你来找我，什么事？"老人问。

大裘往下滑落，姚汝能这才发现，里面裹的是个瘦小干枯的老人，他皮肤黑若墨炭，一头鬈发，嘴唇扁厚，不是中原人士，赫然是个老昆仑奴！这昆仑奴眼神亮而凶狠，说的一口流利官话，丝毫听不出口音。听对话，两人早就是旧识，不过显然关系不会太好。

奇怪的是，张小敬在西市和袄教祠里，都粗暴无比，到这儿面对着真正的恶人，反而彬彬有礼。姚汝能已存了拼命的心思，可前面两人谁都没有动手的意思。

张小敬道："葛老，你还欠我一个人情。"葛老"啧"了一声，拍拍怀里的猫："欠账还钱，杀人偿命，这是老奴的为人之道。你说吧。"

张小敬掏出木牌，掷到他面前："这属于一个叫龙波的龟兹人。我要知道这是哪家颁给他的，都亲近过哪个姑娘，她们如今身在何处。马上就要知道。"

葛老用枯瘦的手把木牌捏起来，端详了一下，伸手把药壶的盖抬起来，敲敲壶边。一个精悍仆人走进院子，葛老吩咐了几句，仆人匆匆离去。

葛老注视着张小敬："这不是万年县的案子吧？"张小敬亮出"靖安策平"的腰牌，晃了晃，然后又收了回去。葛老缓缓起身，说我这里不便给官面上的人奉茶，你们自便吧，然后转身进了屋。

面对姚汝能的疑惑，张小敬简单地介绍了一下。这位葛老本是海外僧祇奴，大约在神龙年间被卖入长安，先在一个姓葛的侍郎家为奴，后来被卖入青楼做仆役。寻常昆仑奴，性情憨厚温顺，头脑不太灵光，唯有葛老是个异数。他能说会道，左右逢源，混得风生水起，很快竟说动主人将其放免，脱了奴籍。

这些年来他专为三曲青楼略人，倘若有姑娘不服管或跑了，他还管调教抓捕。久而久之，葛老凭着心狠手辣，成了平康里最大的人贩子，隐然成了坊中一霸。棚屋区就是他的天下，所有的姑娘都知道，宁惹相公，莫恼葛老。

张小敬在万年县时，办过几个略卖良人的诱拐案子。可惜葛老奸猾，从来没失过风，至今还安稳地待在棚屋里。这次来平康里办事，张小敬知道若是跟那些妈妈交涉，必然推三阻四，耗费时辰，不如请葛老出手。

"这岂不是跟恶人勾结吗？"姚汝能不能理解。

因为家中几个长辈都死于盗匪之事，姚汝能最见不得这些贼人猖狂。在他看来，只要一照面就该出手击杀，不容任何迟疑。他万万没想到，张小敬身为官府中人，居然跟他们谈起条件来了。

张小敬道："鼠有鼠路，蛇有蛇路，恶人有恶人的办法，有些事官府可做不来。"

"可这棚户区明明就在平康里内，几十个捕吏就能荡平，官府怎么能容忍一个略人贩子在此逍遥？这明明违背了大唐律令啊！"

"你自己琢磨吧，这个问题的答案，就是你的第二课。"张小敬回答。

姚汝能不服气地咬了咬嘴唇，认为这个回答避实就虚。他忽然想到，张小敬在长安城当了九年不良帅的人，身上的隐秘之事只怕山多。葛老说欠他人情，难道他们之前就有过勾结？

这么说来，张小敬的手脚，一定不怎么干净，说不定正是因为这种事才进了死牢。想到这里，姚汝能不动声色地站远了一步，想起了自己的另外一重职责。

没过多久，葛老传回了消息。这块木牌是一曲赵团儿家颁的，龙波半年前开始逛这里，一旬来一次，每次都找一个叫瞳儿的姑娘。他虽然出手不阔绰，但也从不拖欠缠资。

"遛马还是留沐？"张小敬问。这是平康里的行话，遛马谓之携妓外游，留沐谓之留宿过夜。

"偶尔沐香，遛马的时候多。"

张小敬眼神闪动。怀远坊距离这里甚远，且周围邻居以虔诚祆教信众居多，龙波不可能把瞳儿带回去——就是说，他另外还有一个落脚的地方。

"瞳儿现在哪里？"

"小妮子春心荡漾，一天前跟一个举子私奔了。"

张小敬微微一笑："葛老手里，岂有空飞之雀？"听到这句话，葛老那张黑面孔上的褶皱一阵舒展，肥厚的嘴唇咧开，露出白牙，似是一排人骨横卧夜中。

他勾了勾手指，说随我来。

葛老裹紧大裘，带着他们走进迷宫一样的棚屋。棚屋的顶上铺着厚薄不均的茅草，行走其间，透射下来的阳光忽明忽暗，让每个人的表情都显得有些迷离。在通道两侧，是一个一个小小的隔间，有的木门紧锁，有的完全敞开，但无一例外都散发着稻草腐味。里面人影绰绰，悄无声息，有如行尸走肉一般。

姚汝能走着走着，忽然一个骷髅手从黑暗中伸过来，吓得他叫了一声。再仔细一看，才发现是一个枯瘦如柴的女子趴在门前。葛老发出低叱，那女子赶紧缩回手去。

葛老脚步不停，声音冷冷在这一片鬼魅之间响起："外人都道平康里是个天上销魂处，个个都是仙女神姝，却不知这背后多少污秽。得了淋疮的姑娘、毁了容的凤魁、生来畸残的娃娃……无处可去，无人收容，全都如污水一样流聚到了此处，坐等转生。老奴坏事做尽，从不怕下什么无间地狱——嘿，已然身在其中羯磨，早不觉新鲜了。"

姚汝能听得触目惊心，没料到平康里的暗处，居然如此肮脏龌龊。他侧过头去，看到张小敬面不改色，显然早就知道了。

他们最终抵达一处阴暗柴房。打开门，里面吊着两个人，一男一女，皆是满面血污，神情萎靡。女一身鹅黄襦裙已破碎不堪，露出堪比象牙白的肌肤。男的细皮嫩肉，是个文弱的书生模样，垂着头，似已昏迷。一个五官歪斜的畸形侏儒站在一旁，手持皮鞭。

张小敬正要上前，葛老却伸手拦住，把他们带到隔壁屋子里去："张老弟，你的人情只到这里为止了。"他的意思很明白，我告诉你这女人在哪儿，人情还完了。接下来要用这女人做什么，就得另外算了。

张小敬道："我欠你一个人情。"葛老嗤笑："将死之人的人情，成色不足。换一样吧。"姚汝能急忙插口道："靖安司可以支付你足够的酬劳。"葛老瞥了他一眼，无动于衷，像是在看一个滑稽的俳优。

姚汝能心急如焚，哪能在这里被一个老昆仑奴耽搁。他抽出佩刀，大声道："阻碍靖安司办案，信不信一个时辰之内荡平你这棚屋！"

葛老耸耸肩，他一生听过的威胁，只怕比这个小家伙讲过的话还多。张小敬拍拍姚汝能的肩膀，让他退后，然后看向葛老："你想要什么？"葛老眯着眼睛打量了他一番，似乎在思考能从这死囚犯身上榨出什么。他忽然展颜一笑，黝黑的褶皱一阵颤动，伸出两个指头："两个。"

张小敬的两条短眉倏然扭结，犹豫再三，回以一根手指。葛老沉思片刻，笑道："就这么办吧。"张小敬脸色不太好看，可还是点了点头。

姚汝能有点糊涂，他们两个打哑谜似的，到底什么意思？

葛老拱手说容我告退片刻，然后消失在晦暗之中。张小敬站在原地，斜靠在柱子旁，手指掸着眼窝里的灰。顶棚透下的微弱光线，给他勾勒出一个灰暗的侧影轮廓。

"张都尉，你跟他谈的是什么条件？"

"刚才我答应他，会告诉他一个官府暗桩的名字。"张小敬淡淡回答。

姚汝能肩膀剧震，双目瞪圆，不由得失声道："您……您怎么能这么做？"

张小敬做过万年县不良帅，官府在黑道埋下的力量他一清二楚，甚至可能曾亲自掌管。姚汝能怎么也没想到，这家伙为了贪图做事方便，竟把同僚出卖给贼人！这简直匪夷所思！

张小敬道："这是唯一能争取到葛老合作的办法。"

姚汝能悄悄把右手挪到了刀柄处，脑子里浮现出临走前李泌的叮嘱。

李泌在临行前单独见过他，一旦他发现张小敬有逃走或背叛的迹象，要立刻示警，若身处无法示警之地，则亲自处断。姚汝能觉得，张小敬现在已显露出了马脚。他根本不相信，对付一个贼人要如此委曲求全。一定有问题，必须在他出卖更多官府利益前予以阻止。

不料张小敬一看他要动手，先飞起一脚，把他狠狠踹倒在地，独眼中杀意横生："老实待着！"姚汝能挣扎了一下，居然没爬起来，可见这一脚力道之重。他痛苦地把身子蜷缩成一团，眼中却怒火中烧。

靠出卖官府暗桩来换取情报，简直就是无耻之至！姚汝能挣扎着从地上爬起来，大声质问："为什么要出卖自己人？"

张小敬扫了他一眼，冷冷道："李司丞的命令是，不惜一切代价阻止突厥人，听明白了吗？不惜一切代价。"

"为达目的，难道连做人的底线和道义都不要了？"姚汝能觉得这说辞荒谬绝伦。

"我只关心长安这几十万条人命能不能保住。"

被反刺了一句的姚汝能脸色涨红，他辩解道："你这是强词夺理。君子有所为，有所不为。若这些贼人要你去做些大奸大恶之事，呃，比如谋逆天子，难道你也答应？"

张小敬微微点了点头："一人之命，自然不及众之命。"

面对如此大逆不道之言，姚汝能简直惊呆了："你竟敢……"他一句没说完，忽然被一股力量猛然掐住脖子，后背"砰"的一声重重撞在墙边。张小敬的独眼几乎贴在鼻尖，沙哑的声音在耳边恶狠狠地响起：

"听着，现在距离长安城毁灭只剩三个时辰，我们还没摸到突厥人的边。你不帮忙就给我滚！"

姚汝能一梗脖子，毫不示弱："别装了，你根本不关心长安的安危。你是个死囚犯，你一定做错了事，你恨朝廷！"张小敬的神情在明暗光线下，发生了微妙的变化，那是一种难以言喻的苦笑，里面深藏着嘲讽与哀伤。

"没错，我恨这个朝廷，可只有我能救它。"

正在这时，一阵密集的脚步声传来，陆陆续续进来二十多人，清一色都是男子，高矮不一，年纪也不同，皆是短袄白衫。姚汝能认出其中几个面孔，都是赌场里见过的。葛老让他们站成一排，然后对张小敬做了个手势。

姚汝能浑身一僵，就算他不懂暗语，也知道葛老是什么意思。没想到这位昆仑奴这么狠，非但要让张小敬说出暗桩的名字，还要让他当面指出。接下来的事不用想也知道，一定会让张小敬亲手杀死这暗桩，才算完成协议——这叫投名状。

姚汝能紧张地看向张小敬，正要开口质问，忽然脖颈被后者猛切了一下，登时昏了过去。

葛老呵呵一笑："你还挺心疼这个小官鹁子的，他和你当年挺像。"张小敬没有接这话，而是走过去，对那二十几人扫视一圈。

张小敬脸颊的肌肉，在微微抽动。即使是死囚犯，帮着昔日的敌人来指认同僚，仍需要克服很大的心理障碍。他的手臂缓缓抬起，葛老忽然又开口了："张帅，其实你还有另外一条路可以选。"

"嗯？"

"老奴这双老眼能看出来，这个活，是官府拿赦免死罪要挟你吧？"

张小敬保持着沉默，却也没否认。

"呵呵，他们就喜欢这么干。"葛老的手指优雅地搭在一起，"咱们做另外一笔交易如何？我也不逼你认人，只要你把长安的事说与老奴知，老奴就把你顺顺当当送出城，从此海阔凭鱼跃，天高任鸟飞，岂不快哉？"

不得不说，葛老的提议，非常有诱惑力。只要出了长安城，张小敬便是彻底的自由之身，靖安司和李泌根本顾不上追究——他们能不能活过今晚都不知道——而张小敬所要付出的代价，简直微乎其微。

这条路，可比他杀死前同僚换取情报，然后背负着猜疑去追查突厥凶徒要容易多了。

屋子里变得非常安静，只有隔壁传来女人隐隐的哭泣。张小敬站在阴影里，短暂地闭上眼睛，不到一弹指便重新睁开，抬手掸开了眼窝里的灰尘："抱歉，葛老。这一次，我还不能走。"

"你就这么喜欢替朝廷做走狗？"

"不，这次与朝廷无关。"张小敬仰起头，有微弱的光线从茅草的间隙流泻下来。

"迂腐。"葛老尖刻地评价道，然后伸了个懒腰，"得啦，老奴仁至义尽，那就请你指认暗桩吧，最好是你之前亲自送进来的那个，我就爱看这样的戏。"

张小敬再次扫视众人，眼神变得坚毅起来。他忽然单腿跪地，肃容拱手："今日之事，实在是事急从权，不得不为。待到九泉之下，再容告罪。"

队伍中有一个人变了脸色，急忙一个腾跳朝后退去。张小敬起身骤然出手，刀光一闪，切过那人咽喉。在其他人还未有反应之时，他便软软倒在地上，气绝身亡，正是适才开门的小乙。

赌场里的那个乞头站在队列里，双腿瑟瑟发抖。

"啧啧，有点后悔，不该让你亲自动手了。"葛老略不甘心地舔舔嘴唇，"若是落在我们手里，只怕死上三天也还死不了。"

张小敬铁青着脸，又举起刀来。赌场的乞头"咕咚"一声跪倒在地，连声哀叫："我真的是在公门混不下去，才来投奔葛老的，我是为了钱，不是暗桩啊！"他正兀自叫喊，忽然看到一根血淋淋的手指落在面前。乞头不知所措，抬头望去，看到张小敬的左手有一根小拇指被齐根斩断，鲜血狂流不止。

全场鸦雀无声，只听到张小敬的声音响起："小乙是我亲手送进来的，又是我亲自出卖。为了大局，我并不后悔。这一笔杀孽，我早晚要还上——但不是现在。所以断指为记，诸位给我做个见证。"

葛老摇头嗤笑道："迂腐。一条人命而已，卖了就卖了，至于这么自责吗？"张小敬没理睬他，自顾从怀里掏出一方绢布，单手去裹伤口。赌场的乞头怯怯地看向葛老，见他没什么反应，急忙起身殷勤地帮张小敬裹伤。

这活他轻车熟路，从前在公门时没少给张头疗伤。伤口处置好后，张小敬撩起袍角，擦干净刀上的血迹，一字一句对葛老说，表情痛苦而狰狞：

"葛老，到你了。"

此时他身上涌出来的强烈杀意，连那老黑奴都为之哑然。后者动动嘴唇，终究没再说什么嘲讽的话。

……姚汝能悠悠醒来，发现自己躺在审讯室里，眼前一男一女紧缚着。他正看到葛老打了个响指，那侏儒把皮鞭递给张小敬。

难道张小敬已经指认完了？把暗桩都给杀了？他正要开口问，却被人按在地上。葛老侧过头，对他"嘘"了一声。

前方张小敬捏了捏鞭柄，眼神来回在两人身上巡视，然后停留在女子身上。他对瞳儿道："我现在要问你一个关于龙波的问题，希望你如实回答。"

瞳儿猛然抬起头，厉声喊道："除非你们把我和韩郎放了，否则休想让我开口！"她和情郎被拘押了一天一夜，几乎绝望，现在好不容易捉到一根救命稻草，死死抓住不放。张小敬观察了一下，这女人身上鞭痕累累，显然不知打过多少次了，拷打对她没用。

张小敬说道："说出来，我可以向葛老讨一个人情，放你走。"

瞳儿冷笑："休想离间我们！我们发过誓言的，同生共死，绝不独行！"

张小敬摇摇头，又走到韩郎身前。男子抬起头，看到是官府的人，正要开口呼救，就被鞭柄塞住嘴巴。旁边瞳儿又大声道："没用的！你杀了韩郎，我跟他殉情便是。"

张小敬没理他，对那男子道："我只能救你们其中一个人离开，你可以选择是谁，但记住，只能选一个。"

说完之后，张小敬倒退几步，冷眼看着。男子先是惊疑，然后是惊喜，嘴里反复喃喃，但每次看向瞳儿，便心生犹豫，不肯明确说出一个名字。张小敬忽然把身子凑过去，耳朵贴近他，然后点了点头。

"好。"张小敬放下鞭子，手起刀落，斩断吊着男子的麻绳。

韩郎滚落在地，先是愣了一下，自己根本什么都没说啊。可话到嘴边，突然犹豫了起来。他试探着挪动几步，看那几个凶神都没动作，然后眼底流泻出狂喜——仿佛有人替他做了决定，就不必心存愧疚了。他看看左右，无人阻拦，用袖口掩面，急忙朝着出口慌张跑去。

等到他走远之后，张小敬再次走到瞳儿面前，她呆呆地看着地上断成两截的绳子，螓首低垂，似乎不相信这是真的。

"你骗我，他根本什么都没说！"瞳儿忽然抬起头，愤怒地喊道。

"一个男人，不要听他说了什么，要看他做了什么。若他本无离意，我又怎能左右他的双腿？"张小敬的语气平淡，似是在陈述一个简单的事实。

瞳儿不由得放声大哭。姚汝能面露不忍，把头转去一旁。张小敬只是小小地考验了一下人性，便釜底抽薪，毁掉了这姑娘的希望。不过仔细想想，他连山卖同僚都毫不在意，这种事情又算得了什么？

张小敬用鞭梢抬起瞳儿的下巴："现在可以回答我的问题了吗？"她没再拒绝，她已经没有坚持的理由。

根据她的交代，龙波第一次来平康里，就选了她，从此一直没换过人。这个人话很少，从不透露自己的身份，行房时候都不怎么出声。他数次带她遛马，去的是修政坊十字街西南的一处大宅邸。这宅邸很大，她问过龙波是哪儿的。龙波只说是代人看管，没说是谁。

张小敬转身看向葛老，说我擅做主张放走一人，还请见谅。葛老笑道："我们又不是施虐狂，摆出这排场，无非是教姑娘们收心罢了。张老弟一句话，就让瞳儿尽知男子之害，也省了我们的事，可以直接送还给妈妈了。"

那畸形矮子解开瞳儿，拖着她离开屋子。

姚汝能忍无可忍，终于开口道："张都尉，这样欺辱一个弱女子，是否有失仁义之道？……是了！你连自己同僚都杀，这算得了什么？"他如鲠在喉，不说出来实在难受。张小敬抬起头，眼中尽是嘲讽："哦，你是说，让她跟随这种人回家，结局会比现在更好？"

姚汝能"呃"了一声，答不上来。类似的案子他接触过，确实几乎没一个是好结局。张小敬冷冷道："每个人，都得为自己的选择负责。她选了这条路，就该早早有了觉悟。你若觉得可怜，把她娶回去便是。"

姚汝能有点面红耳赤，哑口无言地闭上了嘴。可他已经打定了主意，一离开平康里，就立刻上报靖安司，张小敬的行为已经完全逾越了底线。

曹破延的手肘一直隐隐作痛，这非常难受，但至少可以让他始终保持警觉。在这座危机四伏的城市里，没什么比敏锐的感觉更重要。

他此时正站在一处偏僻大院的入口，注视着一列车队缓缓驶入。这队大车足有十辆之多，都是双辕轺车，四面挂着厚厚的青幔，车顶高高拱起。从车辙印的痕迹深浅可以看出，车里装载的货物相当重。每一辆车都沾满了尘土和泥浆，无论辕马还是车夫都疲态尽显。

从车前插着的镶绿边三角号旗可以知道，它们隶属于苏记车马行。这个车马行专跑长安以北的民货脚运，声誉颇高。

带队的脚总跳下第一辆马车，拍拍身上的土，大大地松了一口气。

这趟从延州府到长安的活不错，委托人给钱爽快，运的又不是什么贵重东西，路上不必提心吊胆。委托人唯一要求苛刻的是时间——无论如何要在上元节前日运抵。现在车队赶在午时顺利入栈，他什么都不用担心了。

其实按规矩，这些大宗货物只能运入东西二市，再分运出去。其他坊门都设有过龙槛，宽距马车根本进不去。不过这个货栈比较偏僻，人迹罕至，入口又是直接对街而开，过龙槛早被卸掉了。

这种为了省点税金的小猫腻，脚总见得多了，根本不以为怪。

接下来，只要跟受货方点完货物，讨张割单，事就算完了。脚总已经想好了下午的计划：找个堂子好好泡泡，舒松下身子，再去西市给婆娘买点胡货，晚上弄罐上好的三勒浆，寻个高处，边喝边看灯会，完美的一天！

脚总环顾四周，一眼就分辨出曹破延是这里的主事人。他凑过去满脸堆笑：“这位大郎，幸不辱命，货物一件不少，时间也刚刚好。”然后递去一束卷好的薄荷叶，这是行车提神用的，只在江淮有产。

曹破延却根本不接，面无表情地说：“进城之时，可有阻碍？”

这类大宗货物入长安城，城门监都要审核入册，才予放行。但是货多吏少，经常一审就是几天时间。苏记车马行常年走货，跟城门监关系很好，可以缩短报关时间——这是他们敢走长安一线的依仗。

听到他问起，脚总一拍胸脯，得意扬扬：“我们有熟人打点，全无问题。辰时报关，不到两个时辰就放行了。手续都在这儿呢，一样不少。”

说完他把一摞文书递给曹破延，曹破延简单地翻阅了一下，又问道：

“他们查验货物了吗？”

那脚总赔笑道：“除非您有爵位，否则这个可免不了。不过全程我都盯着呢，他们只抽查了其中两件，拿长矛捅了一下就封回去了——话说回来，您运的这玩意，一不违禁二不逾制，能出啥问题？您也是担心过甚……”

曹破延无意听他啰唆，单手做了个手势：“交卸吧。”

脚总热脸贴了冷屁股，也不再殷勤搭话。他转身过去，发出指令，车夫们呵斥着马匹，把马车倒转过来，车尾对准宅邸入口缓缓倒退。

这里已经被改造成一个简易的货栈，有一个抬高的卸货平台。那些马车停得非常漂亮，尾门和平台边缘贴得很紧，几乎没有任何空隙。里面的伙计们围拢上来，把尾门打开，每一辆车里都摆着十个柏木大桶，底下铺着三指宽的茅草。他们搭了几块长木板，把木桶一个一个滚下来。脚总注意到，这些伙计都是胡人面孔，一个唐人都没有。

不过他没留意的是，有几个伙计走到货栈入口，把大门给闩上了。

柏木大桶一个个被卸到平台。曹破延走到一个木桶前，撬开桶顶塞子，伸进去一把匕首搅动，然后拎起来看刀刃上的油渍。查过几桶之后，曹破延满意地点了点头，这批货没有任何问题，上等品质，包装得也紧，沿途没有任何洒漏。

这些可悲的车夫以为自己运送的是普通货物，却不知道那是"伟大"的阙勒霍多的魂魄。

放下匕首，曹破延问脚总道："你进城之后，直接来的这里？"

"那当然，我们绝不会耽搁客人的时间。"

"那么，长安城里是否还有其他人知道你们抵达？"

"不会，得为客人保密嘛。等跟您交卸完，收了尾款，我们才去牙行交差。"

下一个瞬间，曹破延把滴着油的匕首直接捅进了脚总的胸口，还转了转手柄。脚总跟跄着倒退了几步，扭动脖子企图往外爬去。他在这世界上的最后一眼，是其他车夫惨遭屠戮的血腥景象。

这是一次迅速而安静的屠杀，转瞬间就完成了。这些风尘仆仆的车夫连休息都没顾上，就惨死在马车旁，整个车队无一人幸免。

喧嚣很快结束，货栈再度恢复了平静。这场小小的骚乱，没有惊动任何人。曹破延吩咐手底下的伙计，把苏记的马车和辕马拆开来，涂掉马屁股上的烙印，撤掉号旗，把一切属于苏记的痕迹抹除掉。

这时货栈外，忽然传来轻轻的敲门声。曹破延眉头一皱，走过去，隔着门板上的孔往外看。站在门前的，是一个男子，披着一件破旧的杂色斗篷，头上的幞头破旧不堪，露出里面的头巾。三辅的普通民众，差不多都是这样的装束。

"草原的青骏会奔向何方？"曹破延隔着门板，用突厥话问。

"弓镝所指，便是马头所向。"来人回答，声音尖细得像个女子。

暗号对上了，曹破延拉开门闩，放他进来。来人把斗篷掀开，露出一张枯瘦面孔，还有一个尖削的鹰钩鼻。

"我是龙波。"他咧开嘴，笑得一脸灿烂。

曹破延眉头一皱，他先前没见过龙波，只知道他来自龟兹，潜伏于长安，包括这个偏僻货栈和万全宅，都是他一手安排。事实上，龙波是右杀贵人找来的，曹破延对他一无所知。

但没想到，他居然是个唐人。

"我需要能证明你身份的信物。"曹破延紧握着匕首，充满警惕。

龙波忽然蹲下身子，曹破延猛然后退了一步，双眼凶光大盛。龙波笑了笑："呦，干吗一惊一乍的，我还能把你给吃了？"说着他把左脚的一只软底厚靴脱下来，咔嚓一下掰开鞋底，从里面掏出一包黄澄澄的厚纸。

为了防潮，这纸被油浸泡过，摸在手里滑腻腻的。曹破延小心地展开一看，果然是长安坊图，里面标记十分详细，诸坊街角、武侯铺、牌楼、军营、公廨、望楼、桥梁，甚至每一坊的暗渠走向和巨户府邸都有收录。长安全景，一目了然。

这份坊图本是西府金银铺私造，然后被狼卫带到怀远坊祆祠，龙波趁乱取走。既然能拿出坊图，必是龙波本人无疑。

曹破延捏着坊图一角，心中百感交集。为了这玩意，他足足损失了十五名精锐部下。如今坊图已到，右杀贵人的九连环，终于套上了最后一枚铜扣。

"为了这张破玩意，我可是再也无法在长安立足，右杀贵人可得多加点钱才成。"龙波抱怨道。

一听这话，曹破延眉头一皱："靖安司找到你了？"

"现在恐怕半个长安城都在找我，新科状元都没这待遇。"龙波居然还有些小小的得意。

曹破延脸上阴云转盛："那你经手的那些宅子和这个货栈，会不会被他们查到？"

龙波歪了歪脑袋："这些地方，都是我通过不同的牙行用化名订的，住处也没留下任何凭据。除非他们是神仙，否则不可能发现——哎？还愣着干吗？快让我进去呀。"龙波催促。曹破延这才抛开纷乱的思绪，闪身让他进来，然后把门重新关好。

龙波进了院子，看到一地的尸体，浓烈的血腥味扑鼻而来。他毫不惊讶，反而东张西望："这么说，延州府的货已经送到了？"

"已经顺利入库。该处理的人，也都处理干净了。"

"啧啧。这些车夫太可怜了，真是千里送死。"龙波一边絮叨着，一边走到货栈平台前，拍了拍硕大的柏木桶，"这里装的，就是你们说的阙勒霍多的魂魄啊，那么阙勒霍多的肉身呢？"

曹破延很不满意他的轻佻，勉强回答："竹器铺那边已准备好了。等到车队改装完毕，我就把肉身接到这里。到时候，就得靠你来完成最后一步组装工作了。"

说来讽刺，阙勒霍多代表的是突厥可汗的愤怒，可只有龙波这个龟兹匠师，才懂得怎么把它们组装起来。

龙波踱着步转了几圈，像吟诵歌谣似的："魂魄肉身合二为一之时，伟大的阙勒霍多就会复活。这坊图会指引它毁灭整个长安。"说完他自己忍不住"扑哧"乐了一声，低声嘟囔了一句："你们突厥可汗起的代号，可真逗！"

曹破延嘴角一抽，觉得大汗受到了侮辱。他捏紧匕首，右腿微屈，做出随时可能突击的姿势，决定给这个家伙一点教训。龙波朝前走了几步，突然俯身下去，仿佛要闪避他的刺杀。曹破延身子一晃，肌肉紧绷，几乎以为自己的企图被看破了。

好在龙波只是想从地上捡起一样东西，这是一个精致的描金丝绸小算袋，应该是脚夫挣扎时掉落的。算袋里摆着十几束卷成了柱状的薄荷叶。龙波的三角眼放出光亮，拿起一束丢进嘴里，嚼了几下，鼻孔里喷出惬意的哼声。

曹破延悄悄放下匕首，告诫自己，暂时不要节外生枝。

龙波嘴里不停地嚼动着薄荷叶，漆黑的瞳孔里闪出光芒："肉身什么时候运过来？"

"一刻之内车队出发，半个时辰回来。希望你在两个时辰之内完成最后的组装。"

龙波环顾四周："货栈里干活的人有点少啊，麻格儿他们呢？"

"我只是奉命行事，他们在哪儿，你去问右杀贵人吧。"曹破延冷笑道。

龙波做了个无奈的手势："事不宜迟，把工具和原料都备出来，我要开始组装了。"他抖了抖手腕，嘴里一刻不停地嚼着。

太平坊位于朱雀街西第二街最北端，正对着皇城含光门，距离皇城内的官署非常近。在太平坊西南隅的实际寺内，有一所号称"京城最妙"的净土院。院内塔幢林立，竹林间还有一百零八尊善业泥佛像，可谓禅意盎然。

此时在竹林幽深处的一间翘檐小亭里，两个人并肩而立，一人身着青衫白巾，是刚离开靖安司的李泌；一人却披朱佩紫，贵气冲天。若有第三人在侧，立刻便能认出来，这个瘦脸贵人正是当朝太子李亨。两个人凭栏远眺，似乎在一同鉴赏外面的禅林意境，可口中的话却和佛理半点不沾。

"这么说，真是你逼走贺监的？"李亨的年纪与李泌相仿，脸上忧心忡忡。

李泌略躬了一下身，态度却很强硬："正是。正如臣刚才所言，贺监不走，突厥难除。这件事，臣没做错。"李亨指了指头顶，叹道："贺监就是这亭子，有他遮挡，我等才能从容对弈。你把它拆了，地方倒是足够腾挪，若赶上风雨大作，如之奈何？——长源，你这事办得孟浪。"

"旁有猛虎正待噬人，又哪里顾得上风雨？"李泌一句就顶了回去。这个态度让李亨略显尴尬，他几次想沉下脸训斥一下，可话到嘴边，看了一眼李泌，又生生忍下来。

他和李泌之间，早超越了君臣相得。李泌很小就入东宫陪读，两人这么多年相处下来，交谊深厚，无话不说。可惜李泌才干虽高，却一心向道，对仕途兴趣不大。这次组建靖安司，李亨游说了好半天，才劝动李泌下山帮他。

李泌对李亨讲话，从来不假辞色。李亨知道他的脾气，只好摆摆手，用商量的语气道："哎，让我怎么说你好，去把贺监请回来吧？"

"不去，没那个时间。"李泌沉着脸，"现在距离灯会还有三个时辰不到，突厥人的事尚无眉目。若不是顾虑殿下多心，我本来连净土院都不该来。"

李亨"啧"了一声，拍拍他的背："我不会多心。只是……呃，怎么说呢。贺监是定盘星，有没有他，靖安司在朝中、在父皇心目中的地位，会大不一样。"

早在开元三年间，贺知章就被选为太子的师傅，教授读书。两人有二十多年的师徒情谊，李亨与贺知章的亲厚，并不比他和李泌的关系逊色。

贺知章在天子心目中极有地位，当初李亨请他来做靖安令，就是希望他能震慑群小，让李泌安心做事。没料到这两人居然不和，更没料到一向谦和清静的李泌，居然逼走了贺知章……他这一走，局面可就不好说了。

靖安司是李亨手里最重要的一张牌，万一被政敌抓住把柄，事情可就严重了。

他一无后宫庇护，二无外镇呼应，三不敢结交近臣。连这靖安司初建，真正能称为心腹的，都只有李泌一个。

"你知道，大唐的太子，可从来不是那么容易当的……"李亨苦涩地抱怨。

"殿下畏惧朝中议论，难道就不畏惧陛下吗？"李泌轻轻说了一句。

李亨的脸色"唰"地变了，这，这是什么话？

李泌上前一步，压低了声音："以陛下猜疑心之重，竟能将长安城防交给殿下处置。这是什么道理？"李亨登时沉默不语。

天子对诸皇子的猜忌，世所共知。前有太子被废，后有三庶之祸。李亨做了太子以后，连东宫都不进。这次天子破天荒地默许太子组建靖安司，权柄凌驾诸署之上，把整个长安交托出去，显然是存了试探之心。

这既是试探太子的用心，也是试探太子的能力。

这一手安排，李泌看得透彻，贺知章也看得透彻。不过两人的思路却大不相同。贺知章是宁可事情不做好，用心要摆正；李泌则恰好相反，尽量办好事，宁可得罪人。

"距离政敌发难，也许是三天。但距离突厥人动手，只有三个时辰！——所以殿下你不要搞错重点。若长安无恙，陛下龙颜大悦，殿下的地位稳如泰山；若是长安保不住……"他语气放缓，把神情一收，"嗯，就没有什么然后了。"

李亨被这语气吓到了，可还是有些不甘心："贺监也要捉贼，你也要捉贼，你们难道就不能和衷共济？"

"不能，没那个时间！靖安司必须令出一家！"李泌把拂尘一甩，清冷的语气里多了一分埋怨，"臣临俗世，破道心，汲汲于这些繁剧的庶务，难道殿下以为我是在争权夺利吗？"

"瞎说！我可没这么想过。"李亨连忙辩解。

李泌没作声。他仰起头来，视线越过亭子的檐角，看向天空，忽然叹了一口气。

李亨一阵苦笑，走过去拉住他的胳膊："我知道你是为了我，我不是怀疑啊，只是这变化有点乱，不得不小心从事……唉，算了算了，贺监既然已经病退，这事就暂且如此吧。"他还想再叮嘱几句，李泌却一拱手："时辰已到，臣必须得返回靖安司了。"

李亨悻悻道："那么还需要我做什么？"

"在这三个时辰内，殿下需要坚定地站在我这边，支持我做的每一个决策。没有质疑和讨论的时间，必须完全按照臣的规矩来。"

"长源的规矩？是什么？"李亨忽然很好奇。

"不讲任何规矩。"

第四章

未初

曲江池内水道蜿蜒，楼宇林立，花卉周环，柳荫四合，
小径穿插园林之间，一年四季都是极好的去处
——无论是对游人还是对逃遁者。

天宝三载元月十四日，未初。

长安，万年县，修政坊。

修政坊地处城郭东南角，离皇城、东西二市以及延寿、平康二坊等繁华之所很远；但这里毗邻曲江池与芙蓉苑，游宴赏景十分便当。京城里的达官贵人虽然多不居此，但都设法在这里置办几套别院偏宅。

龙波或突厥人在这里落脚，确实是个好选择。这个时节，这一带宅邸住的人不多，不少宅邸都是空的，最适合藏身其中。

时辰紧迫，张小敬和姚汝能快马加鞭，从平康坊一路向修政坊疾驰。

比起北边拥挤密集的坊内建筑，修政坊内的宅邸布局要稀疏不少，一条街上不过七八户——但每一户的占地要广大得多，府门宽大，两侧的围墙足有三十余步长。墙头一水覆着碧鳞瓦，墙后遍布松竹藤萝等绿植，疏朗相宜。若是站远点，还可看到院中拔起的几栋高台亭阁，尽显气派。

根据瞳儿的供述，龙波每次带她外出，都是到修政坊西南隅的横巷边第三间。跟左邻右舍相比，这处宅邸略显寒碜，院墙的外皮剥落，瓦片残缺不全，像是一排残缺不堪的糟牙。府门的兽环锈蚀，上方未悬任何门匾，表明此宅暂时无主。

靖安司已经调阅过房契，这处宅子的房主是个姓靳的扬州富商，但已数年不曾露面，不知是死了还是忘了，这里一直荒废无人，连个洒扫的苍头都没雇过。突厥人选这里作为万全宅，真是合适得很。

张小敬一直认为，突厥人一定在长安城有不止一处万全宅，否则没法开展大的行动。反推回去，只要找到万全宅，说不定就能顺藤摸瓜，找到突厥人。

从外面望过去，这座空宅并无任何异状。不过张小敬知道修政坊这里的建筑，最寒酸的也有五六进深，里面什么情况，须得潜入才能知悉。他先检查了一下寸弩弦箭，扎紧裤脚和袖口，然后把佩刀的刀鞘取掉，对姚汝能道："内中情况不明，我先进去看看。你守在门口，跟望楼保持联络。"

"只一个人？"姚汝能惊讶道。

张小敬淡淡道："我现在可不敢把后背交给你。"

姚汝能嘴角一抽，垂下头，默默地后退了几步。经过平康坊的那一场争论，两个人的关系有些微妙。

姚汝能刚才已通过望楼上报靖安司，汇报了张小敬的卑劣行为。结果靖安司的回复却把他训斥了一顿，区区一个暗桩，根本没法和整个长安的安危相比，警告他不得再干扰张都尉办事，也不要用望楼来传递这些无关小事。

姚汝能固执地认为，张小敬一定有自己的小算盘，只是上级被蒙蔽了不知道而已。现在他要求一个人进宅子，会不会是想要潜逃？可如果他有心逃跑，刚才打晕自己就走了，何必等到现在？

他站在原地心乱如麻，不知道是该跟过去监视，还是服从命令原地接应。没等姚汝能做出决定，那边张小敬把障刀咬在嘴里，距围墙站开十几步，突然助跑加速，一跃而起攀住边缘，灵巧地翻过院墙。

如果这里藏着突厥人的店，府门和几个角门上肯定会做手脚，翻墙是最好的选择。

他一落地，先蹲在灌木中观察了一下，然后谨慎地往里走去。这处宅院布局并无新奇之处，过了照壁即是一处平檐中堂，与东西两个厢房有回廊绕接。回廊曲折蜿蜒，恰好围成一处空庭，可惜中间搁着的几个花架子蒙尘已久，瓦盆荒弃。墙角土中还有数丛牡丹，正月不是花期，只有光秃秃的枝干伸展，恐怕也没人侍弄。

那条回廊绕到正堂后头，深入一片松林，林木掩映之间，似有一座二层木阁。

张小敬在廊坊下藏好身形，探出头去观察了约莫半炷香时间，似乎庭院里并没什么动静，心里略有失望。他本也只是揣测这里或是突厥人的万全宅，倘若揣测落空，手里便没什么可用的线索了，整个策略都要从头来过。

他决定再往里走走看，便踏上回廊，向前挪动。忽然张小敬耸耸鼻子，闻到一股极细微的脂粉香气——可见刚刚有女人经过，而且时辰绝不会长。瞳儿早被拘押，肯定不是她，那么会是谁在这里？张小敬又蹲下身子，用手指在回廊的木地板上蹭了蹭，指肚上沾了些青白色的粉尘。这不是灰尘，而是石屑。

府内并无类似材质，应该是外人走进来鞋底带入的。

毫无疑问，这里一定有人来过。既然不在前堂，难道是藏身在后头的二层木阁里？

张小敬正要起身，突然感觉头顶生风。他反应极快，就地朝前一滚，既避过锋芒，又调整了姿态，回肘就是一箭。只听噗的一声，传来弩箭射入肉体的声音。张小敬左腿猛地一弹，反向扑了过去，那边一个人已经歪斜着倒地，他用如钳右手死死捏住对方下颌，不让他发出声音，左手迅速丢开寸弩，拔出障刀狠狠地捅进小腹，反复捅了三次，每次都不忘将刀把扭转一下。

对方软软地瘫倒在地，气绝身亡。张小敬这才有空观察此人相貌，也是个突厥人，身上穿的却是将作监的号坎。这条回廊一侧开有直棂月窗，挡住了一半视线。刚才这个突厥人估计在窗后的树丛里解手，所以张小敬没有看到。

刚才真是险到毫颠，倘若张小敬反应慢上一毫，就要被这突厥人一刀劈开头颅。若是突厥人不贪功偷袭，而是先发声向同伴示警，接下来张小敬只怕也会陷入围杀之局。

只派了一个人在前堂游动巡逻，而不是安排一明一暗两个哨位，看来对方的人手也不会太多。张小敬几乎可以确定，敌人就在后面那个二层楼阁里。

总算逮着你们的狼尾巴了，张小敬兴奋地想。

他现在可以退走，让姚汝能通知靖安司，崔器的旅贲军在两刻之内就会抵达。可张小敬对那股香味有些在意，他决定再往前探一探。

中堂之后的二层阁楼名曰"筑心"，从外面看，应该是个赏楼的结构——底层是个大开间，用于宴请，中有竹阶引至二层，分了数个房间，当是休憩或私谈之处。楼顶还有高亭，可以举目远眺曲江。

张小敬观察了一阵，窗边看不到人影，这些家伙很谨慎。他决定暂时退开，这楼阁内部结构复杂，空间狭窄，贸然进去太危险了。可正当他要悄悄离开时，在二层的某个房间里忽然传来一声女子尖叫。

张小敬一听这熟悉的声音，两道蚕眉拧成一团。他略作犹豫，当即端平寸弩，沿一层窗下朝正门摸去。走到正门口之后，他背靠墙边，侧身对准门口，将一块庭院里捡的花石朝反方向丢去。

不出所料，阁楼正厅里的人听到声音，开门来查看，张小敬在门旁猛一推门，重重撞在他的后脑勺，然后胳膊狠狠勒了上去。那家伙的脖子猝然被夹，拼命挣扎，右腿一下子踢翻了旁边的一个花盆架子。一个细纹瓦盆落在地上，哗啦一声摔成无数碎片，响彻整个庭院。

张小敬反手一扭，拗断对方脖子。可是他想悄悄潜入的图谋，也就此破产。二层传来急促的脚步声，尘土飞速从天花板上洒落，还伴随着突厥语的大声呼喊。事情既已至此，张小敬也顾不得懊悔，他拿起寸弩，踏上竹阶往上冲。第一个冲下来的人，被他一箭撂倒，滚落下来。

张小敬抓紧这个机会，一口气冲到二楼，钻入正对楼梯的一扇齐楚绣屏风后头。对方的突厥人也有手弩，咻咻咻地乱射了一通，把屏风扎成了筛子。张小敬故意没有还击，趁一个人提刀向前之时，迅速一箭，正中膝盖。

其他人把惨呼的同伴拖回去，一时不敢靠近。于是双方各自寻找掩体，分据走廊两头对射。小阁里一时间弩箭横飞，如暴风吹入。

入城禁携箭弩，所以这些突厥人的弩都是私装的，无论是射速还是准头，都不及军中制式威力强大。张小敬以一弩之力，居然能压制得对方三个人三张弩抬不起头来。

张小敬的问题是，携带的弩箭快要用光了。他猜测对方至少还有四个人，都龟缩在二楼房间里不肯出来，心卜暗暗有些焦虑。

"靖安司办事！你们已经被包围了！"张小敬把最后一支弩箭放入弩槽，大声用突厥语喊道。

走廊里的射击暂时停止，随即传来一阵拖动什么的咯吱咯吱声。一个声音喊道："对面的人放下武器，否则王忠嗣的女儿就得死！"

王忠嗣？张小敬一听这名字，动作一僵。他可是这次大唐对突厥用兵的核心人物，突厥人居然把他的女儿给绑来了？

他从拐角探出半个头去，看到一个身材魁梧的突厥狼卫站在走廊正中，把一个五花大绑的女子扯在身前，一手捏住她的脖颈，另外有一把尖刀横在她咽喉处。可惜方向逆光，看不清两人的面貌。

"我数三下，如果你再不丢开，她就要见血了。"麻格儿同时用力把刀刃压向女子细嫩的脖颈。女子云鬓散乱，嘴里被布条塞住，只能发出呜呜的哀鸣。

一听到这声音，张小敬独眼里闪过一丝惊疑。这不是王忠嗣女儿的声音，更像是闻染那姑娘，可她不是应该接到自己通知离开京城了吗？怎么会掺和到突厥人的事情里来？又怎么和王忠嗣的女儿弄混？

麻格儿第三次发出威胁，这次就要动真的了。张小敬嘬了一下牙花子，只得把弩机丢在地上，踢向麻格儿。若真是王忠嗣的女儿，他并不关心其生死，但对面挟持的是闻染，就无法置之不理了——这些突厥人，真是歪打正着。

"还有你的刀！"麻格儿紧紧箍住闻染的脖子。

张小敬只得把障刀也丢开，高举着双手站出来。

两个突厥人扑过来，把他按倒在地。张小敬双手被制，再无反抗之力，只能挣扎着抬起头，想看清那女子的面貌，可是麻格儿已经把她推回房间。

张小敬还要挣扎，一个大手扯起他的头发，狠狠地朝地板上撞去。猛烈的撞击让张小敬眼冒金星，鼻孔磕出两道鲜血来，然后是第二次、第三次，很快华贵的柏木地板上出现了一片触目惊心的血污……

李泌此时已经返回靖安司，他召集了徐宾等人，在沙盘前低声商议着事情。在更外围，书吏、仆役、通传、兵卒、长随各自忙碌着，整个靖安司的大殿里熙熙攘攘，一片繁忙景象。

此时一名小吏手持琉璃沙漏瓶在旁边，一俟瓶中细沙流尽，他便翻覆瓶口，大声计数："一漏，二漏，三漏……"每念四漏，旁边一个老者就会放下几枚赤色纸束在坊间。整个沙盘上，已经有了三十余枚赤束，覆盖在北城十几处坊市上面，它们彼此连缀成群，放眼望去红彤彤的一片。

过不多时，徐宾抬起手示意停止计时，对李泌拱手道："四十漏，三十七坊。"

这个数字，让周围所有人的脸色都凝重起来。

这是一次基于沙盘的推演，目的是推演突厥人到底想要干什么。

张小敬在外尽力追查，但李泌不喜欢被动等待，他决定更主动一点。突厥人说长安会成为阙勒霍多，可阙勒霍多到底是什么，尚不清楚。于是李泌召集了一批熟知城况的吏员，给了他们一个命题："怎样才能最快地给长安城造成最大的伤害？"

吏员们很快拿出了结论——纵火。

其他手段要么太复杂，要么效果太局限。纵火策划简易，成本低廉，而且只要选对时机、地点，几个人就能搞出一场大乱子。

对于在长安城没有根基的狼卫来说，这几乎是他们唯一的选择。

可李泌对这个回答仍不满意，他想要知道更多细节：究竟火起何处为宜？扩散至何方？快慢几何？所以他调来了几个深谙火性的武侯铺老吏，用这个大沙盘搞了一次火情推演。

推演之时，以沙漏一次翻覆表记一刻，一束赤柬表计为方圆三百步火势。徐宾所汇报的"四十漏，三十七坊"，意味着一旦火起，在四个时辰之内，火势可以蔓延至三十七个里坊，且都是北城繁华之地，长安精华之所在。

这还只是模拟一处火起。若是有人存心，同时在几处发动，恐怕结果还要凄惨数倍。

看着沙盘上密密麻麻的赤柬，围观者脑海里都浮现出一番烈火地狱的骇人之景。这——难道就是阙勒霍多的真面目？

李泌皱起眉头："蔓延这么快？可是把诸坊避火的手段考虑进去了？"

徐宾道："若是平日，诸坊有围墙相隔，城中又有水渠分割交错，不致大害……哎哎，可您别忘了，今天可是上元节，各坊和街上都要悬灯，燃烛只怕有千万之数，灯架又皆是竹枝木料，动辄接连数坊。今年开春，风高物燥，万一起火，就是火烧连营之势……"

众人恍然大悟。难怪突厥人执着于坊图。坊图在手，便能轻易推断出哪几处远离水渠；哪几处地势较高，可借风势；哪几处毗邻要冲，可让火势以最快速度向四周蔓延。

崔器在一旁大声道："咱们有望楼啊，只要看见火头一起，立刻派员前往扑救，不就得了吗？"

徐宾面带苦笑："哎哎，崔旅帅您想简单了。今晚百万军民都出来观灯，道路水泄不通，怎么调动武侯？再者说，大火一起，百姓必惊。这么多人践踏奔走，您是救人还是救火？"

崔器不言语了，他可是知道乱军有多可怕。两人同时把目光投向司丞，李泌却捏着下巴，沉吟不语。

最好的应对之法，自然是取消灯会，恢复夜禁——这绝不可能；次之的办法，是挨个彻查诸坊——这也不可能。李泌无奈地摇摇头，靖安司内外重重掣肘，不能如意，可真是戴着枷锁跳胡旋舞。

其实还有一个办法，就是请老吏们在沙盘上标记出最适合纵火的地点，提前埋伏人手过去。可这无异于一场赌博，只要有一处猜错，就会全盘崩溃。李泌不喜欢这种听天由命的做法。

可如果不这么做，还能怎么做？难道只能指望张小敬？

这时旁边一个白须老吏插口道："与其查坊，不如查物。"李泌眼神一亮，示意他说下去。老吏恭敬回答："属下曾务于农事，常燎原烧田。若要掀起熳天的火势，一是火头要大，二是走火要猛。前者靠麻油，后者靠柴薪。狼卫若想纵火烧城，此二物必不可少，且数量一定得多。"

"你的意思是，狼卫在长安，必然会积储一大批油柴？"

"司丞英明。依属下愚见，只要盯紧这两类物料的大宗积储，必有所得。"

这个意见自出机杼，众人听了，都暗暗点头。李泌赞道："荀悦《申鉴》有言：'防为上，救次之'，此法釜底抽薪，可谓深得其妙。"

看到同僚得了上峰首肯，其他人胆子也大了起来。一人道："柴薪之类，皆来自京辅山民，零星散碎，难以卒查，不如专注于油物。此物熬榨不易，非大户大坊难以经营，所以来源均操持在几家巨商手里，查起来更快。"

另外一个小吏又建议道："京城用油，多仰赖外地转运。只需调出城门卫的入货报关记录，看看近日有无胡商携带大宗猪膘、羊膘、胡麻等油料或成油入城，便能按图索骥，找到储地……"

"荒唐，你以为中原人便不会被收买？要查就全给我查！"李泌沉下脸纠正了一句。他一直给手下灌输的一个观点是：不要有汉胡偏见，两者都很危险。

书吏们迅速把这些建议抄写成十几份正式公函，李泌亲自加盖了靖安司的大印。

"马上送去各处署衙，让他们遵令速办，一个时辰之内，我要清查长安所有存油与油料的场所名单。"

通传接令，急急忙忙跑了出去。书吏们纷纷回到自己座位，又忙碌起来。

李泌回到自己的位置，闭了一会儿眼睛。檀棋走到他身后，纤纤玉指按在了他太阳穴上，开始轻轻地揉起来。没过多久，檀棋忽然听到一阵轻微的鼾声。

他居然睡着了。

檀棋想了一下，公子已经有二十四个时辰不曾合眼了。

张小敬从晕眩中恢复清醒，发现自己被捆在一根堂柱上，双手高高缚起。鼻子仍旧隐隐作痛，鲜血糊了一片。麻格儿走到他面前，手里晃了晃那块"靖安策平"的腰牌，裤裆里还支着一顶帐篷。

麻格儿现在的心情很糟糕，蒜头鼻上的疖子越发肿大起来，甚至有皮油渗出来。

他遵循右杀贵人的指示，把这两个姑娘劫到这一处万全屋里。右杀大人只说让她们活命，可没叮嘱过别的，所以麻格儿决定好好享受一下。自从他从草原来到长安城之后，一直低调隐忍，内心的欲望早就快爆炸了。他可不是曹破延那种冷汉子，他渴望鲜血，渴望杀戮，渴望女人的惨叫。

麻格儿都计划好了，两个女人都要干，然后留下王忠嗣的女儿，另外一个用最残忍的手段折磨死，好好发泄一下，然后以最饱满的状态迎接阙勒霍多的到来。一想到那草原煞星王忠嗣的女儿在自己身下呻吟，麻格儿的阳具就高高支起，不能自已。

没想到他裤子刚脱下来，就来了一个入侵者，这让麻格儿非常不爽。

更让他不爽的是，这个入侵者居然有一块腰牌。麻格儿虽然不认识字，但从腰牌沉甸甸的质感上也知道不是凡物。

麻格儿很想二话不说，把他宰了，然后继续去玩女人。可他毕竟出身狼卫，不得不考虑到另外一个可能——这家伙的装备太精良了，无论腰牌、软甲还是手弩，都是高级货色，很可能属于京兆府或金吾卫，甚至可能来自军中。

他既然能找上门来，那么别人也能，这所万全屋已经变得极其不安全。

这件事必须得问清楚。

"你怎么知道我们在这里？"麻格儿用生涩的唐话问。

张小敬没说话，冷冷地用独眼瞪着麻格儿。麻格儿觉得很不舒服，这眼神像极了草原上的孤狼。孤狼无论身入陷阱还是濒临死亡，永远都是用这种阴冷的眼神看着人类。

麻格儿冷哼一声，拿起张小敬的障刀，轻轻用刀尖从他的咽喉处挑下一丝肉来，张小敬的脖子登时血如泉涌："快说，否则你会有更多苦头吃。"

张小敬嘴唇翕动，麻格儿以为他要招供，不料却是一句反问："你们抓的女人在哪里？"麻格儿眉头一跳，一拳重重砸在他的小腹，让他忍不住大口呕吐起来。

"现在是我在问话！"

但张小敬已经知道了答案。刚才麻格儿下意识地瞥了一眼隔壁，说明闻染就在那里。那股降神芸香的味道，他很熟悉。

"你怎么知道我们在这里？"

麻格儿又问了一遍，见他仍旧没反应，又把刀刃贴向张小敬的腋窝。铁器冰凉的触感，让他的肌肤一哆嗦。麻格儿咧开嘴，故意缓缓推刃，像给梨子削皮一样，平平地在腋下削掉一片带血的圆皮肉来。随着刀刃把皮肉一掀，张小敬发出一声压抑不住的惨叫声。

这在突厥，叫作铸肉钱，因为旋下来的肉如铜钱一般大小。旋在人体的这个部位，不会致命，但却极痛，只需铸上几枚肉钱，囚犯什么都会招。

可张小敬虽然面色惨变，却仍是闭口不言，讨厌的眼神始终直勾勾地盯着他。麻格儿突然意识到，对方是在拖时间！大队人马很可能已经在路上了。

不行，必须得马上撤离！

麻格儿走到隔壁，手下已经把那两个女人都揪了起来。麻格心朝外扫视了一圈，伸出指头，指向闻染："把她带上。"

"您怎么分辨出来哪个是王忠嗣的女儿？"手下有点惊讶。

麻格儿在闻染细嫩的脖颈上摸了一把，把手伸到鼻子前吸了口气，猥亵道："刚才挟持她的时候发现的，大官的女儿，比较香。那个也香，但不如这个味儿足。"

手下都笑了起来，知道这位对女人有着异常的癖好，所以对某些细节特别敏感。草原上香料是稀罕品，只有贵人女眷才用得起。

"那另外一个呢？"

"扔到隔壁去，连那个密探一起杀了。马上走。"麻格儿的手在咽喉处比画了一下。

门砰的一声，再度被推开。张小敬定睛一看，一个女人被突厥狼卫推推搡搡地赶进来。

她不是闻染，只是身材颇为相似，穿的胡袍也都一样。但她腮边的绞银翠钿和盘髻上的楠木簪，都表明了她出身不凡，寻常女子哪用得起如此贵重的饰品——这应该就是真正的王忠嗣女儿了吧?

张小敬很快便推断出了真相,她们两个应该是在同一个地点被突厥人绑架,这些粗鄙的突厥人不识饰器,张冠李戴,误把两人身份弄混了。

突厥狼卫拔出尖刀,先冲王韫秀而去。王韫秀的嘴被塞住了,发不出声音,只得拼命扭动身躯,居然躲过了刺向喉咙的一刀,让尖刀割到了肩膀,血花四溅。那突厥人失了手,觉得面上无光,伸手啪地打了王韫秀一个耳光,让她安静下来。

还没等他再次动手,窗外忽然传来一阵扑落落的翅膀拍动声,紧接着数只云雀从院里飞起。麻格儿眼神一凛,示意先不要动手,快步走到窗前向前院俯瞰。

树丛摇动,脚步凌乱,似乎有许多人在朝这里靠近。

麻格儿立刻回头,大声呼唤手下人都进屋。他本来有七个手下,三个被张小敬杀死,一个腿部中了一箭,能动弹的只剩下三个人了。麻格儿顾不得感慨,急速用突厥语交代了几句,三个人各自领命出去。

麻格儿扫视了张小敬和王韫秀一眼,不再管他们,也转身离开。隔壁屋子很快传来闻染惊慌的呼喊,看来他们只打算带走这位"王姑娘"。

短短几十个弹指之后,筑心阁一层的大门砰的一声,被重重撞开,一下子拥进来十几个人。他们冲到正厅,骤然停住脚步。只见一名大腿受伤的狼卫斜靠在一尊大铜耳炉前,手里举着两把手弩对准门口,地上还搁着两把弩。

狼卫同样也很诧异。他本以为闯入者是张小敬的同伙,起码也应该是禁卫军汉,可眼前这些人,个个斜披花布,肩露文身,俨然是浪荡京中的浮浪少年。

两边对峙了数息,一个浮浪少年沉不住气,大吼一声,举起手里大棒冲了上去。狼卫二话不说,抬手就射,正中少年额头。其他同伴大惊,急忙向后退去,又是三箭射来,先后命中三人。

"他没箭了!"

不知谁喊了一句,浮浪少年们又冲了上去。这次狼卫没办法了,只能躺倒在地,任凭他们拳打脚踢。这些少年显然没有旅贲军那么有章法,一见狼卫被打倒,立刻一窝蜂全都钻进正厅里,足足有二十多人。

为首的一个小头领在底层转了一圈,一指楼梯,示意几个人上二楼。很快上面传来消息,说找到了!他连忙举步登上竹阶,跑过走廊,看到二楼一处房间绑着两个人。男的捆在柱子上,女的瘫倒在地,十七八岁的样子。

小头领一喜,整个建筑里就这一个女人,这回应该错不了。

熊火帮今天绑架了一个女子，结果中途跑掉了。据追赶的小混混讲，那女人被一群来历不明的胡人带入这座宅邸。熊火帮把整个万年县视为禁脔，在自己地面上人被劫了，怎么能忍这口气？于是这个小头领纠集了一批无赖少年，打算把人劫回来。

小头领叫了四个人把那女子带走，别耽误；至于那男的，不认识，不必管。

他目送着押送队伍离开，心情忽然变得很好，这将是他在熊火帮一次里程碑式的立功。小头领信步踏上二楼高亭，远眺片刻。只见远处曲江锦绣历历在目，景致怡人，不由得心生感慨："有钱人就是他娘的会享受！"赏了一会儿景，他背着手，学着名士风度慢慢踱着下了楼。

走着走着，小头领忽然觉得脚下有些异样，一低头，发现一道浓浓的黄褐色小河顺着楼梯淌到一楼地板，味道略刺鼻。

他蹲下身子用手指一抹，判断出应该是蓖麻油，不禁大为疑惑。这宅子不是没人住吗？怎么会有这东西？小头领抬起头，看到在阁楼的梁架四角，挂着好几个陶罐子，罐口倾斜，正源源不断地往楼下淌油，七八道浊流汇在一楼地板，形成很大一摊。

他猛然瞳孔一缩，急忙朝楼梯下跑，边跑边喊道："快！快杀了他！"话未说完，脚下一滑，整个人踩着蓖麻油跌下楼去。浮浪少年们没听见警告，反而指着他的狼狈样哈哈大笑起来。

就在这时，惨遭围殴的受伤狼卫从怀里摸出一个火折子，奋力一吹，然后丢到油上。油火相逢，呼啦一下子就燃烧起来，火苗子顺着油线迅速蔓延整个一层的地板，如金蛇狂舞。

这个阁楼是竹木结构，墙壁、廊柱和楼梯转瞬间也被引燃，大大小小的火蘑菇从木缝之间冒头。昔日清雅散逸之地，霎时就成了佛经里的火宅。

浮浪少年们傻了眼，纷纷想要往外逃。奈何人多门窄，一下子把门口堵了个水泄不通。来势汹汹的油火席卷而来，把未及逃出的人一一吞噬，只留下绝望狂舞的身影。

在二楼的张小敬感觉到脚下有腾腾热气升起，又听到鬼哭狼嚎，知道入侵者肯定中了狼卫的圈套。

狼卫既然选了这里作为落脚点，自然会有所准备。这栋竹楼里悬满了蓖麻油罐子，一旦有不可抗拒的外敌入侵，他们就会倾翻油罐，伺机点燃，然后迅速逃走。龙波之前时常过来，就是在做这种准备。

张小敬知道如果再这么待下去，自己也会被活活烧死。他之前一直在悄悄活动手腕，绳索已经松了不少，只消再磨几下就可以挣脱了。可就在这时，地板的边缘发出一声尖利的摩擦声，整个阁楼微微抖了一下，随即整个屋子的每一处连梓都开始咯吱咯吱地响起来。

张小敬暗叫不好。这些狼卫果然心狠手辣，不光布置了蓖麻油，而且还把底楼和二楼之间的几处榫接处和支撑梁虚接。只要大火一起，很快就能让整个阁楼坍塌下去，楼里的人就算没被烧死，也会被砸死。

他的左手断了一指，没法解开手腕的绳索，只得拼命弓起身子，利用臀部的力量狠狠砸向地板。这种竹木制的阁楼用的是桥搭法，二层地板都是用竹板嵌合在木架之上，本身不算坚固。张小敬化身为一个大锤，一锤一锤敲击着它脆弱的支撑，一定得抢在阁楼整体倒塌之前把地板弄倒，才有一线逃出去的生机。

在张小敬臀部的连续锤击和下面火焰的夹击下，地板很快发出一声哀鸣，先是一头猛然下沉，然后轰隆一下，主体部分斜斜砸到楼下去，在大火里辟出一条倾斜的滑台。

可惜捆着张小敬的那根柱子没有折断，死死卡在中间，把他的身子架在半空。张小敬挣扎了几下，发现不行，急忙调整了一下姿势，让手腕上的绳子对准蹿上来的火苗。

这条绳索是用岭南蛇藤编成的，用油浸泡过，韧劲十足，但不耐火。火苗一燎，立刻就烧起来了。张小敬强忍着烧灼手腕的痛楚，让绳子烧透，然后用力挣了一下，两下，到第三下终于把它扯断。

可他没时间庆幸，立刻踩着尚未燃烧的倾斜地板，朝前跑去，双肘护住脸部穿过数道火墙，冲到一处熊熊燃烧的窗口前，奋力向外一跳。燃烧的窗格十分脆弱，被张小敬硬生生撞碎而出。他甫一落地，先打了几个滚，把自己身上的火压灭。

在下一瞬间，阁楼的主体结构轰然倒塌，火点四溅，小阁彻底变成一个熊熊燃烧的柴堆。

张小敬趴在地上，大口大口地喘息着。他的眉毛头发焦掉了不少，两个手腕都被烧伤，腰上还有一道触目惊心的长伤，那是跃出窗子时被边框的竹刺划的。

没过多久，外面传来纷乱的脚步声。张小敬以为还有敌人，他勉强抬起脖子看了一眼，肩膀不由得一松。

冲入后院的，是大批身着褐甲的旅贲军士兵，居然是靖安司的人马赶到了。旅贲军一看火势如此猛烈，不待长官下令，自发地分散开来，开始在筑心阁周围清出一条隔火带，避免蔓延。

一个壮硕的身影走到张小敬的身前，把他搀扶起来，口称恕罪来迟，不过没多少热情在里头。张小敬定睛一看，是崔器。他顾不得关心自己状况，急切地抓住崔器的胳膊："你们进府时，看到别的人没有？"

崔器对这位张先生并不怎么信服，只是抬了抬下巴："就看见几个熊火帮的闲汉！"

"熊火帮？"张小敬一听这名字，独眼里闪过一道意味深长的光芒。

崔器闪开身子，张小敬看到在院廊里，好几个侥幸逃生的浮浪少年正垂头丧气地蹲在地上，被几把钢刀监视着。他们大概是刚逃出去，正撞见旅贲军。

张小敬喝道："快！快敲九关鼓！狼卫刚离开不久，就在附近！"

崔器一听"狼卫"二字，眼中凶光大绽，立刻对身边的副手发出一连串急促的命令。

靖安司有一套层次分明的示警体系。望楼上九关鼓一响，不仅本坊的坊门要关闭，周围八坊同样都要关门封闭，同时在这九坊之间的十六个街口，都要设置拒马与横杆。

从熊火帮闯入宅邸再到旅贲军赶到，前后只有短短一炷香的时间。狼卫撤离时还拖着一个闻染，行进速度不会很快。九关鼓一响，一个大网会牢牢封锁住九坊之地，让他们无从遁形——如果有必要，其他坊也会敲响九关鼓，一圈一圈封锁开来。

崔器在这方面很有经验，下令修政坊敲响九关鼓，同时还派遣了四队旅贲骑兵，向四个方向搜索前进。布置完这些事后，崔器才蹲下来，吩咐左右拿些伤药和布条来，给张小敬包扎。

"你怎么会来这里？"张小敬问崔器。

姚汝能从崔器旁边闪出，手里捧着伤药，一脸愧疚："我见您久入未出，就跑去望楼，通知崔将军前来救援——很抱歉，我没敢进去救您……"

他的愧疚是真心实意的。不久之前，他还义正词严地质疑张小敬的动机，甚至还要动手杀人，结果现在张小敬孤身犯险差点丧命，自己反而裹足不前见死不救。在姚汝能心目中，自己简直是个懦弱的伪君子。

"你一个人进来于事无补，及时呼唤援军才对。你的判断很正确，不必妄自菲薄。"张小敬淡淡地评价道，同时抬起手腕，让他给自己敷药。

崔器皱着眉头问道："张先生，这一切到底怎么回事？"他的疑问如山一样多，府邸里明明潜藏着突厥狼卫，怎么会有一群混混杀进来？两边为什么会开火？筑心阁又怎么会烧起来的？

张小敬简单地讲述了一下自己的遭遇：先是潜入阁楼，然后被突厥人用王忠嗣的女儿胁迫，身陷敌手，然后熊火帮就莫名其妙地打进来了……崔器打断了他的讲述，脸都绿了："你是说，王节度的女儿在突厥人手里？"

他说话的声音都在发颤。张小敬刚要回答，心中却忽然闪过一丝想法。

突厥人绑走的其实是闻染，但他若如实说出，接下来会怎样？靖安司追杀突厥人时，绝不会关心闻染的生死。

但他关心这个姑娘，非常关心。

整个长安城如果只有一个人可以救的话，张小敬一定会选闻染。

他在瞬间就有了决断。

张小敬缓缓抬起手，语气没有一丝波动："没错，我亲眼看到她被突厥狼卫带走。"

崔器绝望地站在原地，顿觉天旋地转。

他原来只是个陇山的军汉，靠着些许战功和阿兄崔六郎的努力，终于得以进驻长安。荣华富贵还没博到手，便遭受了一个又一个沉重打击：先是阿兄被杀，然后自己又放跑了突厥的重要人物，现在居然又牵扯到朝中重臣家眷遭绑架。

崔器太了解朝廷的行事风格。这么大的乱子，朝廷一定得推出一个责任人接受处罚才行。李泌后台太硬，张小敬本来就是死囚，那么负责行动的自己，简直就是一个绝好的黑锅料子。

他要在意的，已经不是如何建功立业，也不是为哥哥报仇，而是如何保住自己一条性命。

张小敬推了他一下："崔旅帅，他们都等着你下令呢。"崔器如梦初醒，霍然起身，气急败坏地冲手下吼道："你们傻站着干吗？别救火了，赶紧去抓人！"张小敬又道："通知望楼，让靖安司派人去王节度家里确认情况！"

"对！对！快去王节度家确认！"崔器已经失了方寸，对张小敬言听计从。

"还有……问问这些人，到底什么来路。"张小敬把目光投向那些浮浪少年。其实这些人到底是谁，他心里已经有数。万年县就那么几个帮派，辨认起来很容易——不过有些事，还是让别人去问会更好。

正好崔器胸中一股恶气无法发泄，他气势汹汹地走到被俘的几个浮浪少年跟前，用佩刀刀鞘兜头抽去，一个少年捂着头倒在地上。崔器犹嫌不够，狠狠又抽了几下，直砸得血肉模糊才罢手。其他几个少年吓得尿了裤子，不用问，立刻竹筒倒豆子，全交代了。

原来他们连熊火帮都不算，只是外围成员，跟着一个小头目来的。那小头目听说有一个老大看中的女人跑掉了，就藏在这里的荒宅里，于是过来抓人。

崔器追问那女人是谁，一个少年说姓闻，是敦义坊闻记香铺老板的女儿。崔器怒道："谁问这个！我问的是另外一个女人！是不是王节度的千金？"那几个少年懵懵懂懂，哪里答得出来。崔器挥动刀鞘，死命地抽打，把那几个人几乎打死，也没问出个名堂来。

一直到有士兵跑过来汇报封锁道路事宜，崔器这才丢下这些人，心急火燎地赶去布置。

张小敬半靠在走廊，让姚汝能给他处置伤口。他受伤不轻，腋窝被狼卫旋掉一大片皮肉，手腕和背部又被烧伤。姚汝能小心地先用井水洗涤，再抹金疮药粉止住血，然后拿出绫布一圈圈包裹。这家伙的手指修长，手法娴熟细腻，比起绣女来不遑多让。

他的肉体遭受了如此酷刑，却仍坚持到了援军抵达，可是够硬的。姚汝能一边包扎一边暗暗心想，换了自己，可未必能挺住。张小敬任由他侍弄，眼睛却一直盯着宅邸外头。他的独眼里，带着压抑很深的担忧。

这个铁石心肠的卑劣汉子，居然也会担心别人？姚汝能暗道。

姚汝能忽然注意到，他的左手少了一根手指，上头裹着一块被鲜血半浸的麻布。姚汝能大奇，这是突厥狼卫干的？不对，在那之前就有了。姚汝能又重新回想了一下，确定在自己被打晕之前，张小敬的手还是完整的。

换句话说，这个断指之伤，发生在张小敬杀死暗桩的时候。一想到他出卖暗桩，姚汝能的怒气又腾地上来了。他不无恶意地想，难道这指头是葛老切下来的？

"这是印记。"张小敬忽然开口，嗓音有些沙哑。

"什么？"

张小敬的独眼仍旧望着外面，不像是给姚汝能解释，更像是说给冥冥中的什么人听：

"小乙是我在万年县任上培养的最后一个暗桩。他出身寒微，但人很聪明。我还记得，他去当暗桩的前一天，县里发了一笔赏钱。他老娘把钱藏好不许他乱花，说以后用来娶媳妇。可小乙居然冒着被他娘打的风险，偷偷地抠出来半吊钱，给我买了一份上好的艾绒火镰。他对我说，张头随身的火镰太旧了，打不出火，也该换个新的了。他还说，只要张头仍能打亮火光，他就一定不会迷路。"

"然而你今天亲手杀了他。"姚汝能冷冷回道。

"我来问你：倘若你身在一条木船之上，满是旅人，正值风浪滔天，须杀一无辜之人以祭河神，否则一船皆沉。你会杀吗？"张小敬突然问道。

姚汝能一愣，不由得眉头紧蹙，陷入矛盾。这问题真是刁钻至极，杀无辜者自是不合仁道，可坐视一船倾覆，只怕会死更多的人。他越想越头疼，一时沉默起来。

"杀一人，救百人，你到底杀不杀？"张小敬追问了一句。

姚汝能有点狼狈地反驳道："你又该如何选择？"他觉得这真是个狡猾的说辞。

"杀。"张小敬说得毫不犹豫，可旋即又换了个口气，"这是一件应该做的事，但这是一件错事。应该做，所以我做了，即使重来一次，我还是会这么做——但错的终究是错的。"说到这里，他把断指处抬了抬，"……所以我自断一指，这是亏欠小乙的印记。等到此间事了，我自会负起责任，还掉这份杀孽。"

张小敬闭上独眼，似在哀悼。他的面孔又多了几条褶皱，更显得沧桑与苦涩。

姚汝能沉默着。他发现自己完全看不透这个桀骜的家伙。他一会儿像个冷酷的凶徒，一会儿又像个仁爱的勇者，一会儿又像是个言出必践的游侠。诸多矛盾的特色，集于一身。姚汝能忽然意识到，自己从来没想过，张小敬到底是因为什么罪名入狱的。

张小敬缓缓睁开眼睛："我记得你来长安城有三个月了？"

姚汝能不明白他怎么忽然把话题转到这里来了，只得点点头。

张小敬似笑非笑："你再待久一点就知道了。在长安城里做捕盗之吏，几乎每天都要面对这样的选择。什么是应该做的错事，什么是不应该做的对事。是否坚守君子之道，你最好早点想清楚，否则……"

"否则？"

"在长安城，如果你不变成和它一样的怪物，就会被它吞噬。"

啪嚓一下，姚汝能手里的药膏打翻在地，黑褐色的液体在白绫上洒成一片污渍。

咚咚咚——咚，咚咚咚——咚，有节奏的响动传遍整个长安的东南角，正是来自修政坊的九关鼓。按照大唐律令，鼓声一启，街铺武侯得立刻封锁附近八坊的街道路口。

不过今日是上元节，人人都满揣着玩乐的心思，值勤的武侯们也不免有些懈怠。他们听到鼓声，反应却没有那么快，过了好一阵，才纷纷叫起睡懒觉或玩双陆的同僚，行动略显迟缓。

好在崔器从来没指望过这些蠢材，他特意派遣了十几名旅贲军士兵手持令牌，分别直奔各处街铺，督促他们尽快行动。为策万全，崔器还撒出去五六队精骑，在外围街道来回巡风。就算突厥人侥幸穿过封锁线，也会一头撞在这堵流动的大墙上。

一时间，九坊之内一片喧腾。武侯们手忙脚乱地抬出拒马和荆棘墙，在路口设立临检哨卡；精骑飞驰，无数道鹰隼般的视线反复扫视着道路两侧的每一个角落。行人们惊讶地停下脚步，不知附近发生了什么事，他们依旧可以通行，只是每过一个路口都要被盘查一番。

一道大网慢吞吞地笼罩在了修政坊附近一圈。可是，麻格儿一行人，却像是就地飞仙了一样，全无踪影。各地纷纷回报，都是同样的内容："未见。"

崔器对传令兵大声咆哮："怎么可能！他们是鸟吗？就算是鸟，也躲不过望楼的眼力！"

麻格儿等人无论是骑行、车乘还是步行，在这么短的时间内不可能逃遁超过两里——这是九关鼓最大的警戒范围。那么他们的下落，只有两个可能：一、买通了哨卡士兵，顺利脱出；二、就近躲藏在修政坊附近的某一坊内。

无论是哪种可能，都会演变成极其尴尬的局面。

恰好在这时，就得到了王府的消息：王节度的女儿王韫秀得了辆新奚车，独自出去试驾，至今未归。与此同时，靖安司总部也转发过来另外一个消息：靖善坊附近发生一起车祸，一辆柴车和一辆奚车相撞，但现场只找到了车夫和十几具武侯的尸体。

这一定是突厥狼卫干的，只有他们才这么穷凶极恶。

崔器听到消息被证实，胃袋就好似被一只巨手狠狠捏住，难受得要吐。王忠嗣是朝中重臣，今天这事若是出了差池，将是惊天大乱。

崔器彷徨无计，只得走到正准备出发的张小敬跟前，一拱手："张都尉，突厥狼卫失去踪迹。而今之计，该如何是好？"

若有半点可能，崔器不愿意向这个死囚犯示弱，可眼下却别无选择。这家伙一个人单枪匹马，两个时辰不到就揪出突厥人的尾巴，这不是寻常人能做到的。崔器意识到，只有张小敬大发神威，把突厥狼卫逮住，自己才能逃过这一重大劫——于是连"张先生"都成了"张都尉"。

张小敬对他的心思看得通透，也无意说破，一弹手指："先上望楼。"

两人噔噔噔地爬上修政坊的望楼，举目四望，周围八坊的景致尽收眼底。坊外道路纵横，坊内灰瓦高栋，一清二楚，如观沙盘。在每一个路口，都攒集着黑乎乎的一片人群，那是哨卡在发挥作用。眼力好的话，甚至可以看清行人的衣着。

在如此严密的监视之下，突厥人不可能悄无声息地凭空消失。

崔器瞪大眼睛，忐忑不安地四处张望，看到任何人都觉得可疑。张小敬眯起独眼，缓缓扫视，然后在一个方向停住了。他抬起手臂，指向了东南："曲江池。"

崔器先没明白，可他顺着张小敬的手指看过去，一下子恍然大悟。

在修政坊的东南角，是长安城最繁盛的景点——曲江池。这个池子一半位于城内，占了两坊之地；另外一半在城外，与少陵原相接。曲江池内水道蜿蜒，楼宇林立，花卉周环，柳荫四合，小径穿插园林之间，一年四季都是极好的去处——无论是对游人还是对逃遁者。

曲江池有专门的尚池署管理，与诸坊街铺不互相统属，九关鼓指挥不动他们。突厥狼卫们很可能打了这么一个时间差，离开修政坊后，直接越过街边围栏，钻入曲江池内迷宫般的园林里。

长安城本是纵横平直的布局，但在东南角这里，曲江池生生向外拱出来一块，就像是稻米袋子鼓起一角。为了保证这片横跨城内外的水面不被隔断，外围并未环以城墙，只是挖了数条水渠环伺。虽然马匹和车辆无法通行，若是三两个行人徒步，出城却不是什么难事。

由此看来，当初突厥人选择修政坊落脚，可谓是处心积虑。

崔器道："你的意思是，他们很可能穿过曲江出城？"他心里长出一口气，这未必是件坏事。只要出了城，靖安司不必束手束脚，可以派遣精骑往复大索。长安城附近地势平阔，无处躲藏，逮住那几个徒步的突厥人，就是个水磨活而已。

张小敬的眉宇却并未因此舒展，他盯着烟波浩渺的曲江水面，觉得事情并没那么简单。突厥人既然要对长安城不利，为何要往城外跑？他们的目的到底是绑架还是焚城？张小敬展开长安坊图，蹲下来仔细观察，觉得这些行动之间彼此矛盾，疑点重重。

但崔器却已经迫不及待地在望楼上打起旗语，向远在光德坊的靖安司汇报，要求增派人手出城搜捕。李泌接到报告后，却没有急着调动旅贲军，他的眼神投向沙盘，陷入和张小敬一样的疑惑。

草原的狼崽子们，给他们出了一道大大的谜题。

崔器有点着急，他不太明白，这么明显的事，张都尉就算了，为何连李司丞那边都迟迟不下命令。要知道，这边每耽搁一个弹指，敌人便会远离长安城几分。

整个包围网，骤然静止下来。崔器一会儿看看沉思的张小敬，一会儿远眺附近望楼，手指烦躁地在刀鞘凸起的铜箍边摩挲，心里盘算如果再得不到命令，索性先把几个马队撒出去。

可崔器毕竟是个军人，这种先斩后奏的事，他并不习惯。崔器还在犹豫不决，张小敬忽然站起身来，抖了抖手中地图，目光灼灼——而望楼的通信旗也恰在同时挥动。

李泌传来的命令，和张小敬开口说出的话完全一致：

"这是疑兵之计。贼自曲江出，必自最近城门返回！"

距离曲江最近的城门，南有启夏门，东有延兴门，不过一里之遥。突厥狼卫从东南角脱出，可以从这两个城门大摇大摆地再次进城。这么一出一进，轻轻松松，就可以跳出九关警戒，逍遥自在。

崔器的额头沁满了庆幸的汗水。幸亏没有出城，否则可真是南辕北辙了。他急忙用望楼向二门发出警告，同时就地解除九边封锁，火速向二门靠近。

可在这之前，靖安司耽误了太多时间在修政坊部署，骤然转移一片混乱，执行十分缓慢。

启夏、延兴二门是畿东百姓入城观灯的重要通道，此时正是高峰时期。等二门传回来消息，狡黠的突厥人早已混在大群百姓之中，再一次进入长安城中，不见踪迹。他们晚了一步。

线索就这样断开了，可时间却毫不留情地一刻一刻流逝。

崔器先匆匆写了一封密报，着人快马送去靖安司，这事太大，不敢有半点瞒报。然后他看向张小敬："张都尉，咱们怎么办？"连他自己都没发觉，称呼张小敬的语气越发卑微起来，近乎乞求。

"等一下。"张小敬半趴在地上，身子前倾，鼻翼微微耸动，像一条猎犬。

崔器摸不清他葫芦里卖的什么药，又不敢追问，只好惶恐地等在旁边，呼吸粗重。

说来可笑。崔器在陇山之时，刀头舔血，快意豪勇，面对生死从无顾虑；在长安的优渥生活，没有洗去他的战力，却腐蚀了他的胆量。当一个人拥有太多时，他将再也无法看淡生死。崔器忽然羞愧地发现，他一直叫嚣着为阿兄报仇，只是为了掩盖自己惧怕落罪。

自己的前途，就着落在这么一个死囚犯身上了吗？崔器心有未甘地想。

张小敬忽然抬头，问了一个无关的问题："宣徽院那边你有熟人吗？"

崔器一愣，宣徽院属于宫内一系，跟城防半点关系也无，张小敬忽然提它做什么？张小敬道："若我记得不错，宣徽院下属有五坊，专为天子豢养雕、鹘、鹰、鹞、狗。若能向狗坊借来几只鼻子灵敏的畜生，此事还有希望。"

他抬起手来，抓起一把尘土放在鼻子边上，深深吸了一口。

闻记香铺的合香品质优良，可以持续数个时辰不散，驰名西京。

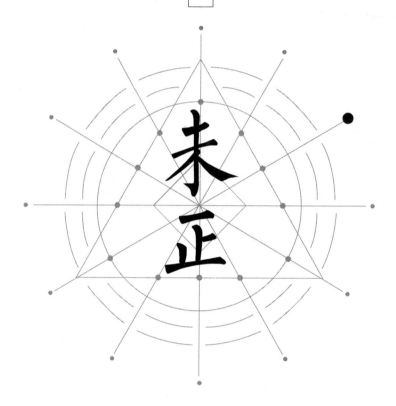

第五章

未正

木盒打开后，左边是一个熟皮墨囊，
右边嵌着一管短小的寸锋毛笔和一卷毛边纸。
这是专为远途商旅准备的，以盒为垫，可以在骆驼或马背上书写。

天宝三载元月十四日，未正。

长安，地点未明。

几辆开敞的双辕辐车第二次驶入这一处偏僻货栈，这一次它们装载的不是圆木桶，而是一排排青黄色的竹竿，少说也有近千根，有如无数长矛挺立。这些竹竿都是三年湘竹，约有手臂粗细，三尺长短。竹竿的两端都被仔细地锯成圆形楔口，应该是用于做某种嵌合的设计。车尾的翘尾处，还堆着为数不少的湿河泥。

随车而来的，是十几名草原工匠。他们个个眼袋肥大，面带疲色，走路时扶住车边，脚步略显虚浮。他们已经加班加点干了数日，几乎没合过眼。

车队一进货栈，几名狼卫立刻拿起扫把出去，把附近的车辙打扫干净，再将院门关闭。

曹破延跳下第一辆车，指挥车子缓缓停靠在栈台边缘。整个长安城都处于上元节前的兴奋状态，这个小车队运的又不是什么危险品，并未没引起任何注意。

龙波嚼着薄荷叶走过来。他围着车子转了一圈，随手抽出几根竹竿审视，然后一歪头，示意可以卸车了。栈库大门被咯吱咯吱地推开，一股难闻刺鼻的味道从里面飘了出来，似乎正有什么东西被架在火上熬煮。草原工匠们知道，那里面是阙勒霍多的魂魄，他们纷纷发出兴奋的呼喊，还有人当场跪拜。

最后的工序即将开始，阙勒霍多即将合二为一，谁也没法阻止长安的毁灭。

"好了，快运进去组装。"龙波发出指示。

从栈库里走出几个伙计，都用蘸了水的麻巾捂住口鼻。他们先递给那些草原工匠同样的麻巾，然后有条不紊地把竹竿抱下车来，一捆捆地往库房里运。

曹破延抱臂而立，默不作声地注视着整个过程。龙波走到他身边，拍拍肩膀："右杀贵人有令，你的最后一件工作，就是好好地在这里把风，听明白了吗？"

龙波有意强调"最后一件"，曹破延缓缓点了一下头。他既然被取了顶发，那注定是要被牺牲在长安城内，对此他早有心理准备。

只是曹破延心中还是稍微有些不满，这么关键的场合，右杀贵人却不亲临，反而指派了一个龟兹人指手画脚。右杀贵人说过，他还有更重要的事情要处理，可什么比阙勒霍多更重要？

龙波拿起一条麻巾盖住脸部，走进栈仓。在他身后，栈仓的大门吱咯吱咯地重新关闭。里面到底发生什么事，外人无从得知。

曹破延慢慢在栈仓门口坐下，背靠廊柱，从脖子上拿出那一串彩石项链，在手里把玩。这是他的女儿在斡难河旁采的圆滩石，亲手用白马鬃搓成的绳子串起，还掺了她的三根头发和一口呼吸。据说这样一来，无论两人分隔多远，灵魂之间都可以互通声气。曹破延的手指灵巧地滑过每一粒彩石，像中原的僧人搓动念珠一样。石面光滑无比，已经不知被摩挲过多少回了，每次都能让他心中变得平静。

曹破延已经被右杀贵人割走了顶发，按照草原萨满们的说法，他若有背叛之心，就算是死亡，魂魄也会在地府受到煎熬。不过曹破延一点也不在乎，他真正关心的，可不是自家性命这种无聊的事，而是任务能否顺利完成，大汗的意志能不能得到贯彻。

只要再忍受一个时辰，一切都会结束。曹破延握着项链，第一次露出微笑。

没过多久，院门外传来砰砰的敲门声，节奏三短四长，重复了四次。曹破延把彩石项链重新挂回到脖子上，却没有急着开门，而是爬上附近的一处高台，朝门外张望。

他看到，门外站着麻格儿和其他两个人，还挟持着一个中原女子，眉头不期然地皱了起来。

他们去绑架了王忠嗣的女儿，这个曹破延知道。可是她应该被关在修政坊的万全宅内才对，怎么能带来这里？而且一共去的有八个狼卫，现在怎么只剩三个狼卫了？

他迅速打开院门，让他们进来，然后飞快关好。曹破延揪住麻格儿的衣领，凶狠地用突厥语问道："到底怎么回事？"

麻格儿有点惭愧地表示，他们遭到了唐人探子的突袭，幸亏事先有撤退的方案，这才侥幸逃脱。他为了表示没说假话，还掏出了一枚铜令牌和一个褡兜。令牌上写着"靖安策平"四字，褡兜里装着烟丸、牛筋缚索，还有一把掣张手弩。这都是从那个凶悍的探子身上缴获的。

曹破延清点了一下，脸色变得凝重起来。这些物件，和之前突袭丙六货栈那些士兵的装备如出一辙，可见是同一伙人——这是一个十分危险的信号，说明靖安司已经挖出了那所万全宅和狼卫之间的联系。

曹破延可一点也不敢小觑这个对手。对方就像是一只盘踞在长安城中的蜘蛛，在蜘蛛网上稍有触碰，就会引来杀身之祸。

一所万全宅并不可惜，关键是唐人是怎么知道它的？其他万全宅是否也会同样被曝光？说不定，靖安司的大军已经在赶往这里的路上了。右杀贵人这个节外生枝的愚蠢计划，果然惹来了麻烦，很可能会危及阙勒霍多的复活。

麻格儿见曹破延的脸色不好看，连忙讨好道："王忠嗣的女儿我们带出来了，没让他们夺走。"

曹破延问道："我记得当时抓了两个女人，你是怎么判断她的身份的？"麻格儿有点得意地回答："我们带她们回万全宅后才觉察到，她身上的香气更浓一些。"说完他粗暴地捏住闻染的襦衣往两边一扯，露出粉红色的中衣，闻染尖叫一声，胳膊却被紧紧钳住，一股芬芳扑鼻而来。

曹破延打量了闻染一番，打了个手势，吩咐暂时把她带到旁边不远处的井亭，然后走到栈仓前。他敲了敲门。很快门缝拉开，一股刺鼻的味道先传出来，然后龙波不耐烦地探出头来，掀开嘴边的麻巾。

曹破延说现在这里恐怕已不安全，最好马上撤走。但龙波断然否定："现在是装配的关键时刻，不能动——你确定靖安司已经摸过来了？"

曹破延道："修政坊的万全宅，刚刚被旅贲军攻击，麻格儿的人只逃出来不到一半。所以你最好想想，最近的行事有无遗漏或疏忽之处？"

龙波很不高兴，他可是挽救了整个计划的功臣，这个没履行好责任的突厥人却在吹毛求疵："喂，我和右杀贵人只是合作关系，可不是你们狼卫的部属，别这么盘问我。"

曹破延抬起手臂挡在前面，坚持道："你的落脚点，你接触到的人，有没有可能和修政坊那座宅邸有联系？"

听到这句话，龙波的脸色变了变。他霎时想到了一种可能，可这是绝不能宣之于口的。他反问道："那座宅邸靠近曲江，是撤离时的备用地点，你们的人现在跑去做什么？"这问题问到了要害，曹破延也只能保持沉默。

两个人各有难言之隐，就这么僵持住了。龙波抓抓脑袋，无奈道："好啦好啦，这一处货栈我是单独安排的，就算他们查到修政坊，也牵不出这处。这么说，你放心了？"

曹破延的手臂仍旧挡着。

龙波盯着他的眼睛，叹了口气："草原的狼，疑心都像你这么重吗？——这样吧，这处货栈外围西头的旗亭下，有个病坊。那里常年聚着几十个闲散的乞儿。你雇几个守在周围，这样万一有可疑之人接近，他们能提前通知你。"

"乞儿？他们还干这个？"

龙波道："只要给钱，他们干什么都成。"然后他俯身过去，低声对曹破延说了几句话，之后砰的一声把货栈大门重新关上——阙勒霍多的事，可不等人。

曹破延不喜欢龙波，但他必须得承认，龙波这个建议，确实是目前最好的选择，解决了警戒人手不足的麻烦。曹破延满腹心事地转过身来，正盘算着如何去找乞儿头目，抬眼一看，登时勃然大怒。

他看到麻格儿在井亭里，骑在闻染身上，兴奋地撕扯着她的衣服。在修政坊时，麻格儿就已欲火焚身，刚才他挟着闻染一路逃亡，肌肤相蹭，香气入鼻，早已让他按捺不住。闻染扭动身躯拼命挣扎，可却阻挡不了粗暴的侵袭，只能哭着喊着"爹爹"，乞求那不可能会来的援助。

曹破延把麻格儿从女人身上拽起来，重重地扇了一耳光。这都什么时候了，还在搞这些事！还有没有轻重缓急了？

麻格儿红着眼睛，嗷地叫了一声，要去抓曹破延的肩膀。曹破延身子一避，一拳砸在他咽喉处，让他疼得说不出话来。麻格儿想起来了，加入狼卫的时候，正是曹破延教授他们搏击之术。

"现在货栈缺人手，你们三个都给我滚进去干活。距离阙勒霍多只差最后一步，别给我闲在这里惹麻烦！"

麻格儿悻悻地提起裤子，带着两个手下朝栈仓走去。闻染躺倒在地上喘息不已，胸口起伏，发髻被扯得乱七八糟。曹破延俯身想要把她拽起来，闻染却支起身子，抓起地上一块碎石，猛然朝他的额头砸去。曹破延没料到在这种情况下，这女人居然还试图反抗。他闪身躲过，飞起一脚，踢中她的手腕。碎石一下子被摔到井口，扑通一声落入水中。

闻染这次真的绝望了。眼前这家伙的杀气，远比熊火帮的混混和刚才那头猪要浓烈得多。她捱着手腕的剧痛，看着这个男人缓缓把手探入怀中，颓然地闭上眼睛。

不料曹破延拿出的不是刀，却是一个便携式的黄杨木盒。

木盒打开后，左边是一个熟皮墨囊，右边嵌着一管短小的寸锋毛笔和一卷毛边纸。这是专为远途商旅准备的，以盒为垫，可以在骆驼或马背上书写。

曹破延一言不发地把毛纸摊开，把墨囊里的墨汁倒出来，用井水冲开，然后把毛笔递了过去。闻染不知道他葫芦里卖的什么药，不肯接。曹破延把毛笔又递了递，用生硬的唐话道："你就要死了，给自己的父亲留份遗言吧，不然他一定很伤心。"

这一番话，让闻染如坠云雾，这是什么意思？

曹破延知道，她很快就会落到右杀贵人手里，下场一定极其凄惨。可刚才闻染哭喊着叫"爹爹"的模样，似乎触动了他心中的某一块东西——不是突厥狼卫的心，而是一个父亲的心。

这个女人是右杀贵人的猎物，曹破延即使心中反对，也不可能违背命令把她放了。他所能做的，只是让她留点遗言罢了。

闻染忽然反应过来，这些胡人和熊火帮根本不是一路，他们显然是把自己误当成了王韫秀，而且打算杀了她。闻染急忙喊叫着说我不是她！我不是她！我叫作闻染。

可曹破延根本就不信，他认为这姑娘只是找借口不接受这个残酷事实罢了。他缓缓抽出腰间的匕首，"噗"的一声插进墨盒里，表示不要徒劳地挣扎了，还不如老老实实写下自己人生最后的话语。

闻染咬住嘴唇，再度握紧了毛笔，眼眶里却不受控制地涌出泪水。两个时辰之内连续被绑架两次，心力交瘁，现在又被逼至这种绝境，她已经撑不下去了。疲惫、惊骇和对死亡的恐惧同时袭来，摧垮了她的防线。

她想起了去年闻家遭遇的可怕事情，那时她和现在一样惊慌。若非恩公一力庇护，只怕她早疯了。闻染的内心涌出了极度的委屈，我做了什么？我只是想过正常人的生活而已啊！

闻染突然把毛笔远远扔开，用头去撞曹破延。曹破延的身子摇晃了一下，却纹丝不动。闻染又拿起腰间的一个香囊朝他丢去，在他胸口绽开一团烟雾。曹破延一下把闻染的手臂抓住，把她强行按在井边。

闻染放声大哭起来。

曹破延没有动怒，他觉得这是一个好的征兆，表明对方的抗拒正在崩溃，就像草原上的黄羊——当它们意识到无法摆脱狼群时，就会前腿跪地，咩咩地哀鸣。

于是他也不动怒，俯身把毛笔捡起来，重新塞到闻染手里。这时货栈里传来一声沉重的轰隆声，似乎是哪一个大桶滚落到地上去了。

曹破延被声音吸引过去，不过几个弹指的时间，当他再度回过头来时，亭子内外空荡荡的，闻染的身影却已经消失。

十几名武侯粗暴地掀开那一排阔口大瓮的圆盖，用手中的木杆伸进去搅上一搅。这些木杆的末端劈出几条反向豁口，从瓮里提上来时，裂隙里挂满湿漉漉的褐色浊油。

这些都是新榨的胡麻油，还带着股香味。阳光从工棚上方的空隙照射下来，棚内的七八台榨器已经全数停工，袒着膀子的榨工们抱着双臂站在一旁，呆呆地看着武侯们搜查，不知就里。

在他们不远处，数名孔目吏手持油乎乎的账簿，正在核对脚边那一堆堆菜籽饼、芜菁籽饼、芝麻斛斗的数量。在后院的库房里，另外一批人在清点更多罐瓮，甚至连加工熟油的灶台都不放过。

油坊的老板匆匆跑出来，看到这混乱局面，先是勃然大怒，不料立刻被一个官吏叫过去附耳说了几句，态度大变，连连点头哈腰。

类似的事情，在长安城十几处荤素油坊同时发生。无论是供应宫中的御坊还是民坊，无一例外，都被彻底搜查了一遍，还被要求出示最近一个月内交易明细。有的坊主自恃有后台，试图反抗，结果被毫不客气地镇压下去。

这些交易和库存数字，都被汇总到靖安司的大殿中去。在那里，徐宾带领着几十个计吏埋头苦算，把这些数字与城门监的油料报关记录核对，看是否有出入。

"启禀司丞，没有。"徐宾手捧墨迹未干的书卷，向站在沙盘前的李泌小心翼翼地汇报。

"没有什么？"李泌的语气不太好。

"一月之内，一切大于五石的荤素杂油交易，除了宫中用度，都已追溯到实物存货，没有疑点——这里是清单。"

"城外的货栈呢？"

"油料报关在城门监从来都是单列一类，重点查验，哎哎……也没有异常。"徐宾一紧张就容易哎哎地结巴。

李泌脸色一沉，把拂尘重重甩在沙盘边缘："没有异常！没有异常！哼，等火势起来，我看你们怎么说！"徐宾俯身垂首，不敢搭话，也不需要搭话。他知道上司与其说是在斥责，毋宁说是在发泄。

其实不光是李司丞，靖安司大殿内的每一个人都有点神经兮兮。墨砚被手不小心碰翻，脚步在地板上一滑，若有若无的几声叹息，茶盖与书沿的磕碰，纸卷失手滑落在地，种种小状况开始频繁出现。

徐宾知道，这是压力太大的征兆。从巳时开始，坏消息接连不断，每一次都让他们的工作量翻倍，要求完成的时间一次比一次短。这些书吏原来在诸部做计吏时，工作都是以天或旬来计，哪像靖安司，简直就是在以时辰来计。

如今，整个靖安司像是蹲踞火炉之上，烦躁不安，不知何时就会出大问题。

可他区区一个主事，能有什么办法呢？徐宾转头看看殿外的一角天空，只能寄希望于他的好朋友能尽快传回点好消息，让这些快溺死在算筹中的书吏喘一口气。

这时李泌的声音再度响起，严厉而急躁："继续给我查！查完了油，就去查柴薪！查完了柴薪，再去查石炭！还有麻荄、草料、纸、竹木器、丝绢！所有能点着的东西，都给我彻查一遍！"

对于这个不切实际的要求，徐宾没有抗议，而是恭敬地应了一声，然后把书卷交给檀棋，躬身退下。开玩笑，现在李司丞正在气头上，当面顶撞纯属作死，过一阵他会自己想通的。

此时毕竟是一月份的天气，这大殿里虽然四角都点起了炉火，可感觉还是有些冻手。徐宾双手笼在袖子里，穿过一排排埋头苦干的书吏，耳边充斥着哗哗的纸卷声和算筹碰撞声。看着这些疲惫的小吏，徐宾不由自主地挺直了胸膛，露出几许感慨。

徐宾的记忆力，在整个长安城都很有名。他能把将近终局的围棋盘打翻，然后一枚一枚复上去。可惜他的仕途一直没什么起色，始终是个不入流的小吏。这次靖安司征辟，让徐宾看到了一丝翻身的曙光。眼下他的头衔是行靖安司主事，若能立下大功，把行字去了，那可是正经的官身！从八品下呢！

所以越是麻烦的局面，越容易建功！

他心中涌现出一阵激动，随手抓起一把算筹，李泌那句近乎蛮横的命令忽然跃入脑中："所有能点着的东西，都给我彻查一遍！"徐宾琢磨至此，忽然眼前一亮，似乎捕捉到了什么灵感。

徐宾停下脚步，想召集几个书吏，重新过一遍卷宗。可话到嘴边，他又咽回去了。现在每一个人都忙得要死了，让他们为一个心血来潮的猜想投入精力，风险有点大。

说不得，只好亲力亲为。徐宾叹了口气，扯住旁边的一个传书吏，报出一连串编号，让他去调卷宗，然后回到自己的台前，袖子半卷，拈起一管细毫朱笔。

我没法像张小敬那样冲锋陷阵，想获取功勋，案牍就是战场。徐宾想到这里，热切的眼神，不由自主地朝不远处的李司丞望去。

可惜李泌对徐宾的举动毫无觉察，即使觉察也不关心。他的眼里，只有长安大沙盘，仿佛只要多盯一会儿，就能发现那些突厥狼卫是如何把燃油神不知鬼不觉运入长安的。

殿角的水钟仍在不急不缓地滴落着，距离灯会已不足三个时辰，可事情还是没有任何实质性的进展。

张小敬临危受命，不负众望，奇迹般地挖出了一条线索，可转眼间这个优势便失去了。眼下两个调查方向都陷入中断，这让李泌恼火不已。他本来笃信道家，讲究清静无为，可自从就任这个位子之后，整个人的心境跌宕起伏，与道家之义背道而驰。

俗世庶务，果然会毁掉一个人的道心，李泌心浮气躁地想着，可是却毫无办法。

就在这时，通传冲入殿内，脚步声踏在青石板上，所有人的动作都微微一滞。又一个消息传进来了，它是好是坏，将决定接下来整个靖安司的氛围。

可惜这次通传没有大声通报，而是径直走到李司丞面前，交给他一封书信。这说明事涉机密，不能通过望楼传递，必须以密函的形式递送。距离他最近的檀棋惴惴不安地用眼角余光观察着，她看到，公子撕开封条，脸色遽变，先是涨红，随之铁青，然后被一层灰蒙蒙的黯淡所笼罩，甚至还有一个攥拳的小动作。

这消息得坏到什么地步啊？檀棋有些忧心忡忡，又有些好奇。

李泌手里捏着的，是崔器送来的密报，上头只有简单的一句话：经查狼卫劫走王忠嗣之女，去向不明。

那些从修政坊逃过九关鼓的狼卫，居然还绑架了王节度的女儿？

王忠嗣可不是一般的朝廷官员，那是堂堂左金吾卫将军、灵州都督、朔方节度使！是大唐如今声威最盛的名将，极得圣人信赖。

这次大唐对突厥可汗用兵，正是由王忠嗣居中主持，以威名统摄草原诸部进剿。在这个节骨眼上，如果让突厥人在长安公然掠走他的家眷，朝廷脸面彻底丢光不说，很可能还会影响到漠北战事。届时圣人大怒，朝堂震荡，就算是深得圣眷的他，也未必能保住项上人头，太子李亨更会被波及。

一想到这里，李泌的脊梁不免一阵发凉。

看来对突厥狼卫的策略，必须要立刻修正。即使发现了他们的藏身之处，也不可贸然强攻，避免伤及王女性命。靖安司本就被重重掣肘，如今又加了一重限制，无疑是雪上加霜。可是李泌没的选择。

李泌这才体会到，李亨要贺知章担任靖安令的苦心。王女被绑这事瞒不了多久，很快就会有方方面面压力扑过来。只有贺知章这样的老江湖，才能娴熟地推演接下来的朝堂动向，并预先做出准备。

自己也许抓人有一套，但对付那些居心叵测的政敌，还是太稚嫩了。

李泌心想，难道我得把气病的贺监再亲自请回来？

"取些冰来！"李泌高声下了命令，把这个令人不快的念头赶出脑海。

檀棋怔在原地，一直到李泌再度下令，她才回过神来，不禁有些为难。如今还是正月，谁会专门在屋里备着这玩意？檀棋找了一圈，才让人从后院的水渠里打出一桶混着冰碴子的水，滤净后泡着锦帕递过来。

李泌粗暴地把锦帕抓起来，也不待拧干，就带着冰水往脸上扑了一下。尖锐的寒意如万千细针，把整张脸刺得生疼，让他忍不住龇牙。但本来混乱的灵台，也因此恢复了清明。

越是这种时刻，越要镇之以静。

李泌重新审视这份密报，将其和之前的望楼通报相比较。他发现，绑架王女的突厥狼卫，藏匿之地恰好是窃走坊图的龙波所提供，也就是说，这两件事是同一批人所为。

可火焚长安和绑架王女，性质不同，一个是丧心病狂的毁灭，一个是理性的挟质威胁，两者的用力方向有很大的偏差。一名好弓手，不会同时瞄准两只兔子；一个合格的策划者，按道理不应该同时执行两个互相干扰的目标。

恢复冷静的李泌，从中嗅出一丝不协调的味道。

也许这是一个契机。任务目标越多，难度越大。只要继续对突厥狼卫施加压力，就可能压迫他们犯更多错误，露出更多破绽。

李泌用冰帕又擦了一下脸，把视线投向沙盘，去寻找那枚独一无二的灰色棋子。眼下能帮到他的，只有一个人。

"张小敬现在什么位置？他在做什么？"李泌大声问。

张小敬正在启夏门内，他正在遛狗。

这是一条河东种的长吻细犬，尖耳狭面，通体灰毛白斑，硕大的黑鼻头有节奏地耸动着。它四肢瘦长，跑起来矫健有力，张小敬要紧紧攥住绳子，才能勉强跟得上它的速度。

为了"借"出这条狗，可是生出了不少波折。

宣徽院的狗坊位于东城最南端的通济坊，专为宫中豢养玩赏犬和苑猎犬。崔器上门商借时，狗坊的掌监一口拒绝，他们属于内侍省，根本不在乎靖安司这种外朝行署的脸色。本来崔器有点怕得罪内宦，可张小敬冷冷地说，为靖安司做事，就别顾虑旁的，他也只能硬着头皮上。

崔器软硬兼施，对方就是不通融。最后张小敬不耐烦地站出来，用弩箭指着掌监的脑袋，硬是抢走了一条苑猎犬。这简单粗暴的行事风格，让崔器只能苦笑。那个掌监，已经扬言要告他们两个劫夺宫产，上元节过后，恐怕整个靖安司都会有大麻烦。

可话又说回来，若眼下的危机不及时解决，恐怕连今天都熬不过去。为了解近渴，哪怕是鸩酒也得捏着鼻子喝下去。

这条猎犬被迅速带到了启夏门前，这是判明突厥人最后经过的地点。张小敬让它嗅了嗅闻染留下来的香气，口中呼哨，猎犬把鼻头贴在地上耸了几耸，双耳陡然一立，转身朝着西方狂奔而去。

张小敬牵着引绳，紧随其后，崔器、姚汝能和一干旅贲军士兵也纷纷跟了过去，在街上构成了一道奇妙的队列。行人纷纷驻足，以为又是哪个酒肆搞出来的上元噱头。

猎犬放足猛跑，每过一个路口，都会停下来闻一闻，辨别方向。随着时间推移，猎犬犹豫的次数开始增多。时至下午，观灯的人越聚越多，味道也越来越杂。坊墙内的烤肉、路面上的马粪、摩肩接踵的人群、骆驼的腥臭体味、酒肆里飘出的酒香，都对猎犬造成了极大的干扰。

每次猎犬一犹豫，张小敬都会掏出一个香囊，这是特意从闻记香铺里取来的，可以强化它对香味的敏感。可很快这一招也快失灵了，闻染残留的气息，已经淡薄到连猎犬也难以分辨。那一根若有若无的丝线，正在悄然断开。

张小敬努力驱赶着猎犬，希望能赶在最后一丝香气消失前，尽可能再追近一步。这只猎犬勉强又跑起一段路，终于在一处十字路口停住了。它昂起头来嗅了嗅，发出一阵呜呜的声音，然后烦躁地原地转圈，用前爪刨着地上的土，却怎么也不肯再向前了。

张小敬叹了口气，知道它已经到极限了。

此时崔器和姚汝能也纷纷赶过来。看到猎犬这副模样，心中俱是一凉。崔器怒气冲冲地狠踹了狗一脚，踢得它发出嗷呜一声惨叫。崔器还要踢，被张小敬给拦住了。

"别拦我，这惫懒畜生不打一顿，总是偷懒！"崔器气急败坏地喝道。张小敬却蹲下身子，伸手搂住猎犬脖子，尽力安抚："狗性最诚，既不会偷懒耍滑，也不会谎言邀功。它已做得很好，何必苛责呢？"他摸了摸猎犬的脑袋，口气里居然带着点怜惜。

"有吃的吗？"张小敬问姚汝能，姚汝能连忙从腰带里翻出一片猪肉脯。张小敬撕成一条条，喂给猎犬吃下去。

姚汝能在一旁看着，心中纳罕。这个人对待狗的态度，就像是一个推心置腹的好朋友，和其他人来往时，却带有强烈的疏离感。看来在他心目中，人类远远不如狗值得信赖。

本来李泌交给姚汝能的任务，只是监视张小敬有无叛逃之举，可观察到现在，姚汝能对这个人本身产生了好奇——他到底经历过什么？是什么铸就了他这样的风格？

崔器对这些没兴趣，他只关心一件事："张都尉，接下来怎么办？"张小敬没有回答，而是环顾四周，先分辨身处的位置。

刚才猎犬从启夏门一路向西，横穿朱雀御道，把他们带入西城长安县的辖区，最终停留在了光行安乐。

长安诸坊呈棋盘排列，每一个十字街口，四角各连接一坊；而每一坊的四角，都会邻近一个十字街口。长安人习惯以东西对角坊名来代指街口，先东再西，所以每一个街口都有一个独一无二的名字，不易混淆。这个街口，东北角为光行坊、西南角为安乐坊，便被称为光行安乐。

这里位于朱雀门街西一街南端，往南再走一坊就到城墙了。虽然猎犬无法进一步判明方位，但能引导到南城这个大区域，已足以让张小敬判明突厥人的思路。

长安城的分布是北密南疏，越往北住户越密集，向南的诸坊往往广阔而荒僻。人烟冷清，坊内杂草丛生。

崔器眼睛一亮："我马上召集人手，把附近的住坊彻底搜一遍！不信抓不住那几个王八蛋！"

张小敬却摇摇头："这里只是香气中断之地，却未必是狼卫藏身之所。突厥人在这一带的选择太多。"他伸出手去，在虚空划了一圈，差不多囊括了整个长安城的西南角，这里的十五六个坊都相对荒僻，突厥人藏在任何一处都不奇怪。

"现在这个形势，不能打草惊蛇——"张小敬的语速忽然放缓，崔器听出了他的意思。李司丞自从知道王忠嗣的女儿被绑架之后，特意传令指示，像西市丙六货栈那种强硬的突袭，已不可行。采取任何行动，都要保证王女的安全，慎之又慎。

"若是我阿兄还在就好了……"崔器感叹道，忽觉不妥，连忙又解释道，"他从小在西边长大，对整个长安都很熟悉，可不是说张都尉你。"

"所以突厥人才会找他去绘图吧？"

"嗯。"崔器眼圈微微发红，捏紧了拳头。阿兄之死，让他方寸大乱，失误频频，他比任何人都迫切地想要揪出曹破延来。

张小敬突然眉头微皱，觉得什么地方不对，可感觉稍现即逝。他摇摇头，和崔器同时朝前方望去，此时日头微微有了倾斜，那延伸至远方的一道道灰白色坊墙，一眼望不到头。崔器懊恼地把头盔往地上一砸，他第一次觉得，长安城简直大得令人恼火。

那猎犬正在嚼着肉脯，被他这么一吓，闪身躲到了张小敬腿后头去。

姚汝能小心翼翼地建议道："能不能把附近望楼、街铺和坊卫的人都召集过来，看看他们是否有注意到什么异常？"

张小敬和崔器同时叹了口气，不置可否。城南人少，街政松懈，驻防的兵丁数量少且素质低劣，指望他们有什么发现，只怕比让慈恩寺的和尚们开荤还难。

但这件事又不能不做，崔器当即调动了五十名旅贲军的士兵，两人一组，不带武器和甲胄，只携烟丸与号角进入附近诸坊探查，看能否找到任何蛛丝马迹。

至于张小敬，他左手牵着狗，右手掸了掸眼窝里的灰，看向附近的几栋望楼。这已经成了他的习惯，有事没事，都会朝望楼看看，看是否有更新的消息。不过他的心情有些矛盾，自从接手此事以来，从望楼接到的几乎都是坏消息。

"希望偶尔也有点好事……"张小敬发出一阵感慨，手指摩挲着猎犬浓密的颈毛，低声说了一句奇怪的话。猎犬对人类的语言完全不懂，只是汪了一声作为回应。它不知道，这句话如果让其他人类听去，只怕会掀起轩然大波。

大宁坊在朱雀大街以东第四条街，西毗皇城延喜门，北与大明宫只有一坊之隔。所以住在此处的，以官员居多。有趣的是，虽然住户个个身份高贵，但宅邸却远没有安仁、亲仁等坊那么豪奢，多是七房三进的青脊瓦房——没办法，这里距离大明宫和兴庆宫太近了，只要天子登上城墙俯瞰，就能看到谁家简朴、谁家奢靡。

今日上元节，天子与民同乐，臣僚也不能落后。于是坊里也到处张灯结彩，每十户竖起一个灯轮架子，不过总透着一股拘束味道，花灯规模只算中平。所以观灯的人很少，路上也不似外面那么拥挤。

封大伦纵马往自家宅邸走去，不时避让飞驰而过的大小马车。在暗处，他是横行万年县的熊火帮老大，在这里，他却只是一个小小的工部从九品主事，主管虞部事宜，该守的礼数一定得守。

虞部主事品级虽小，执掌的却是整个长安城的修浚缮葺，工匠要遴选，物料要采买，营式要督管，是件肥出油的差事。封大伦虽然出身寒门，眼界却比寻常人高出许多。他利用自己职务之便，扶植起了熊火帮的势力，许多事情明里动不了，就让他们从暗处动手脚。这一明一暗配合起来，几乎垄断了半个万年县的工程，获利极丰。

若不是因为去年那件案子，现在的封大伦只怕早得升迁，春风得意——不过算了，事情已经过去，让他不痛快的家伙，差不多都收拾干净了。

今天他撞见了闻染，旧怨又微微翻腾上来，她是那案子里唯一一个未受牢狱之灾的人。于是封大伦派了几个手下，决定对她略施薄惩——惩罚过程并不重要，重要的是要让所有人知道，任何一个得罪他的人，都要付出代价，哪怕事情早已揭过。

现在，闻染这个小婊子，应该正在痛哭流涕吧？

想到这里，封大伦眉宇略展，唇边露出一丝阴森森的快意。他骑到自家门口，正要下马，忽然旁边树后跳出一人来，瞪圆一对凸出的蛤蟆眼，扯住缰绳大喊："封主事！封主事！"

封主事低头一看，认出是长安县衙的死牢节级，神色大异："怎么是你？"节级显然已经等候多时，急声道："张阎罗，他，他离开死牢了！"

一言说出，封主事差点掉下马来。他急忙摆正了身子，脸色阴沉地问道："怎么逃出去的？"

节级一脸哭丧："哪儿是逃的，是让人给提调走的。"

"提调？"封主事飞快地在脑子里划过有权提调犯人的官署，大理寺？刑部？御史台？

"不，是被靖安司给提走的，印牍齐全，卑职没法拒绝。"

"靖安司……"封大伦一听这个名字，觉得略耳熟。他回忆了一下最近半年的天宝邸报，眼神突然凝成了两根锋利的针。

"什么时候？"

"两个多时辰前，我在这儿等您半天啦。"

"靖安司提调他去做什么？"

节级摇摇头："公文上只说应司务所需。但他一出狱，就把枷锁给卸了，走的时候也没用槛车，和靖安司的使者一人一马，并辔而行。"

封大伦忽然双手一抖，把马头掉转过来，扬鞭欲走。节级急忙闪在一旁喊道："您……这是去哪里？"封大伦却不理睬，朝来时的路飞驰而去。

节级待在原地，他这才想起来，这位长安暗面的大人物，刚才握住缰绳的手指居然在微微发颤。

封大伦纵马狂奔，一路向南，直趋靖恭坊。

靖恭坊在长安城最东边，紧靠城墙。此坊在长安颇负盛名，因为里面有一处骑马击鞠场，唤作油洒地，乃是当年长宁公主的驸马杨慎交所建。除去宫中不算，长安要数这个击鞠场最大，王公贵族，多爱来此打马球。

他一进马球场，先听见远处一阵阵欢声传来。穿过一片刻意修剪过的灌木林坡之后，便可以看到坡下有一个宽阔的击鞠土场。土黄色的场地宽约一百五十步，长约四百步，四周围栏皆缠彩绸。场边有十余处厚绒帷幕，依柳树而围，写着家族名号的宣籍旗错落排开，每一面旗都代表了京城里一个赫赫有名的家族。

在土场正中，十几名头戴幞头的骑士在马上纠缠正紧。人影交错，马蹄纷乱，那小小的鞠丸在尘土中若隐若现，来回弹跳。忽然一名锦衣骑士杀出重围，高擎月杖狠狠一抢，鞠丸在半空划过一道流金弧线，直穿龙门，重重砸在云版之上。四周帷幕里发出女眷的欢呼，那骑士纵马扬杖，环场跑了一圈，姿态傲人。

这是上元节当日例办的球赛，唤作开春赛。龙门后要立起锦云版，鞠丸也要换成绩金福丸。谁能先驰得点，便是金龙登云，乃是个大大的好兆头，这一年定然平顺吉祥。

这时场角传来铛铛几声鸣金，上半场时间到了。骑士们纷纷勒马，互相施礼，然后各自回到场边的帷幕里去。

长安击鞠有个禁忌。中宗之时，当今圣上曾纵马过急，一头撞在场边燕台之上，结果爱马脖颈折断，还伤及几位子弟。从那之后，击鞠场边不设看台，亦不立雨棚，都是临时拉设帷幕，供女眷旁观，以及骑手更衣休憩。

那锦衣骑士骑回到自己幕围，跃下马背。旁边小厮迎上来低声说了几句。骑士先是不耐烦地喷了一声，然后眼皮一翻，说我这马刚跑完一身汗，可不能等——让他候着吧！

封大伦知道这位殿下嗜马如命，哪敢催促，只得垂手等在场边。骑士给坐骑解开马尾、紧了蹄铁、洗刷脊背，一套保养功夫亲手做完，这才慢悠悠地迈着方步过来。几名新罗婢过来，替他换下骑袍，摘走幞头。封大伦连忙躬身为礼，口称"永王殿下"——这骑士正是天子的第十六个儿子，永王李璘。

他做下偌大的事业，自然得有后台靠山，永王便是最粗的大腿之一。去年那案子，便是由这位十六皇子而起，所以他才匆忙跑来请示意见。

永王歪着身子斜靠在宽榻上，端起雪饮子啜了一口，懒洋洋地说："赶紧说吧，我还有下半场呢。"他生有隐疾，脖颈有问题，看人永远是偏着脸，让对方捉摸不定。

封大伦看看左右，俯身过去低声道："启禀殿下，张阎王他，出狱了……"一听这名字，永王手腕一哆嗦，差点把饮子摔在黄土地上，脸色难看，好似要呕吐出来。旁边婢女赶紧给揉了好一阵子，他才勉强把呕吐感压下去。

"怎么回事？他不是下的死牢吗？"

封大伦把靖安司提调的事说了一下。永王听完，拿手指揉揉太阳穴："这个靖安司，又是个什么情况？"

封大伦知道这位殿下对朝廷之事不甚关心，便解释道："这是个才立数月的新行署，主管西都贼事策防。正印是贺知章，司丞是待诏翰林李泌。"然后递过去一卷手本。里面写着一些隐晦的提示，为的是能让这位殿下看明白这人事安排背后的意味。

永王侧着脸扫了几眼，古铜色的脸上浮现出为难神色："靖安司居然是这样的来头……麻烦，真麻烦！"他焦躁地把雪饮子往旁边一扔："闻家那么点破事，从去年拉扯到今年！还没完了！你说这个张阎王，痛痛快快死了不就得了嘛！为何节外生枝！"

永王一提这名字，胃部又开始痉挛。他生平最讨厌麻烦，这些贱民一个一个不肯去死，让他心里委屈得不得了。封大伦微微一笑道："其实殿下倒不必担心这个，闻家之女，已经在熊火帮的手里，想来张阎王不敢造次。"

"哦哦，闻染啊，那女人倒不错……"永王用手指刮刮嘴角，露出贪色的笑意，然后眉头微皱，"本王在菩萨前立过重誓，不再追究他们。如今这么做，岂非欺骗菩萨？不妥，不妥。"封大伦道："殿下您又不知情，是熊火帮出于义愤而出手的，不算违誓。"

永王被这个道理说服了，心道这熊火帮果然善解人意，于是脸色大为缓和。封大伦见时机差不多了，开口道："不过——放任张阎王在外头，终究是个祸害。殿下还需早点安排，把他弄回牢里才安心。"

对付张小敬，得用官面手段，封大伦不过一个九品主事，品级太低，非得借永王的势不可。

果然，永王的眼皮跳了一下，这句话可是说到他心里去了："你说怎么安排？"

"靖安司抽走张阎王，走的是提调手续，不是脱罪，所以他现在仍是戴罪之身。最好请几位相熟的御史，参劾靖安司滥任囚徒，有失体面，逼着他们把张阎王撵出来。"

永王猛一摇头："这个不成。御史们都是属疯狗的。去找他们帮忙，只怕他们先盯上我，传到父皇耳朵里……啧啧，本王可不去触那霉头。"

大唐的御史们身负监察之职，可以风闻奏事。他们没事就盯着长安大大小小的府衙署卫。哪里有疏漏，他们会立刻扑上去狠狠咬上一口，将事情搞得越大越好，六亲不认，无论百官还是贵胄都很头疼。

封大伦连忙又道："在下还有一计。可以请大理寺行一道文书，以推决未尽的名义索要囚犯。就算靖安司那边推拒，咱们也能试探出对方用心。"

这计乃是府衙之间正常的行文往来，不露痕迹。永王想了想道："这个好。本王正好与大理寺里的一个评事有旧，你去跟他说就成。"

大理评事是从八品下，负责参议刑狱，详正科条，做这件事再合适不过了。封大伦连忙请教姓名，永王望着天空，想了好久，才开口道："呃……好像姓元，跟曹王妃有点关系，哦，对了，叫元载，字我忘了。"

封大伦在袖口记下名字，匆匆告退。此时球场边缘鸣锣，新罗婢们连忙拿起骑袍、幞头，要给永王换上。永王却不耐烦地斥开，心绪不宁地在原地转了几圈，胃部那种不适感，却越发明显。他终于抑制不住，飞快地跑到一个净桶旁边，大口大口地吐起来。

就在这时，远处西南方向隐约传来一阵鼓声，鼓点急促，每一声都敲在呼吸之间，格外让人心烦意乱。永王用袖子擦擦嘴角，虚弱地一挥手：

"不打了，回府！"

曹破延这一惊，非同小可。

他不过只转头了一瞬，怎么女人就消失了？井亭距离四周墙壁都有几十步远，就是飞鸟也没可能这么快就飞过墙头。

呆愣两个弹指，他终于反应过来了，三步并作两步跑到井边，趴在井栏边往里张望。果然，如曹破延预料的那样，这女人居然跳到井里去了。

这口井的井底只有浅浅的一层水，闻染俯卧在水中，一动不动。曹破延喊了一声，对方没有反应。

这女人投井到底是因为怕受到侮辱，还是怕被利用去反对她父亲？曹破延并不关心，他现在关心的是怎么把她给弄出来。隔着这么远，他没法做出判断，她到底是真摔死了还是装晕。

这在平常，一根井绳便可解决。可对现在的曹破延来说，却成了一个几乎不可克服的大问题。

之前在旅贲军的突袭中，曹破延被崔器一弩射中手肘。虽然经过包扎已无大碍，但无法用力。单靠一条胳膊，不可能把她给拽上来。而他偏偏又不能去货栈里找人帮忙——他们都在忙着阙勒霍多的事，一个弹指都不能浪费。

一个简单的困境，居然把曹破延给生生难住了。

曹破延围着井口转了几圈，俯身下去仔细地观察了一下井壁，上面有一串浅浅的凿坑，错落有致，应该是修井工留下的。若没有特别的技巧，一般人很难徒手攀爬。曹破延转念一想，为何一定要把她弄上来呢？

死了就一了百了。就算那女人没死，也别想靠自己爬上来。只消井口盖个盖子，用石头压紧，就是一个天造地设的牢笼。

如果右杀贵人想要的话，可以随时来取。曹破延还有正经事要做，可不能在她身上浪费时间。

曹破延略觉遗憾，他难得对中原女子动了一点恻隐之心，想让这位女儿给父亲留下点什么。可这女人宁可投井，也不肯写下书信，看来中原女人比想象中要倔强得多。曹破延不由得想起王忠嗣，那可是草原的煞星，无情顽强，残酷狡黠。每次他的旗帜出现在鄂尔浑河畔，都要卷走比河水还多的鲜血，让牛羊都为之胆寒。

有其父，必有其女啊。

曹破延小时候听祖辈说过，曾经的突厥狼旗是何等风光，数次逼近长安，连大唐皇帝都为之战栗不已。而现在的他们，却龟缩在草原一隅，在大唐兵威下苦苦支撑。他这次前来长安，其中一个理由，就是想看看这座曾见证了祖先荣光和屈辱的大城，并亲手毁掉它。

"真想堂堂正正地击败一次长安哪。"

带着淡淡的遗憾，曹破延找来一块破布，丢到井下，把闻染的身体盖住。破布和井底颜色相近，这样即使有人俯瞰井口，也看不出里面有人。然后他把井口用几块石头压好，离开了货栈。

这一处坊可比北边荒凉多了，附近几乎没有人烟，只有几排废弃已久的破旧房屋和土地庙。不时有乌鸦飞过缠着破布的幡杆，甚至还有野狗出没，一闪即逝。

曹破延一边警惕地左右望着，一边信步朝着外街走去。走过约莫两个街口，才看到一处坊内小市，小贩们以卖汤饵、胡饼、菜羹等廉价吃食为主，周围还有些卖针头线脑的杂货摊。在不远处的土坡上，有一处悬着个青葫芦的小院，院墙不高，门口摆着三口大青瓮。此时有几十个衣衫褴褛的乞儿散落在院子外头的斜坡上，横躺竖卧，一派慵懒。

这里应该就是龙波所说的病坊，据说此地专门收容长安城乞丐病患，还会提供诊疗和药物。曹破延实在不能理解，大唐的钱难道真是没地方花了？草原可从来不养这些废物。

曹破延径直走过去，闻到阵阵酸臭。乞儿们像山猴一样互相捉着虱子，晒着太阳，对这一个闯入者毫不关心。他微皱着眉头，搜寻戴着花罗夹幞头的人。这并不算难，因为大部分乞儿都是裸头散发。

很快他就找到了目标：有一个人正靠着一棵松树打盹，他身上裹着布袍，身下垫着脱了毛的旧毡毯，头上歪歪戴着一顶花罗夹幞头，在一群衣衫不整的乞儿中，显得格外醒目。

"我需要几个人。"曹破延走到他面前，单刀直入。

那人打了个哈欠，用沾满眼屎的斜眼懒洋洋地打量了他一下，没说话。曹破延从腰间解下一个曲嘴小银壶，壶两面各錾刻着一匹栩栩如生的奔马，这是他在草原骑马时随身携带的酒壶。

"如果你能做到，这件东西就归你了。"

第六章

申初

　　与此同时，一支弩箭从另外一侧飞射过来，
恰好钉在曹破延脚边的土地上。张小敬的身影跃入院内，
一个迅速的翻滚，落在离曹破延三十步开外的开阔地带。

天宝三载元月十四日，申初。

长安，长安县，光德坊。

徐宾一卷一卷地翻阅着记录，手指滑过粗糙的纸边，墨字一行行跃入眼帘。

刚才李司丞说了一句气话："所有能点着的东西，都给我彻查一遍。"这给了徐宾一个新的灵感——能引起火灾的，可未必只是油哇。

每天运入长安城的物资，少说也有几百种，能点着的可真不少。徐宾循着这个思路，调来了这几天的报关资料，去查分类目录，看是否有可疑的大宗易燃品。

可是查了很久，他却一无所获。

易燃品不是没有，大宗交易的也很多，可徐宾仔细一琢磨，发现这些都不切实际：柴薪太占地方，纸草易燃也易灭，竹木运输太麻烦，烛膏、布绢、丝麻成本太高。想用这些东西制造一场火灾很容易，可要迅速焚尽整个长安城，太难。

靖安司之前做过物性模拟，结果发现，油，且只有油，才是迅速引发大面积火灾的最佳手段。它易于隐蔽运输、长于流动、易燃，而且火力凶猛。突厥人如果打算在今晚烧掉长安城，油是唯一的选择。

这根本还是靖安司早先得出的结论。

徐宾颓丧地把文牍推开，揉了揉酸痛的眼睛，觉得自己纯粹是想升官想疯了。他正想吩咐仆役把卷宗卸走，胳膊肘一抬，案边的砚台被碰掉在地上，哗啦一声摔碎成数块。墨汁飞溅，洒得到处都是。

徐宾怔怔地注视着地面，忽然一拍脑袋，猛然抓住仆役的胳膊。他急声报出一连串编号，让仆役迅速把指定卷宗调过来。徐宾蹲下身子，但没去捡砚台，而是用指头去蹭洒在地板上的墨迹，很快指尖便蹭得一片黝黑。徐宾的嘴唇不期然地翘了起来，双目放光。

靖安司的卷宗存储很有规律，调阅方便。没一会儿，仆役便把他要的文卷取来。徐宾连束带都等不及解，一把扯开，匆匆浏览了一番。他很快就找到了想要的东西，先是欣喜，然后是惊讶，到后来脸色变得严峻起来。

他把文卷抓在手里，匆匆离开座位，走到沙盘前。李泌仍站在沙盘旁眉头紧皱，那条拂尘不断从左手交到右手，又从右手交到左手。

徐宾过去一拱手："李司丞。"李泌头也没抬："何事？"

"卑职也许……嗯，大概已经猜到……哎哎，突厥人或许打的什么主意。"徐宾说得有些不自信，却丝毫不损语气中的兴奋。

这句话终于打动了李泌，他转过脸来："讲！"

咚咚咚咚的鼓声，自远方传来，一栋栋望楼依次响起同样的节奏，逐渐由远及近。这鼓声很富特色，低沉清晰，声音远播。这是特意从波斯进口的蜥皮鼓，专用于靖安司传文，绝不会和节鼓、街鼓、登闻鼓之类的声音混淆。

张小敬仿佛有感应似的，"唰"地一下睁开独目。有新消息进来了，而且鼓声很长，这很不寻常。

此时崔器带着旅贲军的人都分散出去搜查，留在张小敬身边的只有姚汝能。他身兼转译之职，一听到鼓声，立刻跳起来，全神贯注地倾听。

这一次的传文出奇地长，姚汝能不得不一边听，一边用脚在地上记录。好在每一段消息都会重复三次，不至于遗漏。

长安望楼的传文分成两种：一种是定式，比如三急一缓代表"增援即至"，五急二缓代表"原地待命"，等等；另外一种则是韵式，以开元二十年之后孙愐所修《唐韵》为底，以卷、韵、字依次编列，如二十六六，即卷二第十六韵第六字，一查《唐韵》便知是"天"字。

定式最快，但内容受限；韵式便可以传送稍微复杂一点的事；如果更复杂的东西，就得派人飞骑传书了。

片刻之后，望楼传来一声悠扬的号角声，表示传文完毕。黄土地上已经写满了一长串数字。姚汝能从腰间掏出《唐韵》的小册，迅速转译成了文字：

"有延州石脂今日报墨料入城，不知所踪。"

张小敬一扫过去，登时面色大变。姚汝能有点不知就里，忙问怎么回事，石脂是什么。

张小敬道："我在西北当兵时，曾经见过一种水。它从岩缝里流出来，表面浮着一层黑油，手感黏腻，跟肥肉油脂类似，所以叫作石脂。当地人会用草箕把表面这层浮脂搜集起来，用来点火照明，极为明亮。"

姚汝能奇道："原来它还能点着？"张小敬道："石脂不易起火，得用秘法炼制，再拿点燃的猪油或蓖麻油去引——一旦它点着了，便不死不休。我们在西域守城，一罐石脂浇下去，一口气可以带走几十条人命——那油脂能把烈火死死黏在身上，怎么都甩不脱、弄不灭。我从未见过更凶猛的燃料。所以军中称之为猛火。"

以张小敬的坚忍，都为之动容，可见当日之画面何等凄惨。姚汝能倒吸一口凉气，旋即脸色急遽变化："难道说，突厥人已经把这么危险的东西弄进城了？"张小敬沉重地点点头。

若是使用大量石脂，一夜焚尽长安完全有可能。突厥人口中的阙勒霍多，很可能说的就是它。

"这么危险的东西，城门卫的人怎么能随意放入？"姚汝能大叫。

张小敬道："石脂只在酒泉、玉门、延州等地有产，只有当地人和驻军了解一些。关中百姓——比如你——恐怕连名字都没听过。何况突厥人运进这些东西时，玩了一个花招……"他的指头指向了"墨料"二字。

"墨料？"姚汝能不解。

"石脂燃烧起来，黑烟极浓。所以延州那边，通常会用它的烟苔来制墨，所产的延墨颇有名气。"

姚汝能熟于案牍，立刻听明白了。石脂可以燃烧，亦可以制墨，所以狼卫进城报关时，故意把它报成"墨料"。而按照长安的规矩，原料和成品同归为一类来入档。于是这些石脂的入关记录，便堂而皇之地被归入墨类。

靖安司拼命在追查油类和其他可燃物，可谁也想不到去查看墨类——墨那玩意又点不着！

突厥人巧妙地利用这一个思维盲点，瞒天过海。即使有心人想查，也很难从报关记录中觉察其中猫腻。

"这些家伙，可真是太狡猾了，这种阴险的招数都想得出来。"姚汝能愤愤地感叹道。张小敬听到这感慨，眉头一皱，隐隐有种不协调的感觉。他做了多年的不良帅，对矛盾的直觉一向很灵。

不过眼下还不是想这些的时候，当务之急，是赶紧找到狼卫们的落脚地点。

"如您描述的那样，石脂应该是黑色的黏脂，如果洒落在地上，应该会很醒目吧？找找附近路上的洒落痕迹？"姚汝能提议。

张小敬摇摇头，突厥人既然有本事把石脂运进来，对这种事肯定有防范。只要密封木桶下面垫上几层干草，就能保证没有遗洒。

"那……可怎么办？"

张小敬拍了拍身旁的猎犬："石脂会散发出一种刺鼻的味道，燃烧时气味更重。所以它只适宜于户外火把照明，不能用来屋里点烛或烧饭，没办法，太呛——我们可以试着找找附近的异味。"

姚汝能眼前一亮，可很快又有一个疑问："这狗得先有个参照，才能寻找。咱们上哪儿给它闻石脂去？"

张小敬伸手朝西边一指："金光门。"

金光门在长安西侧中段，东去一条街便是西市，是西来商队的必经之路。运石脂的车队从延州而来，肯定会从这里入城。

"按照检查流程，卫兵会用长矛捅入桶里，防止藏人。这玩意很难洗掉，让城门卫把那根长矛找到就够了。"张小敬道。

金光门离这里很远，姚汝能一听，立刻上马要赶过去，却被张小敬给拦住了："你不必去，若我猜得不错，靖安司的飞骑应该快到了，会带来我们想要的东西。"说完他望向空荡荡的街头尽头，信心十足。

"你这么笃定？"

"因为李司丞必须这么做。"张小敬淡淡道。

姚汝能毫不掩饰对李泌的崇敬："李司丞可真是天纵英才！石脂墨料这么巧妙的圈套，都能被他识破。"

张小敬微微一笑，没有纠正。识破石脂这事，应该是徐宾想到的。从前两人一起吃饭，他曾说起西域军中的一些风土人情，随口提到过石脂这种奇物。没想到徐宾记性这么好，现在还记得。

他在长安的朋友不多，徐宾算是相交最长的一个。这家伙若能借这个机会立下大功，释褐授官，也算完成一个积年夙愿。

"希望赶得及，我们耽搁太多时间了。"张小敬望着逐渐暗淡下来的天色，喃喃说道。姚汝能看到他一脸忧色，心中不由得有些触动。他本来对这个死囚犯疑心重重，可经过一系列事情，他发现自己错了，张小敬的一举一动虽可商榷，但绝无私心，甚至为此差点送了性命。

姚汝能犹豫片刻，忽然双手抱拳，单腿跪地："之前卑职对张都尉多有猜疑，自请责罚。还望张都尉不要因一人之错而心怀怨愤，耽误靖安大事。"

张小敬饶有兴趣地看着这个涨红脸的年轻人："你是不是觉得，我这么尽心竭力，不太正常，对吧？"

"是，卑职本以为张都尉言不由衷，必有所图。"姚汝能直截了当地承认。为了长安阖城平安？这理由若是李泌说的，他信；但一个对朝廷怀有怨愤的死囚犯这么说，未免太假了。

在他眼里，张小敬追查是掩饰，伺机逃走是真，这才合乎人心常理。可现在……姚汝能觉得脸颊热辣辣地疼。他想逃开这尴尬的场面，可又不能逃，如果不坦白地向张小敬道歉，姚汝能恐怕一辈子也无法原谅那个愚蠢的自己。

张小敬没有把他搀扶起来，也没有出言讽刺，他摩挲着脚边细犬的顶毛，缓缓仰起头。视线越过姚汝能的肩头，看向远处巍峨雄伟的大雁塔，眼神一时深邃起来。

"汝能啊，你曾在谷雨前后登上过大雁塔顶吗？"

姚汝能一怔，不明白他为何突然说起这个。

"那里有一个看塔的小沙弥，你给他半吊钱，就能偷偷攀到塔顶，看尽长安的牡丹。小沙弥攒下的钱从不乱用，总是偷偷地买来河鱼去喂慈恩寺边的小猫。"张小敬慢慢说着，嘴角露出一丝笑意。

姚汝能正要开口发问，张小敬又道："升道坊里有一个专做毕罗饼的回鹘老头，他选的芝麻粒很大，所以饼刚出炉时味道极香。我从前当差，都会一早赶过去守在坊门，一开门就买几个。"他啧了啧嘴，似乎还在回味。"还有普济寺的雕胡饭，初一、十五才能吃到，和尚们偷偷加了荤油，口感可真不错。"

"张都尉，你这是……"

"东市的阿罗约是个驯骆驼的好手，他的毕生梦想是在安邑坊置个产业，娶妻生子，彻底扎根在长安。长兴坊里住着一个姓薛的太常乐工，庐陵人，每到晴天无云的半夜，必去天津桥上吹笛子，只为用月光洗涤笛声，我替他遮过好几次犯夜禁的事。还有一个住在崇仁坊的舞姬，叫李十二，雄心勃勃想比肩当年公孙大娘。她练舞跳得脚跟磨烂，不得不用红绸裹住。哦，对了，盂兰盆节放河灯时，满河皆是烛光。如果你沿着龙首渠走，会看到一个瞎眼阿婆沿渠叫卖折好的纸船，说是为她孙女攒副铜簪，可我知道，她的孙女早就病死了。"

说着这些全无联系的人和事，张小敬语气悠长，独眼闪亮："我在长安城当了九年不良帅，每天打交道的，都是这样的百姓，每天听到看到的，都是这样的生活。对达官贵人们来说，这些人根本微不足道，这些事更是习以为常，但对我来说，这才是鲜活的、没有被怪物所吞噬的长安城。在他们身边，我才会感觉自己活着。"

他说到这里，语调稍微降低了些："倘若让突厥人得逞，最先失去性命的，就是这样的人。为了这些微不足道的人过着习以为常的生活，我会尽己所能。我想要保护的，是这样的长安——我这么说，你能明白吗？"

面对这突如其来的坦诚，姚汝能心潮起伏，无言以对。这家伙的想法实在太独特了，对朝廷怨愤，可又对长安百姓怀有悲悯，这忠义二字该怎么算才好？

"您……一直是这么想的？"

张小敬咧开嘴，似笑非笑："十年西域兵，九年长安帅。你觉得呢？"

这时远处马蹄翻腾，烟尘滚滚，两人迅速回复到任事状态。不多时，一骑飞至，将腰间鱼筒和一根木柄长矛送到他们面前。姚汝能接过长矛，矛尖果然沾着点点黑渍，凑近一闻，腥臭刺鼻。张小敬拆开鱼筒，从里面拿出一张写满字的纸条。

"总司已经查清楚了，负责运送的是苏记车马行。他们午时前后入城，但随后不知去向，脚总、车夫和马车没有回行里报到。"张小敬把纸条揉成一团，沉声道，"我估计多半已经被灭口了。马车也被擦去痕迹，想找也找不到了。"

姚汝能这次倒没怎么义愤填膺。一来他觉得帮敌人运东西的家伙，活该去死；二来经过这几个时辰的奔波，他对狼卫的凶残已经麻木。

张小敬把矛尖给猎犬嗅了一下，拍拍它的脑袋。猎犬先是打了个不悦的喷嚏，然后仰起脖子，耸动鼻子，朝着一个方向狂吠数声。若不是张小敬牵住缰绳，它就蹿出去了。

"事不宜迟，我先走。你等崔尉集合手下跟上来，以黄烟为号。"

姚汝能环顾四周，这才意识到，他们犯了一个不大不小的错误。崔器急于将功折罪，刚才把旅贲军化整为零，分散到四周诸坊了。现在要先收拢部队，得花上一段时间。

也就是说，在这之前，张小敬将处于孤立无援的境地。

"您身上有伤，又是一个人去，太危险了吧？"姚汝能有些担心。

"每个人，都得为自己的选择负责。"

张小敬简单地回了一句，松开牵绳。那猎犬嗖地一下跑了出去，他迈开大步，紧随其后。姚汝能看着一人一狗消失在坊墙拐角，有一瞬间的恍神。

石脂的味道特别刺鼻，所以猎犬追闻起来毫不迟疑。它在坊间钻行拐弯，发足狂奔，张小敬必须全力奔跑，才能跟上。周围的行人好奇地看着这一人一狗，还以为是什么新杂耍，两侧居然还有喝彩的。

猎犬一口气跑出去两里多路，中间还耽搁了好几次。它只知道跟着那气味直线前行，不懂绕行，有好几次一头钻进死胡同，对着高墙狂吠。张小敬不得不把它拽出来，重新再搜寻。

当他们好不容易追到一处坊门时，猎犬停住了，在地上来回蹭了几圈，沮丧地呜了几声。

味道在这里消失了，猎犬无法再继续追踪下去，毕竟时间已经过去太久。

不过这已经足够。

张小敬连忙给它重新套上牵绳，还把它长长的前颌用细绳缠上，万一这里真是狼卫的藏身之处，狗叫说不定会惊动他们。

张小敬看了一眼坊门前挂的木牌，写着"昌明坊"三字。墙根槛前随处可见杂草丛生，门前的土路上车辙印很少，可见住户不多，荒凉寂静。这个坊里，甚至连靖安司的专属望楼都没有——毕竟预算有限，先要优先覆盖人烟茂密的北部诸坊，这种荒坊暂时顾及不到。

这意味着，万一有什么事情发生，没法及时通知外界。

张小敬想了想，不记得这坊里有什么特别的建筑——如果徐宾在就好了，那家伙什么都记得。他放缓了脚步，慢慢走进去。坊门附近一个护卫都没有，想必都跑出去过上元节了。昌明坊现在处于完全的开放状态，任何人都可以自由出入。

这可真是个绝佳的藏身之处。张小敬进了坊后，左手把牵绳半松，约束着猎犬朝前一点点走，同时眼睛左右观察，右手扣住寸弩，随时可以射击。

如果狼卫真把石脂存放在这里，那么他现在应该已进入敌人的哨探圈了。不过张小敬并不太担心，万一真有异常，一枚烟丸掷出去，便可以标定地址。就算突厥人自己跑了，石脂也来不及运走。

　　没了石脂，突厥狼卫不过是群穷途末路的恶徒罢了。

　　张小敬的前方是一处十字街。若在北部，这里将是最热闹的地段，沿街必然满是商铺。不过昌明坊的这处十字街，只有零星几处土屋，被一大片光秃秃的槐木林掩住。林间有一些游动小商贩，驮马和推车横七竖八，卖货的倒比逛街的多。在林子右侧有一处土坡，坡顶有个小院，门前悬着个大葫芦。

　　与其说这里是长安城内的住坊，倒不如说是远郊野外。

　　这么荒凉的地方，如果有大车队进来，应该会很醒目才对。张小敬本想凑近去打听一下，不料猎犬忽然前肢伏地，发出呜呜的低吼声。他独目一凛，注意到附近有三个人影靠拢过来。

　　张小敬飞快地抄手在怀，把寸弩掏出一半，浑身肌肉紧绷，蓄势待发。等到人影靠近，他才看清，这几人都是乞儿装束，个个穿着破破烂烂的旧袍破袄，把手揣在袖子里，面黄肌瘦。

　　这一脸菜色，非得数月不食肉才能养成，断然不是临时伪装。于是张小敬双肩略微放松，不过手还是紧扣着弩机。这些乞儿盯着张小敬，也不靠近，也不远离，一直保持着二十多步的距离，紧紧跟随。

　　张小敬冷哼一声，脚步加快，那些乞儿也跟了过来。他忽然停在一个卖蕨根饼的摊前，买了个饼，乞儿们连忙原地驻足，佯作东张西望。张小敬给小贩扔下几枚铜钱，拐进前方一条半塌的砖墙巷子。

　　那些乞儿紧随其后，打头的一个刚拐过去，愕然发现巷子里居然只剩一条拖着牵绳的狗。

　　他有点疑惑地环顾四周，心想人究竟跑去哪里了？在下一个瞬间，一阵灰粉猝然扑面，迫使其整个人眯起眼睛。这时候一个人影从墙头跳了下来，手刀劈向其后脖颈，让他一下子便趴在地上，动弹不得。

　　这灰，乃是草木灰，是张小敬刚才买蕨根饼时顺手在摊上抓的。蕨根生吃会得腹瑕，须用草木灰同煮去毒，所以卖蕨根饼的商贩都会准备一些。

　　对付这些宵小，还用不着动弩或钢刀。

　　后面两个乞儿一见同伴遇袭，第一个反应是转头逃走。张小敬俯身捡起两块砖头，扬臂一砸，正中两人后脑勺，两人先后仆倒在地。猎犬飞奔过去，恶狠狠地撕扯着他们的衣袖。乞儿们发出惊呼，徒劳地挥动手里的竹竿。

张小敬走过去，掣出手中钢刀，慢慢对准了其中一个人的咽喉，仿佛在等待什么。就在这时，一个声音急切地从林中传来："请刀下留人！"

张小敬唇边露出一抹意味深长的微笑，把刀收回去三寸，侧过头去，看到一个戴着花罗夹幞头的乞儿站在不远处的树下，朝这边看过来。

"他们只是受人之托，与阁下并无仇怨。放过他们三条狗命，贾十七必有回报。"这自称贾十七的乞丐倒也果决，一见苗头不对，立刻现身阻止。

张小敬当过九年不良帅，知道这些城狐社鼠的眼线遍布全城，消息灵通，甚至有时官府都找他们打探。今天他无缘无故被乞儿缀上，必然有人在幕后主使。只要逼出这些人的首领，事情就好办多了。

张小敬没有撤走刀势，也不说话，只是用独眼冷冷盯着那人。贾十七脸色微微一变，这位一望装束便知是公门中人，可寻常公差只要听说有"回报"，便不会纠缠，怎么这位上来就是要命的架势？

他本想多说一句，忽然觉得来人面色有些眼熟，尤其是左边那个干涸眼窝，透着森森的杀气。贾十七心里转了一圈，陡然想起一个人名来。

"你是……万年县的张阎罗？"

昌明坊在长安西南，隶属长安县，可乞丐们的耳目可不会这么局限。万年县的五尊阎罗：狠毒辣拗绝，说的不是五个人，是一个人。这独眼龙，是尽量要避开的狠角色。

"谁让你们跟踪我的？"张小敬淡淡道。

贾十七心中急转，风闻这人已经下了死牢，可见传闻不实。他双手一拱："若早知道是张帅，我们哪会有这样的胆子？这摊事我们上岸，不趟了。"

"是谁？"

贾十七强笑道："您懂的，这个可没法说，江湖规矩。"

张小敬倒转障刀，往下一插。随着一声惨叫，刀尖刺入一个乞儿大腿又拔出来，血花直冒。贾十七嘴角一抽，脸色转沉："这三条烂命，您若能放过，全长安的乞儿，都会念您的好。"

反过来听这句话，如果他不放过，全长安的乞丐都会成为敌人。

扑哧一声，第二刀干净利落地刺入身体。张小敬是死囚犯，最不怕的就是这种威胁。他也不吭声，只是一刀一刀地戳着那几个倒霉的乞儿，惨叫声起伏不断，构成了无形的巨大压力。

偏偏那三个倒霉鬼一个都没死，一个个扯着嗓子号得正欢。张阎王是故意手下留情，为了让林外的其他乞儿听见。

这让贾十七十分为难。乞儿之间，最看重抱团，可以瘐死冻死被富户打死，但不能被自己人害死。贾十七若见死不救，只怕以后会人心丧尽。这个张阎王看似蛮横，实则深谙乞儿内情。

没用多少挣扎，贾十七便做出了抉择。区区一个银酒壶的代价，还不值得让乞儿豁出命去保密。何况他注意到，有一把黑色手弩挂在张阎罗腰间，这是军中才用的武具，背后恐怕还有更厉害的势力。

"好，好，我说！"

贾十七不再隐瞒，举着手从林子里走过来。他告诉张小敬，说有个胡人给了一个银酒壶，让他们在坊门看着，若有可疑的人入坊，就去日南王宅通知他。

"日南王宅？"

"对，就在本坊的东南角。贞观年间有个日南王来朝，在这里起了一片大宅子，后来他回国，宅子遂荒，不过占地可不小。"

这个描述，很符合突厥人藏身之处的要求：偏僻，宽阔，而且有足够的房间。张小敬又问了几句来人相貌穿着，贾十七索性尽数吐露，与曹破延高度符合。张小敬听完一拍他的肩膀，示意前面带路。

贾十七知道抗议也没用，只好让那三个倒霉乞儿互相搀扶着先回药局，然后自己带着张小敬和猎犬朝日南王废园走去。

昌明坊里着实荒僻，内街两侧房屋寥寥，多是坑坑洼洼的土坡和林地，居然还有那么几块庄稼地和水池。正因为地不值钱，它的占地面积，起码比北坊大出一半。所以虽然是在坊内行走，也颇费脚程。

走到半路，张小敬忽然问道："你今天有没有看到大量马车入坊？"

"您说笑了，这里鸟都不拉屎，一天都未必有一辆。"贾十七看他脸色又开始不对，赶紧改口道，"今天肯定没看到过，坊门那里有什么动静，可逃不过我们兄弟的眼线。"

张小敬眉头一蹙，没再说什么。

两人一狗走了小一刻，这才到了日南王的废园前。这里断垣残壁，荒草丛生。不过内院大门的大模样尚在，两扇黑漆剥落的门板紧紧闭着，门楣上的牡丹石雕纹路精细，依稀可见往日豪奢气象。

贾十七说，那胡人的要求是，一旦发现坊外有可疑之人进来，尽快前来这里通报。不必敲门，直接推门直入便是。

张小敬闪身藏在门旁，牵住细犬，拽出手弩。贾十七壮着胆子站到院门前，按事先的约定双手去推门板。门上没锁，轻轻便能推开，随即只听得"啪嗒"一声，似乎门内有什么东西落地。贾十七还没顾上看，一道黄烟已腾空而起。

张小敬大惊，一把拽开贾十七，先闯了进去。他一低头，看到一个烟丸在地上兀自冒着浓烟，上头还拴着一截细绳。他急忙把烟丸丢到附近一处雨塘，可先前冒起的黄烟已飘飘摇摇飘上天际，在晴空之下格外醒目。

张小敬回过头厉声问道："他回日南王废园，是你亲眼见到，还是他自己说的？"贾十七说那人亲自去药局发的委托，然后就离开了，并未亲见其返回废园。

张小敬"嘿"了一声，这些狼卫，果然狡黠！曹破延从一开始，就没信任过这些乞儿，他故意报了一个假地址，这样一来，即使靖安司追查到这里，也只会被乞儿引导到错误的方向去。

那一枚烟丸，应该是突厥人从张小敬身上搜走的。它被绑在了门板背后，一经推开，便自行发烟。这样一来，躲在真正藏身之处的狼卫，能立刻得到警告，争取到撤离时间。

一个小小设置，一石二鸟，既误导了靖安司，又向狼卫示警。曹破延把这个烟丸，真是用到了极致。

现在黄烟已起，那些突厥人恐怕已经开始准备跑了，而靖安司的部队，还迟迟收拢不起来。张小敬狠狠抓住贾十七双肩，急声道："这坊里哪里还有大园子或者大宅？要离日南王废园最远的。"

贾十七略作思忖："这里是东南角，距离最远的，是西北角一处砖瓦窑，不过停工已久。"张小敬独眼厉芒一闪，让他大略勾画了一下路线，走出去两步，忽然回过头来："你现在马上回到坊门口，见到有公差或旅贲军过来，把他们截住，指去砖瓦窑！"

贾十七抄手笑道："张帅，皇上不差饿……"话未说完，张小敬冷笑道："让你们放风的是突厥人，他们要在长安作乱。"

一听见这句话，贾十七脸色"唰"地白了，这才知道自己惹了多大祸事。一个

"里通外贼"的罪名砸下来，昌明坊的乞儿一个也别想活。无论是刑部还是大理寺，都不会认真调查是不是冤枉，他们需要的是抓一批犯人好"有个交代"。

他抓着张小敬的胳膊哀声道："我一人死不足惜，可那班兄弟却是无辜的，恩公请救命！"张小敬看了他一眼，叹道："你等下就说是见贼心疑，向我出首，也许能救你一命。"然后又低声交代了一句，猛然把他推开，牵着狗大步疾奔而去。

贾十七把花罗夹幞头摘下来，头上已浸满汗水。张小敬这么说，是愿意替他圆这个谎，至于成不成，就全看造化了。他怔怔望着远方的背影，忽然如梦初醒，把花罗夹幞头随意扣在头上，撒腿往坊门狂跑。

张小敬跑了十几步，把牵狗的绳索松开了。现在已不必顾虑打草惊蛇，得靠猎犬嗅觉指引。那猎犬早已焦躁不安，一解开绳子，脱缰一般冲了出去，直直冲西北而去。

人或许还闻不出，可对狗鼻子来说，此间石脂的气味已十分强烈，尤以西北为甚，不啻暗夜明灯。

他们一路斜跑，穿过大半个内坊，遥遥可看到远处竖着一根砖制烟囱，这是窑炉的典型标志。再凑近点，看到一条高大的曲墙挡住了去路，墙砖隐隐发黑，这是常年靠近高温炉子的特征。

这里应该就是贾十七说的砖瓦窑了。一条平整的黄土小路蜿蜒伸向一座木门，两侧树木疯长，不成格局。

张小敬放缓脚步，把猎犬也唤回来，稍作喘息。眼下等靖安司的人聚拢过来，恐怕还得一段时间。

这里如果囤积石脂的话，守卫一定不少，他必须得谨慎。

他试探着朝前又移动了几步，大半个身子已经站在黄土路上。按道理，这里当有一个外围观察哨，早该发现他的动作了。可围墙那边毫无动静，仍是一片静悄悄。

不对，守卫人数应该不多，张小敬改变了想法。

如果人手充裕，狼卫根本不会雇用乞儿放风，更不会在日南王废园搞什么机关。他们如此处心积虑，恰好暴露出狼卫捉襟见肘的窘境。

张小敬心算了一下。今天上午旅贲军在西市的突袭，干掉了十五个人，他在祆教祠前杀死一人，修政坊一共干掉了五个，加在一起，是二十一名。这个数字，至少是混入长安城的突厥狼卫的半数。突厥人太穷了，没能力再投放更多资源了。

要靠剩下的人，控制这么大一个窑场，还要兼顾石脂的卸运，实在太勉强了。

张小敬深吸了一口气，决定在援军来之前，独自去闯一闯。此举至少能打乱敌人的部署，争取足够的时间。更重要的理由是，他得赶在靖安司援军抵达前，先找到闻染。

他小心地把猎犬拴在旁边，亲昵地揉了揉它的颈毛，再度站起身来。在西域锤炼出的凶悍杀气，自他身上猛烈地勃发。张小敬挽起袖子，最后检查了一下手弩。他左边的小臂露出一截刺青，这刺青是一把断刀，刀脊中折，笔触拙朴而刚硬。

"闻无忌啊，咱们第八团又要跟突厥人打了。你在天有灵，得好好保佑你女儿哪。"

张小敬的声音既似叹息，又像祈祷。那一只独眼，光芒愈盛。他从腰间兜袋里掏出两枚烟丸，双臂一振，丢了出去。

两道黄烟扶摇直上。

在距离张小敬只有三十余步的曲墙内侧，曹破延正在手搭凉棚，朝东南方向望去。那里有数缕黄烟，尚未被北风吹散。

看来靖安司的人，已经进入昌明坊了。对此曹破延早有心理准备，甚至觉得他们来得比想象中还要慢一点。他已把这个情况通知货栈里面，龙波表示，这边的工作也差不多完成了。

时机真是刚刚好。

接下来，就按计划执行吧。

曹破延把货栈的大门从这边锁死，然后将那把缴获的手弩拿出来，用食指沿着弩槽边缘捋了一遍。其实他并不喜欢这种武器，既阴险又小气，相比之下，还是草原的骑弓更合胃口。可惜他的手臂受了伤，现在就算有弓在手也拉不动了。

真想在草原上再射一次黄羊哪……曹破延眯起眼睛，端详了一番自己虎口上的老旧茧子。这双手，恐怕再没有机会握弓了。

腾腾两声，两道黄烟在曲墙另外一侧升腾而起，这说明敌人已近在咫尺。

他收起感慨，眼神转而冰冷起来，就像一头冬天的狼。

他已是削去顶发之人，无权逃走，注定只能死守在这里，用生命为货栈争取时间。曹破延用手摸了摸项链，似乎想从中汲取力量，迎来他人生中的最后一次战斗。

大门依然保持安静，墙头上突然冒出了一个人头。曹破延抬手射出一弩，同时身子一歪，向旁边闪去。弩箭正中人头，却发出刺入草团的声音。与此同时，一支弩箭从另外一侧飞射过来，恰好钉在曹破延脚边的土地上。张小敬的身影跃入院内，一个迅速的翻滚，落在离曹破延三十步开外的开阔地带。

两人调整了一下姿势，四目相对，意识到犯了同一个错误。他们都认为自己是以寡敌众，可一交手才发现，对方居然只有一个人。

"曹破延？"张小敬喊出他的假名字。这个让整个长安为之不安的凶徒，终于被靖安司再度追上。"放下武器，还有活命的机会！"

曹破延没有回答，扔开空弩，抽出腰间的匕首。长安城对武器的管制太严格，除了几支劣质短弩，狼卫一直用来战斗的只有匕首而已。张小敬也迅速把空弩扔掉，在劲敌面前，不可能有重装的余裕，还不如直接进入白刃战。

他手里的障刀虽然轻短，但比匕首还是要长许多，优势在这边。

张小敬用的是大唐军中的刀法，直来直去，朴实刚猛。按说在这样的情况下，曹破延应该猱身抢攻，可是他却不急不忙地游斗起来。这个策略固然暂时不会为敌所伤，但也休想伤到对方。

两人交手了数个回合，张小敬忽然意识到，对方并不是怕死，而是在拖延时间！他的独眼朝曹破延身后瞄了一眼，看到是一个很大的木制货栈，大门紧闭，外头悬着铁锁。

"不好，他是在给同伙拖延时间撤退！"

张小敬一念及此，手里的障刀攻得更加猛烈。曹破延紧握匕首，奋力抵挡，铛铛的互击声充斥整个院落。张小敬毕竟是尸山血海里杀出来的，经验丰富，他很快发现，对手的左手肘似乎受了伤，无论怎么移动都保持着一个奇怪的角度。

于是他有意地加大了对左边的打击，这一下子正中曹破延的软肋。后者左支右绌，很快便身中数刀——虽然并非致命伤，可此消彼长，在高手对决中很快露出败象。

就在这时，院子外面传来纷乱的脚步声，随即大门"砰"的一声被狠狠撞开。门外站着的是崔器，他亲自扛着一根撞门圆木，如同怒目金刚，几十个旅贲军士兵从他两侧蜂拥而入。

看来贾十七及时把消息传了过去。

这个突如其来的变化，让曹破延的动作有了一瞬间微微的沉滞。张小敬障刀一挥，划向他的咽喉。曹破延反应极快，身子向后疾退，堪堪避过。可他脖子上那串彩石项链却猛然弹起来，正好迎上刀刃。

刀刃过处，系绳断开，绳串上的小石头纷纷散开坠落。这时曹破延做了一个出乎意料的动作：他脚下反向一蹬，整个身子再度前倾，试图伸手去抓那些彩石。只听见"扑哧"一声，张小敬的刀尖，正好将其腹部刺了一个对穿。

可曹破延的动作并未停顿。他仍奋力摆动着手臂，想努力想接住哪怕一枚。可惜彩石已掉落在地，滚得到处都是。他头颅一扬，口中发出一个意义不明的突厥音节，似乎是什么人的名字，可惜没人能听明白。

曹破延就这么顶着障刀，慢慢垂下头去。

张小敬一惊，曹破延可不能死，有太多事情在等待答案。他不敢把刀抽出来，只能一手握住刀柄，一手扳住曹破延的肩膀，凑近耳边急切喝道："你们抓来的女人，在哪里？"可对方全无回应。张小敬忽然注意到，这狼卫的头顶被削去了一片头发，露出头皮。

突厥习俗，被削去顶发的人，等于被提前收走魂魄。难怪曹破延存了死志，他早就是个死人了。

张小敬愤怒地摇晃他的肩膀，试图把他唤醒，可狼卫的身子软软地向下瘫倒。

在两人身旁，大批旅贲军士兵冲过去，直奔货栈而去。

"破门！"

一声中气十足的声音从院子里响起。崔器此时已经恢复了精神，在他看来，曹破延只是个小喽啰，生死无所谓，真正的大菜，在眼前的货栈里。

这个货栈是用砖瓦窑的库房改装的，门户皆用的脆梨木，根本没办法据险而守。十九名旅贲军飞速扑过去，带头的士兵推了一下大门，发现门从里面被闩住了，外头还有锁。他们根本不等抬来撞门木，手起刀落，顺着门缝狠狠劈下去。大刀去势猛烈，先劈断了锁头，又把门内横架的木门闩斩断了一多半，但这把百炼钢刀也被硬生生崩断。

另外一名士兵上脚猛踹，"咣当"一声，硬是把大门生生踹开。两人一组，并肩持弩突进，十几个人鱼贯进入货栈。

一进去，气息极其呛鼻，能把人熏一个跟头。士兵们先定一下心神，才观察里面的动静。这是一间空荡荡的宽敞库房，中央摆着两口大瓮，瓮顶压着石盖，底下用石块和柴薪架起简单的烧灶，火势正旺。瓮上、灶上都是一滴滴的黑色污渍，地面上还有许多细碎竹屑。

在库房的尽头，是另外两扇敞开的大门，门口是一个高出地面四尺的卸货平台，空荡荡的空无一人。士兵们互相看了一眼，都是一脸狐疑，手里的弩机保持平端，谨慎地朝前挪动脚步。

院外拴着的猎犬突然没来由地大叫起来，张小敬耸了耸鼻子，连忙放开曹破延的尸身，朝崔器狂吼道："快叫你的人撤出来！快！"崔器莫名其妙："张都尉，莫急，我看这次……"

话音未落，货栈里忽然传来一声剧烈的爆炸，震耳欲聋。这屋子在一瞬间突然膨胀了一下，炽灼的火焰从大门与窗口咆哮而出，霎时热浪四溢，宛如老君的炼丹炉。货栈外头站得近的士兵猝不及防，纷纷被震翻在地，远处的人也感觉面孔隐隐有灼伤之感，痛苦不堪。

整个院子的人被这突如其来的变故炸蒙了，足足十个弹指，竟没人做出反应，大家都像木俑一样僵在原地，耳朵嗡嗡作响。直到崔器近乎绝望的怒吼在院子上空响起，众人才如梦初醒，七手八脚去救伤员。

崔器惶然看向张小敬，爆炸前他喊过一嗓子快撤，一定知道这是怎么回事。张小敬的脸色像是被漠北朔风吹过，嘴唇颤抖着吐出三个字：

"猛火雷。"

早在高宗朝时，大唐的炼丹道士们便发现，把硝石、硫黄与皂角子烧成的黑炭混杂在一起，可起亮焰，谓之"猛火"。在西域的艰苦战事中，唐军中的某位工匠别出心裁，将石脂用特别的秘法调制后，与碎木屑、白磷搅拌，加热后灌入一个密封陶罐，封口处捏制一团猛火，再把一截蓖麻油浸泡过的干藤顺罐口引到外侧。

使用时，先把干藤点燃，烧至陶罐口便会引出猛火。猛火极炽热，与掺了易燃物的调制石脂一碰，势成龙虎相斗之势，威力惊人。因为它爆裂时声若惊雷，因此得名"猛火雷"。

寻常石脂，根本没法引爆，非得是这秘法调制后的石脂，方有此威力。懂得这种调制手艺的匠师极少，工艺太复杂，而且猛火雷又极易误炸，因此西域唐军用得也不多。谁又能想到，只知弓马的草原蛮子，不知从哪里找来会猛火的匠师，居然在长安城的腹心造出这等危险的东西。

幸亏张小敬在西域经验丰富，一闻到了那一股熟悉的硫黄味，立刻反应，否则伤亡会更惨烈。

看这爆炸的声势，货栈里的猛火雷存量着实不小。他们应该早算准了会被靖安司偷袭，预备了这一个杀招。守在前面的曹破延，一开始就是为猛火雷当幌子的牺牲品。

在靖安司众目睽睽之下，整个货栈疯狂地燃烧起来，就像一支冒着浓烟的明亮火炬。它的结构暂时还没垮塌，顺着窗口和敞开的大门往里看，可以看到货栈内已成业火地狱。那十几个先冲入屋子的旅贲军士兵，下场之凄惨不必多说。

这副景象太过有冲击力，饶是这些勇悍的士兵也只能把头转过去，个个面色凄然。崔器铁青着脸，颤声问道："难道……这是一个诱我们入伏的圈套？！"

张小敬摇摇头："不是，杀伤我们没有意义。他们搞这个，是为了阻止我们追击，方便他们尽快转移加工好的猛火雷。"

崔器倒吸一口凉气，两枚猛火雷就已经有偌大威力，若是这样的东西有个几十枚……他急道："可我们入坊之后，就直奔这里，并没看到他们的踪迹啊！"

张小敬抬手一指。在熊熊燃烧的货栈尽头，浓烟弥漫，但可以隐约看到对面有另外一个出口，连卸货平台的轮廓都能看到。

这里本是砖瓦窑，生产量大，车子进出频繁。走昌明坊坊门的话，极不便当，所以窑主应该奏请过虞部，破例从正对着窑场的坊墙上直开一道门，这样运货车子可以很方便地直接上街——突厥人的马车进出，都是通过那里，昌明坊的乞儿自然看不到。

先前张小敬问过贾十七，后者表示今天没看到有大量马车入坊，当时他就怀疑另有出口。如今果然证实了他的猜想。

这不能怪任何人。砖瓦窑倒闭很久了，哪里还会有人记得这些陈年细节。

突厥狼卫让曹破延挡在前头，然后从这里偷偷溜了出去。可惜这个出口被大火所阻，彻底熄灭之前谁也休想靠近。靖安司就差一步，没料到又让突厥人跑掉了。

崔器面如死灰，这玩意一旦在长安炸起来，他的性命基本上就到了头。

"不，还有机会！"张小敬的独眼中锐光一闪，"猛火雷这种东西，无法提前制备，必须现加热现用——他们肯定刚走没多远！运送石脂的马车，速度不会很快，现在追，应该还追得上。"

崔器一听这话，眼底又恢复了一点生气，站起身来沉声道："我去通知望楼，发九关鼓！"

"嗯，这里交给你了！"

张小敬转过头去，朝附近的坊墙根跑去。崔器迷惑不解，不知他想干什么。张小敬眼到了墙根下，轻舒猿臂，交替踩着几处土垣，干净利落地翻上坊墙的墙头，然后回过头来喊道：

"通知李司丞，让周遭所有队伍，看我烟号行事！"

交代完这句，张小敬打了一个呼哨。过不多时，墙外街上一匹枣红色的骏马飞驰而至，张小敬翻身跃下，稳稳地坐在鞍子上。他不做停顿，一抖缰绳，飞快地朝前驰去。姚汝能骑着另外一匹马紧随其后。

原来张小敬刚才让贾十七给姚汝能带了一句话，让他牵着两匹马沿墙根外侧朝西北角走。如今时间比金玉还贵重，没时间从坊门绕行，翻墙而出最快不过。

此时街上已经有点乱套了。进城的民众越来越多，看到昌明坊突然冒起黑烟，都纷纷驻足观看。一时骡马车骆驼人都挤在一处，议论纷纷。张小敬策马猛冲，几次险些冲撞到客商。有个驼队伙计骂骂咧咧，不肯让路，张小敬毫不客气地一鞭子抽中其脊梁，疼得那人原地跳起来。周围的人这才吓得往两边躲。

他们追击到敦义归义——即东敦义坊、西归义坊的十字街口——不得不停了下来。张小敬朝四个方向眺望一圈，看不到任何可疑的踪迹。他焦躁地扯动缰绳，马匹因迟迟不走而不耐烦地打着响鼻。

时间在一弹一弹地过去，逃遁的突厥人却如同消失在大海中一样。这些家伙现在带着极度危险的猛火雷，又可能挟持了王韫秀，无论去哪里都是大麻烦。

这时姚汝能一指地上："张都尉！看这里！"张小敬低头去看，看到黄土地面上有几滴如墨黑点。姚汝能已翻身下马，蹲下身子细细看了一回，昂头道："这墨点并非垂滴浑圆，圆头向西，帚尾向东，应当是车子向西疾驰时，顶风滴下，故有此形。"

突厥人撤离得比较仓促，顾不得重新密封，这些石脂滴落下来，成了最好的指示。

张小敬冲他做了个赞许的手势，这年头肯细致观察的年轻人可真是不多了。姚汝能得了夸赞，双颊浮起两片淡淡的红晕，可心里一想两人之前的龃龉，顿时兴奋劲就淡了几分。

"走！"

张小敬并不关心姚汝能那点小心思，掉转马头，疾驰而去。姚汝能也连忙上马跟上去，当前要务是把突厥人抓住，其他事情容后再说。

他们跑过一个路口，姚汝能再检查了一下石脂遗洒，发现突厥人在永安通规这个路口转向，一路奔北而去。判明了方向后，张小敬和姚汝能同时倒吸一口凉气。

突厥人走的这条路，是朱雀门街以西第三街，南北朝向。从这里一路向北，沿途两排诸坊，俱是富庶繁盛之地，向北一直到延寿坊，便是西京一等一的豪奢去处。而延寿坊西侧的对街，则是"天下宝货汇聚之处"的西市。

这里平时就人满为患，今天又是上元灯会首日。申时已到，日头西移，不知会有多少灯轮、灯树、灯架正被挑起，多少民众和商贩正在聚集。

区区两瓮石脂，就已经让旅贲军损失惨重。倘若让狼卫带着更多猛火雷闯入这个区域，恐怕整个长安西城的菁华都要毁于一旦。

情况已到了最危急的关头，不容片刻犹豫。

张小敬一勒缰绳，侧头对姚汝能道："听着，接下来我要的是绝对服从，哪怕杀的是妇孺，也不许有半点迟疑。能做到，就跟我来，做不到就滚！"说完他双腿一夹，朝北疾驰。姚汝能知道情势糟糕到了什么地步，咬了咬牙，从怀里扔出一枚烟丸，也紧随而去。

四周望楼看到烟丸腾起，鼓声咚咚不断，纷纷把消息回报靖安司。与此同时，崔器的报告也传了回去。大殿之内，文书交错，气氛霎时紧张到让人窒息。

"崔器和张小敬干什么吃的！这都能让他们逃掉！"

李泌把清静拂尘丢到一边，迅速走到沙盘前。靖安司中各部主事也都聚拢过来，十几双眼睛一起死死盯着。檀棋把象征狼卫的黑俑搁到永安通规，人头向北，这样局势一目了然。

李泌从檀棋手里抢过月杆，在精致的黏土沙盘上划了一条深深的线，口气斩钉截铁："必须在光德怀远以南截住他们，这是绝不能逾越的死线！"

这个路口以北，皆是京城要地。北边光德坊，乃是靖安司的总司驻地，还是京兆府的衙署，再往北则是西市、延寿坊等繁华之地，还有皇城。若要让人把乱子闹过这里，李泌这个靖安司丞也不必干了。

一名主事道："从永安通规到光德怀远，只有四里远近，得尽快设卡阻拦。"另一名主事反驳道："这附近是观灯最盛之处，现在设卡，只会徒增混乱——你忘了贺监怎么叮嘱的？"第一位主事道："等到猛火雷一炸，糜烂数十坊，难道就不混乱了吗？"第三位主事提醒道："别忘了，王节度的女儿还在他们手里呢！"

李泌听着这些人争论不休，觉得心烦意乱。他默念道家清净诀，先把心定下，然后把手一挥："先把卫队调去附近所有路口，但不要明里设卡。"

这个命令暧昧不清，因为李泌自己也不知道该如何应付，只能走一步看一步。通传抄录下命令，朝外走去，冷不防李泌在背后一声断喝："用跑的！"吓得他差点摔倒，跌跌撞撞跑了出去。

强大的压力之下，李泌也顾不得淡泊心性镇之以静。这时徐宾凑过来，还是那一副畏畏缩缩的模样："李司丞……哎哎……"

"讲！"说完以后，李泌看到是徐宾，态度稍微和蔼了点。这位主事刚刚立了一个大功，识破了突厥人运入石脂的伎俩。

徐宾似乎下了一个很大的决心，深吸一口气方才说道："如今事态危如累卵，司丞何不考虑假节望楼给张都尉？"李泌一听这四个字，双目霎时绽出两道利芒，徐宾双肩哆嗦了一下子，可终究硬顶着没把头垂下去。

假者，借也；节者，权也。"假节"本是汉晋之时天子授权给臣子的说法，靖安司用此古称，意义却有不同。"假节望楼"，是指所有望楼不再向靖安司总司通报，转而听假节者的安排。

徐宾这个建议，等于是让张小敬来接管整个靖安司，成为第二个中枢。

"你知道你在说什么吗？"李泌冷冷道。这个人刚立了个小功，就狂妄到了这地步。

徐宾鼓起勇气道："望楼传至总司，总司再传至张都尉，周转时间太长。我们能等，突厥人可不能等。事急从权啊！"

"你对张小敬倒真有信心。"

徐宾急切道："这家伙是我见过最执着也最值得信赖的人，假节给他，一定如虎……哎哎，添翼。"这话本来说得气壮山河，可被结巴打断了气势。李泌纵然满腹心事，也忍不住笑了一下：

"我若不信他的能耐，也不会用他。只是假节一事，非同儿戏，他可还是个死囚犯哪。"

"您在贺监面前，可不是这么说的！"徐宾话一出口，意识到自己太孟浪了，额头沁出汗水来，连忙收敛口吻，"哎哎，在下的意思是，张都尉就在现场，他对局势的判断，总比躲在殿里看文书的我们要准确些。"

李泌心道，难怪这人一辈子不能转官，实在是太不会说话了。他挥手让徐宾退下，回过头盯着沙盘："张小敬、崔器在什么位置？"

檀棋连忙接过月朴，把代表崔器的赤俑搁在南边昌明坊，把张小敬的灰俑推到永安通规的位置。可以看到，靖安司的主力分散在南北两端，紧随在突厥狼卫身后的，只有一个张小敬。那灰俑立在沙盘中，看起来无比重要，却又无比孤独。

李泌只沉吟了三息，便发出了一道命令："第三街所有望楼，给我盯住附近车马，三十息一回报！"他犹豫了一下，补充道，"先报给张小敬，现在一切消息，确保他最先知道。"

周围的主事都愣住了，都看李泌，可李泌压根没打算解释。

徐宾口才欠佳，但他有句话确实没说错：我们能等，突厥人可不能等。

姚汝能一路追着张小敬向北疾驰，忽然听见不远处的望楼有鼓声响起，是定式传文！他紧抓缰绳，在马上侧耳倾听。这个定式太罕见了，他要努力想一下，才能回忆起册子里对应的暗号。

"假节望楼？！"姚汝能几乎不敢相信自己的耳朵，这会让这个死囚犯瞬间变成全长安最有权势的人之一。

可他不敢耽搁，连忙驱动坐骑和张小敬并排，把这个新任命说给他听。张小敬脸上毫无兴奋，只是单单地评论了一句："李司丞到底是明白人——你现在就跟望楼说，让他们盯牢宽尾的马车！"

这些突厥人抢的是苏记车马行的马车，这些车是用来长途运货，车尾的木轸宽厚耐用，而在长安城内行走的车子，尾轸普遍尖窄如燕尾，以方便走街串巷。这两者之间的区别，车马行外的人，一般还真不知道。

让望楼上的武侯分辨这么细微的差别，有点强人所难，可这是目前唯一能快速分辨狼卫马车的办法。

姚汝能从马背上挺起身子，手执两面红、黄小旗，略带滑稽地开始比画。等到他把命令传出去，两人已过了延福永平的路口。

这条街越向北，街上的人就越多，过节的气氛越发浓烈起来。在街坊两侧，许多皂衣小工爬在竹架上，正忙着用竹竿挑起一盏盏彩灯，上元春绢一条条垂下来。下面东一群、西一簇的百姓靠在树下，一边仰头观瞧，一边指指点点。耍绳子的西域艺人在唱唱跳跳，卖蒸饼、石榴水的小贩行走其间，各处食肆也纷纷出摊卖起鱼酢、羊酪和烤骆驼蹄子。甚至还有一群少年手持月杖，就地在街角打起了鞠球，尘土飞扬，每入一球，几个旁观的羯鼓手就拍动鼓点，比天子打球还神气。

这一派升平热闹的景象，看在张小敬和姚汝能眼中，却是格外沉重。如果不尽快抓到突厥狼卫，这一切都将坠入地狱。

唯一的好消息是，大街被这些人挤得只剩中间一条狭窄的路，骑马而过尚且不易，更别说车马了。突厥狼卫只要继续向北，只会越来越堵，别想把速度提起来。

这时一阵低沉的蜥皮鼓声响起，穿过这一片喧闹声，清晰地传入两人耳中。两人精神俱是一振，姚汝能飞快地分辨一下方向，朝东侧望楼看去。

"前方崇贤坊南，马车两辆！北行！"

这时就体现出假节的好处了。若等望楼传回靖安司，再传过来，目标早就移动到不知哪里去了。

姚汝能大声喊着"靖安司办事，让开让开！"，两人一抖缰绳，撞开几个跳参军戏的俳优，置一路叱骂和尖叫于不顾，迅速冲了过去。他们很快就看到了那两辆马车，正不徐不疾地走着。姚汝能有心表现，一马当先挡在前头，喝令车夫停下，亮出靖安司的腰牌。可很快他就傻眼了，这是一个来自洛阳的小乐队，马车上堆的全是乐器和舞衣，是为了某家贵人的生辰表演而来。

就在这时，另外一通传文进入："长寿待贤，宽尾车三辆，西行。"

长寿坊和待贤坊在朱雀门街西第四街，按说不在他们预估的第三街路线上。姚汝能这次不敢擅专，看向张小敬。

张小敬一挥手："追过去看看！"

现在第三街非常拥堵。突厥狼卫非常有可能先向西稍微绕一下，再从怀远坊折回来。两人扔下惊慌的戏班子，横着向西狂奔而去。

东西向的街道，比南北向街道相对畅通一点。马蹄翻飞，在大路上留下一长串匆忙的蹄印。他们很快就抵达了长寿待贤街口，附近望楼及时地把最新动态通报过来：三车刚转向北边。

这和张小敬的估计完全一样。他面色一凛，抄出手弩，让姚汝能把烟丸握在手里。他们向北又跑了大概一百步，姚汝能忽然叫道："是那个！"

在不远处的街口，有三辆马车正停在路口，马头斜斜向东。它们都是一样造型，轮辐长大，尾轸宽厚，车厢里装着几个大桶，上头用草帘子苫住。他们没有前进，因为一队从北边过来的厢车，正在笨拙地东转。

街口太小，若是两队马车对向而来，转向同一个方向，必须依次通过。这队厢车四角挂着六角銮铃，彩板纱幕，旁边还有几个高头大马的护卫，想必是几家贵胄女眷结伴在西市买完东西，回返东城。

按照《仪制令》的交通规矩，贱避贵、去避来。那三辆马车什么旗都没挂，身份低下，只能乖乖让行。

张小敬抽打马臀提速，迅速接近。这三辆马车是斜向而停，所以从后方能看清车夫的侧影，独眼里很快映出一张熟悉的面孔。

正是这个人，在修政坊用刀旋掉了他的肉，然后挟持着闻染逃掉了！

就像是有感应似的，张小敬一接近，他也鬼使神差地转过头来，两人恰好三目相对。麻格儿先是陷入一瞬间的惊愕，旋即大喊一声。三辆车里钻出五六个狼卫，用水瓢和木盆泼出一大片漆黑的石脂油，然后一个人把松枝火把丢下去，地面登时燃烧起来，形成一道不算太高的火墙。

看来他们对靖安司可能的追击，已经有了准备。

张小敬并不畏惧，可是马匹却发出一声惊恐的叫声，前蹄高抬，怎么也不肯跃过去。趁着这个当，三辆马车猛然启动，不顾前方厢车还在转向，恶狠狠地撞了上去。

以正面撞击脆弱的侧面，厢车立刻被轰隆一声撞翻在地。一时间，车内女眷的尖叫和辕马嘶鸣混杂在一起。周围的护卫全蒙了，长安城里何曾见过这等穷凶极恶的车夫？

有护卫还要扯住缰绳理论，麻格儿杀性大发，掏出匕首，狠狠地捅死三名护卫和一个女眷，然后让马车后退几步，朝前再顶。

张小敬一看坐骑已不堪用，翻身下马，双手护住脸部冲火墙穿了过去。身后的姚汝能一看判明了敌踪，毫不犹豫地扔出烟丸，然后抽刀扑了上去。黑色和黄色的烟雾纠缠一处，直上天际。

张小敬穿过火墙后，眉毛头发都被燎着了，皮肤生疼。他顾不得拍灭，勉强睁开独眼，看到麻格儿那辆车已经顶开了侧翻的厢车，向东边移动。后面两辆车也相继加速，准备逃离。

他紧跑两步，跳上那辆侧翻的厢车顶上。车内的女眷正要从里面钻出来，却被张小敬一脚踏到脑袋上，惨号一声又缩回去了。护卫们纷纷发出怒吼，可有前车之鉴，都不敢过来。张小敬站在车厢上，利用高度向前高高跃起，恰好落到第三辆车的车尾处。那宽大的尾轸提供了一个绝佳的落脚之处。

车上的一个狼卫探出头来，用一根短木矛冲他捅过来。张小敬用腋窝一夹矛杆，左手发弩顶着他太阳穴发射，直接射了个脑浆四溅。这时另外一个狼卫也扑过来，张小敬把弩扔开，俯身把停车时用来固定的三角轫石抱起来，狠狠楔入他的眼窝里。那狼卫惨叫一声，被他一脚踢下飞驰的马车。

张小敬毫不停留，他踩住车厢狭窄的边缘，手扶着那几个大桶朝车前挪去。前方的车夫感觉大事不妙，回头正要反抗，一把锋利的障刀已经从后面划过，几乎切开了他半个脖颈。

这一连串动作，如电光石火，间不容发。张小敬扫了一眼，发现车上没别人了，手起刀落，把前方辕马的绳索全部斩断，然后跳上马背，去追第二辆车。

这辆车没了动力，缓缓停了下来。后面姚汝能赶到，可又不敢离开。车上装了好几桶猛火雷，随时可能爆发。他只好先放了一枚烟丸，呼叫崔器的部队及时跟上，然后朝前方看去，看到张小敬已经和第二辆车平齐了，高抬胳膊，跷起大拇指。

这不是称赞，而是一个事先约定好的暗号。张小敬要立刻通知靖安司，在前方光德怀远街口拉起封锁线，疏散民众。事到如今，张小敬没办法保证截下每一辆马车，必须要做最坏的打算。

马匹毕竟比马车要快许多，张小敬很快就追近了第二辆车侧面。狼卫们这次没用长矛，而是扯下苫布，改用石脂泼浇。黑色黏稠的液体从马车上飞洒而下，这玩意只要扔个火把就会出事。张小敬不敢太过靠近，只能紧随不舍。

可以看到，马车上装着五桶猛火雷，占了车板一半面积。这五桶若是爆开，只怕这一条街都没了。

这两辆发狂的马车毫无减速的意思，前方传来一连串的民众惊呼，摊贩和行人被纷纷撞翻在地。他们已经接近西城最繁盛之地，距离李泌划出的那条死线不远了。

张小敬一咬牙，用障刀狠狠刺了一下马背，辕马一声悲鸣，朝前一跃。

第二辆车的狼卫立刻又拼命泼石脂过来，却发现那马匹突然侧横，马背上的人却不见了。原来张小敬拼命把马头拨转，自己凭借高明骑术迅速吊在另外一侧，用巨大的马身为盾牌挡住了石脂。借助敌人这一瞬间的失神，张小敬身手矫健地翻过马背，朝马车上跳去。

可是这一次他却没有上一次幸运了，尾轸上正好站了一个狼卫，两人重重撞在一起，身体一起倒向车厢中部，一时间撞得那几个大木桶东倒西歪。车夫看来经验丰富，立刻让辕马向左边来了一个急转。张小敬一下子控制不了平衡，身子歪斜着朝外倒下去。其他两个狼卫扑过来，对着他胸口狠狠推了一下。

就在身子摔下车的一瞬间，张小敬急中生智，手里一抖，一条如蛇长影飞了出去。

这是牛筋做的缚索，乃是京城不良人捕盗用的装备。老资格的不良人，扔出缚索如臂使指，连龟兹杂耍都自叹弗如。张小敬身为不良帅，手艺自然更是高明。

这缚索平时缠在右手手腕，需要时，只要手臂一抖，即可飞出。张小敬落地的瞬间，缚索那头已经死死缠在了马车侧面的吊柱。马车依然奔驰着，他抓紧这边的索柄，死死不松手，整个人背部贴地，被马车硬生生拖着往前跑去，留下一长条触目惊心的拖痕。

车上的狼卫掏出匕首，拼命要割断缚索，可惜这绳索太过柔韧，一时半会儿根本切不断。

车上的人甩不开他，但他也没办法再次爬上马车。拖出去三四十步，张小敬衣衫背部已经被磨破了，背脊一片血肉模糊。他忽然用另外一只手在地上一捞，抓住了半块青砖，顺着去势勾手一砸。那砖头划了一条漂亮的弧线，正中前方右侧辕马的眼睛。

那马猝然受惊，拼命向右边靠去，带着另外一匹也跟着躁动起来。车夫如何拉扯叫喊都控制不住，整个车子不自愿地向右偏转。

此时他们正在怀远坊和西市南墙之间的横向大街上，前方街道右侧坐落着一个巨大的灯轮。灯轮高达六丈，底部搭了一个镇石木台，上部是一个呈轮辐状的硕大竹架，外面糊着绣纸和春胜图案。几个皂衣小厮攀在上头，用竹竿小心地把一个个大灯笼挑上去。

这辆马车收不住势，以极高的速度一头撞到灯轮的底部。这一下去势极为猛烈，两匹辕马撞得脑浆迸裂。区区木制灯轮哪里支撑得住这种力度，只听得哗啦一声，整个架子轰然倒下来，上头的小厮和十来个硕大的鱼龙灯、福寿灯、七宝灯噼里啪啦地砸落，全都落在了马车上。

车上的几个狼卫就这样被灯轮架子死死压住，动弹不得。在剧烈的冲撞下，车后的几个大木桶叽里咕噜，全都滚了出来。

张小敬在马车碰撞之前，就及时松开了手，没被马车拖入这次碰撞中。他躺在地面上，手掌一片血肉模糊，背部也钻心地疼。还没等他爬起来，这时一股熟悉的味道飘入鼻中。

不好！张小敬面色大变，俯身拖起一个昏迷的皂衣小厮往外拖，一边拼命对聚拢过来的老百姓大喊："退开！退开！退开！"

猛火并不是一个可靠的引火物，稍有碰撞摩擦便可能起火。那几个木桶经过刚才那一系列追逐碰撞，本来就危如累卵，如今被这么狠狠一撞，桶口猛火已醒，随时可能引燃石脂。要知道，这几个大桶，比刚才那货栈里的量多了何止五倍……

那些老百姓不知利害，还在围着看热闹。张小敬见警告无效，情急之下从腰带上解下一枚烟丸，狠狠朝人群里丢过去。烟丸一爆，可让那些民众炸了窝，众人不知是什么妖邪作祟，惊呼着朝后头避去。

张小敬耳听得身后似有动静，立刻扑倒在地。与此同时，一声轰鸣从身后传来，热风大起。不过这轰鸣不似在货栈里那样炸裂，反而接近于火上浇油后火苗子上蹿的呼呼声。

张小敬手肘支地，小心地扭过头去，看到眼前五个大桶变成了五团耀眼的火团，五道熊熊烈焰舔舐着硕大的灯轮，纸灯笼和纸皮最先化为飞灰，然后整个大竹架子、马车和附近的几根榆树也开始燃烧起来，不时有噼噼啪啪的竹子爆裂声，像是新年驱邪的爆竹。那冒着黑烟的火焰直蹿上天，比坊墙还高，墙外一侧已被染成一片触目惊心的黑色。

至于压在灯轮下的人，除了被他奋力拖出来的一个小厮外，其他肯定是没救了。

但这已经是不幸中的万幸。

猛火雷的一个大问题是，即使有猛火为引，爆炸的成功率仍旧不高。更多时候，不是引发石脂爆炸，而是简单地把它点燃。狼卫放在车上的，一共有五桶石脂，大概是因为密封不够好——所以才会一路滴滴答答地洒落——居然一个都没爆开，全都成了自行燃烧。

这样一来，虽然火势依旧凶猛，但呈现的是蔓延之势，威力大减，否则张小敬和这半条街的人都完蛋了。

他伸开酸疼的手臂，躺在地上大口大口喘息。刚才那一番追击虽然短暂，可耗尽了他全部的体力。最后一辆麻格儿的马车越跑越远，肯定是追赶不及了，只能寄希望于靖安司在前方及时布下封锁线了。

火势如此之大，很快就惊动了怀远坊的武侯铺。二十几个身披火浣布的武侯急急忙忙赶了过来，手持溅筒和麻搭，还有人扛着水囊。今天上元灯会，诸坊武侯铺都接到命令，随时要应付火警，准备万全。

可这些兵卒一看火势如此之大，便知不可能扑灭，只能先划出一条隔离带，防止蔓延，再等它自行熄灭。

其中几个人看到躺在火势边缘的张小敬和小厮，七手八脚拽起来，嘴里骂骂咧咧，显然把他们当成纵火元凶。张小敬的腰牌遗失后，一直还没顾上补，没法证明身份。幸亏这时姚汝能从后面赶至，掏出自己的腰牌，喝退众人，把张小敬搀扶到墙角坐定。

张小敬问旁边卖水的小贩讨来一瓢甘梅水，咕咚咕咚一饮而尽，呼哧呼哧喘息不已。

姚汝能注意到，张小敬在逃离爆炸区域时，居然还不忘拖出一个素不相识的皂衣小厮。

一个出卖同僚换取情报的卑劣之徒、一个经验老道狠戾冷酷的前不良帅、一个放言保护微不足道的民众的圣人、一个对朝廷不满却又拼命办事的干员。种种彼此矛盾的形象，让姚汝能陷入认知混乱中。

他想起张小敬之前说的那一席话，突然有一种强烈的冲动，想去询问一下张小敬，你的死罪罪名到底是什么？可是眼下这场合有点唐突，姚汝能犹豫了一下，还是把嘴闭上了。

现实没有给他留后悔的机会。下一个瞬间，望楼的鼓声又一次咚咚响起，鼓声急促，同时远处起码有十道黄烟腾空而起。这代表有极其重大的变故发生，所有靖安司的属员，必须放下手中的一切，赶去集合。

张小敬在第一声鼓声响起后，就睁开了眼睛。他看到黄烟腾空，口中喃喃道："光德怀远……"

光德怀远，是李泌亲自划定的死线，绝对不容向北逾越。什么样的事态，能让这个敏感之地连连升起十道黄烟？那辆满载猛火雷的漏网马车，到底怎么样了？

姚汝能有点担心地说："张都尉您负伤了，还是我先过去看看究竟吧？"张小敬却一把按住他肩膀，手里一压，整个人龇牙咧嘴地站了起来。

"一起走。"他哑着嗓子说，姚汝能也只得从命。

他们所在的位置，是在西市和怀远坊之间的大路，距离街口不过两里多远。张小敬和姚汝能立即起身，朝东边赶去。跑出去几步，张小敬忽然停下脚步，扯过一个正在灭火的武侯，把他身上的火浣布斗篷抢下来。

火浣布经火不坏，是救火的利器。张小敬这么干，说明他已认定前方将会有绝大的危险。姚汝能迟疑片刻，也叫住一个武侯，用靖安司的腰牌半强迫地征用了另外一件斗篷，披在身上。

他们一路跑到路口，遥遥看到旅贲军的士兵正在把数道荆棘篱笆拖过来，横在路中间。许多百姓和达官贵人都被堵在一边，人声鼎沸。

封锁道路——尤其是封锁这么重要的道路——是靖安司最不希望采取的行动。李泌既然下达了这个命令，说明事态已经到了几乎无可挽回的地步。

姚汝能让旅贲军的士兵让开一条路，让两人进去。他们很快看到，街口四边，已经严严实实地被拒马和荆棘篱笆拦住了，南、东、西三面是崔器的旅贲军，北面则站满了手持大盾的士兵。这些不是靖安司的直属，而是隶属于右骁卫的豹骑精锐。

光德坊北是延寿坊，延寿坊斜向东北，与皇城、宫城只有一街之隔。狼卫已冲到了这么近的距离，南衙十六卫就是再迟钝，也该有反应了，豹骑是最先集结而来的。

不过军方这一介入，恐怕靖安司的日子会不好过了。

此时的光德怀远路口，空荡荡的，只有两个糊到一半的灯架矗立在街侧，一辆双辕马车停在街心。苫布已经被扯掉，露出里面的五个深色大桶。麻格儿站在木桶之间，手里高举着一只燃烧的火炬。在马车不远处，三具尸体俯卧在地上，每一具背心都插着数十支羽箭。

很显然，麻格儿驾驭马车冲到了街口，正好被严阵以待的靖安司拦住。一番交战之后，其他狼卫全数阵亡，但他们争取到了足够的时间，让麻格儿点起火炬，送到木桶口。

这一手，震慑住了所有人，没人敢让这五桶猛火雷在如此敏感的地段爆炸。麻格儿一脸狰狞，把火炬搁在距离桶口只有数寸的位置，徐徐让辕马朝前走去。附近的弓箭手一筹莫展，谁能保证能一箭将此獠毙命？谁又能保证他死后，这火炬不会正好掉落在桶口？

姚汝能朝前望去，看到在光德坊的西南角，李泌等人正站在一处高亭，死死盯着街口。大火烧到家门口，他也没办法在殿内安坐。

麻格儿是最后一个狼卫，知道自己必死无疑，却是毫无惧色。这么多唐人为之陪葬，这是多难得的际遇！他哈哈大笑，用一只手握紧火炬，另外一只手轻轻抖着缰绳。辕马不知气氛紧张，只低着头朝前走去。他们的方向依然是朝着北方，朝着最繁盛最热闹的街区。

姚汝能道："不行！我得去告诉李司丞，猛火雷点燃了，可未必会炸！"张小敬却拦住了他："可也未必不炸。这里是长安，没有十成把握，李司丞也不敢冒险。"

姚汝能急道："这怎么办？就这么干瞪眼看着他往北去？"张小敬没有回答，他眯起独眼，把火浣布斗篷裹得紧了些。

街口的局势已经紧张到了极点，简直不用猛火雷就能随时爆炸。麻格儿的马车旁若无人地缓缓移动着，最终抵达了北边的封锁线边缘。辕马撞开荆棘墙，两个前蹄踢到了一排盾牌的正面。

周围的士兵明明一击就可以把这个突厥狼卫干掉，可谁也不能动他分毫。那五个褐色的大桶，就是五个沉默的索命无常。在这种奇妙的对峙中，豹骑精锐不断后退、分散，生生被马车挤开一条路。带头的将领阴沉着脸，不敢轻举妄动。

李泌站在坊角的高台上，闭上了双眼。一过死线，整个事件的性质就全变了，必须得有个决断。他沉声道："备火箭！"

立刻有二十名精锐弓手登上高台，旁边二十名辅兵将事先准备好的圆棉箭头蘸上松脂油，点燃，递给弓手。随着队正一声令下，弓手迅速上箭、拉圆，对准了坊外那辆马车。

再坐视狼卫接近皇城与宫城，就是靖安司拿天子和文武百官的安危不当回事。两害相权，李泌宁可让它把半个光德坊和自己的脸面炸上天，也不容它再向北了。

耳边是弓弦绞紧的咯吱咯吱声，他知道，只要自己嘴唇里吐出一个字，整个事件就结束了。二十支火箭，在这个距离不可能偏离目标，但接下来会发生什么，只能听天由命了。

"公子，这里太危险，还是先……那是什么？"檀棋本来想劝李泌先下去，避免被爆炸波及，可她忽然看到街口异动，不由得惊呼起来。

所有人都顺着她的玉手所指，向街口望去。

一个身影以前所未有的高速冲向马车，义无反顾。他身上披一块颜色古怪的斗篷，看不清面貌。麻格儿的注意力全集中在前方的封锁线上，一时未曾发现。身影趁机跃上车厢，手中的长索一抖，缠住了麻格儿的手腕。

"是小敬！"居然是徐宾这个近视眼最先认出了那道身影。

靖安司的人听到这名字，俱是精神一振。这个死囚犯在过去的几个时辰里，屡次创造奇迹。无论多绝望的局面，他总能顽强地找出破局之法。上到主事，下到小吏，无不心悦诚服。

张小敬在这时悍然出手，让他们心目中的英雄形象更臻于完美。若不是恪于礼法，他们简直要欢呼起来。只有李泌不动声色，负手而望，二十支火箭依旧对准了马车。

张小敬可顾不上去关心靖安司什么反应，他的全副心思全放在眼前的这个突厥悍匪身上。只要稍有闪失，整辆马车就有可能会被炸上天。

他刚才披着斗篷，在围观人群遮蔽下，不动声色地靠近十字街北口。刚才封锁阵内的一个士兵承受不住巨大压力，手中长矛举高了一分，这暂时吸引了麻格儿的注意。他抓住这个稍纵即逝的机会，狂奔二十步，敏锐地振足一冲，从后面跳上马车。

麻格儿立刻认出了这个屡次给他们找麻烦的人，他用突厥语吼了一句："早该杀了你！"张小敬冷冷一笑，什么都没说，但那孤狼一般的凶悍独眼，让麻格儿一阵心悸。

两个人在马车上不要命地斗起来。张小敬只要把麻格儿拉开半尺，就足以让其他士兵上来助阵；麻格儿只要能争取半个弹指的时间，就能把火炬深入木桶。两个人就像是站在一条深崖之间的绳子上，一点点不慎，就会粉身碎骨。

这次交锋，只经过了短短的几个瞬间。先是张小敬的拳头狠狠地砸在麻格儿的右眼上，指缝里夹的碎铁片直接扎瞎了狼卫的眼睛，然后麻格儿用额头撞向张小敬的鼻梁，致其鲜血迸流。两个人打得全无章法，却又无比凶狠，如同两只嗜血的伤狼。

麻格儿的手腕被缚索缠住，行动受限，张小敬趁机猛攻他的头部。不料麻格儿不闪不避，强忍着头部被重击的剧痛，伸出手指抠在了张小敬腋下的伤口。这个伤口，恰恰是麻格儿在修政坊给张小敬留下的。这一下，疼得张小敬眼前一黑，动作为之一僵。

麻格儿没有乘胜追击，这毫无意义。他飞快地拿起火炬，扫了一眼从四面爬上来的士兵，喃喃了一句突厥语，然后把火炬丢进木桶。张小敬大叫一声，扑过去把麻格儿一脚砸下车去，可这一切已经太晚了。

桶口迅速冒出硫黄味道，轻烟袅袅。

本来像蚂蚁一样攀上来的士兵，又吓得纷纷潮水般退开。高台上的李泌沮丧地闭上眼睛，终究还是不成吗？

"公子，快看！"檀棋惊道。李泌"唰"地又睁开了眼睛，眼前的一切，让他失态地朝前走了两步，差点从高台上掉下去。

只见张小敬跳到车夫的位子上，抽打辕马，还向前方士兵拼命做手势让开，向北驶去。

"张都尉这是何意？"靖安司的一个主事叫道。

"莫非他想要把马车赶到安全地带？这哪里来得及？"

"就算来得及，方向也不对，这还是向北啊！"

"那和突厥人要干的事不是一样吗？"

张小敬现在如果选择退开，没有人会指责他。可他却冒着被烈焰吞噬的危险，把马车向北方赶去——那边皆是繁华之地，可没有任何能让这五桶猛火雷安全引爆的空地啊。

在七嘴八舌的议论中，一个奇怪的猜想浮现在大家心中。这个人，可是曾经公然表示对朝廷不满，他不会是想顺水推舟，驾着马车去宫城实施报复吧？

弓箭队的队正忍不住叫了一声："李司丞，马车就快离开射程了！"李泌眼神闪动，终于发出了一个命令："撤箭。"队正瞪圆了眼睛，以为自己听错了，李泌又重复了一次："撤箭。"语气不容置疑。

二十名弓手只得放下弓，莫名其妙。主事们一起看向李泌，李司丞一贯以大胆决断而著称，可这一次未免太大胆了。

此时李泌的内心也在激烈地交战着。他想起张小敬对他说的那句话："人是你选的，路是我挑的，咱们都得对自己的选择负责。"既然在这个死囚犯身上押了巨注，干脆就一赌到底。

他相信张小敬那么做，一定有他的道理。可是以李泌的聪明，也想不出这一局该如何破解。

张小敬驾着马车，在西市和光德坊之间的宽阔街道疯狂奔驰。身后木桶正冒出黑烟。猛火雷并没有在第一时间响起，这是不幸中的万幸，但火头已起，石脂起燃，随时有可能爆发出来。

张小敬忽然弯下腰，用缚索抽了一下辕马的左耳，整个马车开始向左偏移、转向。

"轮距！"李泌突然反应过来，随即徐宾也叫起来："轮距！"他看其他主事茫然未解，多说了两个字："西市，轮距！"

西市一共有两个出入口，一东一西，分别设置了一道过龙槛。过龙槛是横在门下的一道石制门槛，门槛上有两个槽口，两槽之间相距五尺三寸。换句话说，只有轮距五尺三寸的马车，才能进入西市。过宽，过窄，都进不去。而长安城其他诸坊的过龙槛，两个缺口之间相距则只有四尺，只容窄车通行。

这样一来，运送大宗货物的宽距马车，只能进入东、西市，去不了其他坊市；而长安城内日常所用的窄距小车，可以在诸坊之间通行无阻，却唯独进不得两市。大车小车、货客分流，既避免拥堵，又方便市署和京兆府管理。

苏记车马行一向只运送大宗货物，自然也会按照五尺三寸的标准来制备车辆。张小敬如果想让马车尽快脱离主街，进入西市是唯一的选择。

西市的东门，此时恰好位于马车左前方大约六十步，以马车的速度瞬息可至——可是！西市也是长安重镇，里面商家无数、货赀山积，还有各国云集而来的豪商使者。若在那里面炸了，一样损失惨重。

张小敬的葫芦里到底卖的什么药，李泌完全不知道。他现在没什么可以做的，只能用目光跟随那死囚犯，一条路走到黑。

在众目睽睽之下，张小敬展现出了极高明的驭车之术。他以缚索替代马鞭，让辕马向西一点点地转向，车轮在黄土路上压出两条近乎完美的弧线。当车身向西完全掉转过来时，两匹辕马的蹄子恰好越过西市东门的过龙槛。

那两个飞转的木车轮，准确地切入过龙槛上的两个槽口，严丝合缝。整辆马车的速度，丝毫未因转向而受到影响，呼啸而入西市。

他一进西市，并没有沿着大路前行到十字街，而是一头扎进旁边的民居院子里。先"哗啦"一声撞开十几个堆叠一处的烧酒大瓮，然后又踏倒数道篱笆和半座木屋，顺着一个倾斜的土坡一头直冲而下。

那五个木桶是什么状况，张小敬不用回头也知道。经过这么多次碰撞，那硫黄味越发浓郁，已经无限接近极限。事实上，猛火雷能坚持到现在没炸，已经是满天神佛保佑的奇迹了。

死亡临近，可他的独眼里并没显出惊慌或绝望，只有沉静，那种如石般的沉静。

土坡的底部，是一条宽约六丈的水渠，渠面结着一层厚厚的冰。这条叫作广通渠，从金光门入城，沿居德、群贤二坊流入西市。为了方便秦岭木材的漕运，广通渠在天宝二载刚刚被拓宽过一次，渠深水宽，可行五百石的大船。

三个时辰之前，曹破延就是在这里跳河，甩脱追捕。冰面上尚还有一片开裂的窟窿，正是崔器落水砸出的痕迹。

张小敬面无表情地把斗篷裹紧，最后一次用力抽打辕马。那道斜坡带来的去势，加上辕马负痛疯狂地奔跑，让马车达到了一个极高的速度。它唰地掠过黄土夯成的梯状渠堤，义无反顾地朝宽阔的冰面落去。

沉重的马车在半空飞过，重重砸向薄冰。随着一声巨大的声响，冰面毫无意外地被砸塌了，冰冷的浪花化为无数只手把马车拽入深深的水底。与此同时，车厢中的猛火雷终于爆裂开来，一连串火云半在水面，半在水下，发出闷响，圈圈涟漪向外面急速扩展。

广通渠如同一条受了惊的巨蛇，陡然疯狂地翻滚起来。水花与火花同时绽放，无数细碎的冰块高高溅起，伴随着浓烟直冲天际。若此时让游走于京城的诗人们站在岸边看到这一奇景，一定会吟出不少名句吧。

爆炸过后没多久，靖安司和右骁卫的大批精锐冲到渠堤两岸。此时这一段的冰面已全部崩碎，水面上只浮着半个残缺不全的车轮，通体焦黑。

整件事情从这里的冰面开始，也从这里的水下结束，仿佛是佛家的轮回具现。

经过初步清点，这一带的渠堤被震出了一道大裂隙，水门歪斜，临渠的一个城隍小庙被震塌了半边，还有一些临近的岸边树木与小舟被毁，几个扛夫断了腿——这就是全部损失。

那五桶猛火雷到底爆炸了几个，已经无可查证。但有一点很清楚，如果没有张小敬把马车送入广通渠里以水克火，无论它们在哪里引爆，损失都将是现在的几十倍。

危机终于顺利解除，所有人心里都长长地松了一口气。到现在，他们才明白张小敬的用心——在那种危急情况之下，西市的广通渠是唯一的解决之道，真难为他能想到这个办法，更难为他竟敢去亲身实行。

靖安司的人陆陆续续赶到，准备着手清理现场。徐宾比所有人都跑得快，他一马当先冲到渠旁，焦虑地望向河面，努力寻找好友的踪迹。他来回搜寻了几遍没看到人影，嘴唇不由得哆嗦起来。是他把张小敬引荐到靖安司来的，若因此番反害了他的性命，那真是要愧疚一辈子了。

徐宾急得一把抓住旁边姚汝能的胳膊："我眼神不太好，你看得准，找到他了没有？对了，西市署在广通渠内配有六只蚱蜢舟，赶紧调过来去河心找找！"

姚汝能此刻百感交集，这位死囚犯已经让他彻底折服。原来张小敬没有吹牛，他真的为了这座城市出生入死。现在回想起来，除了杀小乙之外，张小敬在这几个时辰内的作为真是无可指摘。姚汝能更加羞愧，他居然一直在怀疑这样一位英雄。

不过他认为，在那么剧烈的爆炸下，不太可能会有幸存者。姚汝能不太忍心告诉徐宾这个判断，于是一直站在河边保持着沉默，凝目肃立。

如果张小敬就这么死了，他和他的那些经历，将会成为一个永久的谜。

一阵脚步声传来，他回头一看，发现李司丞也亲自赶来了，远远站在土坡上观望，看不清表情。那个美貌侍女就站在旁边，鹅黄色的锦袄分外醒目。姚汝能心想，当初李司丞力排众议任用张小敬，甚至为此和贺监闹翻，不知他现在面对这个结局，会是什么心情。

就在这时，河渠对面的岸上，有不良人挥舞着手，激动地大叫起来。姚汝能连忙收起思绪，和徐宾同时朝那边看去。

他们看到，几个不良人正搀扶着一个身影从河边往岸上走。那身影披着一件斗篷，看起来十分虚弱，但至少还能动。在他们身后，是一尊高大的莲瓣九层石经幢。大唐信佛蔚然成风，广通渠这样的要地，自然也需要立起经幢，请菩萨伽蓝加持，兼有测定渠水深浅的功效。刚才那身影应该正好躺倒在石经幢下面，所以才没被第一拨搜寻的人发现。

徐宾激动地跳起来，差点想直接游过去了。他催促姚汝能，连声问是不是张小敬。姚汝能强抑住狂跳的心脏，极目远眺。他的目力极好，一眼就看到那件灰褐色的斗篷，上头有好几个漆黑的大洞。

没错，那是火浣布斗篷。

这么说，张小敬还活着？！

估计他是赶在爆炸前的一瞬间主动跳了车，就是被爆炸的冲击波抛到石经幢这边。斗篷让他避开了烈焰的第一波烧灼，而石经幢的八棱造型适合攀抓，让他不至于沉入水底。这还真是神佛保佑！

徐宾和姚汝能像孩子一样欢呼起来，喜色溢于言表。姚汝能大大地出了一口气，这样的结局，再完满不过了。他在心里开始构思一会儿见面的说辞，是先祝贺他赦免死刑好呢，还是再道一次歉更好。

张小敬并不知道河对岸有两个人为他的生还欢呼。他现在头还是晕的，身子虚弱得很，被搀着走了几步就不得不原地坐下。刚才虽然极其幸运地避开了爆炸，可先被火烧又被冰泡的滋味可真不好受。断指、腋下和背部的伤口，又开始渗出血来。

几个不良人殷勤地为他把湿漉漉的破斗篷和外袍拿开，给他披了一件干燥的厚袄。"张都尉，托您的福，如今已是一切平安啦。"其中一个不良人讨好地说道，递过去一条布巾。

张小敬接过布巾，将眼窝里的水渍擦了擦，交还给不良人，脸色却丝毫没有大事底定的轻松。

狼卫确实是死光了，可他总觉得整件事还没结束。猛火雷的数量不是太多，而是太少了，区区十五桶，最多炸掉几个坊，距离焚尽长安还远远不够。突厥人寄予厚望的"阙勒霍多"，真的会这么简单吗？

真这么简单，直接驾车冲撞便是，要什么坊图指引啊。

更何况闻染的下落目前还是不明，无论是货栈还是刚才那三辆马车里，都没见到任何女子的踪迹。

这件事的疑问太多。张小敬正想着如何跟李泌说这事，忽然听到铿锵的脚步声由远及近，抬眼一看，原来是崔器。崔器负责河渠这边的搜索，所以最先赶到。

"崔旅帅，事情还没结束，立刻带我去见李司丞。"张小敬高声说道。

可是崔器却僵着一张脸，殊无笑意。他走到张小敬面前，一抬手，两个旅贲军士兵如狼似虎地扑过去，死死按住了张小敬的双臂。

"带走。"崔器压根不去接触他的视线。

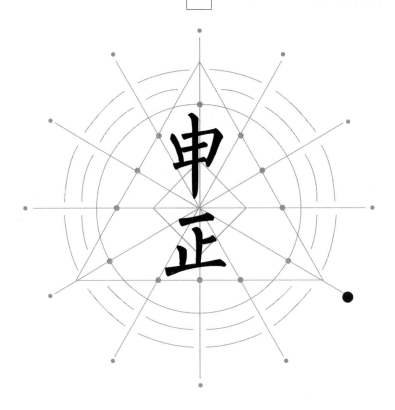

第七章

申正

此时还没到上灯放夜的时辰，但长安城的居民扶老携幼，
早早拥上街头，和蒙着彩缎的牛车、骡车挤成一团。

天宝三载元月十四日，申正。

长安，长安县，西市。

突如其来的变化，让所有人猝不及防。

两名旅贲军士兵粗暴地把张小敬按在地上，用牛筋缚索捆住他的手腕，然后塞了一个麻核在他口中，让张小敬彻底失去反抗能力，连声音都发不出来。整个过程中，崔器的右手始终握在刀柄上，紧紧盯着张小敬的动作，蓄势待发。似乎只要他有一丝反抗迹象，就要当场格毙。

数刻之前，这个人还处于崩溃的边缘，可怜巴巴地指望张小敬救命，可现在却完全变了一张脸。张小敬口不能言，脖子还能转动。他抬头用独眼瞪向崔器。崔器把脸转开，嘴角却微微有些抽搐——他的内心，并不似他努力扮演的那般平静。

几个不良人还保持着谄媚的笑容，茫然地僵在原地。他们不明白这到底是怎么了，这位爷不是大功臣吗？怎么转瞬就成了囚犯？

张小敬不是没想过靖安司的人会卸磨杀驴，他没想到的是，他们竟一刻都等不得。

河对岸的人也被这一出搞糊涂了，河面太宽，看不太清发生了什么事。他们只看到张小敬远远被人扶上岸，然后被按住。徐宾视力不好，急着直拽姚汝能袖子，叫他再看仔细一点。姚汝能努力睁圆了双眼，勉强看到两名士兵押着张小敬离开，一名将领紧随其后。这个小队伍转过一片栈木后头，便从河对岸的视野里消失了。

"是旅贲军……"

姚汝能喃喃道。他们的肩甲旁有两条白绦，绝不会看错。

徐宾一听是旅贲军，眼神大惑："不可能！他们抓自己人干什么？这里面是不是有什么误会？"他在河堤上焦虑地转了几圈，想过去问个究竟，谁知脚下一滑，差点滚落水中。幸亏他一把抓住姚汝能的胳膊，才勉强站住。

姚汝能的内心，此时跌宕起伏。这个年轻人虽然单纯耿直，可并不蠢。靖安司对张小敬的态度，一直非常暧昧——既钦服于他的办事能力，又对他死囚犯的身份存有戒心。别说贺知章，就连一力推动此事的李泌，对张小敬也有防范，不然也不会派姚汝能去监视。

旅贲军是靖安司的直辖部队，崔器只听命于李泌。姚汝能猜测，大概是上头不愿让外界知道，整个靖安司要靠一个死囚犯才办成事，所以才第一时间试图消除影响——可这样实在太无耻了！

张小敬刚刚可是拼了命拯救了半个长安城，怎么能如此对待一位英雄？

姚汝能一抖袍角，朝旁边的土坡一步步走去。李泌和他的那个侍女，正站在坡顶，同样眺望着河对岸。他深吸一口气，打算去找李泌问个究竟。

公开质疑上司，这是一个疯狂的举动，也许他从此无法在长安立足。可姚汝能如鲠在喉，胸口有一团火在烧灼。徐宾注意到了他的动作，犹豫了一下，也跟了上去。

李泌听到脚步声，严厉的视线朝这边扫过来。徐宾赶紧原地站住，又拽了姚汝能一把。可这时姚汝能已经往前迈出了大大的一步，一脸的气愤藏都藏不住。

"李……李司丞。"徐宾决定先缓和一下气氛。

李泌打量了他们两个一番，冷冷道："如果你是问张小敬的事，我也想知道，到底是谁给崔器下的命令。"

姚汝能和徐宾一下愣住了，原来这不是李泌下的命令？

那会是谁？整个靖安司有资格给崔器下令的，只有司丞和靖安令，可贺监已经返回宅子去调养，绝不可能赶上这边的瞬息万变。要说崔器自作主张，他哪有这种胆了？

李泌阴沉着脸一挥手："这里不是谈话之地，先回靖安司。"

此时西市的居民和客商们正从四面八方聚拢过来，对着河渠议论纷纷。刚才一连串骚动的动静太大，把这些观灯的人都给招过来了。西市署的吏员在拼命维持秩序，可杯水车薪。这种场合，实在不宜谈话。

靖安司与西市只有一街之隔。李泌一行人走过街口，看到一大群仆役正在清理那几具狼卫的尸体。麻格儿肥硕的身躯如山猪一样躺在平板车上，眼睛瞪得很大。几个平民朝他厌恶地吐着唾沫，却不敢靠近，远远拿柳枝在周围抛洒着盐末。

这些草原上的精锐，如今就这么躺在长安街头，如同垃圾一样被人厌弃。姚汝能对他们没什么同情，可他心想，干掉这些突厥人的英雄，如果也是同样的下场，那可真是太讽刺了。

张小敬对他说的那句话，不期然又在耳边响起来："在长安城，如果你不变成和它一样的怪物，就会被它吞噬。"

一行人回到靖安司大殿，殿内之前弥漫十几个时辰的紧绷气氛已然舒缓。大敌已灭，无论是疲惫的书吏还是哑着嗓门的通传，都露出如释重负的神情。不少人开始悄悄收拾书卷用具，打算早点回家，带家人去赏灯。毕竟这可是一年之中最热闹的上元节啊。

李泌怫然不悦："王节度的女儿至今下落不明，这般懈怠，让外人看到成什么样子！"

狼卫覆没以后，王韫秀绑架案成为靖安司最急需解决的事件。王忠嗣是朝中重臣，他的家眷若有闪失，将会对太子有极大的打击。李泌绝不能容许这种事发生。

徐宾赶紧过去，踢着案角催促他们都打起精神来。这些小吏只好重新摊开挎袋，坐了回去，但很多人内心不以为然。大家都觉得，她一定是死于昌明坊的爆炸，尸骨无存，没必要再折腾了。

李泌没再去管这些人，他心事重重地走过长安城的硕大沙盘，径直来到自己的案几前。他的案几上有七八个质地不一的文匣子，里面分别搁着各处传来的讯报、检录、文牍等。其中最华贵的，是一个紫纹锦匣，专盛官署行文。它一直都是空的，可现在里面却多了一份银边书状。

檀棋确信，他们出发之前，这匣子还是空的。她拈起旁边的签收纸条，果然刚送来不久。

李泌拆开文书扫了一眼，不由得冷笑道："我还没找，他们倒先把答案送过来了。"然后把它往徐宾手里一丢。徐宾接过去略看了看，这书状来自右骁卫，里面说鉴于皇城有被贼袭扰之忧，临时提调旅贲军崔器，拘拿相关人等彻查，特知会靖安司云云。

外人看来，这只是简单的一封知会，可在熟知官场的人眼里，却大有深意。

靖安司负责长安城内外，而右骁卫负责皇城的外围安全，两者的职责并不重叠，也没有统属关系。突厥人这事闹得再大，它也是靖安司的权责范围。

但狼卫跨过了光德怀远这一条死线，让一切都变得不一样了。

一过死线，他们对皇城构成直接威胁，性质立刻成了"惊扰圣驾"的大案，右骁卫便有权立即介入调查。他们打起查案这块金字招牌，想提调谁就提调谁，哪个敢不配合办案，就是"谋逆"。

所以若右骁卫要求崔器逮捕张小敬，行为虽属越权，可他一个小小的将佐，根本扛不住压力。

不过崔器在这件事上，并不清白，他明明可以提前告知靖安司，让李泌有所准备。可他却默不作声地搞了个突然袭击，还抓了张小敬直接送去右骁卫，此举无异于背叛。

姚汝能对崔器的背叛并不意外。从西市放走曹破延开始，一连串的重大失误让崔器如惊弓之鸟，极度惶恐不安。狼卫越过死线，是骆驼背上的最后一根稻草。崔器自认为待在靖安司已是死路一条，还不如去抱右骁卫的大腿，好歹会有投效之功。

李泌对崔器的去向不感兴趣，他用指头磕了磕案面："为什么右骁卫要捉张小敬？"

这才是最核心的疑问。右骁卫甘冒与靖安司冲突的风险，强行越权捉人，有什么好处？

没有人回答。事涉朝争，姚汝能级别太低，徐宾浑浑噩噩，这两个人都给不出什么有价值的建议。檀棋安静地站在一旁，指尖抵住下巴，一双美眸怔怔注视着沙盘。她忽然轻轻咳嗽了一声，伸出修长的指头，似是无意中指向沙盘中的平康坊。

李泌眼前倏然一亮。

檀棋是家养婢，这种场合不敢开口，但她的暗示足够明确了。平康坊里可不只有青楼，里面还住着一位大人物——右相李林甫。

本朝最著名的政治景观之一，就是李林甫与东宫的对峙。这位权倾天下的宰相，对东宫一直怀有敌意，只是没有公开化。他在暗处，一直盯着靖安司的错漏，好以此攻讦东宫，是太子在朝堂最危险的敌人。

从右骁卫出动到张小敬被捕，只有短短的间隙。敌人能瞬间抓住破绽，一口咬准七寸，这惊人的眼光和执行力，绝非右骁卫那些军汉能琢磨出来，必然有一位老手在后头支招。能这么干且有能力这么干的，只有右相。

顺着这个思路一琢磨，整个动机陡然变得清晰。

倘若张小敬落到李林甫的手里，光是他的身份，就够做出好大一篇文章来·你为什么坚持要任用一个死囚犯？你凭什么认为他值得信任？狼卫都杀到皇城边上了，是他办事不力还是有心放纵？如果启用另外一位忠君的干员，这些骚乱是不是可以避免？没有十成把握，你竟然冒险，你有没有把圣上的安危当回事？

李泌在脑海里想象着李林甫各种质疑的嘴脸，不由得"嘿"了一声。正如李亨此前在净土院提醒的那样，贺知章是遮挡风雨的亭顶，他这一去，明枪暗箭立刻就扑了上来。

这次突厥狼卫事件，结局很暧昧：说成功也算成功，凶徒被全数击毙；说失败也算失败，这些草原蛮子一度逼近皇城，惊扰御座，靖安司未能防患于未然，也是失职。

换句话说，靖安司究竟是"擎天保驾"还是"玩忽职守"，全看朝堂上哪边的实力比较大。张小敬在右相手里，东宫可就被动了。

难怪李相出手这么迅速。

姚汝能、徐宾站在原地，大气不敢出。他们虽不如李泌看得透彻，但光看上司的脸色，就知道这事有多麻烦。

李泌简单地解释了一下，徐宾脸色一黯，垂下头去。姚汝能恼怒地咬咬嘴唇，他不明白，这件事情怎么会这么复杂？只因为官员之间的互枘倾轧，就可以把一个拯救了长安的英雄任意抓捕？这可不是什么盛世气象！

"你来长安还太短。这样的事……哎哎。"徐宾摇摇头。姚汝能却看向李泌，大声道："李司丞，我们不能放弃张都尉，这不对！"

李泌示意他少安毋躁，右手习惯性地想要抓住什么东西，却发现抓了个空。檀棋把拂尘从旁边取来，放在他手里。李泌拂尘一握，沉声道："我们不会放弃张小敬——突厥人的事情，可还没完呢！"

三人闻言俱是一怔，狼卫不是已经全死了吗？

徐宾以为李泌指的是王韫秀的调查进展，连忙转身捧起一卷报告："旅贲军此时正在对怀远坊的龙波住所、修政坊空宅、昌明坊货栈等地进行……哎哎……彻底搜索，但目前还没有发现任何王韫秀的踪迹。"

可是李泌却摇摇头："我说的不是王韫秀，是突厥人的事。"

徐宾奇道："那个？司丞还有什么顾虑？"李泌看了他一眼："徐主事记忆不差，可记得苏记车马行进城时，冒充墨料报关的延州石脂是多少桶？"

这些数字徐宾熟谙于心，脱口而出："三百桶，分装在三十辆大板车。"

"三百桶石脂，便是三百桶猛火雷。刚才那三辆马车，一共只装了十五桶——换句话说，还有二百八十五桶和二十七辆板车下落不明。"

李泌淡淡提醒了一句，周围的人都是悚然一惊。

对啊，狼卫带去的，仅仅只是一小部分。仅仅只是那五桶的威力，已经把西市搅得天翻地覆，还有二百多桶不知去向，这长安城，天哪……他们心中同时浮现出四个字：阙勒霍多。

这时姚汝能接口道："可突厥人死伤这么惨重，纵有漏网之鱼，应该也不够人手来运送这两百多桶吧？"

李泌似笑非笑："谁说做这件事的，非得是突厥人不可？"

姚汝能呆了呆，然后惊出了一身冷汗。张小敬也罢，李泌也罢，他们总是不惮用最黑暗的思路去揣测事态，仿佛这世间一个好人也无。更可怕的是，他们很可能是对的。

李泌道："所以我们还需要张小敬，这件事除了他，谁也做不到。"

众人不约而同地瞥了一眼沙盘。长安城上迷雾缭绕，在所有人都在欢庆胜利之时，真正的怪兽还蛰伏在暗处，刚刚露出獠牙。只有张小敬，才有可能劈开迷雾，把那怪物拖到阳光下来——而他此时却身陷自己人编织的牢狱。

姚汝能迟疑片刻，向前一站："卑职愿去右骁卫交涉。"徐宾在一旁急得直搓手："……哎哎，糊涂！你什么身份？右骁卫碾死你眼皮都不会动一下。"

"那我也得去试试！实在不行，我就……我就……"姚汝能说到这儿，把腰间令牌解下来，"我就去劫狱！请司丞放心，我会辞去差使，白身前往，断不会牵连靖安司。"

"少安毋躁，还没到那个地步。"

李泌示意他别那么激动，姚汝能却捕捉到了他的言外之意——还没到那地步，意思是说，如果真到了那地步，劫狱也未尝不可？

李泌把拂尘重重搁在案几上，眼神里射出锐光："这件事，我会亲自去处理。其他人等，给我严守岗位，继续搜索王韫秀，不许有分毫懈怠！"

殿内响起一阵埋怨和失望的声音，不过在李泌的瞪视下，无人造次。小吏们打着哈欠把书架铺开，仆役们猫着腰把压灭的暖炉重新吹着。通传飞跑出殿外，把这个不幸的消息通告各处望楼。

李泌让徐宾、姚汝能和其他几个主事督促搜索事宜，然后转过身去后堂。在那里，檀棋已经把他的外袍和算袋都准备好了。

"公子，你真的要去闯右骁卫吗？"檀棋担心地小声问道。

"不，那样正中李相的下怀，他正盼着我跟南衙的人撕起来呢。"李泌直视檀棋，"要去的人不是我，是你。"

"我？"檀棋突然有些慌乱，"为、为什么是我？"

李泌附在檀棋耳边，轻轻说了几句。檀棋惊愕地看了一眼公子，以为他在开玩笑。李泌却坚定地点了一下头，表示自己并没疯。

"你是个聪慧的姑娘。在这里端茶送水摆摆沙盘，对你来说，实在太屈才了。"

突如其来的褒奖，让檀棋一下子面红耳赤，连忙垂下头去。李泌笑着拍了拍她的肩膀："我身边值得信任的人并不多，做这件事，非你莫属啊。"

"那公子你去哪里？"檀棋问道。

李泌披上外袍，挂上算袋，把银鱼袋的位置在腰带上调了调，这才回答道："只有一个人，才能打破如今的僵局。我现在去找他。"

"谁？"

"贺监。"

李泌口气平淡，可檀棋知道，这是公子最艰难的一个决定。

封大伦有两个爱好，一是在移香阁里饮酒，二是移香阁本身。

这间小阁宽长皆十五步，地方不大，可却有一桩妙处：四壁的墙中，掺有于阗国特产的芸辉香草、麝香和乳香碎末。倘若有日光移入阁中，室内便会泛起一股幽幽异香，历久弥香，让人如居兰室。

此时日光虽已西下，可香味犹存。封大伦笑眯眯地举起手中铜爵，朗声道："见圣人。"

以清酒为圣人，以浊酒为贤人，这是士林里戏谑的说法。主人既起了兴，对首的客人也拿起酒爵，回了一句"同见"，然后大袖一拂，一饮而尽。

对首跪坐的，是一个叫元载的年轻人。这人生得儒雅端方，额头平阔如台，望之俨然。他正是永王推荐来的那个大理寺评事，论起官阶，比封大伦还要高出一头。

元载饮罢放下铜爵，脱口而出："好酒，这是虾蟆陵的郎官清？"

封大伦竖起拇指："元评事好舌头，正是常乐坊的虾蟆陵所出。"他拿起酒勺，又给对方斟满，慢条斯理道："说到这个名字，还有一桩趣事。常乐坊里有一座古冢，就在坊内街东。相传是汉贤董仲舒之墓，儒家门人到此，要下马以示尊敬，所以又叫下马陵。氓夫俗子不知名教，以讹传讹，居然成了虾蟆陵，也真是可笑。"

他久做营造，关于长安坊名古迹的掌故，熟极而流。元载哈哈一笑："在下初到长安之时，就好奇怎么会有这么个古怪地名，今日听了封兄解说，才算恍然大悟。"他捏着铜爵，环顾四周，忽然感慨道："封兄可真是会享受，这移香阁处处都有心思，在长安也算是一处奇景啊。"

封大伦敏锐地注意到，元载目光所扫，皆是沉香木屋梁、水晶压帘、紫红绡帐等奢靡之饰，眼神炽热，但稍现即逝。他阅人无数，知道这个人内心有着勃勃贪欲，却能隐忍克制，将来一定是个狠角色。

这时阁外传来敲门声，一个浮浪少年站在门槛，将一张纸条递进来。封大伦展开看了一眼，右眉一挑，随手揣在怀里，对元载道："今日请元评事来，是有一件小事。长安县狱有个死囚犯，劳烦行一道文书，把他提调走。"

"哦？"元载歪了歪头，"提调到哪里？大理寺狱？"

"随便什么理由，只消把他留在那里三五日，再原样发回县狱便成。"封大伦尽量轻描淡写。

元载听到这个请求，颇觉意外。不是因为困难，而是因为太容易。他本以为是某家贵胄要捞人，不料却是这么一个古怪要求。他眼珠一转，不由得笑道："这个人，只怕如今并不在县狱里头吧？"

若是犯人还在押，狱方可以直接上解，不必这么大费周章。只有犯人被其他府司所控制，才需要大理寺下发正式的提调文书给县狱，县狱再拿着这份文书去要人。

封大伦没想到元载反应这么快，略为尴尬地咳了一声："不错，此人今天被别人提走了，永王希望他能老老实实回去待着。"

"他被哪个府司提走了？"元载问。

封大伦面孔一板："区区小事一桩，元评事只管发文书便是，不必节外生枝。"

元载注视着封大伦。他很喜欢观察别人，并从中读出隐藏的真实情绪。这位试图装出很淡定的样子，可语调里却透着焦灼。他反复强调这是一件区区小事，正说明这绝非一件小事。

若换作别人，只管发出文书收下贿赂，其他事情才不关心——元载可不会。

"封主事你可以更坦诚一些。"他说。

封大伦微微变了脸色："你什么意思？"

元载哈哈一笑，把身子凑前一点："永王亲自过问，这人的身份应该不简单……"

"这不是你该问的事情。"封大伦终于有点绷不住了。

元载却毫不生气，他食指轻轻摇动，眼神真诚："您不妨说说来龙去脉。若在下多知道些，也许能帮上更多忙。"

封大伦这才明白，为何元载年纪轻轻，就已官居八品。这小子对机会的嗅觉实在太敏锐了，才几句交谈，他就嗅出了这里头的深意，想把一个小人情做大。封大伦本想拒绝，可转念一想，靖安司是个强势的怪胎，一封文书未必奏效，倒不如听听这小子的意见。

贪婪而懂得克制的人，往往都聪明绝顶。

"你想知道什么？"封大伦问。

元载笑了："比如说，这人到底是谁？为何入狱？"

封大伦迟疑片刻，开口道："要提调的人，叫张小敬，原来是在西域当兵的，叙功擢为万年县的不良帅。天宝二载十月，朝廷要为小勃律来使兴建宾馆，征调敦义坊的地皮。有个叫闻记的铺子不肯搬迁，虞部的人去交涉，不料店主闻无忌章莫名其妙死了。这个张小敬是店主的老战友，坚持说店主为奸人所害，一定要查到底，最后和上司万年县尉发生龃龉。这家伙将上司杀死，遂扭送入狱。"

元载一边听着，面上的微笑不变。封大伦的叙述不尽不实，比如这"兴建宾馆，征调地皮"，里头就藏着不知多少利益；虞部跟闻记铺子老板的"交涉"，恐怕也不会那么温柔。至于永王在里头扮演的角色，封大伦一字未提……

不过……这都无所谓，元载对真相一点都不关心，关键是永王想要什么。

他用指甲敲了下铜爵边角："去年十月判的死罪，按说同年冬天就该行决了，怎么他现在还活着？"

"这不是复奏未完嘛，所以一直羁押在狱里。"封大伦颇为无奈。

元载理解地点了点头。自太宗朝起，朝廷提倡慎刑恤罚，京师死刑案子，须得五次复奏。一个案子去年拖到今年执行，并不罕见。

封大伦继续道："今天在万年县狱，张小敬被靖安司的人带走，公然除去枷锁，行走于市坊之间，形同赦免！"说这话时，他不由自主地捏紧了酒勺。元载注意到，他的情绪更紧张了。

"靖安司……"元载咀嚼着这个陌生的名字，"他们找张小敬干什么？"

"不知道。但无论如何得把他弄回县狱。"封大伦略带紧张地说。去年那案子，费了多少周折才把那阎王弄进狱里，绝不能让他恢复自由。

元载已隐隐猜到这件事的前因后果。张小敬那个"龃龉"，怕是让永王、封大伦这些人十分忌惮，生怕他恢复自由之身。想通了这个要害，其他细节便无关宏旨。元载拿起铜爵，美美地又品了一口郎官清，整理了一下思路。

"那靖安司能去县狱捞人，权柄必定不低。光是大理寺出面，怕是会被挡回。"

"那依阁下之见……？"

"不如动用御史，让他们去弹劾……"

"不可，不可。"封大伦连忙劝阻，"永王说了，不想招惹兰台那些疯狗。"

御史台的那些人，本职工作就是找碴，谁的碴都找。指望拿他们当刀，得留神先伤了自己。"你托我去找别人麻烦？嗯？说明你也有问题，我也得查查！"御史们全是这样的思路。说好听点叫"求全责备"，说难听点就是疯狗一群。

看到封大伦尴尬的表情，元载大笑："封兄精熟营造，对讼狱可就外行了。我们大理寺经手的案子，都得去御史台司报备。所以咱们只消寻个由头，让大理寺接了案子，在下在报备文书里略做手脚，自有那闲不住的御史，会替咱们去找靖安司的麻烦……"

封大伦听得不住点头。这么一操作，确实不露痕迹，谁也攀不到永王那边去。他略一沉思，又问道："什么由头好呢？"

这个由头得足够大，才有资格让大理寺和御史台受理，但又不能把自己和永王牵扯进去。

元载用指头蘸着清酒，在案子上写了几个字："身犯怙恶悖义之罪，岂有不赦而出之理"。封大伦大喜，连声说好。这几个字避开拆迁，单说张小敬杀县尉事，又暗示有人徇私枉法，公然袒护。尤其是"不赦而出"四个字，御史们见了，必如群蝇看见腥血。

区区十六个字，数层意思，面面俱到，不愧是老于案牍的刀笔吏。

御史们一出动，不怕靖安司不交人。至于张小敬是被抓回县狱、大理寺狱还是御史台的台狱，都无所谓。

元载笑眯眯地拍了拍手："待过了上元节，在下便立刻去办。"封大伦一听就急了："这个，最好能今日办妥……"元载没想到他急成这样子，可如今已是申时，大理寺的大小官吏，早就回家准备观灯了，哪还有人值守。

封大伦双手一拱："事成之后，必有重谢。"把尾音二字咬得很重。张小敬一日不除，他便一日寝食难安。

元载思忖再三，叹了口气："事起仓促，若想今日把张小敬抓回去，尚欠一味药引。"

"药引？"

"唆使张小敬行凶的，是闻记香铺吧？若他们家有人肯主动投案，有了名分，大理寺才好破例当日受理。"

封大伦拊掌大笑："这真是无巧不成书！闻记铺子店主的女儿，恰好刚刚被我手下请回来，就在隔壁。我还没顾上去招呼，不妨一起去看看？"

元载知道他有一重身份是熊火帮的头领。熊火帮不敢跟靖安司对抗，欺负老百姓那是家常便饭。他也不说破，欣然应承。

两人起身离开移香阁，穿过庭院，来到一处低矮的柴房前。几个熊火帮的浮浪少年正守在门口。封大伦见他们个个灰头土脸，眉头一皱，问不过是抓个女人，怎么搞成这样？浮浪少年们面面相觑，你一言，我一语，半天说不清所以然。

元载趁他们交谈的当儿，先把柴房的门推开。里面一个胡袍女子被捆缚在地上，云鬓散乱，神色惶然，嘴里塞着麻核，只能发出呜呜声来。

元载与她四目相对，忽然注意到这女人腮边有数点绞银翠钿，盘髻上还插着一支凤尾楠木簪，神色不禁一动。

他站在原地，眼神闪烁，忽然做了一个奇怪的动作——回身把门随手关上。

这世界上的事情非常奇妙，一饮一啄，莫非前定。

就在不久前，李泌不露痕迹地把贺知章气病回家，现在却又不得不硬着头皮去请他出山。

右骁卫扣押张小敬这件事，就像是悬在绳子上的一枚鸡蛋，十分微妙。无论李泌还是太子出面，都会立刻打破脆弱的平衡，让鸡蛋跌破下来。贺知章声望既隆，圣眷未衰，却已公开退隐，是能取下鸡蛋而不破的唯一人选。

如果有半分可能，心高气傲的李泌都不想向那位老人低头。可他内心有着一种强烈的预感，长安仍旧处于极度的危险中，一定还有一个大危机正在悄然积蓄。

时势逼人，他只能把个人的荣辱好恶搁到一旁。

贺知章的住宅位于万年县的宣平坊中，距离靖安司不算近，要向东过六个路口，再向南三个路口。此时街道人潮汹涌，若非他的马匹有通行特权，只怕半夜也未必能到。

李泌捏紧缰绳，骑马在大街上疾驰。此时还没到上灯放夜的时辰，但长安城的居民扶老携幼，早早拥上街头，和蒙着彩缎的牛车、骡车挤成一团。诸坊的灯架还在做最后的准备工作，而灯下的百戏已经迫不及待先开始了表演。一路上丸剑角抵、戏马斗鸡，热闹非凡。空气中浮着一层油腻腻的烤羊香气，伴随着胡乐班的春调子飘向远方，与歌女们遥遥传来的踏歌声相应和。

这只是一处小小的街区，在更远处，一个接一个的坊市都陆续陷入同样的热闹中。

长安城像是一匹被丢进染缸的素绫，喧腾的染料漫过纵横交错的街道，像是漫过一层层经纬丝线。只见整个布面被慢慢濡湿、浸透，彩色的晕轮逐渐扩散，很快每一根丝线都沾染上那股欢腾气息。整匹素绫变了颜色，透出冲天的喜庆。

在这一片喜色中，只有李泌像是一个不合时宜的顽固斑点，抿紧嘴唇，逆着人流的方向前进。他拨弄着马头，极力要在这一片混乱中冲撞出一条路来。

看着这一张张带着喜色和兴奋的脸，看着那一片片热闹繁盛的坊街，李泌知道，自己别无选择。为了阖城百姓，为了太子未来的江山，他只能放下脸面，做一件自己极度不情愿的事。这既是责任，也是承诺。

"权当是红尘历练，砥砺道心吧。"李泌疲惫地想，马蹄一直向前奔去。

宣平坊这里地势很高，坡度缓缓抬升，远远望去就像是在城中凭空隆起一片平头山丘。这片山丘叫作乐游原，上有宣平、新昌、升平、升道四坊，可以俯瞰整个城区。灰白色的坊墙沿山坡逶迤而展，墙角遍植玫瑰、苜蓿，更有满原的绿柳，春夏之时极为烂漫，景致绝佳。

乐游原和曲江池并称"山水"，是长安人不必出城即能享受到的野景。原上的乐坊、戏场、酒肆遍地皆是，又有慈恩寺、青龙寺、崇真观等大庙，附近靖恭坊内还有一个马球场，是长安城为数不多可以公开观看的地方，乃是城中最佳的玩乐去处之一。

贺知章住的宣平坊，正在乐游原东北角。他选择这里，一方面是因为这里柳树甚多，那是老人最喜欢的树木；另外一方面，则是因为在南边的升平坊中，设有一处东宫药园。太子对这位耆老格外尊崇，特许东宫药园可以随时为其供药。

贺知章致仕之后，把京城房产全都卖掉了，只剩了这一座还在，可见是非常喜欢。

李泌驱马登原，沿着一条平阔的黄土大路直驱而上，景色逐次抬升。原上柳树极繁，甚至有别称叫柳京。冬季刚过，枯枝太多，官府严令不得放灯，所以无论坊内还是路边都没有彩灯高架。不过这里地势高隆，登高一眺，全城华灯尽收眼底，所以不少官宦家眷早早登原，前来占个好位置。这一路上车马喧腾，歌声连绵，不输别处。

李泌勉强杀出重围，来到宣平坊的东南隅。这里宅院不多，但门楣上一水全钉着四个门簪，可见宅主个个出身都不凡。贺知章家很好认，门前栽种了一大片柳树。他径直走到绿林后的一处宅院，敲开角门。里面仆役认出他的身份，不敢怠慢，一路引到后院去。

贺知章的一个儿子正在院中盘点药材。这是个木讷的中年人，名叫贺东，他并非贺知章的亲嗣，而是养子，身上只有一个虞部员外郎的头衔。不过贺东名声很好，在贺知章亲子贺曾参军之后，他留在贺府，一心侍奉养父，外界都赞其纯孝。

贺东认出是李泌，他不知父亲和李泌之间的龃龉，热情地迎了上去。李泌略带尴尬地询问病情，贺东面色微变，露出担忧神色，说父亲神志尚算清醒，只是晕眩未消，只得卧床休养，言语上有些艰难——看贺东的态度，贺知章应该没有把靖安司的事跟家里人说。

"在下有要事欲要拜见贺监，不知可否？"李泌又追了一句，"是朝廷之事。"

贺东犹豫了一下，点了一下头，在前头带路。两人一直走到贺知章的寝屋前，贺东先进去询问了一句，然后出来点点头，请李泌进去。

李泌踏进寝屋，定了定神，深施一揖："李泌拜见贺监。"他看到老人在榻上恹恹斜靠着一块兽皮描金的圆枕，白眉低垂，不由得升起一股愧疚之心。

贺知章双目浑浊，勉强抬手比了个手势。贺东弯腰告退，还把内门关紧。待得屋子里只剩两个人，贺知章开口，从喉咙里滚出一串含混的痰音，李泌好不容易才听明白：

"长源，如何？"

贺知章苦于头眩，只能言简意赅。李泌连忙把情况约略一说，贺知章静静地听完，却未予置评。李泌摸不清他到底什么想法，趋前至榻边："贺监，如今局势不靖，只好请您强起病躯，去与右骁卫交涉救出张小敬，否则长安不靖，太子难安。"

贺知章的双眼挤在一层层的皱纹里，连是不是睡着了都不知道。李泌等了许久，不见回应，伸手过去摇摇他身子。贺知章这才蠕动嘴唇，又轻轻吐出几个字："不可，右相。"然后手掌在榻框上一磕。

李泌大急。贺知章这个回答，还是朝争的思路，怕救张小敬会给李林甫更多攻击的口实，要靖安司与这个死囚犯切割——绕了一圈，还是回到两人原来的矛盾：李泌要做事，得不择手段扫平障碍；贺知章要防人，须滴水不漏和光同尘。

外面的水漏一滴一滴地落在桶中。李泌不由得提高声调，强调说如今时辰已所剩无几，尚有大量猛火雷下落不明，长安危如累卵。可贺知章却不为所动，仍是一下一下用手掌磕着榻边。

他的意思很明确，事情要做，但不可用张小敬。

李泌在来之前，就预料到事情不会轻易解决。他没有半分犹豫，一托襕袍，半跪在地上："贺监若耿耿于怀，在下愿……负荆请罪，任凭处置。但时不待我，还望贺监……以大局为重。"

他借焦遂之死，故意气退贺知章，确实有错在前。为了能让贺知章重新出山，这点脸面李泌可以不要。他保持着卑微的认罪姿态，长眉紧皱，白皙的面孔微微涨红。这种屈辱的难堪，几乎让李泌喘不过来气，可他一直咬牙在坚持着。

贺知章垂着白眉，置若罔闻，仍是一下下磕着手掌。肉掌撞击木榻的啪啪声，在室内回荡。这是谅解的姿态，这也是拒绝的手势。老人不会挟私怨报复，但你的办法不好，不能通融。

见到这个回应，李泌嘴角微微抽搐了一下，心中一阵冰凉。若只是利益之争，他可以让利；若只是私人恩怨，他可以低头。可贺知章纯粹出于公心，只是两人理念不同——这让他怎么退让？

啪，手掌又一下狠拍木榻。这次劲道十足，态度坚决，绝无转圜余地。

李泌偏过头去，看了一眼窗外已开始变暗的天色，呼吸急促起来。明明路就在前方，可老人的执拗，如一块巨岩横亘在李泌面前，把路堵得密不透风。

他遽然起身。不能再拖了，必须当机立断！

华山从来只有一条路，纵然粉身碎骨也只能走下去。

右骁卫的官署位于皇城之内，坐落于承天门和朱雀门之间，由十八间悬山顶屋殿组成。皇城内的其他官署都是大门外敞，右骁卫却与众不同，在屋殿四周多修了一圈灰红色的尖脊墙垣。从外头看过去，只能勉强看到屋顶和几杆旗幡，显得颇为神秘。

这是因为右骁卫负责把守皇城南侧诸门，常年驻屯着大批豹骑。兵者，凶器，所以要用一道墙垣挡住煞气，以免影响到皇城的祥和气氛。

檀棋站在右骁卫重门前的立马栅栏旁，保持着优雅的站姿。她头戴帷帽，帽檐有一圈薄绢垂下，挡住了她的表情。一旁的姚汝能很焦躁，不时转动脖颈，朝着皇城之外的一个方向看去。

他们已在此等候多时，却还没有进去，似乎还在等着什么。

此时夕阳西沉，再过一个时辰，长安一年中最热闹的上元灯会就要开始举烛了。皇城诸多官署的人已经走了大半，偶尔有几个轮值晚走的，也是步履匆匆，生怕耽误了游玩。这两个人闲立在御道之上，显得十分突兀。

忽然，远处传来一阵鼓声。姚汝能连忙打起精神，借着夕阳余晖去看旗语。这次的旗语不长，只传来一个字。姚汝能面色沉重，转头对檀棋道：“乙！”

帷帽轻轻晃动了一下。这一个字，意味着公子在乐游原的努力已经失败，必须要启用备选的乙号计划。

檀棋默默地把所有的细节都检查了一遍，深吸了一口气，心脏依然跳得厉害。这是一个大胆、危险而且后患无穷的计划，只有彻底走投无路时才会这么做。只要有一步不慎，所有人都会万劫不复。不过她并不后悔，因为这是公子的要求。

如果说公子一心为太子的话，那么她一心只为了公子。她愿意为他去做任何事，包括去死。

“檀棋姑娘，照计划执行？”姚汝能问道。

“你再仔细想想，确实没什么疏漏了吗？”檀棋不太放心。这个计划是李泌首肯，具体策划却是姚汝能。对这个愣头青，檀棋并不像对公子那么有信心。

姚汝能一拍胸膛，表示不必担心。

"好，我们走吧。"檀棋强压下不安，在姚汝能的伴随下，走入右骁卫的重门。

守卫没想到这会儿还有访客，警惕地斜过长戟。姚汝能上前一步，手里的腰牌一扬："我们是来卫里办事的。"就要往里迈。守卫连忙持戟挡住："本署关防紧要，无交鱼袋者不得入内，还请恕罪。"那腰牌银光闪闪，守卫不明底细，所以说话很客气。

姚汝能道："我们已经与赵参军约好了，有要事相谈。"

"请问贵客名讳？"

"居平康。"

守卫回身去翻检廊下挂着的一串门籍竹片，哗啦哗啦找了一通，回复道："这里并没有贵客的门籍。"姚汝能面露困惑："不会吧，赵参军明明已经跟我们约好，你再找找？"守卫耐着性子又翻了一遍，还是没有。

姚汝能脸色一沉："这么重要的事，怎么连门籍都没事先准备好？你是怎么做的事！"守卫有些紧张："这里只负责关防，每日更换门籍是仓曹的人。"姚汝能怒道："我不管你们右骁卫内部什么折腾，别耽误我们的时间！"说完就要往里硬闯。

几名守卫一下都紧张起来，横戟的横戟，拔刀的拔刀。檀棋忽然发声道："莫乱来。"姚汝能这才悻悻停住脚步，退到重门之外，扔过来一片名刺："好，好，我们不进去，你把赵参军叫出来。"

守卫暗自松了口气，仓曹的黑锅他们可不愿意背。对方肯松口再好不过，赶紧把话传进去别给自己惹事。于是他捡起名刺，跑进去回禀，过不多时，匆匆赶出来一位胖胖的青衫官员。

这位官员一脸莫名其妙，不知哪儿来了这么两位客人。不过他到了重门口这么一打量，连忙拱手唱一个喏，态度客客气气。

前面这个年轻护卫也就罢了，他身后那个女人，帷帽薄纱，还披着一件宽大的玄色锦袍。虽然如今天气，还穿这么厚的锦袍有些怪异，但这身装扮价值可不菲。

赵参军想得很明白，有资格进这皇城的人，非富即贵；敢站在右骁卫门口点名要参军出迎的人，更是手眼通天。他区区一个八品官，可不能轻易得罪权贵。

"华灯将上，两位到此有何贵干？"

檀棋没有揭开帷帽，而是直接递过去一块玉佩。赵参军先是一愣，赶紧接住。这玉佩有巴掌大小，雕成一簇李花形状。李花色白，白玉剔透，两者结合得浑然天成，简直巧夺天工。

玉质上乘，更难得的是这手艺。赵参军握着这李花玉佩，一时不知所措。檀棋道："赵七郎，我家主人是想来接走一个人。"

赵参军听这个年轻女人，居然一口叫出自己排行，再低头看那块李花玉佩和"居平康"的名刺，眼神忽然激动起来："尊驾……莫非来自平康坊？"帷帽上的薄纱一颤，却未作声。赵参军登时会意，把玉佩还回去，然后毕恭毕敬地把两人迎入署内。

守卫正要递上门簿做登记，赵参军大手一挥，把他赶开。

他们穿过长长的廊道，来到一处待客用的静室。赵参军把门关好，方才回身笑道："没想到下官贱名，也能入尊主人法眼。"

"呵呵，主人说过，赵七郎的《棠棣集》中有风骨，惜乎不显。"

赵参军的脸上都乐出花了，他曾经附庸风雅，刊了一本诗集，不过只有亲友之间送送，没想到那一位居然也读过。他受宠若惊，连忙抖擞精神："不知右相……"

"嗯？"

薄纱后的檀棋发出一声不满，赵参军连忙改了口："尊主，尊主。不知尊主此番遣贵使到此，要接谁走？"檀棋道："张小敬。"赵参军一怔，姚汝能补充道："就是半个时辰前你们抓来的那个人。"

西市那一场混乱，赵参军听说了，也知道抓回来一个人。可他没想到，这事居然连右相也惊动了。

"这，可是朝廷要犯呀……"赵参军虽不明白这背后的复杂情势，可至少知道这人干系重大。檀棋道："此人叫张小敬，本就是我家主人与你们右骁卫安排的。要不然，怎么会给靖安司的知会文牒上连名字也不留？"

她的语气从容，平淡却中带着一丝高门上府的矜持与自傲。

赵参军一听这话，思忖片刻，右手轻轻一捶左手手心，表情恍然："原来……竟是如此！"檀棋和姚汝能两人心中同时一松："成了。"

这个乙计划，是让檀棋冒充李林甫的家养婢，混入右骁卫接走张小敬。整个计划的核心，乃是在那一封右骁卫发给靖安司的文书。

拘捕张小敬，是李林甫暗中授意右骁卫所为，所以文书中只说"拘拿相关人等彻查"等字眼，不写名字。这样李相可以不露痕迹地把人带走，靖安司想上门讨要，右骁卫随便换另外一个人便可搪塞过去——我们只拘拿了相关人等，可从来没说过拘拿的是你找的那一位嘛。

李泌深谙这些文牍上的文字游戏，便反过来设法利用。既然你们只能偷偷提人，不欲声张，我就先行一步，冒充你们把人劫走。

那一块玉佩，其实是李亨送给李泌的礼物。李花寓意宗室李姓。恰好这三个人都姓李，用来冒充李林甫的信物，全无破绽，实得瞒天过海之妙。

所以檀棋一亮出李花玉佩和"居平康"的化名，赵参军便先入为主，认为来人是李相所遣。再加上对方一口道出靖安司的文书细节，赵参军更不虞有他，立刻"想通"了：哦，原来李相和本卫有着秘密合作，这是来提人啦。

这一连串暗示看似侥幸，实在是靖安司"大案牍术"殚精竭虑的成果。

檀棋见时机成熟，便催促道："眼看灯会将至，还请参军尽快带我们去提人。"赵参军一想到能和李相搭上关系，身子骨都飘了，忙不迭地答应。

赵参军带着两人往卫署深处走。这里厢廊、内室、厅库之间环环相套，四通八达，若没人带一定会迷路。走过一个转角，迎面走来一队军士。赵参军突然停住脚步，轻轻"哎"了一声。檀棋和姚汝能的心跳登时漏跳半拍，以为出了什么纰漏。姚汝能把手探向腰间，那里藏着一把铁尺。

不料赵参军谄媚道："再往前头走，路暗檐低，怕贵使的帷帽有妨碍，还请多加小心。"檀棋松了一口气，隔着一层薄纱，在这么窄的通道里走路确实不方便。她把帷帽的薄纱掀下来，露出一张绝色容颜。

赵参军惊讶于她的容貌，又不敢多看，连忙转过身去。传说李相沉溺声色，姬侍盈房，连这么一个家养的奴婢都如此漂亮。他心中既存了来人是李相使者的定见，什么细节都会往上联想，越发笃定无疑。

他们一直走到一处小院，方才停住。这里说是院子，其实和室内也差不多，四周皆被临近大屋的宽檐所遮，显得逼仄昏暗。在院子尽头是两扇箍铁大门，五六名守卫站在院子入口处。

据赵参军介绍，右骁卫本身并无专门的监牢。这箍铁大门后头是个库房，平时储物，此时安排了守卫，显然是临时充作牢房，用来羁押要犯。

赵参军先走过去，隔着栅栏跟卫兵嘀咕了几句，还不时回头朝这边看过来。

姚汝能注意到檀棋的袖口微微发抖，让一个弱女子来劫狱，毕竟还是太勉强了。这个计划到底是仓促之间的急就章，中间尚有许多不确定环节，要靠一点运气。

"被发现也不打紧。大不了直接打进去，把张都尉抢出来。"姚汝能眼望前方，手握铁尺，语气里多了一分张小敬式的凶狠。

檀棋为了摆脱紧张，压低声音问道："你为何对那个登徒子如此上心？"

檀棋对张小敬并无好感，来这里纯粹是因为公子，所以她不太理解，姚汝能为何主动请缨蹚此险地。姚汝能道："他是英雄，不该被如此对待。劫狱这件事是违反法度的，但这是一件正确的事。"

"他真的是为阖城百姓着想？没打算趁机逃走？"檀棋好奇地反问。

姚汝能似是受到侮辱般皱起眉头："张都尉若想脱走，这长安城里可没人能拦住他。"

檀棋叹道："公子也是，初次跟他见面，就敢委以重任。我真不明白，明明是一个杀了自己上司的暴徒，你们怎么就这么信赖？"姚汝能一直对张小敬的罪名很好奇，一听这话，连忙追问道："姑娘知道他是因何入狱的？"

"公子略微提过，说是他杀了自己上司。"

姚汝能一惊，张小敬的上司是县尉，那可是从八品下的官员，以下犯上，难怪是死罪。他又追问为什么杀上司，檀棋摇头说不知道。姚汝能大为奇怪。根据他的观察，张小敬这个人心思深沉，不像是那种冲动性子——退一万步讲，就算张小敬有心杀县尉，凭他的手段，怎么会被人抓个正着？

"不，不会这么简单，这背后一定有别的事。"姚汝能摇头。

"哼，他一个无聊的登徒子，能有什么事？"檀棋一直记恨着他看自己的放肆眼神。

就在这时，赵参军回来了，两人连忙敛起声息。赵参军一脸无奈："这事，有点难办哪。"檀棋清眉一皱："怎么回事？"

赵参军道："若是寻常人犯，我做主就成。但这个人犯乃是甘将军亲自下令拘拿，还用了大印，按规矩，得有他的签押准许……这件事，尊主人应该交代过贵使吧？"说到这里，他双眼透出一丝疑惑。

按说李相派使者来提人，应该先跟甘将军通气，让他出具份文书或信物。这两位只有一块意味不明的李花白玉，于是赵参军有点起疑。

檀棋反应极快，昂起下巴，摆出一脸不悦："此事涉及朝廷机密，主人不欲声张。你落到签押文书里，是唯恐天下人都不知道吗？"

这一顶大帽子扣下来，赵参军吓得一哆嗦："岂敢，岂敢，可右骁卫行的是军法，在下也无权提人哪。"他见檀棋面露不快，眼珠一转："将军如今正在外面巡城，不如两位把贵主人的信物给我，我派个腿快的亲信出去，不出半个时辰，定能从他那里讨来签押。"

赵参军这么说，既是回缓，也是试探。如果是真的李相使者，应该不会畏惧与将军对质。

檀棋哪敢去找将军，连忙提高了声调："我家主人要此人有急用，片刻耽搁不得。误了大事，你可愿负这个责任？"她故意不说右骁卫，只盯着赵参军这个人追打，把压力全压在他身上。

赵参军汗如雨下，可就是不肯松口。

局面一下僵住了，檀棋心中开始焦灼。她一直保持着姿态高压，是怕赵参军回过神来会看出破绽。眼看情况朝着最恶劣的方向滑落，檀棋悄悄用指甲掐了一下自己的手，让剧痛镇定心神，方才开口道："这样好了，你带我们进去看看，主人有几句话要问他。"

这是一个两全其美的方案，既不违背军令，也能对使者有个交代。赵参军没权限带人出来，但带人进去看还是可以的。于是他松了口气，跟看守交代了几句，打开了库房大门。

檀棋在进入前，轻轻咳了一声。姚汝能瞥了一眼，看到她举起右手，从左臂的臂钏之间抽出一方手帕来，擦了擦嘴边。这个平淡无奇的动作，让姚汝能的动作微微一僵，旋即眼神凌厉起来。

这个动作表示，乙计划也不能用了，必须要采用丙计划——这个计划，不是出自李泌或姚汝能之手，而是檀棋自己提出来的。

三人跟着守卫迈入库房，先闻到一股陈腐的稻草霉味。屋内昏暗，光照几乎看不见。地上散乱地摆着一大堆竹席和甲胄散件，角落搁着几个破旧箱子，贴墙角一字排开七八个木制的缚人架。

几条交错的乌头铁链，把一个人牢牢缚在其中一具木架子上，正是张小敬。

张小敬还是爬出水渠时的样子，发髻湿散，衣襟上犹带水痕和焦痕。看来右骁卫把他抓进来以后，还没顾上严刑拷打。他听到脚步声抬起头，发现来的人居然是檀棋和姚汝能，独眼精光一闪。

"喏，就是这人。"赵参军说。

檀棋道："我要代主人问他几句话，不知方便否？"赵参军会意，立刻吩咐守卫都出去，本来自己也要离开，檀棋却说："赵参军是自己人，不必避开。"这话听得他心中窃喜，把门从里面闩住。

牛房大门一关，屋子里立刻变得更黑。这里本来是库房，只留有一个小小的透气窗，门上也没有观察孔，只要门一关，连外头的卫兵都没法看到里面的动静。

赵参军嫌这里太黑，俯身去摸旁边的烛台。姚汝能凑过去说我来打火吧。赵参军没多想，把烛台递了过去。没想到姚汝能没摸出火镰，反而拔出一把铁尺，对着他后脑勺狠狠敲去。

赵参军闷哼一声，仆倒在地。那烛台被姚汝能一手接住，没发出任何响动。

姚汝能把赵参军嘴里塞了麻核，然后把耳朵贴在门上谨慎地听外头动静。过了好一会儿，他才比了个手势，表示卫兵没被惊动。

檀棋快走几步到张小敬面前，低声道："公子让我来救你。"张小敬咧开嘴笑道："我知道他一定会来救我的，还不到藏弓烹狗的时候嘛。"

檀棋没理会他的讥讽，开始解胸前的袍扣。张小敬一呆："这是什么意思？要给我留种？"檀棋面色涨红，恨恨地低声啐了他一口："登徒子！狗嘴吐不出象牙！"一跺脚，转身去了角落。

姚汝能赶紧走过来："张都尉，你这太唐突了，檀棋姑娘也是冒了大风险才混进来的。"他一边埋怨，一边抽出汗巾裹在铁链衔接处，悄无声息地把张小敬从缚人架上解下来。

张小敬活动了一下手腕和脖颈，内心颇为感慨。要知道，擅闯皇城内卫还劫走囚犯，这搁在平时可是惊天大案。

李泌为了救他，居然会做到这地步？

不过张小敬并没多少感激之情。那位年轻的司丞大人这么做，绝非出于道义，只怕是局势又发生变化，急需借重张小敬的帮助。

不过当务之急，是如何出去。

这两个雏儿显然是冒充了什么人的身份，混了进来，但关键在于，他们打算怎么把自己从右骁卫弄出去。

张小敬转过头去，看到那边檀棋已经把锦袍脱下，搁在旁边的箱顶，正在把帷帽周围一圈的薄纱拆下来。那句轻佻的话真把她气着了，于是张小敬知趣地没有凑过去，耐心在原地等待。

檀棋气鼓鼓地把帷帽处置完，然后和锦袍一起扔给张小敬，冷冷道："穿上。"张小敬一摸帷帽，发现里面换了一圈厚纱。它和原来的薄纱颜色一样，可支数更加稠密。戴上这个，只要把面纱垂下来，外面的人根本看不清脸。

张小敬立刻明白了他们的打算。

自己和檀棋个头相差不多，披上锦袍和帷帽，大摇大摆离开，外人根本想不到袍子里的人已经调包了。

张小敬手捏帽檐，眯眼看向檀棋："好一个李代桃僵之计。可这样一来，岂不是要把你独自扔在这虎穴里？"这个计划最重要的一点，就是檀棋必须要代替张小敬留下来。因为离开牢房的人数必须对得上，守卫才不会起疑心。

檀棋看也不看他："这不需要你操心，公子自会来救我。"

张小敬摇摇头，伸手把帷帽重新戴到檀棋头上。这个放肆动作让檀棋吓了一跳，差点喊出来。她下意识要躲，张小敬却抓住她的胳膊，咧嘴笑道："不成，这个计划不合我的口味。"

檀棋有点气恼，想甩开他的手，可那只手好似火钳一样，让她根本挣脱不开。她只能压低嗓子用气声吼道："你想让公子的努力白费吗？"

"不，只是不习惯让女人代我送死罢了。"张小敬一脸认真。

檀棋放弃了挣扎，不甘心地瞪着张小敬："好个君子，那你打算怎么离开？"张小敬竖起指头晃了晃，笑了："正好我有一个让所有人都安全离开的办法。"

牢房外头的卫兵们有一搭无一搭地聊着天，他们很羡慕有机会参加首日灯会的同僚。不过上元灯会要足足持续三天，今天轮值完，明天就能出去乐和一下了。守卫们正聊到兴头上，忽然一个人耸了耸鼻子："哪里在烧饭？烟都飘到这里来了。"

很快周围一圈的人都闻到了，大家循味道低头一看，赫然发现浓烟是从牢房大门间的缝隙涌出来的。他们连忙咣咣咣敲门，想弄清楚里面究竟发生了什么。

可门是赵参军亲手从里面闩住的，除非有撞木，否则从外面没法开。眼看烟火越发浓厚，甚至隐隐还能看到火苗，卫兵们登时急了。右骁卫的屋殿坐落很密集，又都是木制建筑，只要有点明火，就可能蔓延一片。

牢房前一片混乱，有人说赶紧去提水，有人说应该想办法打开门，还有的说最好先禀报上峰，然后被人吼说上峰不就在里头吗！每个人都不知所措。

好在没过多久，大门从里面被猛然推开。先是一团浓烟扑出，随即赵参军和其他三个人灰头土脸地跑了出来，狼狈不堪……等等！三个？卫兵们再仔细一看，那个囚犯居然也在其中，身上锁链五花大绑，被赵参军牵在身后。只是黑烟弥漫，看不太清细节。

赵参军一出来，就气急败坏地嚷道："里头烛盏碰燃了稻草，快叫人来救火，不能让火势蔓延开来！"他是在场职衔最高者，他一发话，卫兵们立刻稳定了军心。赵参军一扯那囚犯，边往外走边喊："这个重要人犯我先转移到安全地方，你们赶紧鸣锣示警！"

话音刚落，牢房里的火光骤然一亮。那熊熊的火头，汹涌地扑向两侧厢房。卫兵们没料到这次火势如此凶猛，再顾不得其他，四处找扑火的器械。不少人心里都在称赞参军英明，及时把人犯弄出来，万一真烧死在里头，把门的人都要倒霉。

很快走水锣响起，一拨拨的士兵往里面跑去，脚步纷乱。而那火势越发凶猛，灰烟四处弥散，所有人都捂住口鼻，咳嗽着低头前行。赵参军一行逆着人流朝外走去，烟气缭绕中，完全没人留意他们。

赵参军走在前面，面色僵硬铁青。那囚犯虽然身上挂着锁链，右手却没受到束缚，紧握着什么东西，始终没离开赵参军的背心。檀棋和姚汝能在后面紧跟着，心中又惊又佩。

他们万万没想到，张小敬居然一把火把整个牢房给点了。

他们两个想的主意，都是如何遮掩身形低调行事；而张小敬却截然相反，身形藏不住，不要紧，闹出一个更大的事转移视线。

这办法简单粗暴，可却偏偏以力破巧。别说檀棋和姚汝能，就是李泌也没这么狠辣的魄力，为了救一个人，居然烧了整个右骁卫。

"只是这么一闹，公子接下来的麻烦，只怕会更多。"

檀棋暗自叹息了一声，对前头那家伙却没多少怨愤。毕竟他是为了不让自己牺牲，才会选择这种方式。这登徒子到底是个什么样的人？檀棋抬眼看向张小敬，可他的背影却在黑烟遮掩下模糊不清。

很快这一行人回到赵参军的房间。进了门，赵参军一屁股坐到茵毯上，脸色铁青。张小敬抖落掉身上的锁链，笑道："阁下配合得不错。接下来，还得帮我找一身衣服。"赵参军知道多说无益，沉默着起身打开柜子，翻出一套备用的八品常服。

张小敬也不避人，大剌剌地把衣服换好，正欲出门。赵参军忽然把他叫住："你就这么走啦？"三人回头，不知他什么意思。赵参军一歪脑袋，指指自己脖颈："行行好，往这儿来一下吧，我能少担点责任。"张小敬大笑："诚如遵命。"然后立起手掌用力敲了一记，赵参军登时心满意足地晕厥过去。

三人没敢多逗留，离开房间后直奔外面。此时火势越来越大，整个右骁卫的留守人员都被惊动，四处都能听见有人喊"走水！走水！"。在这混乱中，根本没人理会这几个人。他们大摇大摆沿着走廊前行，一路顺顺当当走到重门。

只要过了重门，就算是逃出了生天。姚汝能和檀棋不由得长长舒了一口气，刚才那段时间不长，可实在太煎熬了，他们迫不及待要喘息一下。

就在这时，一个披甲男子从走廊另外一端迎面跑过来，可能也是急着赶去救火。右骁卫的走廊很狭窄，只能容两人并肩而行。三人只好提前侧身避让。光线昏暗，看不清对方的脸庞，姚汝能在转身时无意瞥到那男子的肩甲旁有两条白绦，急忙想对其他两人示警，可已经晚了。

那男子与张小敬身子交错时，恰好四目相对，顿时两个人都愣了一下。

是崔器。

这事说来也巧。崔器把张小敬抓来右骁卫之后，一直没走。他知道自己在靖安司肯定待不下去了，急于跟右骁卫的长官谈谈安置和待遇。可几位长官都外出了，他只好忐忑不安地等在房间里。刚才走水的铜锣响起，他觉得不能干坐着，想出来表现一下，没想到一出门居然碰到熟人。

崔器这个人虽然怯懦，反应却是一流，第一时间就明白发生了什么事。他毫不犹豫地疾退三步，抽刀的同时，扯起喉咙大喊："重犯逃脱！"

张小敬的反应也不慢，他向前一跃，直接用手肘猛地去顶崔器的小腹。电光石火之间，两人过了数招。他们都是军中打法，刚猛直接，一时间打了个旗鼓相当。可惜张小敬能压制崔器的动作，却无暇去封他的嘴。

崔器从未想过要迅速击倒张小敬，只需要拖时间。他一边打一边大喊，没过一会儿，重门的卫兵就被惊动，朝这边冲过来。这一队足有十几个人，个个全副武装，就是给张小敬三头六臂也解决不了。

姚汝能和檀棋痛苦地闭上眼睛，眼看克服了重重困难，居然坏在了最后一步，真是功败垂成。

崔器觉得对方差不多要束手就擒，动作缓了下来。他突然注意到张小敬的唇边，居然露出一抹狞笑，心知不好。这家伙一露出这样的笑容，必然有事发生。崔器急忙后退，以防他暴起发难。

谁知张小敬压根没去追击，而是站在原地，用更大的嗓门吼道："旅贲军劫狱！！"

崔器脸色"唰"地就变了。他身披旅贲军甲，而张小敬穿的是右骁卫的常服，那些右骁卫士兵第一反应会帮谁，根本不用想。

崔器急忙回头，要开口解释，可整件事太复杂，两三句话讲不清楚。那些士兵哪管这些，上来三四个人就把崔器给按住了。张小敬三人趁机越过他们，朝重门跑去。

崔器不敢反抗，只能反复嚷着那个人是冒充的。终于有士兵听出不对，想拦住张小敬问个究竟，谁知张小敬右手一扬，一大片白石灰粉漫天飞舞，附近的几个士兵痛苦不堪地捂住眼睛蹲了下去。

这是在库房墙角刮下来的石灰粉，张小敬临走前弄了一包揣在怀里，果然派上了用场。姚汝能站在一旁看着，觉得张小敬简直就是妖人，每到绝境，总能从匪夷所思的角度突破。他甚至怀疑，就算不用他和檀棋冒险进来，这家伙一样有办法脱逃。

趁着这个难得的空当，三人硬生生突破了重围，发足狂奔。檀棋跑在最前，她感觉自己从来没这么用力跑过，肺里几乎要炸开来。前方重门已经在望，门上悬挂的弓矢也看得清楚。

不过十几步距离，再无任何阻碍。她调动出全部力气，第一个冲出重门，可在下一个瞬间，却一下呆立在原地。后面姚汝能和张小敬刹不住脚，差点撞到她的背上。

他们两人没有问她为何突然停步，因为眼前已经有了答案。

卫署外面，几十骑豹骑飞驰而至，黑压压的一片如同阴云席卷，密集低沉的马蹄声敲击着地面。他们三个冲出重门的瞬间，豹骑也刚好冲过来。这些训练有素的骑兵迅速勒住缰绳，把重门围成一个半圆。马腿林立，长刀高擎，还有拉紧弓弦的声音从后排传来。

他们三个背靠重门而立，不知道该怎么办才好。就算张小敬是天王转世，面对这种阵容也没任何办法。

檀棋浑身发抖，双腿几乎站不住。她不惧牺牲，可在距离成功最近的地方死去，却超出了她的承受能力。张小敬伸出一只手，按在她的肩膀上。这次檀棋没有躲闪，他的手掌十分炽热，热力一直透入檀棋的身体，把恐惧一点点化掉。

"刚才在牢房里，在下说话唐突，还请姑娘恕罪则个。"大敌当前，张小敬却说了这么一件无关紧要的事。

挑这么一个时机道歉，檀棋一时不知该原谅他，还是骂回去。

在他们身后，崔器和守卫们从卫署里气急败坏地赶出来，一看豹骑把张小敬堵在了门口，大喜过望。他最怕的，就是这个危险的家伙重获自由。现在豹骑云集，说明将军亲至，那家伙肯定跑不了了。他掂着一副缚索，心里琢磨着怎么把张小敬牢牢按住，可转念一想，这会不会抢了将军的风头？又犹豫着把缚索放下，看看形势再说。

就在这时，半圆中间的骑兵"唰"地分开两侧，一位身材高大、器宇轩昂的方面将军缓缓骑马走了过来，他一手挽着缰绳，一手拿着马鞭，不急不慢地一直走到重门前才停住。姚汝能认出来，这正是右骁卫将军甘守诚。

甘守诚的坐骑是来自西域的神骏，他居高临下地俯视这三个瓮中的猎物，并没有立刻下令拘捕。他玩着手里的鞭梢，双眼从这几个人的脸部扫到脚面，再扫到重门，眼神里忽然透着几丝遗憾——那种让猎物在开弓前的一瞬间跑掉的遗憾。

卫署后头的黑烟越发浓重，甘守诚却在马上陷入沉思。

重门前陷入了短暂的沉默，没人知道这位被烧了卫署的将军，会如何处置这些凶徒，大家都在等待。终于，甘守诚缓缓抬起了右手，面无表情。豹骑们知道将军要发布命令了，马蹄一阵躁动。

甘守诚的手没有用力挥下，而是向两侧快速地扇动。这是一个明白无误的命令：让路。骑兵们不解其意，但军令如山，他们立刻让出了一条向外的通道。

无论是张小敬等三人还是崔器，都不知将军葫芦里卖的什么药。不过甘守诚无意解释，他再一次重复了手势，然后把目光转向皇城之外的一个方向，冷冷地哼了一声。

姚汝能最先反应过来，那是靖安司距离皇城最近的一处望楼。

如梦初醒的张小敬搀扶起瘫软的檀棋，和姚汝能一起沿着通道离开。两边的骑兵虎视眈眈，只要主帅一下令，他们就会把这三个凶徒撕成碎片。可惜一直到他们彻底离开视线，将军都没做任何表示。

崔器简直不敢相信自己的眼睛，他挥舞着手臂，以为将军的命令发错了。可任凭他如何催促，右骁卫的士兵都无动于衷。崔器一屁股坐在地上，面如死灰。他从今天早上开始，一直在做错误的决定，持续至今。

甘守诚的目光在这个可怜虫身上停留片刻，淡淡地下了一道命令。崔器一阵错愕，脸上浮现出说不出是欣喜还是震惊的表情。

王韫秀觉得这一天简直糟透了。

她先遭遇了一场车祸，然后被人挟持着到处跑，还有个凶恶的家伙试图要杀自己。如今她像垃圾一样被扔在这肮脏的柴房之中，双手被紧缚，嘴里还被无礼地塞进一个麻核。

王韫秀在心里已经诅咒了无数次，这些天杀的虫狗到底是谁？他们不知道我是王忠嗣的女儿吗？

不幸的是，看起来他们确实不知道。柴房里一直没人来，她也喊不出声音，只能这么孤零零地躺在地上。地板很凉，王韫秀的身子很快就冻得瑟瑟发抖，细嫩的手腕被绳子磨得生疼，车祸的后遗症让脑袋晕乎乎的。她从未受过这种委屈，挣扎了一阵，筋疲力尽，转而默默流泪，很快眼泪也流干了，只好一脸呆滞地望着房梁，祈望噩梦快快醒来。

就在王韫秀觉得自己油尽灯枯时，门板一响，有人走进了柴房。

她勉强抬起头，眼前是一张陌生的方脸，额头很大，面白须短，穿着一袭官样青袍。王韫秀记得在自己家里，经常见到这样穿着的人来往，每一个都对父亲毕恭毕敬。

这样的下等人，也敢对我无礼？一团怒气在王韫秀的胸中蓄积。她认定眼前这家伙就是始作俑者，怒气冲冲地想要开口怒骂，可麻核却牢牢地阻挡在口中，无数话语，都化为呜呜的杂音。

这人没有靠近，只是盯着王韫秀端详了一阵，然后做了个奇怪的举动——转身把门给关上了。王韫秀心里"咯噔"一声，他想做什么？

元载把门关好，回过身来，把视线再度放在眼前这女了身上，脑子在飞速运转着。

他对奢侈品有着天然的直觉，一进门就注意到：这个女人脸颊上贴的是绞银翠钿。花钿本身的材质并不算贵重，但能把细银绞出翠鸟羽毛的质感，这手艺起码得值几十匹细缯布；而她头上那凤尾楠木簪，造型虽朴素，但那木质纹理如一根根黄金丝线，匀称紧凑，一望便知是上品金丝楠木。

这两样东西落在凡夫俗子眼中，或许只是"值钱"二字。可在元载这样的内行人眼中，却能从细处品出上品门第的气度。

一个香铺老板的女儿，穿金戴银有可能，但绝不可能拥有这样的饰品。

元载趋身过去，伸出右手拇指和食指，说声"告罪"，轻轻启开王韫秀的双唇，温柔地把麻核取出来。下一个瞬间，愤怒至极的声音从她的喉咙里滚出：

"狗杀材！我让我爹把你们的狗头都砍下来！"

"果然……"元载在心里暗道，这等颐指气使的口吻，哪里是平民百姓家养出来的。他不急不躁地问道："敢问令尊名讳？"

王韫秀冷笑："云麾将军的名字，你的耳朵也配听？"

一听这个，元载倒吸一口凉气。云麾将军是武阶散官里的从三品，四位大将军之下最高的位阶。整个长安，不，整个大唐能有这头衔的人，不超二十人，个个不是重臣就是显贵。

封大伦的手下，肯定是抓错人了。不光是抓错了，而且还抓回一个烫手山芋。估计封大伦自己还没查看过，不然早该发现这个致命错误。

云麾将军的家眷也敢绑架，十个熊火帮都不够死！

元载不禁对封大伦有些怨恨。他犯下大错，怎么把我也牵扯进来！这女人已经认定自己与熊火帮合谋。看她的脾气，不太会听解释，一旦放回去，只怕会疯狂报复——我他妈可是什么都没干啊！真是无妄之灾啊！

幸亏元载刚才当机立断，一发现身份有疑，先把门关上了，留下了一丝转圜的余地。

按照常理，元载应该赶紧告诉封大伦，让他立刻放人，赔礼道歉……可元载意识到，这对自己并不利。他的脑子在飞速盘算，怎样从这个险恶的局面脱身，甚至说，有没有可能反手榨出点好处来？

元载出身寒微，他笃信一句箴言："功名苦后显，富贵险中求。"局面越险，富贵越多，全看有无胆识去搏。他靠着对机遇的极度敏感和执着，才一步步走到今天。

这些思绪说来冗长，其实只在元载脑子里转了一瞬。他思忖既定，俯身对王韫秀脸色一沉，低声喝道："闭嘴！"

王韫秀不由得怔住。从小到大，可从来没人敢对她这么讲话。她正要发作，元载强横地伸出手，捂住她的嘴："你想不想活着出去？想不想再见令尊？"王韫秀的眼神一愣，赶紧点头。元载这才松开手，语气严重："你如今身陷极度险境，只有我能救你出去！听懂了吗？重复一遍！"

王韫秀哪里肯听，拼命摇头。元载嘿然冷笑，起身作势要走。她吓得连忙喊道："我说，我说！"元载回来，冷冷望着她不吭声。王韫秀生怕这最后的机会溜走，勉强小声地重复了一遍："只有你能救我出去……"最后一个音微微上挑，带着疑惑。

元载暗自松了一口气。王韫秀是个大小姐的骄纵脾气，只能用更强硬的口气顶回去。她肯复述自己的话，说明这个策略已经初步奏效。

他用指头夹住麻核，重新塞回她嘴里："听着，接下来，我要的是绝对服从。如果你有一次违背，我就立刻离开。如果你同意，就点点头。"

王韫秀别无选择，只好同意。

"放心吧，你今日遇到我元载，便不会再受到任何伤害。"元载斩钉截铁地说道。

王韫秀的身子停止了发抖，经历了这么多折磨之后，她的精神几近崩溃，陡然听到这样的话，不啻天籁。恍惚中，她感觉这人说话的口吻，好似父亲一般，全是命令语式，无比强硬，却又带着深深的关切。

安抚好了王韫秀，元载起身重新拉开门，迎面封大伦正往门里头迈。元载阴沉着脸拦住他："封主事，你我的祸事来了。"

封大伦一愣，不知他何出此言。元载侧过半个身子："你看看，这是闻染吗？"封大伦探头一看，脸色一变。屋子里躺倒的那个女人，和闻染居然半分不像。元载又道："你再仔细看看。"

封大伦也是个见惯奢华的人，扫过几眼，立刻认出那银花钿和楠木簪子的不凡之处，脸色登时铁青。元载打了个手势，让他出来说话。封大伦赶紧倒退出来，把门关好。

几个小混混凑过来，却被封大伦一人一脚狠狠踹倒。这些遭瘟的蠢材，肯定是中途弄丢了闻染，不知绑来了谁家女眷充数！他正要喝问详情，元载在一旁冷冷道："封主事，先别管这些，得想想该怎么补救才是。"

封大伦的额头沁出汗水，忙不迭地解释："我现在就去问清楚，赶紧把她放走……"

"如果你真这么做，可就真是大祸临头了。"

封大伦也是聪明人，只消元载一点，立刻就明白其中利害。长安城里那些贵人家眷，可从来不懂什么仁恕之道。前脚放回去，后脚私兵就赶围过来。永王生性凉薄，可不会对他施以援手。

前有张小敬逍遥法外，后有贵人虎视眈眈，封大伦觉得今天真是糟透了。

"要不……灭口？"封大伦忽然想到这个可能，脱口而出。元载同情地看了他一眼，这黑帮老大好歹也是九品官印在腰，怎么考虑事情全是盗匪的路数？

他拍拍封大伦肩膀："封兄莫要孟浪，灭口是断然不能的。在下想到一个一石二鸟之计，既能收拾掉那个张小敬，遂了你的心愿，也能把这个烫手山芋顺顺当当送出去，全无后患。"说完之后，他眯起眼睛，一副高深莫测的样子。

元载已经盘算清楚了，要牢牢把握住这次机会，玩一局大的。玩得好，这将成为他仕途目前最大的一次机遇。

封大伦抓住一根救命稻草，大喜过望："元老弟，敢以教我！"元载道："若行此计，你须得把去年张小敬那案子如实告诉我，一五一十，不得有半点隐瞒。"

"呃……那元老弟能保证万无一失？"

"绝不会失望。"元载笑了，笑声里充满自信。

封大伦没留意，元载并没说主语是谁。

张小敬、檀棋、姚汝能三人离开皇城之后，立刻赶回光德坊。每个人都是满腹疑惑，一路上都没有任何交谈。

此时临近灯会，街上的气氛已十分浓烈。在光德怀远街口，刚才冲突的现场已经打扫一空，现在被几个龟兹戏子所占据，筚篥调高，琵琶声亮，周围聚拢了一大群看热闹的民众，载歌载舞。不久前的那次骚乱，只是短暂地打断了一下居民们的兴致，就像一个落入水中的墨点，一下子便被稀释无形，了无痕迹。

他们穿过人群，走到光德坊的坊门口，发现徐宾正斜靠在坊门旁的旗杆，朝这边张望。徐宾一看到张小敬，惊喜莫名，冲过去挽住他的胳膊，脸上的褶皱都快激动得抖下来了。

他们离开皇城的动静，显然已被望楼传回了靖安司。徐宾第一时间跑出来迎接老友。

张小敬双手用力拍了一下好朋友的肩膀："老徐你在司中等候便是，何必在坊门迎候？"徐宾竖起食指，在唇边比了一个手势："嘘，我是专门来等你们的，哎哎，随我来。"

看他那神神秘秘的样子，似乎有机密之事要商谈。姚汝能道："那我先挽檀棋姑娘回司中，你们私谈。"徐宾晃了晃脑袋："你们两个也一起去……哎哎！"他意识到自己说错话了，一拍脑袋，赶紧闭嘴，催促着快走吧。

在半路上，张小敬扯住他的袖子："友德，你先告诉我，王韫秀找到了吗？"

他一直惦记着闻染，她阴错阳差被突厥人当成王韫秀挟持走，至今下落不明。徐宾摇摇头，说李司丞把它列为第一要务，靖安司发动大批干员去搜寻，可至今还没任何好消息。

"不过也没任何坏消息，没人找到尸体。"徐宾只能如此宽慰道。

光德坊内除了京兆府的公廨之外，还有慈悲寺、常法寺、胜光寺等庙宇，分布在坊中四角，可谓是佛法缭绕。徐宾带着他们七绕八转，最后绕到了位于十字街东北的慈悲寺。

这个慈悲寺颇有来历。在隋末，有一个叫昙献的西域僧侣每日在此救济穷人。后来高祖定鼎，感于善行，为他立下此寺，以"慈悲"为名。所以慈悲寺的大门常年敞开，逢年过节都会施粥赐食，门口常聚有破落穷困的百姓。

今日上元节，慈悲寺门前例行分发素油馓子。这是上元节长安必备的小食，用湿面搓成球，入油煎炸，香味十足。许多居民早早就等在这里，几个知客僧站在台阶上维持秩序，暂时不允许游人入寺。为首的僧人看到徐宾，口宣一声佛号，什么都没问直接放行。张小敬心中一动，看来徐宾早有准备，不像是临时起意。

他们穿过寺门，越过钟楼鼓楼，从大雄宝殿的西边绕至侧院。在与漕渠相连的莲花放生池旁边，立着一处简陋的禅院草庐。草庐后头槐树林立，颇为幽静，槐树林后隐约可见一道青砖矮墙。

张小敬计算了一下方位，发现这墙的另外一侧，应该就是靖安司的大殿所在。靖安司用的是孙思邈的旧宅，恰好与慈悲寺一墙之隔。

这可真是奇怪，徐宾绕这么一个圈子，到底是要做什么？

徐宾没做解释，只是弓着腰，一直催促走快些。待得他们走近草庐，看到一个人站在放生池边，负手而立。

"公子。"

最先叫出声的是檀棋。她怀着满腔委屈，眼睛湿润起来。可她很快收住了眼泪，惊讶地发现，短短半个时辰没见，李泌像是变了一个人：面色苍白，双目血丝密布，眉间的皱纹又多了几道，像是用刀刻上去的，既深且长。

这副模样，大概只有一夜愁白头的伍子胥可比。檀棋知道公子压力大，可究竟什么样的压力，能让他迅速变成这样？她心中一痛，正要开口，李泌一抬手，示意她先不要作声，把视线转向张小敬：

"甘守诚怎么放你们走的？"

张小敬把现场情况描述了一下，李泌眯起眼睛："张都尉你不愧是五尊阎罗，连右骁卫都敢一把火烧掉。"

张小敬笑了笑："未能报答朝廷对在下的恩情万一。"

檀棋脸色一变，这登徒子的话近乎谋反了。她看向公子，李泌却没有任何反应，一挥手，示意几人进入草庐。檀棋感觉，公子的锋芒似乎有些涣散，有气无力，仿佛刚刚经历了一件极为艰难的磨难。

草庐里只有一个坐榻和几个蒲团，藤架上搁着几本佛典。在草庐正中的位置，摆着一台三阶水漏，一看就是刚搬过来的，正好遮挡住了后头的一尊卢舍那法像。

几人跪定，都不说话，每个人都等着李泌的解释。

李泌负手站在窗外，有意让自己的脸避开其他人视线："我适才找到了甘守诚，跟他打了一个赌。若他赶回卫署时，你们还在重门之内，那任凭他处置；若你们已出重门——哪怕只迈出一步，他也不得做任何追究。"

张小敬听得明白，这还是和那封拘押文书有关。文书里既然没提人犯的明确名字，那么便成了一柄双刃剑：右骁卫捉了人，可以不认；但如果人跑了，他们也没法去追。

这其中的分界线，恰好就在右骁卫的重门。重门之内，卫署为大；重门之外，便与卫署无关了。

可是甘守诚并不是好相与的，他既然要讨好李林甫，又怎么愿意跟靖安司打这么一个赌呢？

"你是怎么说服他的？"张小敬问。

李泌看着窗外，长长叹息一声："不是我，是贺监。"

张小敬独眼一眯："咦？他居然肯答应帮忙？"

李泌道："我刚才去拜见贺监。贺监听说右骁卫私自扣留功臣，气得病症发作，当场不省人事。我和他的养子贺东，去找甘守诚讨说法。"

他简单地讲述了一下之前与贺监的会面过程，在场的人俱是一惊。贺监已是八十六岁，这么一气，只怕八成性命不保。

可再仔细一想——虽则这么说有些不恭——贺知章的病发，比他本身出面更有效果。要知道，天子十天前还专门为老人设帐送行，圣眷深重。若天子听说贺知章被甘守诚的鲁莽活活气死，发下雷霆之怒，一个区区右骁卫将军可接不住。

甘守诚和张小敬没有深仇大恨，只是卖李相一个人情罢了。为了这点利益，他可不愿意去扛害死贺知章的黑锅。所以在李泌咄咄逼人之势下，外加贺知章的儿子在旁边相助，甘守诚终于不情愿地做出了让步。

此事说来简单，其中钩心斗角之处，也是极耗心神。

李泌的手指捏紧衣角，喃喃说了一句突兀的话："自古华山，只有一条路。"

檀棋、姚汝能听到这里，无不抚膺叹息。他们冒着风险潜入卫署，已做好了孤立无援的准备，原来李泌也一直在外头奔走，从未放弃。两边拼尽全力，才奇迹般地把张小敬捞了出来。

可张小敬为何不能回靖安司呢？

李泌喷了一声，露出一脸不屑："甘守诚吃了这个瘪，可不太甘心。他放出话去，不许张小敬你公开出现在靖安司，否则他会以钦犯之名再次将你拘押——真是小家子气。所以我只能找慈悲寺住持，寻了个与靖安司一墙之隔的草庐，徐宾会暂时负责两边联络。"

"反正张都尉没什么机会留在草庐里，权当哄甘将军消气了。"姚汝能摩挲着蒲团，讽刺地说。

一想到堂堂右骁卫将军为了挽回颜面，像小孩子一样耍无赖，众人都笑起来，气氛总算轻松了一点。

张小敬没有笑，他以肘支膝，手托着下巴正陷入沉思。

他不是在想突厥人，而是在想李泌。

张小敬当不良帅时，经手了太多案子，听了太多供词。李泌这一番叙述，其中矛盾抵牾之处甚多。

贺知章一直反对用张小敬，怎么会因为这件事而气得晕厥呢？当时在屋子里的只有李泌与贺知章，贺知章突然病发，然后李泌出来宣称是右骁卫气坏了老人，从头到尾，只有李泌一个人的说辞。

贺知章真正病发的原因是什么？在那间屋子里到底发生了什么？

自古华山一条路，如果想上去，就得有觉悟排除掉一切障碍。这是什么意思？

张小敬盯着李泌充满血丝的双眼，突然意识到，自己并不是在办案，有些事，不必弄得太明白。于是张小敬双手抱拳："李司丞曾言，不惜一切代价阻止突厥人，果然是言出必践。"

李泌听出了他的弦外之音，没多做解释，淡淡反问道："不知张都尉是否也仍像当初承诺的那样？"

"自然，否则也不会回来了。"张小敬道，"朝廷是朝廷，百姓是百姓。"

两人对视一眼，从对方眼神里都看到一些东西，心照不宣。禅院之外，忽然有鸟鸣响起，两人同时呵呵苦笑起来。

"好了，闲聊到此为止。我们已经浪费半个时辰在蠢材身上，说正事吧。"李泌敲敲榻边，其他几个人连忙把身子挺直。

他把关于猛火雷数量的疑问，尽数说与张小敬。张小敬点点头："英雄所见略同。我从河里爬出来时，本来就想提醒李司丞这一点——从货栈规模来看，突厥人掌握的猛火雷数量不是太多，而是太少。他们一定还有一个更大的计划，正在实行。"

李泌看了眼徐宾，徐宾连忙起身道："哎哎，今天街上的人实在太多，光是东、西二市附近就有几百辆畜力和人力车，全城街道的车子数量不下万辆。光靠望楼，根本不可能追踪到突厥人运送猛火雷的板车。如今又被……哎，被右骁卫耽搁了半个多时辰，只怕，只怕已经运到了他们想要的地方。"

"我有一个想法，不知李司丞可曾觉察？"张小敬的声音变得凝重起来，"我总有一种感觉，突厥狼卫背后，还有其他人。"

"这不是理所当然吗？草原上的可汗，还用你说！"草庐里人少，檀棋也变得大胆起来。

张小敬却摇摇头："不，我是说在这长安城内。"他用指头在蒲团前的灰尘里画了几道："你们想想，突厥狼卫找崔六郎要长安坊图，因为他们对长安不熟悉，对不对？"

李泌沉着脸，没说话，可手却一下下拍着榻边。

"可咱们回想一下这一路的追查。突厥狼卫之前已潜伏有大量人手，既有万全宅，也有集结用的货栈，还能联络到外地的货运脚行——别的不说，单是昌明坊那个废弃货栈的选择，就极有眼光。位置隐秘，距离闹市不远，且有两个出入口，便于掩人耳目运送大宗货物。有这种眼光的人，对长安一定非常熟悉，还用得着再去找坊图吗？"

姚汝能试探着猜道："也许他们是想让计划执行得更精确一些？"

"如果突厥狼卫是想让猛火雷在城中引发混乱，长安繁华之地就那么十几坊，哪里需要什么坊图，驾着马车往北冲就是了。"张小敬端起一杯清水，一饮而尽。

姚汝能想了一下，确实如此。猛火雷的威力太大，不需要精确地放到什么地方，随便扔过去就是一片。

"突厥狼卫整个的计划，给我一种强烈的感觉，它似乎由风格截然不同的两部分人组成：一部分人对长安城十分熟悉，人脉颇广，甚至能在怀远坊的袄祠提前半年安插内线；还有一部分人对长安城十分陌生，不得不临时求助于坊图，还搞了一次仓促的突击。"

稍微停顿了一下，张小敬竖起了一根指头："简单来说，就是一句话：突厥不过是一个草原上的破落户，哪有能力独立跨越千里跑来长安，搞如此精密的袭击？"

听到这里，李泌的眼神陡然尖锐起来，循着张小敬的思路，他的脑海里浮现出一个可怕的推论："那张都尉你的结论是，有人在帮他们？"

张小敬把杯子重重搁在地面上，苦笑道："恐怕……除了狼卫，我们要面对一个更强大的敌人，这个敌人对长安非常熟悉，突厥狼卫只是他们的一把刀、一枚棋子。"

这一句话说出来，草庐里陷入可怕的安静。可以听得见，每个人的呼吸声都变得粗重。突厥狼卫居然只是一个开始？还有一个更强大的敌人？这个消息足以让所有人眼前一黑。

此前李泌虽然有所觉察，可没有张小敬想得这么远。他越想越觉得合理，但越合理就越发心惊。究竟是什么敌人，要假手突厥人来毁灭长安城？大唐的敌人很多，可这么凶残又这么狡黠的，实在是凤毛麟角。

李泌的脑海里甚至闪过一丝悔意。如果贺监还在的话，以他的朝堂经验，说不定能看出更多东西。他自嘲地摆了摆头，把这些乱七八糟的思绪赶开："徐宾，现在有什么进展吗？"

徐宾纠结了半天，最后只吐出两个字："没有……"

突厥狼卫覆没之后，大部分人觉得大事已定。除了王韫秀之外，其他调查都是例行公事的收尾，调查人员不会太上心，更不可能发现什么有价值的线索。

李泌欲下令督促他们重新检查，张小敬却拦住了他："没用的。如果是那个神秘敌人，不会给我们留下任何可追查的线索。"

李泌有些气恼地站起身来，在草庐里踱来踱去。好不容易干掉突厥狼卫，却又冒出一个神秘敌手。现在明知他身潜在长安腹心，却全无痕迹。他就像是一条蜥蜴，甩掉了狼卫这根尾巴，直接遁入深深的迷雾之中。

"没有线索，那就逼出线索！叫所有人使劲查！之前突厥狼卫在西市跑了，后来不也找出一条路了吗？"李泌对徐宾喝道，他付出这么大代价，可不能在这里就放弃。

徐宾擦擦额头的汗水，又一次翻检手边的文书，试图在里面找到一点稍微好点的消息。他看了半天，勉强抬起头来："只有一个……哎哎，勉强算是线索吧……我们抓到了曹破延。"

旁边张小敬一愣。他记得在昌明坊冲突中，自己亲手刺死了曹破延，怎么他又复活了？

李泌先是大喜，这曹破延可是狼卫的重要人物，一定知道些消息；随后又很生气，抓了这么重要的人物，徐宾为何不早禀报？徐宾把眼睛凑近文书，看了几次，抬起头苦笑道："哎哎，之所以没禀报，是因为我们发现他时，他已是重伤弥留，没有问话的价值。"

指望一个狼卫自愿开口，实在是太难了。何况曹破延奄奄一息，没法动用严刑拷打。也难怪靖安司没把这个当成一件有价值的事。

"要不，让我去问一次话吧。"张小敬活动了一下指头，任由杀气洋溢出来。李泌疑惑道："他现在可受不住你五尊阎罗的手段。"

"撬开一个人的嘴，并不一定得用强。"张小敬的独眼眯起来，"何况这是我们唯一的机会。时间，已经不多了。"

他的话音刚落，一声清脆的响声，从围墙隔壁的靖安司大殿水漏传来。旋即慈悲寺的大钟也訇然响起，由近及远，诸坊的鼓声和钟声次第响起，恢宏深远，响彻整个长安城。万千盏灯笼同时举烛，行将黯然的天空重新变亮，光彩明耀，火树银花。

酉时已到，长安城一年一度最盛大的上元灯会开始了。

第八章

酉初

她妙目一转，转身出去，一会儿工夫，端回一盘慈悲寺的油馓子，
底下还垫着几张面饼。馓子是素油炸的，十分经饿。

天宝三载元月十四日，酉初。

长安，长安县，光德坊。

外面的长安城已经热闹到快融化了，在光德坊的这一处屋子里却依然冰冷阴森。

这是一栋低矮的砖屋，上头没有瓦，只覆了两层发黑的茅草。它恰好位于京兆府公廨、慈悲寺之间，旁边即是永安水渠。这里本来是京兆府的停尸房，专供仵作检验之用。旁有水渠，可走污秽；侧立寺庙，可度阴魂。据民间传言，当年孙思邈选择光德坊居住，正是为了方便随时勘验尸身，磨砺医术。

曹破延躺在一张粗糙的榆木板条上，胸口微微起伏，腹部的鲜血慢慢渗入板条，让暗红色的木材纹理变得更加狰狞。他现在还不算尸体，不过很快就会是了。这屋子阴气很重，他能感觉到，冰冷在飞快地侵蚀着所剩无几的生命。

曹破延在昌明坊被张小敬的刀尖刺穿了腹部之后，仆倒在地。多年的狼卫生涯，让他的体格非常强悍，即使受到了致命伤，一时半会儿还不会断气。当旅贲军的士兵清扫现场时，发现曹破延还有一口气在，立刻送回了靖安司。

当时麻格儿等人正在驾车狂奔，靖安司的注意力全在那边。所以接受人只是草草地检查了一下曹破延的身体状况，判定没有拷问价值，便直接丢来这个停尸房。幸亏一个旅贲军士兵此前参与了西市围捕，他认出了曹破延的身份并录入文书，否则徐宾未必知道有这事。

木门"吱呀"一声被推开，张小敬一个人走进停尸间。他一步一步踏在凹凸不平的青石面上，左手高高提着一盏白灯笼，右手拎着一个光漆食盒。灯笼里的烛光摇曳，光影变幻，映得那张独眼面孔格外狰狞，有如阎罗临世。

受到光芒刺激，曹破延的眼珠转动了一下。

蜡烛易招魂，所以停尸房里从来不置烛台，都用松明火炬。张小敬一言不发地把墙上的四个火炬逐一点燃，让屋子里更加明亮一些，然后把灯笼吹灭，从提盒里拿出一碗黄褐色的吊命汤。

曹破延的上半身被扶起来，背部塞入垫木撑住。张小敬拿起一柄仵作钩，粗暴地钩开他的嘴，再用力一旋，撬开牙关，把那碗汤硬灌了下去。

热汤入体，曹破延的面色似乎缓和了一些。

张小敬转到他的头部方向，俯下身子，嗓音低沉："我们又见面了。"

曹破延闭着眼睛，一动不动，但脸颊肌肉却有那么一瞬间的抽动，暴露出他确实听见而且听懂了。人在濒临死亡的时候，对身体的掌控大不如前。

张小敬呵呵笑了一声，转用流利的突厥语说起来："草原上的狼卫，我杀过不少，你是最难缠的一个，是个好对手。"

曹破延还是悄无声息。

"我了解你们狼卫。忠诚是你们的血液，荣誉是你们的魂魄。你们的生命，只为可汗口中的话而活。"张小敬慢慢围着条板床踱步，似乎一点也不着急进入正题。他伸出手，摸了摸曹破延头顶那一块秃皮。"我很好奇，你这样一位忠诚到无惧死亡的狼卫，为何会被剃去顶发呢？"

剃去顶发，意味着灵魂被提前收取，这是极其不名誉的一种待遇。果然，张小敬一提这件事，曹破延的呼吸陡然粗重起来，带着一丝屈辱，还有不甘。

"原因我大概能猜出来。你一入长安便被靖安司伏击，伤亡惨重，所以你被剃去顶发作为惩罚。哦，对了，忘了说了，你们的计划已经失败，不然我如今也不会站在这里。"

张小敬的声音低沉缓慢，像是对一位老友聊天："有资格惩罚狼卫的，只有阿史那家的贵人。也就是说，在你之上，至少还有一位主事人，主持整个狼卫的行动。你躺在这里奄奄一息，他却还逍遥法外。"

曹破延轻蔑地转动几下眼球，似乎在讥笑张小敬的挑拨手段太拙劣。谁知张小敬晃了晃手指，啧啧道："不，我不是在诱惑你背叛啊，我知道这对狼卫没用。我只想跟你分享一些事情，让你临死前不那么寂寞罢了。"

张小敬靠在旁边的柱子上，从自己被靖安司征辟开始说起，把整个追查过程详细地讲述了一遍。他的语气很轻松，就好似眼前躺着的是多年的好友，两人正筛着红泥炉上的绿蚁酒，边喝边聊。

他讲得很坦诚，很细致，中间还夹杂着一些"在门内挂烟丸很有想象力""大唐朝廷可比你蠢多了"之类的尖刻评论。只不过在这些描述里，张小敬有意无意地忽略一些细节，渲染另外一些细节。这是一场不公平的决斗，他必须极其谨慎地处理每一句话，绕着圈子接近目标，而对手只消闭上嘴死去，就赢了。

"……绑架王韫秀是一个失误。没错，她是王忠嗣的女儿，可一个女人，能对军政大局有多少影响呢？你们既然要毁灭长安，应该把所有资源都集中在一个目标上。"

"你们为什么不一开始就从胡商那里取得坊图？那明明比崔六郎更稳妥。"

"万全宅和货栈都能找得到，为何到了行动当日，才匆匆让你们入城？"

张小敬像一个狡猾的猎人，通过不断提出反问，慢慢把话题引诱到他预设的战场。这些疑问注定不会得到答案，但可以控制住谈话节奏。他审过太多犯人，知道何时给予最致命的一击。

整个过程，曹破延都紧闭双目，只有起伏的胸膛表示还活着。

"……你们突厥狼卫很可能被另外一伙人利用了，吸引住靖安司的视线。而那一伙人则趁机运走猛火雷，别有目的。你们付出这么多牺牲，只是为他人做了嫁衣。"

这是第一次发起攻击，张小敬抛出了自己的猜想，然后他闭上嘴，让曹破延自己消化这些事情。

曹破延睁开了眼睛，看着天花板的茅草。茅草很稀薄，可以看到外面天空的光线变化。他保持着沉默，但张小敬能读出他的意思："那又如何，只要长安毁灭就好。"

无论是突厥狼卫做这件事，还是其他什么人做，曹破延并不在乎。张小敬意识到从这个角度进攻是不行的，于是他及时转换了攻势。

"没错，那又如何？"张小敬咧开嘴笑道，"大唐的疆域那么辽阔，长安没了，还有洛阳，还有扬州、江陵、成都，天下有十五道统领府三百余州，炸得完吗？——

可你们突厥才多少人？只要大唐的怒气燃烧到草原，你的部族将被连根拔起，你的亲友以及可汗将会沦为最下贱的牧奴。"

曹破延用力攥紧拳头，以致腹部又有鲜血渗出来。张小敬不失时机地挥出锋锐的言语陌刀：

"你看，这个计划就算成功，一定会招致大唐的全力报复，受害最深的其实是突厥人自己。自己出力最多、下场最惨，得利却最少，乌苏米施可汗在筹划这次袭击时，到底有没有认真考虑过后果？他是为了图一时之快，还是……被人蛊惑？"

说到这里，张小敬注意到曹破延的手指猛然抖了一下。他知道，这次对准榫头了。

"这件事，恐怕一开始就是有心人哄骗你们大汗，把突厥推到前头来冒险。这可真是好算计，大唐伤亡惨重，突厥阖族覆亡，而那一伙人呢？毫发无伤，还赚得盆满钵满。"

曹破延还是没作声，但他的表情和刚才已经不同了。

"想要利用突厥，那伙人必须得在突厥内部找到一位内应。这个内应，得有足够的影响力去游说大汗，有足够的权柄去调动狼卫，而且他还得在长安城内亲自掌控局势……"

张小敬语速放缓，曹破延的胸膛开始快速起伏。

"这一切，只有你那位尊贵的主事人，才能做到吧？他背叛了乌苏米施可汗，出卖了所有突厥狼卫，让草原陷入万劫不复。你们的一切努力和牺牲，都成了他投靠新主子的礼物——这个背叛者，却削掉了忠诚之士的顶发。"

话音未落，曹破延猛然昂起头，发出像狼嚎一样的叫喊："右杀！！！"屋顶茅草，被这突如其来的高喊震得颤动了几下。张小敬敏锐地捕捉到了这个词，心中颇惊，突厥居然派了身份这么高的贵族来长安。

他把手按在曹破延的胸口，安抚似的拍了拍："每个人，都得为他自己的选择负责。你被一个背叛者剃掉顶发的屈辱，只有杀掉他，才能恢复狼卫荣誉………"

张小敬还未说完，曹破延再度对着屋顶吼道："右杀！！！"

这两下怒吼似乎耗尽了他残存的生命力，曹破延全身开始剧烈痉挛。张小敬不得不按住他的肩膀，又灌了一口吊命汤。可这次并没有出现转机，褐色的药汁从嘴角流出去，曹破延脸上的光泽迅速黯淡下去。

张小敬急忙俯近身子，在他耳边大吼道："快说！右杀在哪里！"

可曹破延并没有回应，他现在整个人被绝望和狂怒所充斥。狼卫从不畏惧死亡，可狼卫畏惧死无所值。当他发现为之奋斗的一切全是谎言时，内心的崩溃足以摧垮生机。

张小敬没料到他的反应这么大，他拼命拍打着曹破延的脸颊，如果让这家伙就此死去，恐怕最后的线索就彻底断掉了。他眼看对方的眼神迅速黯淡，急忙从怀里掏出一串彩石项链，在他眼前晃了晃。

在李泌的调教下，旅贲军养成了一个好习惯：他们把昌明坊货栈的可疑物品全搜集回来，无论是木桶破片还是散碎竹头，物无巨细，悉收不漏，统统存放在左偏殿旁的储物间里。张小敬在检查时发现了几块散落的彩石，立刻回忆起来，这是曹破延脖子上戴的，被一刀挑断。于是他请檀棋将其重新串起，带进停尸房。

说来也怪，一看到这彩石项链，曹破延的眼神恢复了一点色彩。他平静下来，发出意味不明的叫声，似乎在念着一个名字。张小敬把项链塞进他的手掌，趴在他耳畔道："我张小敬对天起誓，会把这串项链和你的魂魄一起送返草原。"

曹破延的顶发为右杀所削，意味着只有右杀死去，他的魂魄才能真正重获自由。

曹破延侧过脸去，第一次主动看向张小敬。张小敬抓住他的肩膀，再一次问道："右杀在哪里？为了你的名誉，为了你们突厥大汗，为了做这串项链的人能平安地长大，回答我，右杀在哪里？"

曹破延张了张嘴，发出几个模糊的音节。张小敬侧耳仔细倾听，勉强分辨出说的是"十字莲花"。

"十字莲花？这是什么意思？"

张小敬还要继续追问，可曹破延从口中吐出最后一口气，然后闭上了眼睛，软软倒下去。他的神态不再扭曲，冷峻的眉眼第一次变得安详，那串项链被他紧紧握在手里。

张小敬正要把曹破延的尸身松开，可他突然鼻翼抖动，独眼一眯，做出一个奇怪的举动：他再度扳住死者肩膀，保持着半起状态，然后把头贴近逐渐冰冷的胸膛，久久不离。

夜风从屋顶茅漏处吹入，松明火炬一阵摇曳，把两个人映成一团极其诡异的影子。持续了十多个弹指的光景，张小敬才将死者缓缓放平，脸上露出欣喜的神情。

有甘守诚的禁令在，张小敬没办法返回靖安司大殿，只得继续去慈悲寺的草庐里。所幸徐宾派来几个手脚勤快的小吏，在草庐和大殿之间的围墙上搭了两个木梯子，往返方便多了。这回他可真成了檀棋口中那个翻墙的登徒子。

"十字莲花？"

听完张小敬的汇报，李泌敏起了眉头。他努力在想这是个什么东西，又和潜伏在长安的右杀有什么关系。可他一时半会儿想不出头绪，于是一挥手，把这个消息传到了靖安司大殿，交给徐宾底下那一批老文吏。

在大案牍术面前，李泌相信这不是什么大问题。

张小敬又道："对了，我可能知道王韫秀的下落了。"李泌眉头一挑，这王忠嗣之女的安危，是仅次于寻找右杀贵人的第二优先，可惜一直没任何线索，张小敬居然连这个都审出来了？

"曹破延也招供了这个？"

"没，他说完十字莲花就死了。"张小敬解释道，"可是我在放平尸身的时候，在他的胸口闻到了一种香味，是降神芸香，这是王家小姐常用的熏香。"

李泌"嗯"了一声，让他继续说。张小敬道："突厥狼卫从修政坊撤往昌明坊时，带上了一个女人，而曹破延一直等候在昌明坊，他身上有降神芸香的味道。这说明王韫秀最后一个落脚点，一定在昌明坊。必须得尽快去看看才行。"

分析完以后，他不由自主地抿了一下嘴唇。

在这件事上，张小敬藏有私心。他压根不关心王韫秀下场如何，只想把闻染救出来。他知道，只有误导靖安司，让他们以为突厥人掳走的是王韫秀，这些人才会出力气去调查。

这个谎言并不会妨碍主要调查方向，但张小敬不确定这能否瞒得过李泌，这家伙的眼光实在太过毒辣，可不会那么好骗。

"你怎么会知道，这是王韫秀常用的熏香？"李泌狐疑地反问。他果然一下就抓到了关键，幸亏张小敬已经盘算好了说辞："我一个朋友是开香铺的，一直给王府供应这种订制香料。"

李泌抖了抖手里的报告："可是旅贲军已经仔细搜查过昌明坊，并无发现。"

"我可以带上细犬再去一次。"张小敬坚持道，语气居然多了一丝丝微弱的恳求。这让李泌颇感意外，不由得多看了他一眼。这家伙为什么对王韫秀这么上心？

他沉思片刻，批准了这个请求。毕竟这是王忠嗣的女儿，哪怕是给王家做个姿态，也得去搜一下。不过李泌不允许张小敬亲自去。最关键的力量要放在最重要的事情上，现在靖安司的重点不是王韫秀，而是右杀贵人。

姚汝能见状，连忙自告奋勇。他之前见过张小敬遛狗，算是有点经验。李泌点头准许。临出发前，张小敬抓住姚汝能的胳膊，叮嘱了几句如何利用细犬嗅觉的细节，当真是谆谆教导。这下连姚汝能都觉出不对劲了，心想之前张小敬做不良帅时，难道和这位王韫秀发生过什么？

姚汝能走后，草庐里很快只剩下李泌、张小敬和檀棋。此时徐宾还在靖安司内运转大案牍，结果还没出来。难得的空闲，这三个人面面相觑，一时间居然不知该说什么才好。

李泌一摆拂尘："咱们再来复盘一下突厥狼卫的行踪……"张小敬却伸手抓住拂尘须子，一脸认真："李司丞多久没休息了？"

"不过两日罢了。本官常年辟谷，还熬得住。"

李泌想把拂尘抽回来，没想到张小敬手劲很大，一下子居然抽不动。他觉得这么拉扯有失体面，冷哼一声，索性松手。张小敬把拂尘夺过来，丢在一旁："李司丞，我建议你去打个瞌睡。你这样一直紧绷着，早晚会垮掉。"

檀棋感激地看了张小敬一眼，走前几步，顺势要去搀扶公子。李泌却摆了摆手，自嘲道："不成，根本睡不着。这些天来，我一闭眼，就害怕睡着后有大事发生，不及处理。"张小敬毫不客气地批评道："这等患得患失的心态，也能修道？"

李泌发出一声长长叹息："道心孤绝，讲究万事不萦于怀。可这几十万条性命，操之我手，又岂能真的置之不理？天地不仁，以万物为刍狗，可我修不到这个境界。"

"那还修什么道，踏踏实实当宰相不好吗？"张小敬反问。

李泌撇撇嘴，露出"你这种粗人懂什么"的眼神。他不愿就这个话题纠缠，反问道："你手上的伤，是怎么来的？"

张小敬这一路摸爬滚打，被麻格儿严刑拷问，与曹破延殊死搏斗，又经历了水火夹攻与右骁卫的折磨，可谓是伤痕累累。不过他最显眼的伤，乃是左手那一条断指。李泌一看便知，这断指与其他伤势迥然不同，定有缘由。

张小敬也没什么好隐瞒的，把葛老的事约略一说。此前李泌已听过姚汝能的报告，只是许多细节尚不清楚，这会儿才知道在平康坊窝棚里到底发生了什么事。

檀棋面色变了数变，她可从来不知道，这个桀骜不驯、不讲任何规矩的汉子，居然还这么重然诺。李泌十指交叠，却没什么反应。在他看来，出卖暗桩丁小节有罪，但为了大局看想，也是没办法的事。他和张小敬本质是同一类人，都会毫不犹豫地杀掉一个无辜者，以阻止大船倾覆。

可张小敬竟自断一指赎罪，却大大出乎李泌的意料。

"矫情。"李泌冷酷地评论了两个字，"若是本官碰到这种事，你尽管动手就是，不必叽叽歪歪觉得有罪什么的。大局为重，何罪之有？"

张小敬闭上了嘴，眯起眼睛，显然不愿在这个话题上过多停留。

两人都是说一藏十的性子，谁也没打算分享自己的人生，谈话的气氛就这么烟消云散了。草庐里一时陷入难堪的安静，他们对视良久，都有点后悔，早知道还是谈工作好了。

这两个人或许是最好的搭档，可肯定成不了朋友。

檀棋左看看公子，右看看登徒子，嗅到了浓浓的尴尬味道。她妙目一转，转身出去，一会儿工夫，端回一盘慈悲寺的油馓子，底下还垫着几张面饼。馓子是素油炸的，十分经饿。这两个人从中午开始到现在，一直没吃任何东西，接下来还不知要挨多久，得趁这点余暇多吃点才是。

有了食物解围，场面上总算没那么尴尬了。李泌和张小敬各自拖了一个蒲团，来到草庐外的台阶上。檀棋把盘子搁在两人中间。

李泌不肯潦草蹲踞，一丝不苟地正襟跪坐；张小敬却把身子斜靠在庐边木柱，大刺刺地伸直双腿。他们一边伸手从盘子里拿起油馓子，就着清冽的井水下肚，一边朝外面看去。

慈悲寺地势低洼，从这里的角度，看不到任何一处花灯。可那被映红了半边的夜幕，却昭示着整个长安已陷入快乐的狂欢。两下映衬，更显出这里的清冷。

这两个孤独的守护者就这么待在黑暗中，吃着冷食凉水，沉默地眺望着这正在发生的良辰美景。

留给他们休息的时间，并不长。盘中的油馓子刚吃了一半，徐宾已经从靖安司大殿传来消息，他们已经找出了十字莲花的出处——波斯景教。

景教和摩尼、祆教并称三夷教。该教其实来自大秦，早在贞观年间便传入中土。

在官方文书里，其被称为波斯寺。它的规模略弱于祆教，只在西城低调传播，所以连张小敬也不知道十字莲花的出处。

恰好靖安司里就有一个景教徒，一听"十字莲花"四字，立刻指出在景寺之中，最显著的标记便是上悬十字，下托莲花。

景者大光明，莲花大洁净，十字大救赎。这教义也算别具一格。

曹破延既然说出十字莲花，显然这位右杀贵人，应该是藏身于景寺之内。此前龙波是混迹于祆教祠，看来突厥人很喜欢利用无辜教众作为掩护。

可张小敬和李泌，却没什么欣喜之色。长安城内，上规模的景寺有十几座，景僧超过千人。仅凭着这么一句话去找右杀，无异于大海捞人。

"能不能像之前查祆教那样，查一下景寺的度牒？"张小敬问。

李泌摇摇头。之前调查祆教祠，不过局限怀远一坊而已，现在要查整个长安的景教度牒，时间根本不允许。

檀棋在一旁轻轻咳嗽了一下，李泌还未说什么，张小敬先抬头笑道："姑娘似乎有想法？"檀棋本来想偷偷暗示公子，结果却被这个登徒子揪到明处，不禁羞恼地瞪了他一眼。

李泌却顾不得这些细枝末节："这里没有杂人，檀棋你不必顾忌，有话直接说。"

檀棋这才大胆说道："我是想起一件旧事。咱们靖安司草创之时，地点几经改易，最终定在了光德坊。这里同坊有京兆府，便于案牍调阅；西邻西市，可以监控胡商；北接皇城，时刻联络官中；东连朱雀大街，易于调动兵力。只有在这里坐镇，公子方能掌握全局，指挥机宜……我想那右杀，应该也是一样的想法吧？"

她说得委婉，李泌眼睛却是一亮，从蒲团上站起身来，用面饼擦掉手上的油腻："拿坊图来！"

这里没有沙盘，不过靖安司的画匠赶制了一幅竹纸地图。虽然笔触潦草，可该有的标记都有。檀棋立刻转身取来，摊开在地上，李泌和张小敬俯身凑过去研究。

檀棋果然敏锐，她一下就找到了绝妙的切入点：那个右杀贵人来长安不是度假，而是指挥协调。一方面他得控制狼卫，一方面还得能随时联络那个收买他的神秘势力，对联络要求极高。可他没有望楼系统，必须选择一个四通八达的地方驻留。

张小敬取来一支小狼毫，在图上划出一条黑线，从金光门延至西市，又延至昌明坊，复折回光德坊。中间还分出一条虚线，连接到东边的修政坊。狼卫在长安城的行踪，很快便一目了然。旁边李泌也拿起一管小狼毫，蘸的却是朱砂，他点出的，是这条黑线附近两坊之内所有的景寺。

长安诸教，都由祠部管理。徐宾做事极认真，刚才向草庐传递消息时，特意从祠部调来了景寺名录，以备查询。

两人勾勾点点，黑线红点，一会儿工夫，地图上便一片狼藉。外人看好似儿童涂鸦，可在他们眼中，却是一片逐渐缩小范围的罗网。随着一处处位置被否定，敌人的藏身之处越发清晰起来。

最终，他们的视线，汇聚到了地图上的一处，同时抬头，相视一笑。

这里叫作义宁坊，位于长安城最西侧北端，就在开远门旁边。贞观九年，景僧阿罗本自波斯来到长安，太宗皇帝准许他在义宁坊中立下一座波斯胡寺，算得上景教在中土的祖庙。祠部名录显示，寺中景僧约有两百人。

表面看，这里位于长安城西北，地处偏僻。可再仔细一看的话，它西北有开远门，西南有金光门，正南是西市，皆是胡商出入要地，有什么风吹草动，登高可窥；坊北当面一条横路，乃是长安六街之一，直掠皇城而过，与朱雀大街恰成纵贯长安的十字，交通极为便当。

无论从藏身还是联络的角度，义宁坊景寺都是右杀必然的选择。

"我这就亲自去查。"张小敬迅速起身。李泌拦住他道："即使你进得寺里，面对数百僧人，怎么找？"

张小敬道："右杀在突厥的身份高贵，不可能一直潜伏在长安。只要问问哪个景僧是新近来的，大体应该不差。"李泌觉得这个筛选方式还是太粗糙，可眼下情报人少，只能姑且如此。具体的，只能靠张小敬在现场随机应变了。

这一切都是该死的时辰的错，实在是太仓促了。李泌心想。

张小敬又补充了一句："这个范围内，还有布政、延康几处坊里有景寺，还是得派几队人去查访，不能有疏漏。"

"这个我已经准备好了。"

这时，张小敬提出了一个出乎意料的要求："檀棋姑娘能不能借给我？"

面对这个突兀甚至可以说是无礼的请求，李泌和檀棋都十分意外。张小敬道："景寺人员众多，形势很复杂。檀棋姑娘眼光敏锐，心细如发，远强于男子，我想一定能帮上忙——现在可容不得任何失误。"

最后这一句，稍微打动了李泌。李泌捏着下巴想了想："我不能代檀棋拿主意，你自去问她。"张小敬走到檀棋面前，微一拱手："时辰不等人。"

檀棋本以为他会长篇大论，没想到就这么五个字，硬邦邦的，全无商量余地。她求助似的看向公子，李泌却打定主意不吭声。檀棋咬着嘴唇，垂头不语。张小敬正色道："不必担心。别人或许垂涎姑娘美貌，我要借重的，只是姑娘的头脑罢了。"

"你……"檀棋一时间不知道该气恼还是该高兴。她再看向公子，注意到他额头皱纹又深了许多，心中不禁一软。为了公子，命都可以不要，何况这个！

她抬起头，勇敢地迎着登徒子的眼光："我去。可有一样先说好，我自己会判断局势，你无权命令。"张小敬把右手高举着伸过来。

"干吗？"

"击掌为誓。"

檀棋勉为其难地跟他拍了一下手，感觉这男人的手掌可真粗糙，一层厚茧，让她的掌心微微有触痛。她忽然想到，在右骁卫的门前，似乎就是这只手按在自己肩膀上的。

时辰确实极其紧迫，容不得檀棋琢磨她的小心思。两人略做准备，便匆匆离开草庐。

正当张小敬要迈出门槛时，李泌忽然开口道："张都尉，此番你不必再有顾虑，尽管放手施为。本官绝不疑你。"张小敬停住脚步，在门槛前回过头。他背对外头微弱的灯光，脸部一片黑暗，可那只独眼，却闪着异样的光芒："我从不疑李司丞，不过靖安司里的敌人则另当别论。"

说完之后，他大踏步离开草庐。李泌突然叹息了一下。檀棋狐疑地看了公子一眼，总觉得他的叹息里有些说不清道不明的东西。

张小敬和檀棋很快离开，李泌一个人待在草庐中也没意义，便直接返回靖安司大殿。在慈悲寺的围墙旁边，早早架好了一具木梯，为了怕长官摔着，徐宾还贴心地用绳索把梯子顶部捆住。

翻墙毕竟不雅。考虑到李泌的面子，在对面只有徐宾一人提着灯笼迎候。一下梯子，徐宾正要转身带路，李泌却忽然把他叫住了："稍等，我有几句话，想与你交代。"

徐宾不明白为何不去靖安司正殿内说。他连忙停下脚步，一脸疑惑。李泌再次环顾四周，确认没人旁听，才开口道："你觉不觉得哪里不对？"

徐宾有点迷糊。突厥狼卫的事，不是已经讨论得很充分了吗？李司丞还有什么疑点？再说，就算有疑点，也该和张小敬说，为何专挑在墙根跟我说？

李泌见他懵懵懂懂，也不解释，自顾道："你是否还记得，午初之时，张小敬和姚汝能分赴西府店和远来商栈查案？"

"记得，哎哎，记得。"徐宾记忆力没的说，在那次行动里，远来商栈的火盆把马厩饲草引燃，结果引发混乱。姚汝能慌忙放烟，张小敬只得离开西府店，前往救援，然后觉得不对劲，这才中途折回，正撞见狼卫杀人离开。

李泌冷笑道："那商栈做惯了马匹生意，怎么会犯把火盆搁饲料旁边这种错误？张小敬才进西府店查探，远来商栈就出了问题，若非这么一搅和，只怕张小敬早拿下那个突厥狼卫了。"

徐宾不太明白，李泌纠结于这个细节做什么。李泌又道："张小敬申初抵达昌明坊，申正便被崔器擒拿。前后不过半个时辰，李相又如何在这么短的时间内掌握动向，说服崔器的呢？"

"您的意思是……？"迟钝如徐宾也咂摸出味道来了，可他根本不敢说出口。

李泌立在墙下，双目寒光一闪："张小敬倒是早看出来了，这靖安司里，居然出了内奸啊。"

一团麻纸在钧炉里扭曲、蜷卷，火舌从纸背后透出来，很快就把它变成一堆灰烬。

右杀拍了拍手，如释重负地站起身来。这是最后一份他与王庭之间的秘要文书，从此以后，谁也没办法把他与突厥联系在一起——至少没人能证明这一点。

接下来，他环顾四周，从柜上拿起一只自己曾经最珍爱的鎏金酒樽。这酒樽是可汗赐予他的，樽柄弯曲，外壁上有一匹飞驰的骏马和一头盘羊，具有浓郁的草原风格。右杀惋惜地"啧"了一声，把酒樽丢在地上，用脚使劲踩瘪，直到看不出原来的模样。

屋子里还找出来一副羊皮斜囊、几盒马油膏子、两条虎头银链和一顶密织防风灯罩，这些都或多或少带着突厥风格，有可能会泄露右杀的身份。它们或被销毁，或被远远丢弃。

其实这些物品并不能说明什么，大唐颇为崇尚胡风，此类器具比比皆是。不过右杀觉得在这个时候，怎么小心都不为过。

忙碌了许久，右杀的额头也微微沁出汗水。他想从腰带上摘下一条汗巾擦擦，却无意中碰到腰带上缠着的一团人的毛发。右杀皱皱眉头，想起来这是从曹破延头上割下的顶发，不屑地冷哼一声，用力扯下，也丢进钩炉，那头发很快也化为灰烬。

"嘿嘿，这群傻瓜。"右杀直起腰来，看向窗外，忍不住冷笑道。这些愚昧的狼卫，还以为自己是几十年前那个能跟大唐不分轩轾的突厥？真是糊涂蛋！

他身居高位，对格局看得再明白不过。如今的突厥，只是一个在草原上苟延残喘的部落，空有可汗的头衔，却连周围的小部族都难以压制。一头衰老的病狼，早晚会被狼群里的其他壮年狼取代。

这种局势之下，可汗居然还异想天开，想要在长安挑衅大唐，在右杀看来，这简直就是自取灭亡。不过他并没有费心劝解，反而主动请缨来到长安指挥。

反正突厥迟早会灭亡，不如趁机卖个好价钱。这些狼卫，就是最好的筹码。

右杀最初的想法，是投靠大唐。不过朝廷的态度捉摸不定，右杀不敢冒险。很快他就联络到了一个更好的买主，得到了一个绝对令他满意的价格和一个惊人的计划。

那个计划到底是什么，右杀并不关心。他只是按照对方要求，驱使着手下执行每一个步骤。这是一件天大的便宜，突厥会付出成本以及承受代价，而所有的利益，都将是他自己得到。那些可悲的狼卫，恐怕到死也不知道他们到底在干吗。

没办法，谁让他们是狼卫，自己是右杀呢？汉地有句话怎么说来着，劳心者治人，劳力者治于人。真是至理名言。

想到这里，右杀咧开嘴，在空无一人的卧室里发出一阵呵呵的干笑声。现在约定已经完成，右杀把最后一份从狼卫那里传来的文书焚毁，扔掉了一切和突厥有关的东西。

现在一切都准备妥当了。接下来，只等着对方上门交割。然后他就可以去任何想去的地方，过任何想过的生活。

右杀把钩炉扔在角落里，回到卧室中间，重新坐回到案几前。案几上除了经书、烛台和那把割去曹破延顶发的短刀之外，还有一个陶制的摩羯形酒壶和配套的琉璃杯——它们不算典型的突厥风格，因此得以幸免。

右杀给自己斟满了一杯鲜红若血的西域葡萄酒，微微晃动。借着外面的灯火，他能看到杯中那波光粼粼的琥珀颜色。

老人举起杯子，喃喃自语，觉得应该为自己未来的美好生活干一杯。

细犬耸着鼻子，在昌明坊已成废墟的瓦砾中来回搜寻。姚汝能心神不宁地牵着它，不时朝外头望去。

墙那头有裂帛般的踏歌声传来，伴随着阵阵喝彩，此起彼伏。光是这嘹亮的声浪便已充满诱惑，倘若能攀在墙头看过去，只怕画面还要精彩数倍。

但姚汝能可顾不上这些，他此时心中全是焦虑。一是搜寻迟迟不见结果，有负张都尉所托；二是不知靖安司那边查得如何，突厥余孽一时没落网，长安一时不靖。

细犬忽然仰起脖子，放声吠起来。

姚汝能苦笑着蹲下身子，揉揉细犬的脖颈毛，它已经是第三次冲着那口井叫了。旅贲军在搜查现场时，早已注意到那口井上盖着石头，搬开之后往里面看过，却什么都没有。这次姚汝能牵着狗来，也反复探头进去看，也没什么异状。

为何这狗一直纠缠不放呢？顽固脾气可真像张都尉啊。

这个不敬的念头冒出来，姚汝能自己呵呵乐了一声，心想可别让张都尉知道。他起身拍拍身上的土，既然搜寻无果，不如早点回去。张都尉那边说不定已经有了新方向，他不想错过。

可就在这一错神间，狗趁机挣脱缰绳，飞箭一般地扑到井亭边缘。姚汝能颇为无奈，走过去要把它拽走，可一靠近，忽然发现狗嘴里似乎咬着什么东西。姚汝能眉头一皱，伸手抠出来，发现是一小块布料。

这是一块随处可见的粗麻布料，黯黑色，细长条，是被石井台的裂隙扯下来的。

姚汝能看看布料颜色，又看看漆黑的井底，忽然心中一动。他招呼附近的不良人过来，用绳子系住自己腰，一头捆在亭柱上，然后双脚踏着井边凹进去的一串小坑，一点一点爬下去。

此时天色已晚，井底稍微下去一点就是一片漆黑。姚汝能让不良人点起一盏灯笼，慢慢垂吊下来，与自己同时下降。中途他有好几次一脚滑空，幸亏有绳子才不致掉下去。好不容易到了井底，姚汝能钩手拿过灯笼一照，顿时大吃一惊。

井底的土地上，盖着一层黯黑色的麻布，高高隆起一个人形。有这块黑布遮盖，加上天光已收，难怪在井口看不出有什么异样。这些突厥人，倒真是会藏人！

姚汝能扯开麻布，露出一个昏迷女子。他俯身下去，一手探她的鼻息，一手去托肩膀。谁知轻轻一碰，女子便醒转过来，第一时间抄起碎石来砸他的头。姚汝能猝不及防，被一下砸到脑门，疼得直龇牙。

好在这女子力气有限，不至于将人砸晕。姚汝能一手抓住她手腕，一边高声解释道："我们是靖安司的，你现在已经安全了。"然后忙不迭地从腰间亮出一块腰牌。

女子愣住了，姚汝能忍痛挤出一个笑脸："没错，我们是官府的人。"

女子哇的一声哭起来，伸出双臂紧紧抱住姚汝能。姚汝能冷汗直冒，这若是被王府的人看见，只怕自己要吃挂落。可她估计是被吓坏了，无论如何也不肯撒手。姚汝能只得任由她搂着，喊井口的人加条绳子，把井底两个人拽上去。

上头七手八脚，很是费了一番周折，总算把两人有惊无险地拽出井口。姚汝能见她除了惊吓过度之外，没什么明显伤势，不由得松了口气。

"王韫秀小姐，请先跟我们回靖安司吧。"姚汝能恭敬地说道。

女子茫然地抬起头，似乎还没缓过来。姚汝能又重复了一遍，女子这才如梦初醒，急忙道："啊？你们弄错了吧？我不是王小姐。我叫闻染。"

姚汝能的脸色，唰地变得雪白。

一出光德坊，张小敬和檀棋立刻被外面的喧闹所淹没。

这里靠近西市，豪商众多，各家商号为了宣传自家，都铆足了劲攀比。你三丈，我就三丈五；你扎了一条灯龙蟠柱，我就放一只火凤展翅；东家往灯架上挂起十色重锦，色彩斑斓，西家便要山棚处处垂下五缕金银坠子，飘然如仙。每年这里斗灯斗得最凶，百姓也聚得最多。

此时放眼望去，光德、西市中间的大道两侧坊墙，支起了形态各异的灯轮、灯树、灯山等竹制巨架，架上诸多商号的旗幡招展，绵延数里。数十万支象牙白蜡烛在半空摇曳生光，无处不照，叫人心驰目眩。

这些蜡烛皆有二尺余长，小孩胳膊粗细，放在防风的八角纸笼中，竟夜不熄。烛里掺有香料，底座盛着香油，所以在灯火最盛之处，往往弥漫着一股丰腴油腻的烛香之气。夜风一吹，满城熏然。

无数百姓簇拥在灯架之下，人人仰起头来，眼观灯，鼻闻香，舌下还要压一粒粗盐。这是长安城流行已久的习俗：盐者，延也；烛者，寿也。吸足一根蜡烛的香气，便可延上一年寿数，讨个吉利，名目唤作"吸烛寿"。

正因为有这么个传统，长安的上元灯会一开始并不算拥堵。大部分人要先驻足灯架之下，吸一会儿烛寿，然后才开始四处闲逛——不着急，这个良夜还长着呢，每个观灯的人都是这般心思。

张小敬知道这个习惯，催促檀棋趁这个空当快走，再晚点可就真堵在路上了。

檀棋的骑术不错，她挑衅似的瞥了张小敬一眼："我可不受你管。"说完她一夹马肚子，坐骑登时朝前一跃，一人一马，巧妙地从两辆辎车之间钻了过去，扬长而去。那背影英姿飒爽，丝毫不输男性。

张小敬也不恼，一抖缰绳紧紧跟上去，其他旅贲军士兵紧随其后。

从光德坊到义宁坊，需要向北走三个路口，再向西走两个路口。一路上沿途皆是繁华之地，人挤人，车挨马，一行人几乎连个转身的机会都没有。他们走走停停，好一阵才抵达义宁坊。

义宁坊靠近西边的开远门，大部分进不了西市的胡商，都会选择这里落脚，所以胡籍密度比西市还高。坊内诸教庙宇林立，造型各异，也算是长安一景。顶如焰形、墙色朱赤的是祆教祠；屋脊竖起两根幡杆的是摩尼庙；而在东十字街西北角，有一座上悬十字的石构圆顶大殿，正是景寺的所在。

义宁坊里此时也四处张灯结彩，热闹非凡。赶着上元灯会的热潮，这些庙宇纷纷打开中门，发放善食，宣讲法道。游人们也趁机入内参观，看看平日看不到的异域奇景。

张小敬等人来到景寺门前，门口正站着十几个身着白袍的景僧，个个笑容可掬，向路过的人赠送小小的木制十字架和手抄小轴经卷。

张小敬悄悄吩咐手下那几个人，把景寺的几个出入口摸清楚，一处至少分出两人把守。

檀棋问他道："要去找主教查度牒吗？"她之前做了点功课，知道景教在长安主事者叫大主教，地位与祆教大萨宝相似。但张小敬摇摇头："这和祆教情势不同，我们不知道右杀什么身份，贸然去查，容易打草惊蛇。我另有打算，需要姑娘你配合一下。"

檀棋正要问什么打算，这时一个白袍景僧已经迎了过来。他掏出两串十字架："两位善士，可愿佩我十字，听我讲经？"

他高鼻深目，一看就不是中原人士，汉话也不甚流利。张小敬接过一串，随手给檀棋戴上，然后笑道："我夫人昨夜梦到一位金甲神人，胸带十字，足踏莲花，说一位有缘大德莅临长安，叮嘱我等好生供奉。我们今天来波斯寺里，是为寻师的。"

檀棋大惊，这登徒子怎么又胡说八道！可她又不能当面说破，僵在原地，脸色红一阵白一阵。这时张小敬托起她的手："夫人你蒙十字庇佑良多，这次可得好好感谢才是。"檀棋注意到，张小敬眼中没有挑逗，只有凛凛的寒光。

她猛然警醒，这不是调戏，是在做事，连忙敛起羞恼，冲景僧嫣然一笑。

景僧颇为欣喜，难得唐人里有诚心向教的，想来是被这位有西域血统的夫人感化吧。这可比供奉几匹绢、几件金器更难得。他殷勤地问道："可知道那位大德的名字？"

这次不用张小敬提点，檀棋自己迅速进入状态："金甲神人只说他非中原人士，近几个月才到长安。"

他们与李泌之前讨论过，右杀这等贵人，不可能潜伏太久。若他在这座景寺里化身景僧，时间应该不超过三个月。

景僧皱眉说我教的信众，既有大秦、苫国、波斯等地人氏，也有来自西域乃至北方草原的，这"非中原人士"未免太宽泛了。檀棋连忙又说："或是粟特人氏？"

曹破延就是用粟特商人的身份进入长安，非常方便，右杀贵人没理由不用。

景僧想了一阵，满怀歉意："寺中僧人太多，一时不易找到。不如两位先随我进来，我去问问其他同修。"

这个提议，正中下怀。张小敬和檀棋并肩而行，跟着这景僧进了寺中。

入寺之后，迎面先看到一尊高逾三丈的八棱石幢，每一面上都刻着一个十字花纹，其下莲座，这应该就是曹破延所说的"十字莲花"了。石幢后头，是一个不大的方形广场，地面皆是青石铺就，扫得一尘不染。广场两侧各有一排波斯风石像，尽头便是一座古朴大殿，前凸而顶尖，上头高高竖起一个十字。

比起中土庙观，这里的建筑略无修饰，简朴素净，左右连钟楼和鼓楼都没有。景僧带着他们俩往里走了一段，迎面看到一人，不由得高声叫道："伊斯执事，这里看来。"

那人年纪和李泌差不多大，典型的波斯人相貌，碧眼紫髯，须发卷翘，只是五官稍显柔媚，颇似女相。他的白袍左肩别着一枚橄榄枝形状的长扣，职衔应该比景僧高一些。

值得一提的，是他的双眸——瞳孔既大且圆，呈极纯粹的碧色，像是镶嵌了两枚宝石。

"这是伊斯执事，寺内庶务都是他掌管。大小事情，你们尽管问他好了。"景僧热情地向张小敬介绍道。伊斯虽是地道胡人，唐音却极其标准。他含笑向这对夫妻祝颂上元，声音醇厚，风度翩翩，让人禁不住心生好感。

檀棋把寻找大德的话重新说了一遍，伊斯拊掌笑道："如此说来，确实有一位西域来的长老，新到寺中不久，与尊夫人梦中所闻庶几近之。"

他说的唐话很流利，不过遣词造句总偏书面，应该是从经卷古籍学来的。

张小敬和檀棋对视一眼，同时开口："我等慕道若渴，可否请执事引荐一下？"伊斯在胸口画了一个十字，温和一笑："诚如遵命——不过这里叫大秦寺，可不是波斯寺哟。"

于是景僧返回门口，伊斯亲自给这一对夫妻带路，一路往大殿里走去。

这景寺殿中的格局，与中土庙宇大不相同。上有穹顶，四角直柱，正中供奉的乃是一尊十字架，上挂一人头戴棘冠，面色哀苦。

"我景尊弥施诃怜悯世人之苦，降世传法，导人向善，为大秦州官所杀。尸身悬于十字架上，后三日复生，堪为不朽神迹。"伊斯边走边说，随口谈起教义典故，声音在穹顶上嗡嗡回响。

张小敬疑道："一介州官就能杀掉，这个景尊怎的如此不济？"伊斯笑意不改："好教两位知：一切筹谋，莫非天定。景尊早知有此一劫，欲身代大众之罪，以求救赎，乃是大慈人悲的真法。"

檀棋听得有趣，也开口问道："地藏菩萨发大愿度一切恶鬼，地狱不空，誓不成佛，是不是类似这个意思？"

"他教之事，在下不敢妄言。"

他们一边聊着一边绕行，不知不觉绕过大殿，来到殿角一处别室。这房间低矮狭窄，被一道暗红色的木壁隔成两块，壁上有一个砚台大小的窗口，用木板覆住，不知有何功用。

伊斯道："此是寺中告解之室。若信士做了错事，心怀恶念，便来这里忏悔，请大德开解破妄。此处不接天地，不传六耳，尽可畅所欲言，没有泄露之虞。"说到这里，伊斯深施一礼："贤伉俪既然想与大德相认，自然是来做一场告解喽？"

"这是自然。"

伊斯摆了个请的手势："那请贤伉俪在告解室中稍坐片刻，我这就叫他来。"

告解室并不大，是个和马车车厢差不多大小的屋子。两人走进去，还没来得及欣赏内壁纹饰，只听"砰"的一声，房门居然被关上了，屋子里霎时一片漆黑。

张小敬急忙伸手去推，却听到锁头铿锵，伊斯竟在外头把它牢牢锁住了。

张小敬奋力推了几下，门板咣咣作响。这时壁上那小窗"唰"地被拉开，一缕光线投进来。伊斯的声音从外头传入，还是那么温和从容："两位不妨就此忏悔一下罪行吧。"

张小敬怒道："你们这些妖僧！我夫妻诚心慕道，怎么敢囚禁我们！"

一只宝石般的碧瞳在小窗前闪过，带着浓浓的嘲讽："目不相接，肩不两并，我看你们既不是夫妻，也从不慕道，只怕是哪里来的冒名贼子，窃窥我寺，图谋不轨吧——这点毫末小技，休想蒙混过我伊斯的双眼。"

说完他把小窗重新拉上，整个告解室彻底陷入黑暗。

徐宾站在靖安司的殿前，看着依然忙碌的人群，心情如同在乐游原跑马一样起伏不定。

李泌此时站在沙盘前，和其他几名主事轻声交谈，面上不见任何异色。可他在墙角交代徐宾的话，言犹在耳："内奸一时不除，靖安司一时不安。但司中没有第三个人可被彻底信任，只能由你本人亲自调查。"

徐宾实在没想到，靖安司里头，居然出了内鬼！

靖安司的人员都是从各部各署抽调来的，构成很复杂，但每个人的注色经历都是贺监与李泌亲自看过的。徐宾不敢相信，那些草原蛮子哪儿来的本事，可以渗透层层审查，侵蚀到内部。要是出自李相的指使，那就更可怕了。

要说可疑，最可疑的是檀棋。她是汉胡混血，母亲是小勃律人，鼻梁高耸，瞳孔还是淡淡的琥珀色。好在檀棋是李泌的家生婢，从小在李家长大，没人会蠢到去怀疑她。

可别人就未必会有这样的待遇了。

大唐从来不以血统分尊卑，非中原出身的文武官员多的是。靖安司的属吏里，胡人数量不少，汉胡比例约为五一。

若此时传出有内奸的消息，只怕胡吏人人自危，这种宽松氛围只怕将不复存在。徐宾大概能理解，李司丞为何只能在墙下对自己说了。

没有帮手，不能商量，不能公开，但必须要尽快把内奸挖出来。这可真是给徐宾出了一道苛刻的难题。想到这里，徐宾苦恼地叹了口气，背着手在大殿里走动，不时偏过头去，观察大殿上的每一个人。

偏偏他的视力不好，不自觉地会尽量凑近。往往他还没看清楚，人家已经觉察到了，满脸诧异地望回这位举止古怪的主事。徐宾这么漫无目的地在大殿上转了几圈，忽然发现殿角的蟠龙水漏旁边站着一个人。他眯着眼睛想看清楚，不知不觉凑得很近，猛一抬头，四目相对。

"哎哎？"

这个人，居然是崔器！

这个靖安司的叛徒，居然又厚着脸皮回来了？

崔器的脸色很尴尬，没等徐宾开口询问，先亮出自己的新腰牌："奉甘将军之命，在此巡督靖安事务。"

根据李泌和甘守诚之前达成协议：右骁卫不再追捕张小敬，但不允许他出现在靖安司。右骁卫为了保证协议效力，自然会派遣人来靖安司监督。可甘守诚将军居然派崔器过来，显然是为了故意恶心李泌——至于崔器自己会不会觉得恶心，根本不在甘守诚考虑之列。

崔器重返靖安司后，就一直待在角落里，完全不吭声。反正只要张小敬不出现，其他的事跟自己没关系。徐宾一直到现在，才发现他的存在。

无论于公于私，徐宾对崔器都没有一点好感。他冷冷看了叛徒一眼，也不施礼，就这么转头走掉了。

崔器嘴角抽搐一下，这家伙只是个未入流的老吏，竟然敢对堂堂一位宣节副尉如此无礼。若在平时，他早用刀鞘抽飞了，可是现在，整个靖安司都是自己的敌人……明明今日起床时，自己还意气风发，打算要和阿兄立下一桩大功劳，怎么会走到如今这一步？

"阿兄，也许你不该把我从陇山弄过来。"

崔器看着灯火通明的大殿，深深叹了口气，后退一步，继续把自己隐在黑暗中。

这是他选择的路，必然要为此承担后果。

徐宾不知道也不关心崔器的烦恼，他正像没头苍蝇一样地在大殿里转圈，心乱如麻。这内奸怎么找，可真把他给难住了。

数字背诵对徐宾而言毫无难度，可这人心猜测就难多了。徐宾负手回到自己书案前，忽然看到面前搁着一把用来裁纸卷的小竹刀。

他忽然醒悟到，光是这么一个个看，得看到哪年才算完？自己可真是太笨了，工欲善其事，必先利其器，得有一个"方法"才行。徐宾索性跪下来回到自己的座位，把案几上的文房四宝一样样整理好。这是徐宾的习惯，可以借此来推敲思路。

等到案子上的每一样东西都各归其类，井井有条，徐宾果然有了一个思路。他摇动铜铃，让仆役立刻找来一份靖安司的细图，然后拿起一枚水晶片对着图，仔细研究起来。

整个司署分作三部分：正殿、左右偏殿和后殿。正殿办公，偏殿存放卷宗文牍，后殿是关押犯人的监牢。在整个建筑后头，还有一个大花园，占地颇广，其间散落着一些独栋小屋，诸如退室、望楼、伙房、茅厕、井台、鹘架、水渠之类。在最外围，是一圈高大的院墙，上植荆棘。

整个靖安司只有两个出口——正殿正门，通往坊内十字街；还有一个朝东开的角门，可以直接连通旁边的京兆尹公廨。哦，对了，现在还多了一个通往慈悲寺草庐的墙梯。

徐宾的思路很简单，无论这个内奸是谁，都必然要面临一个问题：如何把情报传出去。而且从那几次情报泄露的速度来看，这条渠道还必须特别快。从地图上看，只有两门可选。

还有情报来源的问题。

靖安司的消息，哪些可以公之于众，哪些只通知各位主事，哪些只能司丞与靖安令拆阅，都有明确的规定。比如狼卫在西市的行踪，对全体人员都是公开的；而王韫秀被绑架的消息，一开始只有李泌知道。

靖安司的两次情报失泄，一次西府店，一次昌明坊，级别都不算高。可见这位内奸，不能触及更高层面的事情。

很快徐宾便勾画出了这位内奸的基本情况：一、他能在正门和角门通行无碍；二、他能接触到靖安司的最新动态，但只到中级。这样便能筛掉一大批小书吏，只剩一些主事、录事级的人。

徐宾想到这里，抬头又看了眼殿角。崔器刻意把自己的身形隐在黑暗中，不易被发现。讽刺的是，眼下他是这大殿内唯一一个能确定不是内奸的人。

等一下，崔器或许知道内奸是谁？毕竟他的背叛，得有一个接头人才行。但很快徐宾又否定了这个猜测。拉拢崔器叛变的，一定是李相在明面上的人，这样才有说服力。接头人负责拉拢，内奸负责传递情报，这是两条彼此独立的线。

再说了，就算崔器知道，也不可能告诉靖安司。

看来还得从别处想办法。

徐宾又扫了一眼细图，忽然有了一个绝妙的主意。可这个主意还欠缺一个契机，他只好暂时耐心等待着。

水漏还未过去一刻，大殿外头忽然传来一阵骚动。随着急促的脚步声，姚汝能搀扶着闻染走了进来。闻染身上披着一件轻毯，对陌生的环境有些警惕，任凭身旁的男子推着前进。

绝大部分书吏都抬起头来看着她，眼神复杂。这应该是王忠嗣的女儿吧？总算是找回来了！就是这个女人，让他们加班到现在不能参加灯会。

姚汝能把闻染带到李泌跟前，李泌还未开口，姚汝能抢先一步过去，低声道："这位姑娘不是王韫秀，叫闻染。"

李泌闻言一怔，他本以为这件事总算有所交代，怎么又节外生枝。他冷着脸道："闻染是谁？"

姚汝能道："路上已经问清楚了，她是敦义坊闻记香铺的铺主。据她自己说，她遭到熊火帮的袭击，去找王韫秀求助，同乘奚车出行，然后被贼人袭击，一路挟持到了昌明坊——所以可能……呃，我们从一开始就搞错了。"

这是一个可悲的误会。原来被狼卫劫持的，一直是闻染。

"那王韫秀呢？"李泌瞪着她。

闻染觉得这男人很凶，赶紧缩回到姚汝能身后，摇了摇头。从出车祸开始，她身边的事情一件比一件诡异，完全跟不上状况，更别说留意王韫秀的踪迹了。

李泌对她失去了兴趣，他让姚汝能把这女人留下问问话，如果没什么疑问就放走。姚汝能搀着闻染正要走，李泌忽然想起来什么，又把他们叫住了："你是否认识张小敬？"

闻染听到熟悉的名字，眼神透出一丝喜色："那是我恩公。"

李泌眼神里露出恍然之色，他把拂尘一摆，对徐宾冷笑道："难怪张小敬坚持要再次搜查，原来他要找的不是王韫秀，而是这个闻染！"

刚才张小敬执着于昌明坊的再次搜查，让李泌一直觉得很奇怪。现在一看找到的是闻染，李泌立刻敏锐地捕捉到了其中的微妙联系。现在回头去想，修政坊中张小敬一口咬定劫走的是王韫秀，恐怕从一开始就在有意误导。

李泌又是恼怒，又是失望。不错，张小敬为阻止突厥人确实不顾性命，这个误导也没耽误正事。可这个小动作，把李泌的无条件信任给破坏掉了：他还有没有其他隐瞒的行为？未来是否还会有类似行为？这会产生一连串问题和隐患。

"把她给我拘押到后殿牢房里去，审问清楚和张小敬什么关系！"

李泌严厉地修改了命令。姚汝能以为自己听错了，留下和拘押，这可是两个性质截然不同的用词。

李泌见他有所迟疑，把拂尘重重顿在案几之上，发出"咚"的一声。姚汝能只得拽住闻染，略带歉疚地往后头拽。

闻染不知就里，只得牢牢地抓住姚汝能的胳膊，这是整个大殿里唯一让她觉得安心的人。

他们离开之后，李泌闭上眼睛，心中已经打定了主意。一俟义宁坊景寺那边有了进展，就立刻召回张小敬。在接下来的行动中，他不确定是否还能继续信任那个人。

在一旁的徐宾，并不知道长官对合作者的态度发生了微妙改变，他正心无旁骛，奋笔疾书。

因为他一直等待的契机来了。

靖安司通往外界一共有两道门，一处正门，一处角门，都有旅贲军的士兵把守。出入这里的人，都必须出示竹籍，无籍阑入，视同闯入宫禁，士兵可以当场将其格杀。

从今天巳时开始，这两个门不断有大量人等进进出出，都是刻不容缓的急事。这种忙碌情况一直持续到申时，明烛高悬，士兵们早已疲惫不堪，查验竹籍的态度也敷衍起来。

一个长脸官员从靖安司的角门走出来，手持竹籍。守门士兵一看脸，认出是庞录事。他经常通过这个角门往返京兆府公廨和靖安司之间，负责调阅各类卷宗。光是今天，他就跑了不下十几趟。于是士兵懒得核对竹籍，略微过了一下手，挥手放行。

庞录事迈过门槛，进入京兆府。他左右看了看，并没径直前往司录参军的衙门，而是拐了个弯，钻进正厅与围墙之间的马蹄夹道。这条夹道很窄，只容一匹马落蹄，故称马蹄夹道。这里堆积着各类杂物，平时少有人来。

他走到马蹄夹道中段，弯下腰，从怀里掏出一团纸卷。突然一声锣响，围墙上亮出一排灯笼，整条夹道霎时灯火通明。徐宾负手站在夹道的另一端，惋惜地看着他。

"老庞，我没想到，居然是你……"

庞录事惊慌道："我、我是过来解个手嘛。"徐宾苦笑着摇摇头："哎哎，莫诓我了，靖安司的茅厕，难道坑位不够吗？"他走过去，从庞录事手里夺过纸卷，打开一看，里面居然是一份伙食清单。

庞录事赔笑道："老徐你也了解我，靖安司那里的茅厕太脏了，所以来这里方便一下。这纸卷擦屁股，比厕筹舒服啊——有《惜字令》在，这事不得背着人嘛。"

朝廷颁布过《惜字令》，要求敬纸惜字，严禁用写过字的纸如厕。庞录事用伙食清单擦屁股，严格来说也是要挨板子的。

徐宾道："哎哎，老庞你多虑了，法严人情在，怎么会因为一张破纸就抓人呢？"然后把纸卷递还给他。庞录事松了一口气，正要拍肩表示亲热，徐宾却轻轻闪开，面色转为严肃："要抓，也是因为泄、泄露军情之事。"

他为人老实，这种咄咄逼人的话说起来，一结巴，威势全无。庞录事一听，脸色不悦："老徐，你可不能这么污蔑同僚。我用纸来方便是有错，可你这个指控太过分了吧？"

徐宾畏缩了一下，旋即叹了口气，发现自己的气场实在不适合刺奸。他把身子闪过，亮出身后的一个人。庞录事就着烛光一看，原来是看守角门的那个守卫，已被五花大绑，于是身子开始颤抖起来。

夹道里静悄悄的，与外头的喧嚣恰成反比。只有徐宾的声音，弱弱地响起：

"我知道司里出了奸细，可我得等一个契机。刚才王韫秀回到殿中，却被发现是另外一名女子。我故意把这条消息抄送给所有官吏。它太重要了，内奸一定会尽快把它送出去。这个时候离开席位外出的，呃，一定最有嫌疑。"

徐宾诚恳地解说自己设下的陷阱，唯恐庞录事听不明白。

"我一直在想，靖安司的内奸该怎么通过正门或角门，哎哎。然后发现我陷入一个误区。这个人并不一定是穿门之人，也可能是……嗯，守门之人。"徐宾说到这里，鼓起一口气，声调变得更为自信，"刚才我已经看到了：你走过角门，趁检查竹籍时把消息交给守门士兵，清清白白离开；守门士兵再传递给外头一个人，继续清清白白守门。这办法好得很，单查你们任何一个人，都是清白的。非得合在一块，才能看出名堂来。"

庞录事"咕咚"一声，瘫坐在夹道里。徐宾吩咐左右的不良人过去拿他，庞录事连忙抬起脸，乞求着说道："我、我是给凤阁那边办事……"

凤阁就是中书省。他主动坦承是李相的人，指望徐宾能手下留情。可纵然迟钝如徐宾，也知道李相绝不可能承认有这事，更不可能保他，庞录事的仕途已经完蛋了。

庞录事也意识到这一点，扯住徐宾袖子："我要见李司丞！我只是传消息，可从来没耽搁过靖安司的事！"

徐宾听到这个，有点火了："哎！又不承认，若不是你与凤阁暗通款曲，远来商栈的火灾能起来？崔器能叛变？"庞录事闻言愕然，随后大叫："崔尉之事，是我传给凤阁不假，可远来商栈我可没传过！"

"嗯？"

"给突厥人办事，那是要杀头的！又没好处。"庞录事义愤填膺。

经他这么一提醒，徐宾发现这两次泄密，其实性质截然不同。远来商栈意外起火，得益的是在西府店窥图的突厥狼卫；针对崔器的拉拢叛变，得益的是李相。

庞录事再无耻，也不至于通吃两家。

"难道说……其实有两个内奸？"徐宾站在夹道里，禁不住一哆嗦。靖安司什么时候成了筛子？什么泥沙都能渗进来。

他死死盯着庞录事，盯得后者直发毛。不过庞录事很快发现，徐宾的近视眼神，盯的其实是那卷用来解手的空白纸卷。他小心翼翼地递过去："你要是想用的话……"

徐宾突然跳起来，转身朝夹道外头跑去。难为他已过中年，腿脚还这么灵便，一下工夫就消失在夹道尽头，扔下庞录事、守门卫兵和几个押住他们的不良人面面相觑。

徐宾喘着粗气，脑子里却快要炸起来。他刚刚想到，这靖安司里，还有另外一条更好的传输通道！

光德坊附近的四条街道，俱是灯火耀眼。那些巨大的灯架放射出万千道金黄色的光芒，把半个天空都照亮了。

这对游人来说，是难得一见的壮景，但对靖安司安置在诸坊的望楼，却是最头疼的干扰。燃烛万千，喧声彻夜，望楼无论击鼓还是举火，都近乎失效。

为此，望楼上的武侯不得不在灯笼上罩上两层紫色的纸，以区别于那些巨大的灯火。倘若有仙人俯瞰长安城的话，会看到城区上空笼罩着一片闪动的金黄色光海，要仔细分辨，才能看出里面夹杂着许多微弱的紫点——就像一个小气的店主在毕罗饼上撒了一点点小芝麻粒。

就在这时，光德坊附近的一处望楼上的紫光，倏然熄灭。可是，跟这些灿烂如日月的彩灯相比，这一点点腐萤之光实在是太不起眼了，根本没人会留意。

很快第二处望楼的灯光也熄灭。

第三处、第四处、第五处……在几十个弹指的时间内，围绕着光德坊一圈的望楼紫点，全都黯淡下去，就像一圈黑暗的索带，逐渐套拢在光德坊的脖子上。

姚汝能把闻染关在后殿的监牢里，走出来站在院中，长长出了一口气。闻染不肯重新回到阴冷黑暗的环境，一直在问姚汝能这是怎么回事。他好说歹说，才安抚好她的情绪。

这个普通的女孩子，今天经历了这么多折磨，实在太可怜了。李司丞刚才要求把她像囚犯一样关起来，这让姚汝能有点不平。

他跟看守牢房的狱卒交代了一声，在牢房里多放了一盏烛台和盛满清水的铜盆——闻染的发髻和脸已经脏得不成样子，需要好好梳洗一下。

这样安排，等到张都尉回来，好歹对他能有个交代吧。姚汝能心想。

这女子喊张小敬为恩公，这两个人之间不知有何故事。姚汝能现在对张小敬的生活充满好奇，他迫切地想看清这个人，闻染应该是个绝好的了解途径。

姚汝能让闻染自己清洗一下，他趁这个时间到院子里透透气，厘清思路，再回去审问闻染——嗯，不是审问，是询问，他纠正了一下自己的用词。

靖安司的后院监牢连接的是左偏殿，两处的中途有一个小院，原来的主人在此安放了一座爬满藤萝的假山，俨然一派通幽山景。姚汝能溜达到这小院里，正低头沉思着，忽然看到在假山后头，似乎有人影晃动。姚汝能双眼一眯，警惕地按住腰间的铁尺："谁？"

"是我，崔器。"

人影走了出来，姚汝能双眼一瞪，这可真是出乎意料。

"哦，这不是右骁卫的崔将军吗？"姚汝能满是讥讽地强调了"将军"二字。他以为这辈子再也不必看到这张脸了，想不到他居然厚着脸皮回到靖安司。

崔器黑着一张脸，死气沉沉："我找你有事。"姚汝能继续嘲讽道："把我抓回去？可惜甘将军只限制了张都尉，可没提到我这无名小卒。"

崔器咬着牙沉声道："不是这件事，我跟你说，靖安司可能会有危险！"

姚汝能简直想笑，这家伙说话比跳参军戏的俳优还滑稽。靖安司策防京城，它有危险？它的工作就是找出危险好嘛！

"不是，你听我说。我现在没什么证据，但有种强烈的预感，有些事不对劲。"

崔器的语气有些急躁。他在陇山当过兵，对危险有着天然的直觉。从刚才开始，他忽然感觉坐立不安。殿中人的脚步声、风的流动、外面的喧嚣、通传的频率，总觉得哪里不对，可又说不出。

"你当然盼着靖安司出事了。"姚汝能撇撇嘴。

"你个兔崽子，怎么说话呢？"崔器大怒，伸出手掌猛地拍了一下假山，"是！我是叛徒！我趋炎附势，可我编造这种谎言有什么好处吗？"

姚汝能看着他的脸，神色慢慢严肃起来。这个人可能很怯懦，很卑劣，但并不擅长做伪。他现在似乎是真急了。

"既然你这么好心，为何不直接去跟李司丞、徐主事他们说？"姚汝能狐疑道。

"叛徒的话，他们不会相信的。"崔器苦笑着回答，"但小姚你去发出警告，就不一样了。听着，我不是为靖安司，我是为我自己。如果靖安司真出了事，我也没法幸免。"

这是真心话。如果有可能，他早跑了，可有甘守诚的军令，他只能原地守在这里。

姚汝能道："那你总得说清楚要出什么事，光是感觉可不成，你让靖安司怎么防备？"

崔器急道："先调几队旅贲军来，总没错！"

话音刚落，两人同时听到急切的脚步声。他们循声望去，发现声音来自更远处的后花园。

徐宾一口气从京兆府跑回靖安司，又从靖安司跑到院子后头。这里是一个很大的花园，地方空阔，只有一些退室、茅厕、鹊架什么的，靖安司的望楼也设置在花园中央，周围是一圈高耸的山墙。

按道理这里是死路，绝无出口。但徐宾却忽然想起来，其实这花园里有另外一条通道。

水渠。

光德坊的位置为何如此重要？因为靠长安西边的三条渠道——广通渠、清明渠、永安渠，恰好就在这里汇聚，再流入皇城。

三渠入坊，让光德坊内部的水路既宽且深。靖安司的这个后花园，在东西两面墙各有一处水门。自东墙引入主渠之水，中间弯成一条弓形，恰好半绕李泌的退室，自西墙再排入主渠。这样一来，花园就有了一条活水，只要三渠有一条不枯，这里永远有清水流转，风水上佳。

徐宾看到庞录事手里的纸卷，一下子想到，那内奸根本不必从二门出入，只要借口上茅厕跑来后花园，把涂了油的纸丢入水渠，然后安排人在西墙外用笊篱捞起便是。水流会完成情报的传递，既可靠，又迅速，且极为安全。

这个手法说破了一文不值，可它比庞录事的办法更实用。

徐宾故意放出王韫秀是闻染的消息，对另外一个内奸来说，也是要立刻送出的情报。换句话说，徐宾急急忙忙跑过来，说不定能在水渠旁堵到他——至不济，也能抓到西墙旁边捞情报的人，堵死这条路。

他身后跟着五个不良人。徐宾让其中两个体格最好的，尽快从另外一侧翻墙过去，先堵另外一侧，他和另外三个跑成一个扇形，朝水渠靠拢。

徐宾很久没这么运动过了。他的肺部火辣辣地疼，大口大口喘着粗气，可脚下却丝毫不敢停歇。庞录事被捕之后，那个内奸说不定会就此隐伏，眼下是唯一可能逮住他的机会。

他们跑进后花园，沿着碎石小路迅速前行，很快便看到退室矗立在黑暗中的影子。这里没有灯，所以没办法看得更清楚了，只能听到水渠里哗哗的水声。

咦？怎么会没有灯？

靖安司的大望楼就设在附近，它要接收来自长安四面八方的消息，所以规模比别的望楼要大一倍，上头可装八名武侯。入夜之后，上头应该悬有一十六盏紫灯。

徐宾抬起头来，发现大望楼上一片漆黑，什么灯都没有。

不好！

一个极为不祥的预感，像阴影中弹起的毒蛇，狠狠地咬住了徐宾的心脏。

墙的另外一边传来两声惨叫，那是刚翻过去的两个不良人。徐宾面色陡变，急忙探脖子去看，可视力在黑暗中无能为力，脚下一磕，整个人登时摔趴在地上。

与此同时，一个影子从水渠里站起来，不良人们一惊，纷纷抽出腰间铁尺。这时陆陆续续又有十几个影子纷纷冒头，爬上渠岸，简直像是从水中涌现的恶鬼。

他们身穿黑色水靠，手持短弩站成一排，保持着可怕的安静。在不远处的西墙底下，水栅已经被拆毁，这些人应该就是从那里游过来的。一个黑影站在西墙边缘，淡然地望向这边，玩弄着手里的直柄马牙锉。

剩下的三个不良人胆怯地停住脚步，想往回跑。数把短弩一动，登时干掉了两人。最后一人急忙要高喊示警，头顶却突然飞来一支弩箭，从他的天灵盖刺了进去。

一个黑影从大望楼上探出头来，确认目标死亡，然后用手势比了个动作。

黑影们脱下水靠，给短弩重新上弦，然后分成数队，迅速朝着靖安司大殿扑过去……

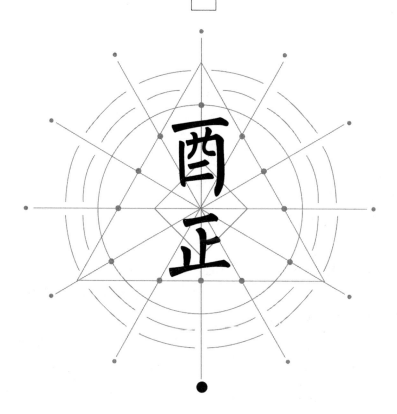

第九章

酉正

车夫把牛车停住，咳嗽了一声。在车厢里的医馆学徒从腰间摸出一把匕首，
朝担架上的病人刺去。担架的毯子下突然伸出一只大手，
快如闪电，一下子就钳住了学徒的手腕。

天宝三载元月十四日，酉正。

长安，长安县，义宁坊。

告解室里的空间既狭且黑，一个人待久了会觉得喘不过来气，何况现在里面塞了两个人。

檀棋和张小敬困在黑暗里，几乎贴面而对，几无腾挪的空间，连对方的呼吸都能感受到。张小敬保持着这个尴尬的姿势，又喊了几声，外面完全没有动静，那个伊斯执事居然就这么离开了？

别说檀棋了，连张小敬都没想到，这谈吐儒雅的景僧，说翻脸就翻脸。他也算阅人无数，愣是没看穿这个叫伊斯的僧人。那相貌和气质，实在太有迷惑性了。

张小敬用拳头狠狠捶了几下，小门纹丝不动。这木屋看似薄弱，材质却是柏木，木质紧实，非人力所能撼动。

"檀棋姑娘，得罪了。"

张小敬抬起上半身，朝檀棋的脸前贴去，他是想给腰部腾出空间，好抽出障刀。檀棋知道他的意图，可心中还是狂跳不已。她从未这么近距离与男子接触，感觉那粗重的呼吸直钻鼻孔，吓得一动都不敢动。

张小敬慢慢把刀抽了出来，小心地把刀尖对准门隙，往下滑动。薄薄的刀刃能磕到外头锁链。可是这小屋子太狭窄了，完全用不上力气，更别说劈开了。唯一的办法，就是用刀头去削磨小门的门枢，但这个要耗费的时间就太久了。

檀棋觉得整件事太荒唐。阙勒霍多去向不明，长安危如累卵，他们却被一个不知所谓的景僧执事，用不知所谓的理由关在这个不知所谓的鬼地方。

她看向张小敬，这家伙应该很快就能想出脱身的办法吧！就像在右骁卫时一样，他总有主意。张小敬那只独眼在微光下努力地睁大，嘴唇紧抿，像一只困在箱笼里的猛兽。这一次，似乎连他也一筹莫展。

檀棋忽然警醒，自己什么时候开始把他当靠山了？登徒子说过，这次借她来，是为了借重自己的智慧。如果什么都不做，光等着他拿主意，岂不是给公子丢人！檀棋想到这里，也努力转动脖颈，看是否能有一线机会。

两人同时动作，一不留神，脸和脸碰到了一起。那粗糙的面孔，划得檀棋的脸颊一阵生疼。檀棋腾地从脸蛋红到了脖颈，偏偏躲都没法躲。

就在这时，外面传来脚步声，两人动作同时一僵。

伊斯的声音在外面得意扬扬地响起："两位一定正在心中詈骂，说我是口蜜腹剑吧……哦，恕罪恕罪，我忘了口蜜腹剑这词是被禁的，还是用巧言令色吧，毕竟令色这两个字我还担得起，呵呵。"

这家伙不知何时又回来了，或者根本没离开过。檀棋见过的男子也算多了，对自己容貌津津乐道的，这还是第一个。

"你们冒充夫妻，闯入敝寺，究竟意欲何为？"伊斯问道，他的口气，与其说是愤怒，毋宁说是兴奋。

檀棋正要开口相讥，张小敬却拦住她，把腰牌从身上解下来，在门板上磕了磕，语气急切："我是靖安司的都尉张小敬，正在追查一件事关长安城安危的大案。你必须立刻释放我们。这是靖安司的腰牌，你可以向官府查证。"

"靖安司？没听过，不会是信口开河吧？"伊斯隔着小窗看了眼腰牌，"容在下明日去访访祠部，届时必能分剖明白。"

"那就来不及了！现在放我们走！"张小敬身子猛地一顶，连带着整个木屋都晃了晃。

伊斯伸出纤细修长的手指，啧啧地摆动了几下："在下忝为景教执事，身荷护寺之重，既然有奸人冒良入寺，不查个清楚，在下岂不成了尸位素餐之辈？"

他说话文绉绉的，可此时听在檀棋和张小敬耳朵里，格外烦人。

张小敬沉声道："听着，现在这座波斯寺里藏着一个极度危险的人物，他牵连着数十万条人命。若是耽搁了朝廷的大事，你们要承担一切后果！"

数十万人命？极度危险？这两个词让伊斯眼前一亮："首先，我们叫大秦寺，不叫波斯寺。其次，若真有这么一个危险人物，也该由本寺执事前往处理——你们想找的那位大德，就是他？"

"是的，他是突厥的右杀贵人，在三个月内来到长安。靖安司认为他假冒景僧，就藏在这座波斯寺里。"张小敬的语速非常快，他不能被这个爱拽文的波斯人掌握谈话节奏。

"都说了是大秦寺……嗯。"伊斯似乎被这番话打动，他眼珠一转，俊俏的脸上现出一丝兴奋的笑容，"尔等先在这里忏悔，容在下去查看一下，看看所言是虚是实。"

张小敬这回可真急了，扯着嗓子喊出来："这个突厥人背后势力很强大，不可贸然试探。请你立刻开门，交给专事捕盗的熟手来处理。"

"哦？你说的是那两个被我关在告解室里的熟手？"伊斯哈哈一笑，用两只食指点了点自己的眼睛，"我伊斯双眼曾受秋水所洗，你们能识破的，我自然更能看穿。"然后他不顾身后张小敬的叫嚷，转身离开。

伊斯大步走在走廊里，表情还是那么平静，可白袍一角高高飘起，暴露出主人内心的踊跃。

景僧寺崇尚苦修谦冲，一年到头连吵嘴都没几回。伊斯自负熟读中土经典，身怀绝学，却一直没机会展示，引以为憾。这次好不容易逮到一次机会，他绝不会轻易放过。

若是那个男人所言非虚，这将会是一个绝好的机会。伊斯恰好走到正殿，看到十字架高高在上，虔诚地合掌祷告道："我主在上。这次建功有望，必得朝廷青睐，可以正我景教本名。"

他祷告完毕，直奔正殿旁的一片宅子而去。那里有一片菜畦，里头种些瓜果青菜。景僧不分品级上下，都提倡亲力亲耕，所以宅子也修在菜畦旁边。一水皆是平顶二层小石楼。

伊斯身为执事，对景寺人员变动知之甚详。一个月前，这里确实来了一位僧侣，名叫普遮，粟特杂胡，所持度牒来自康国景寺，身份是长老。普遮长老来到义宁坊景寺之后，行事颇为低调，平日不怎么与人交往，只是外出的次数多了些。寺里只当长老热心弘法，也不去管他。

听张小敬的描述，这普遮长老是唯一符合条件的人。

他年过六十，寺里特意给他拨了一处二楼偏角的独屋。伊斯叫了一个管宅子的景僧，一起拾级而上。他走到门口敲了敲门，唤了声"普遮长老"，没人回应。伊斯手一推，门是虚掩的，"吱呀"一声居然开了。

这小厅里的陈设，与其他教士并无二致。窗下摆有一尊鎏金十字架，两侧各搁着一口拱顶方巾箱，地上铺着一层厚厚的骆驼毛毡毯。

伊斯一眼注意到，那毡毯正中翻倒着一把摩羯执壶，壶口流出赤红色的葡萄酒来，将毯子浸湿了好大一片。他立刻警惕起来，先把袍角提起，掖在腰带里，然后脚步放缓，朝寝间走去。

伊斯一踏进去，首先映入眼帘的是普遮长老瞪圆的双眼，表情惊骇莫名。他头搁在门槛上，仰面倒在地上，胸口还插着一把利刃，血肉模糊。长老的手臂还在微微颤抖，不知是一息尚存，还是死后怨念未了。

伊斯大吃一惊，这……这不是个极度危险的贼人吗？怎么反被人杀了？

身后那个景僧跟过来，看到这血腥一幕，"妈呀"一声，瘫坐在地上。伊斯眼珠一转，没有急着俯身去检查，也没忙着进屋，而是急速扫视了屋子一圈。

就这么安静了几个弹指，他突然抄起手边一个铜烛台，狠狠砸向屋角。

屋角那里摆放着两扇竹制小屏风，平日用来遮挡溺桶。它本身很轻薄，被沉重的铜烛台一砸，"哗啦"一声，应声倒地，从后头跳出一个蒙面的汉子来。

"这点毫末伎俩，还想逃过我伊斯的双眼？"伊斯半是兴奋、半是壮胆地喝道。

这里的窗户方向是正北，又是二楼，正好对着御道的光彩灯影。伊斯刚才就注意到了，灯光照射进屋角，两扇竹屏风的影子之间应有一道光隙，可有那么一瞬间，两扇影子却连在了一起——这说明屏风后藏着人。

想必是这凶手杀人之后，还没来得及离开，就听见敲门，他只能暂时藏在屏风后头，没想到被伊斯直接给喝破了。

既然暴露，蒙面汉子也不废话，抄刀向伊斯扑过来。伊斯略带惊慌地后退，可已经来不及了。他脑子里飞快地闪过一个念头：刚才应该佯装无事，退下报官。

可是后悔已经晚了，蒙面汉子的刀锋迅猛逼近。伊斯不顾体面，整个人一下子趴在地上，勉强躲过这一刀。还没等那汉子收刀再刺，他用手抄起床榻边的一个暖脚钩炉，劈头盖脸泼过去。

这暖脚钩炉是个铁撮子样式，内盛炭火，用来夜里取暖。伊斯拿起钩炉，往外一送，钧炉里大概曾经烧过什么东西，细碎的灰末被甩出来，斗室之内登时烟雾弥漫。伊斯趁这个机会爬了几步，脱离蒙面汉子的攻击范围，起身把钧炉握在手里。

他忽然听到一声惨叫，竟是那跟随而来的管宅景僧发出来的。不用说，蒙面汉子一击伊斯不中，直接把身后那景僧给杀了。

伊斯大怒。这些家伙闯入景寺，还连杀两位僧人，这简直是对执事最大的侮辱。他把钧炉里最后一点炭灰拼命往外撒去，然后跳到了床榻上。

长老级别的僧人，榻边必然会挂着一根手杖。木料用的是苫国的无花果树，那里是景尊兴起之地，持之以不忘根本。蒙面汉子兵器犀利，但伊斯对屋子里的陈设更加熟悉。

伊斯从墙上取下手杖，心中稍定。他不需要赢，只要坚持多一点时间，自然有护寺景僧赶到。他倚仗着手杖的长度优势，把蒙面汉子压制在屋子一角。

那蒙面汉子很快意识到对方在拖时间，于是没再过多纠缠，一转身，居然从窗口跳了出去。

伊斯疾步跑到窗台往地面上看，却没看到对方踪影。他一抬头，发现那蒙面汉子居然借着凉台凸面，翻上了屋顶。

真以为我们景僧都是文弱之辈吗？

伊斯冷笑一声，用口咬住手杖，双手反手攀出窗台上缘，身子一摆，也迅速翻到屋顶。

景寺的屋顶平阔，极适合奔跑。两人你追我赶，一个个屋顶跃过去，脚下片刻不停。蒙面汉子固然身手矫健，伊斯也不让分毫，甚至灵巧上还更胜一筹。

伊斯自幼生长在西域沙漠中，平日最喜欢的活动，就是在各处石窟沙窟之间飘来荡去，久而久之，练出一身攀缘翻越的轻身功夫，任何高险之地，皆能如履平地——他自称跑窟。

刺客这么逃，正好搔到了他的痒处。

眼见伊斯越追越近，蒙面汉子又一次跃过两个屋顶之间的空当，猛一转身，用刀刺向半空。身后的伊斯已经高高跃起，向刀刃自己撞去。他半空中无法避让，情急之下把白袍前摆往前一撩，等刀刺穿袍子的一刹那，猛然扯动，把刀尖拽偏了几分，堪堪从肩头刺过去，划开了一道血痕。

伊斯借这个势，一头撞到蒙面汉子怀里，把他顶倒在地。两人在屋顶滚了几滚，扭做一团。伊斯松口握住手杖，一边砸他的头一边恨恨喝道："我好歹也是波斯王子的出身，岂容你在这里卖弄！"

他正砸着，忽然一支弩箭破空飞来，正钉在伊斯的木杖头上。若再偏个半分，只怕这箭就刺入伊斯咽喉了。趁他一愣神的工夫，蒙面汉子一下将他推开，纵身跳下两层楼去。

伊斯没想到，这个刺客原来还有同伙。他几步跑到屋顶边缘，看到远远有一人手举弩机，正对着自己。他连忙一低头，又是一箭擦着头皮飞过。

趁这个机会，那蒙面汉子已经从地上爬起来，一瘸一拐地跑到那个弩手身旁会合。弩手把弩机一丢，两人越过八棱石幢，径直奔景寺大门而去。

此时再追过去，已经来不及了。伊斯只得大声呼叫，指望门口的那些僧侣能听见。那些景僧正忙着向游人分发礼品，周遭喧闹得很，哪会想到有两个刺客从身后跑出来。

但在门口的，并非只有他们。

那一批旅贲军士兵遵照张小敬的命令，早守在门口，一看到这两个人杀气凛然，纷纷抽出利刃，拉了一个扇形围过去。

两个杀手反应极快，立刻从怀里掏出一把铜钱，"唰"地朝天上抛去，落下如天女散花。周围的游人纷纷喊道："散花钱啦！"

散花钱乃是长安的一个习俗，赏灯时抛洒铜钱，任人捡拾，散得越多，福报越厚。但这个陋习屡屡出事，被官府所禁。游人们听到有人居然公然散花钱，无不惊喜，一传十，十传百，顿时无数民众朝这边涌过来，男女老少哄抢成一片，场面登时大乱。

等到钱捡得差不多了，那两个杀手早已遁去无踪，剩下十几个旅贲士兵站在原地，四处张望。这时伊斯已经翻下屋顶，赶到门口。看到这一幕，连忙问道："你们是不是有个都尉叫张小敬？皴脸瞽目？"

士兵茫然地看着他不说话。

"呃，就是脸上全是皱纹，还瞎了一只眼睛。"

"哦，那没错，是张都尉。"士兵这才恍然大悟。

伊斯摸摸脑袋，俊俏的脸上露出为难神色。饶是他口才了得，也不知该怎么跟这位军官解释，这位张都尉刚被自己关了起来。

光德坊，靖安司。

最先遭遇袭击的，是一个传送文书的小吏。他正捧着一封文书朝大望楼走，突然看到十来个黑影扑过来。他刚瞪大了眼睛，就被一把短脊刀刺穿了咽喉。

然后遇袭的是两名守卫。他们负责把守后花园与前面大殿的连接处，正有一搭无一搭地闲聊着，忽然两人身子同时一僵，倒在地上，脖颈处分别插着一支弩箭。

为首的黑影走到这里，暂时停住了脚步。他就是刚才爬上大望楼的人，也是这一队人的领袖。他俯身把弩箭从两名守卫身上拔出来，重新装回弩机，然后做了个安全的手势。

五个黑影立刻向前，分别抢占了高处和侧翼几个地点，将弩机对准了通往后花园的那条路。然后另外几个人折回到水渠的缺口，拖过来几个沉重的麻布口袋。他们打开口袋，每人从里面拿出一具简易的唧筒和几个小陶罐。

这种唧筒是一个竹圆筒，前有孔窍，后有水杆，水杆的一头裹着压实的棉絮，塞入筒内。这样一来，只消一拉，便可从窍口吸水入内，再一推便能喷出去。这东西原本用于灭火，但极易损坏，送出的水量聊胜于无，所以并不怎么普及。

若是只用一次，倒是相当趁手。

他们有条不紊地用唧筒从陶罐里上水。首领站在原地，看着远处靖安司大殿的檐角，身上充满了杀戮前的兴奋。他忽然抬起手，把面罩摘下来，往嘴里扔进一卷薄荷叶，面无表情地咀嚼起来。

龙波的那只鹰钩大鼻子，在夜空下分外狰狞。

在这期间，陆陆续续又有两三个如厕的靖安司小吏走过来，无一例外全被瞬间杀死，尸体全数丢在了旁边的沟渠里。

等到所有人都装好了唧筒，挎在身上。龙波用粟特语发出指示："分成三队。正殿一队，左右偏殿各一队，另外负责左偏殿的，兼顾后殿。突击开始后，对守卫用弩，对文吏用刀，对物品用唧筒，务求第一时间控制局势。"

他又强调道："所有这些行动，必须在一刻之内完成。"

众人同时点了点头。龙波把嚼烂的薄荷吐在地上，重新把头罩戴好："走，给靖安司的诸位长官送灯去。"

告解室的小门被咣当一声打开，久违的光线重新进入眼帘。檀棋和张小敬同时眯了一下眼睛，有点不适应。

伊斯倒是没有遮掩，主动上前致歉，佶屈聱牙的话说了一大通，又是"永思厥咎"，又是"痛自刻责"，几乎把前朝罪己诏都背过一遍。

檀棋毫不客气地打断他的话，问刚才到底发生了什么。伊斯自知理亏，把刚才的事情复述了一遍，张小敬听得脸罩寒霜，顾不得跟他计较，说立刻带我去看。

重伤的普遮长老已经被抬到了一处静祈室中，由寺中的医师抢救。他的胸口中刀，伤口很深，人早已昏迷不醒。

张小敬走近仔细端详，这是一张满是皴裂的狭长马脸，鼻阔眼裂，绝非中土面相，不过要说是突厥脸，也不好确定。

这件事很麻烦。普遮长老到底是不是右杀，目前无法证实。而靖安司必须要十成确认，才好开展下一步工作。

他的寝居已经被搜查了一遍，除了那一份度牒，没有其他和身份有关的东西。而且那份度牒的价值也不大，突厥人完全可以伪造一份——甚至可以抓一个真正的普遮长老，杀掉人，把文书留下便是。

张小敬沉思片刻，俯身去扯普遮长老的长袍。伊斯忙道："唐突法体，不大妥当吧？"檀棋冷冷道："若他是突厥右杀，还谈什么法体不法体？"她刚才被关了一肚子的怨气，对这个自作聪明的蠢执事切齿痛恨。

张小敬把医师赶开，撕开袍子，一具苍老的肉体露出。在其小腹右下方，有一条触目惊心的长疤痕，如蛇踞侧腹，两边肉皮翻卷。张小敬伸手摸了一回，抬头说这是陌刀的伤疤。

陌刀柄长四尺，刃长三尺，是唐军专用于马战的精锐装备。看疤痕的长度和位置，这位应该是在马上被横切的陌刀斩中半刀，居然没死，真是命大。

张小敬再把他的下胯扯开，大腿里侧有厚厚的磨痕，应是常年骑马的痕迹。而两边的腰外，则隆起两块弧形茧子。如果一个人总是身穿甲胄走动，摆动的裙甲下缘就会摩擦皮肤，磨出这样的痕迹——而且还得是品级很高的甲胄。

常年骑马，常年披挂，还被唐军的陌刀所伤，这位与世无争的普遮长老，真实身份昭然若揭。

"我知道为什么突厥狼卫要绑架王忠嗣的女儿了，果然是右杀贵人的私心。"张小敬起身拍了拍手。

草原素有怨报传统，被仇人弄出的伤口，须得仇人子嗣的生血，方能抚平。右杀贵人恐怕当年跟王忠嗣有过冲突，并且受了重伤，隐疾未去。这次来长安，他除了主持阙勒霍多之外，还想顺便绑架王忠嗣女儿，来为自己治病。

话说回来，若不是他怀了这个私心，恐怕靖安司还真追查不到狼卫。

檀棋疑道："可是，会是谁来杀右杀呢？"

张小敬道："当然是那些利用突厥狼卫的家伙。石脂既然入手，右杀便没有利用价值了。为了防止咱们顺藤摸瓜，必须斩断一切联系——这位处心积虑出卖自己部族，想换个后半生的荣华富贵，嘿，想不到上门的却是煞星。"

他说到这里，忧心转重。这个神秘组织行事风格狠辣果决，除了右杀，恐怕其他潜在的线索也正在被一一斩断，他们查起来会愈加困难。而且他们突然开始扫平痕迹，说明大事将至——而靖安司对此还茫然无知。

右杀昏迷不醒，什么也问不出来，他的房间里也没任何有价值的线索。张小敬的脑子拼命转动，却想不出什么办法能尽快破局。一阵没来由的疲惫，涌上心头，让他突然觉得有些绝望。

按道理，他可不是这么轻易会认输的人。也许确实是太累了，也许因为长久以来的压力积累所致。张小敬背靠着静祈室墙壁，闭上独眼，连灰都懒得掸一下。

就在这时，榻上的右杀突然大声咳嗽，似乎要醒过来，唾沫里带着斑斑血色，整个人猛烈地痉挛起来。医师扑过去按住他的四肢，满头大汗："得送医馆，不然来不及了！"

当——当——当——

波斯寺正殿上头的大钟，忽然敲响。景僧们纷纷驻足，不知发生了什么。两个汉子一前一后，抬着一个临时的木担架从住宅区出来，上头盖着一块骆驼毛毯子，朝着寺外而去。

四周的僧人们都指指点点，听说是一位大德遇刺，正要被送到医馆去。于是纷纷虔诚为这位弟兄祈祷。

好在今天是上元节灯市，各坊医馆都严阵以待，彻夜不闭。在大门之外，一辆油幢牛车刚刚赶到。这种车以牛为挽兽，既慢且稳，上有卷席篷顶，两侧垂遮帷帘，正适合运送重伤病人。

两个汉子小心把长老从车后抬入车厢。车内早有一个医馆学徒等在那儿，帮忙放平病人，喂入一丸人参续命丹。因为车厢狭窄，所以两个汉子没法在车上待着，学徒让他们先去医馆等候，然后把一枚蓝白相间的离丧铃悬在车外，喝令车夫发轫。

牛车一动，离丧铃摇摆晃动起来。这铃铛里灌了铅，声音与寻常铃铛迥异。周围的游人一听，知道有人要送急医，纷纷避开一条路来，免得沾染晦气。

牛车缓缓开拔，在铃声中穿过繁华的街道和人群，朝着医馆开去。它走出去约莫半里，已离开波斯寺的视线，忽然驶离了人潮汹涌的大道，拐到一条小巷子里。这里没有放灯，所以漆黑一片。

车夫把牛车停住，咳嗽了一声。在车厢里的医馆学徒从腰间摸出一把匕首，朝担架上的病人刺去。担架的毯子下突然伸出一只大手，快如闪电，一下子就钳住了学徒的手腕。

毯子一掀，一个独眼狰狞的汉子从担架上直起身来，咧嘴笑道："医者父母心，怎么下手这么狠？"

那医馆学徒情知中计，脸色一变，连忙反手一刺。匕首刺在对方身上，却发出当的一声。早穿好了锁子甲的张小敬亮出一柄乌黑小铁锤，冲他腿骨敲去。在狭窄的车厢里，这锤子可谓是绝大杀器，避不能避，挡也挡不住，一击便敲碎了他的膝盖。

学徒发出一声惨号，整个人朝后倒去，腮帮子猝然一动。张小敬见状，立刻又是一锤敲在太阳穴，登时把他敲昏。然后张小敬右手一捏学徒的下颌，从他嘴里倒出一枚乌黑的毒丸来。

车夫听到车厢里的动静，觉得不妙，正要回身查看。巷子尽头嗖嗖飞来两支飞箭，钉住了他的一手一脚，整个人直直倒下车来。

站在巷口的狙击弓手把大弓放下，他身旁的旅贲军士兵扑过去，把牛车团团围住，可惜那个车夫落地之后，情知无法幸免，已吞下了毒丸，黑着脸死去。

在弓手身旁的檀棋，长长舒了一口气。

她刚才仔细询问了伊斯，得知刺客离开时，普遮长老还没断气。她判断这些刺客一定会回来确认生死。张小敬这才将计就计，设下这么一个局。

虽然只有一个活口留下来，总算比束手无策好。

张小敬把昏迷的医馆学徒扶下车，交给身旁的士兵。他把锁子甲解下来，摸了摸下肋，刚才那一刀虽然没入骨，还是扎出了一个乌青块。张小敬苦笑着揉了揉，这应该是今天最轻的一次受伤了。

旅贲军在巷口举起了几盏大灯笼，照亮了半边视野。张小敬靠在牛车边上，一边按住伤口，一边朝灯火望去。烛光之下，人影散乱，要属那个站在巷口的曼妙身影，最为醒目。

这次多亏了檀棋的判断，才能抓到活口，不愧是李泌调教出来的人。

这姑娘，有点意思。张小敬独眼的浑浊瞳孔里，第一次把檀棋的影子映得深了些。

檀棋并不知道暗处的张小敬在想什么，她正忙着对付一个恼人的家伙。

伊斯从寺里匆匆赶来，他看到设局成功，不由得松了一口气。若真是被那两个刺客逃了，波斯寺——不，是大秦寺，丢了面子不说，还可能会惹上"里通贼匪"的罪名。景教在中土传播不易，可不堪再生波折。

檀棋瞪向伊斯："你不是自诩眼睛亮吗？过来认认，这两个是跟你交手过的刺客吗？"伊斯刚要开口，檀棋喝道："只许说是或不是。"

伊斯只好吞下一大堆话，走过去端详，很快辨认出车夫是杀死右杀的刺客，"学徒"是在外面接应的。他抬起头："呃，是……"

"你确定吗？"檀棋不是很信任这个家伙。

"在下这一双眼，明察秋毫，予若观火。"伊斯得意地伸出两个指头，在自己那对碧眼前比画了一下。这两句话一出《孟子》，一出《尚书》，可谓文辞雅驯，用典贴切。

可惜檀棋听了只是"哦"了一声，让他一番心血全白费了。

现在刺客身份也确认了，还保住了一个活口。檀棋对身旁士兵说："回报靖安司吧！让他们准备审讯。"

通信兵提起专用的紫灯笼，向义宁坊望楼发信。灯笼几次提起，又几次落下，通信兵眉头轻轻皱了一下，觉得哪里不对。远处的义宁坊望楼紫灯闪烁，似乎在传送一段很长的话。

紫光终于消失。通信兵这才回过头来，用惊讶的语气对檀棋说：

"望楼回报，大望楼通信中断，无法联络靖安司。"

此时的靖安司的大殿和外面一样，灯火通明，人来人往。不过烛是简烛，人是忙人，和外头闲适优游、奢靡油腻的观灯气氛大相径庭。

李泌待在自己的书案前，拿起一卷《登真隐诀》读了几行，可是心浮气躁，那些幽微精深的文字根本读不进去。他索性拿起拂尘在手，慢慢用指尖捋那细滑的马尾须子。

张小敬他们去了义宁坊，迟迟未有回报。各地望楼，也有那么一小会儿没有任何消息进来了。他派了通传去发文催促，暂时也没有回应。就连徐宾，也不知道跑到哪里去了。

李泌很不喜欢这种感觉，这会让他觉得整个事态脱离了自己控制。

突厥狼卫的事、阙勒霍多的事、靖安司内奸的事、张小敬欺瞒的事、李相和太子的事，没有一件事已经尘埃落定盖印封存。无数关系交错在一起，构成一张极为复杂的罗网，勒在李泌的胸口。

殿角的铜漏又敲过一刻，还是没有义宁坊的消息传回来。李泌决定再派通传去催一下，这一次的语气要更严厉一点。他吩咐完后，又瞥了一眼铜漏，发现崔器已经不在那儿站着了。

这是怎么回事？李泌忽然觉得哪里不太对劲。

从殿外传来一阵急促的脚步声，先有呵斥声响起，然后变成惊呼，惊呼旋即又变成惨叫。李泌捋须子的手指一下子绷紧，双眼迸出锐利的光芒，看向大殿入口。

数十个黑衣蒙面人凶狠地跃过殿门，十几把弩机同时发射，准确地射倒殿内的十几个戎装卫兵和不良人。然后其中一半人重新上箭，另外一半人则抽出刀，朝着最近的书吏砍去。那些文弱书吏猝不及防，哪有反抗的余力，顿时血花四溅。

这些凶徒就像是一阵强横的暴风吹入殿内。

这个变故实在太快了，大殿内的其他人没有任何反应，只是呆呆地望着这一切发生。只有一名躲过第一波突袭的不良人拔出铁尺，悍然反冲过去。"噗"的一声，一支弩箭射入他的眼窝，柔软的眼球霎时爆开，血浆和白液喷溅旁边的小杂役一身。小杂役拼命用手去抹衣服，疯狂地大声尖叫，然后叫声戛然而止，咽喉也嵌了一枚黑澄澄的弩箭。

龙波迈进殿口门槛，嚼着薄荷叶，神态轻松地把两把空弩机扔到一边。

到了这时，靖安司的人们才如梦初醒。尖叫声陡然四起，人们或弯腰躲藏，或朝殿外奔去，桌案之间彼此碰撞，局面登时混乱不堪。可所有的殿门都已经被控制住了，谁往外跑，不是被刀砍回去，就是被弩射死。

"噤声伏低者，不杀！"龙波尖利的嗓音在大殿响起。这句话里，带着浓浓的嘲讽意味，因为这正是旅贲军执行任务时常用的句子，现在却用到了靖安司自己头上。

这里的大部分人都是文吏，对残暴武力没有任何反抗之力。被龙波这么一喊，吓破了胆的人一个个蹲下去，大气都不敢出一声，整个殿内只有一个人还保持着站立的姿势。

局势被压制住之后，龙波从殿口往殿中一步步走过来，一边走一边饶有兴趣地环顾四周。这就是传说中的靖安司嘛，长安城防的心脏枢纽，能指挥长安城除禁军之外所有的卫戍力量。可惜，它和心脏一样，本身只是柔软孱弱的一团肉，如果被剑刺入胸腔的话，它不堪一击。

　　龙波走过一排排木案几，牛皮靴子毫不留情地把掉落在地的卷轴踩断，发出竹料破裂的涩声。他在那一片大沙盘前停留了片刻，还好奇地掰下一截坊墙，送到眼前观察，啧啧称赞："真精致，突厥人若看到这个，只怕要羡慕死了。"

　　一个老吏抬头看了一眼，发出惋惜的叹息。龙波看看他："心疼了？这还只是沙盘，若整个长安变成这样，你岂不是更难受？"他惋惜地叹了口气，手里滑出一把细刃，在老吏脖子上一抹。老头子仆倒在沙盘上，长安街道被染成一片血红。

　　人群又是一阵惊恐，被蒙面人喝令噤声。龙波大声道："好教各位知，我等乃是蚍蜉，今日到此，是想撼一撼靖安司这棵大树。"

　　人们面面相觑，从来没听过有这么个组织。

　　龙波踱步走到沙盘后方，这里有一排屏风围住一个半独立小空间，底层用木板垫高，可以俯瞰全殿。上面站着一个绿袍年轻人，手执拂尘，眸子盯着龙波，神情无比平静。

　　"李司丞，久仰。"龙波装模作样地作了一揖，一步步踏上台子。

　　"你们是谁？想做什么？"李泌根本不屑跟他计较口舌，那毫无意义。

　　"蚍蜉，不是跟您说了嘛。"

　　"我问的是真名。"

　　"很可惜，现在做主的，可不是您。"龙波从李泌手里夺过拂尘，一撅两断，鹰钩鼻几乎刺到他的脸颊。

　　台下的文吏们都发出低低的惊呼，为长官担心。李泌却没有表现出任何畏怯，剑眉皱到了极致。

　　"靖安司每时每刻，都有讯息进出，你以为能瞒多久？"

　　李泌没有恐吓，他说的是实话。靖安司和外界联系非常紧密，不消一刻，外头的守军便会觉察不对。京兆府就在隔壁，旅贲军主力驻扎在南边不远的嘉会坊，只要一个警告发出去，会有源源不断的援军赶过来。这几个人纵然精锐，也不可能抵挡得住。

　　甚至连劫持人质都不可能。唐律有明确规定，持质者，与人质同击，根本不允许顾忌人质生死。

"不劳司丞费心。我们蚍蜉办事，用不了那么长的时间。"

龙波举手，手下把唧筒取下来，开始到处喷洒。从唧筒喷出来的，不是水，而是黏稠的如墨液体，还有刺鼻的味道。他们喷洒时，根本不分人、物，一股脑浇过去。书吏们被喷得浑身漆黑，只能瑟瑟发抖。那具沙盘更是重点照顾对象，整个长安几乎被黑墨覆满。

"延州石脂。"李泌牙缝里挤出四个字，眼角几乎裂开。

"提纯剩下的边角料，希望李司丞别嫌弃。"龙波微笑着说，在腰间摸出火镰，在手里一扔一扔。殿内众人胆战心惊地看着这东西，心跳随之忽高忽低。

一个蒙面人匆匆入殿，举起右手，表示右偏殿已经完成压制。

龙波看看殿角的水漏，对这个速度很满意。现在只差左偏殿的消息了。

蒙面人对左偏殿的突击非常顺利，这里存放着大量卷宗，几乎没什么守卫。他们一个活口也没留，十几具书吏的尸体横七竖八地躺在地上。

带队的人比了几个手势，带人用唧筒开始泼浇，然后让副队长带人朝后殿走去。他们的任务，还差一个后殿监牢没清理。

副队长带上五个人，沿着左偏殿旁的走廊，朝后殿走去。

从左偏殿到后殿要穿过一道小月门，后头是处小园景，再沿一段山墙拐弯，即是后殿监牢的所在，没有岔路。

前期的突袭太顺利了，大名鼎鼎的靖安司简直毫无还手之力。他们每个人的姿态都很放松，这个后殿只有几间监牢，扫平起来用不了几个弹指。

他们穿过月门，眼前忽然一阔。原来的主人在这处小院中间放了一座嶙峋假山，刻名为"蓬莱"，其上小亭、草庐、栈道、青松绿柏一应俱全。山腹婉转处还有一处山洞，匾额题曰神仙洞，可谓是方寸之间，取尽山势，在黑暗中别有一番景致。

副队长没有鉴赏的雅兴，一行人排成长队，从假山侧面依序通过。

正当队尾最后一人走过假山时，从假山中的神仙洞中忽然伸出一把障刀，刺中一人胸口。那人惊呼一声，跌倒在地。其他五人急忙回身，二话不说抬弩即射，把假山瞬间钻成刺猬。

射完之后，他们过来查看，发现这神仙洞是两头通畅的，袭击者早从另外一侧跑出去，退回到后殿去了。

这可真是个意外变故。副队长气恼地把手掌往下一压，命令接下来要谨慎前行。

于是剩下的四个人排成一个三角队形，一人前在，三人在后，曲臂架弩，弓着腿，谨慎地贴着山墙根朝后殿走去。

在这一段山墙的尽头是个大拐角，拐过拐角，是一条直通通的过道，尽头即是监牢。崔器和姚汝能此时背贴过道墙壁，冷汗涔涔，眼神里皆是惊恐。

刚才崔器藏身在神仙洞里，本想探听一下外面的动静，恰好赶上那五个人通过。崔器试探了一下虚实，没想到对方的反击如此果断犀利，若是慢上半拍，就被射成筛子了。

这些家伙的反应速度，比百炼成精的旅贲军还强悍；他们装备的弩机，威力大到可以射进山石。

"这都是从哪儿来的妖孽……"崔器舔了舔干涸的嘴唇，心惊不已。姚汝能从墙边稍稍探出一点头去，一支弩箭立刻破风而来。崔器赶紧一把将他拽回来，箭镞在年轻人的脸颊擦出一道长长的血痕。

死里逃生的姚汝能脸色惨白，双腿不由自主地颤抖起来。他没想到在黑暗中，对方的射击仍这么精准。

"笨蛋！他们现在是搜索前进队形，弩机都绷着呢，贸然探头就是找死！"崔器像训斥新兵一样骂了一句。姚汝能顾不上反嘴："接下来怎么办？"

崔器沉思了一下："这条直道没有任何遮掩，等他们拐过弯来，我们就完蛋了。先退回监牢，凭门抵挡吧。"

大敌当前，崔器那在陇山培养出来的大将气度似乎又回来了。

姚汝能重新打起精神来："好！只要坚持到大殿派人来支援就好啦！这些劫狱的奸贼一个也跑不了。"崔器一阵苦笑，欲言又止，他可没有那么乐观。

劫狱？那高高在上的大望楼都熄灯了，那可是靖安司的通信中枢，谁家劫狱会这么嚣张？看对方的人数和精良程度，崔器觉得大殿那边也凶多吉少。他太了解靖安司的内部安保了，就四个字：外强中弱。

大家普遍觉得，这是在长安腹心，又是掌管捕盗的官署，谁敢来太岁头上动土？所以连李泌那么精明的人，都没在这上面花太多心思。

结果还真就有人动了，还动了个大土。

如果有可能的话，他一点也不想为靖安司殉葬，可眼下没有地方可逃。崔器不得不打起精神来，看如何渡过这一劫。

"妈的，老子已经不是靖安司的人了，可不能死在这里！"他在心里恨恨地骂道，觉得自己运道真是太差了。

两人掉头跑回监牢。这处监牢其实是由一间柴房改的羁押室，只有狭窄的三个隔间，外头窗棂都是木制的。正门没做任何加固，那两个短小的铜门枢，只要一脚踹上去便会坏掉。

崔器把三个狱卒叫过来，简单地说明了一下当前情况。狱卒都是旅贲军士兵出身，虽然知道崔器背叛，可眼下听旧长官的是最好的选择。他们五个人立刻动手，把木柜、条案和竹箱挪到门后顶住，再用锁链捆在一起。

姚汝能掏出一枚烟丸，丢出去。这东西在夜里的效果欠佳，但有总比没有好。

敌人近在咫尺，仓促之间，也只能这样了。

姚汝能忙完这一切，打开身后监牢。闻染正坐在稻草里，她已经用水洗过脸，头发也简单地梳了一下，盘在了头上，精神比刚才稍微好一点。姚汝能带着歉意道："要稍微晚点才能找你问话了，现在有点麻烦……"

闻染对姚汝能很信任，她抬起脸来："麻烦？和我恩公有关系吗？"姚汝能一时不知该怎么说，只得摇摇头，说我不知道。闻染的视线越过他的肩头，看到外面的人正忙着堵门。

"你的声音在发抖，我以为靖安司会很安全呢……"闻染经过了半天的折磨，多少也培养起敏感度了，知道这情形可有点糟糕。

姚汝能苦笑着安慰道："别多想了，一会儿你往牢里面挪挪，别太靠外。这个给你。"然后交给她一把精巧的牛角柄匕首。这是他家里传下来的，一直贴身携带。

闻染犹豫了一下，把匕首收下。她常拿小刀切香料，对这玩意的手感并不陌生。外面崔器喊了一嗓子，姚汝能赶紧起身过去。

"啊，那个，你……"闻染不知道他叫什么名字，只能喊你。姚汝能回过头来，闻染道："我能帮你们吗？"

"啊？"

"多一个人总是好的吧？如果你们出事，我也不会幸免。"闻染把匕首在手中转了转，语气坚定，"恩公说过，命都是自己挣出来的。"

"哎，靖安司要靠女人上阵，成什么话。你放心好了，大殿很快就会派援军了。"姚汝能握紧了拳头，不知是在安慰她还是在安慰自己。

闻染失望地闭上嘴，姚汝能顾不上继续宽慰，转身来到门口。

崔器从门缝往外看去，外面黑漆漆的，勉强能看清远远有几个人正朝这边移动。一个在前，三个在后，后面似乎还有一个人跟着。

所有的弩箭，都对准了前方，没人负责后面。这个破绽让崔器心里一沉——这不是破绽，而是他们没有后顾之忧，左偏殿说不定已经被占领了。

这些人的图谋，似乎比想象中还要大啊。

"该死，如果有把寸弩，至少能打乱他们的部署。"崔器恨恨地想道。他的弩机在再次进入靖安司的时候就被收缴了——监视任务不需要这玩意。

姚汝能抬起头，却被崔器按了下去："他们突袭前，会对窗口放一轮弩箭，你找死吗！"姚汝能趴回堵塞之后，低声道："崔尉……呃，多谢。"

"我是在救自己。"崔器盯着门缝，面无表情。姚汝能知道他说的是实话，可这会儿已经没那么怨恨了。他掏啊掏啊，从怀里掏出一块玉獬豸："如果我死了，能把这个送回我家里吗？"

"玉獬豸？这个可不多见。一般不都是弄个貔貅、麒麟之类的吗？"旁边一个狱卒好奇地问道。

"獬豸能分辨曲直，角触不法。不愧是公门世家，这神物都和别家不同。"崔器一眼就看出渊源，然后把它推了回去，自嘲道，"别给我，我是个叛徒，怕它拿角顶我。"

黑暗中看不清崔器的脸色。姚汝能还要说什么，崔器一声低喝："来了！"

敌人已经接近到足可以射弩的范围。为首的尖锋就地一滚，迅速贴到门前。后面四个人对准了监牢这面的窗口。如果有人胆敢探头，直接就会被爆头。

尖锋推了推门，没有推动，这在意料之中。身后的四个人同时向窗口射了一箭，然后一起冲到门前。躲在门后的姚汝能和崔器很快闻到一股刺鼻的味道，这味道他们都很熟悉——差点在长安惹下大乱子的延州石脂。

"糟糕！他们压根没打算破门！"崔器面色一变，"他们是打算把这里全烧光！"

这玩意一烧起来，不把整个柴房烧光是不会罢休的。敌人这么干，就是想逼守军自行开门。姚汝能和崔器对视一眼，没别的办法，只能硬攻出去了。

他们和狱卒重新挪开堵塞，大门从外面突然被咣的一声踹开。前头的一个黑衣人如狼似虎般地突入，堵门的狱卒和姚汝能登时被撞翻在地。黑衣人放下弩机，要拔出刀来。

武器的切换，只有瞬间的空隙，而经验老到的崔器一直在等着这个机会，他像一头猛虎扑了过去。

他手中的障刀早已挺直，一下子把那黑衣人捅了一个对穿，还不忘转了转刀柄。这时第二个人已经冲了上来，崔器没有拔刀的余裕，直接用头去撞他。黑衣人被崔器这不要命的打法打蒙了，不得不又后退了一步。

崔器毫不迟疑，欺身跟进，挥拳便打。拳术没有章法，可拳意酣畅淋漓。在极度的压力之下，他的身手，撇去了在长安的重重顾虑，找回了当年在陇山的豪勇快意。

"陇山崔器！陇山崔器！"他开始还是低声，越打声音越大，到最后竟是吼出来的，势如疯虎。第二个人招架不住，生生就这么被打倒在地。他猛力一跺，咔嚓一声，用脚板踏碎了对方胸膛。

这时第三个黑衣人才冲过来，崔器死死把他纠缠在大门前。监牢的门很窄，这样一挡，后面的黑衣人没法越过同伴，攻击到崔器。

姚汝能和其他三狱卒趁机爬起来，协助围攻，短暂地造成了一个四打一的局面。

这时噗的一声，弩机响动。倒下的不是监牢这边的人，而是站在门口的黑衣人。站在外面的副队长看到他迟迟攻不进去，也不肯退出来，直接开了弩。这一箭，连他的同伴带崔器，一起射了个对穿。

谁也没想到他们对自己同伴也下这么黑的手，大家完全没来得及反应。崔器怒吼一声，和黑衣人一起倒在了地上。

这一下子，在狱卒、姚汝能和外面的黑衣人之间，没有任何遮蔽。副队长和另一名黑衣人立刻后退，拉开距离。倒地的崔器急忙抬头，大呼小心，那是连弩！

可是已经晚了。

没有了监牢做遮蔽，一拉开距离，他们再多一倍也顶不住敌人的装备。弩箭飞射，三名狱卒纷纷中箭倒地。姚汝能咬紧牙关想要抢攻，被一箭钉住了左肩，斜斜倒在门槛边上。崔器虽然负伤，上半身还能动。他咬着牙捡起地上的刀，奋力一扔。副队长用弩机把刀挡开，然后一脚把他踢飞。

监牢的反击，到此为止。三死两伤，完全失去了战斗力。

副队长面罩下的脸色很不好看。对面不过是个小破监牢罢了，却足足让他损失了三员精锐战力。他让仅存的一名手下把姚汝能和崔器拖进屋子，丢在监牢前头，然后抽出了刀。

"你们会后悔刚才为什么没战死的。"副队长恶狠狠地说。

噗。

钢刀入肉的声音。

副队长很奇怪，他还没有动手呢，怎么会有这个声音。他再看姚汝能和崔器，两人并没什么异常。副队长一惊，急忙侧过头去，却看到仅剩的那名手下站在原地，浑身颤抖，一把带血的刀尖从胸膛露出了头。

副队长这才发现，这名手下是背对着监牢站立的，而他们没顾上检查里头是否有人。

刀尖又缓缓退了出去，黑衣人咕咚一声，软软地跪倒在地上，露出了身后不知所措的闻染。她隔着栏杆，手里正握着姚汝能家传的小刀。

这个袭击，谁都没想到。姚汝能瞳孔一缩，大叫让她快往后退。

可是已经晚了，副队长大步冲过去，死死捏住闻染的手腕。闻染疼得发出一声惨叫，小刀当啷一下落在石板上。姚汝能忍住剧痛，咬着牙要冲上去，副队长一脚将其踹翻在地，怒喝道："别着急，你们一个也别想得好死！"

副队长从腰间抽出一根皮带，把闻染绑在监牢栏杆上，然后俯身从同伴的尸身上取来一把唧筒。吧嗒吧嗒几下轻推，他们三个身上都被喷满了黏糊糊的石脂。

这一切都准备妥当后，副队长狞笑着拿出火镰，在手里咔嚓咔嚓地打起火来。

姚汝能知道即将发生什么惨事，可是他无力阻止。他绝望地看向闻染，她还茫然无知；他又看向崔器，崔器满脸血污，看不出表情。

姚汝能仰天呆看片刻，眼神一毅，侧过身子对崔器小声道："崔尉，等会儿一起火，我会扑上前抱住他，你抓紧时间走。"

崔器睁开眼睛，看着他。

"你不是靖安司的人，没必要为靖安司丧命。不过希望你把这个姑娘带出去，她是无辜的。"

崔器从鼻孔里发出一声嗤笑。姚汝能不知道他是在嗤笑什么，可也没有开口询问。这个决心赴死的年轻人强忍着肩膀的剧痛，把左腿弓起来，以期能在烈火焚身的一瞬间，有力量弹出去。

他的手在抖，牙关也在抖，眼角有液体不受控制地流出来。崔器伸出一条胳膊，搭在姚汝能的肩上："你的双腿尚好，还有机会跑出去，何至于此？"

"每个人，都得为他的选择负责。"姚汝能头也不回。崔器闻言，肩膀微微一颤。

这时副队长终于打着了火，他手里的一团焦艾绒，已经亮起了一团青亮的小火苗。他扫视那三个黑乎乎的猎物，怨毒而残忍地说：

"来跳一段火中的胡旋舞吧，反正你们得死上很久。"

为免被火势波及，副队长往后退了几步，背靠另外一间牢房。他算算距离已足够安全，然后抬起手臂，就要把艾绒扔出去。

一只修长的手，忽然从他身后的监牢栏杆之间伸出来，轻轻抢过艾绒，丢进了唧筒的水窍中。

唧筒里还有大半筒石脂，燃烧的艾绒一丢进，只听呼啦一下，耀眼的火苗从唧筒里涌出来，瞬间笼罩副队全身。

副队长化身为一把火炬，把原本黑暗的监牢映得一片光明。他凄厉地叫喊着，可灼热很快烫熟了声带，只剩下两条腿还在绝望地踢动，正好似跳胡旋舞一般。没过多久，副队长扑通一声栽倒在地，身子化为焦炭，火焰依然还熊熊燃烧着。

"你们是不是都把我仙州岑参给忘了？"

一个年轻人在监牢里怒气冲冲地喊道。

姚汝能这才想起来，监牢里还有一个犯人。这个叫岑参的家伙，因为在远怀坊破坏了靖安司的计划，被抓回来关到现在，几乎都快被遗忘了。他一直缩在监牢最深处，加上夜色黑暗，包括副队长在内的所有人，都没觉察到还有这么一号人在。

没想到最后救人的，居然是这个倒霉鬼。

至此五个入侵者都被干掉了。死里逃生的姚汝能大大地舒了一口气，回头对崔器喜道："崔尉，这边暂时安全了，我们赶快去大殿吧！"

"大殿那边，恐怕凶多吉少，我就不去了。"崔器冷漠地说。姚汝能有点生气，他刚才还跟自己并肩作战，怎么这会儿又旧态复萌了？

"若您是怕尴尬，我会向司丞说明，您并没有畏缩避战。"姚汝能道。

崔器却没有答话，只是微微苦笑了一下。他的手从小腹挪开，露出一支只剩尾部的弩箭箭杆，鲜血已经濡湿了整片下襟。

第十章

戌初

在火势成形之前，极黑的浓烟已率先飘起，
四周火星缭绕，如一条泼墨的黑龙跃上夜空。

天宝三载元月十四日，戌初。

长安，长安县，义宁坊。

"联络不上？怎么可能？"

檀棋看着通信兵，难以置信。望楼系统是公子亲自规划设计的，它并非单线传递消息，只要是武侯视野之内的望楼，都可以直接交流。这样就算一处望楼反应不及，也有其他线路可以传输。

除非全长安几百个望楼全垮了，否则不可能出现联络不上的情形。

通信兵道："失联的是大望楼。"

檀棋更奇怪了。大望楼？那是靖安司的主联络楼，就设在大殿后的花园。它身秉二职，既要随时接收全城消息，也要随时向全城任何一处发送指令。如果它失联，靖安司就会变成一个半身不遂的瞎子。

这么重要的地方，公子怎么会放任它失灵呢？檀棋又抻长脖颈，朝光德坊方向望去，可惜夜色沉沉，光烛耀眼，不可能看到那么远的地方。

"应该很快就会恢复的，公子最讨厌消息不及时了。"她这样对自己说。

与此同时，张小敬正在巷子里清点战果。刚才他打晕医馆学徒时，抠出了一粒毒丸。张小敬把毒丸放在鼻子下嗅了嗅，判断应该是野葛与乌头的混合物，不过却没什么异味。

这毒丸，可不是寻常人能炮制出来的，可见对方背后的实力相当可怕。

这时檀棋匆匆走过来，把大望楼失联的事告诉张小敬。张小敬也皱起眉头来，这可真是有点蹊跷。檀棋道："既然联系不上，不如我们直接把刺客送回光德坊吧。"

"不行。"张小敬断然否决，"现在已是戌时，街上已经挤满了人。把他们运过去，路上不知要花多少时辰。可没那个余裕。"

"那怎么办？"

"运去波斯寺，就地审问。"张小敬做了决定。檀棋还要争取一下，可他独眼一扫，淡淡道："姑娘的行动，不必与我商量，但这里是我做主。"

檀棋撇撇嘴，只好闭上嘴。可她还是不放心，便派出一个人，回去光德坊报告。

旅贲军的士兵把医馆学徒和牛车夫重新装回车里，在沿街游人的惊讶注视下，再次驾回到波斯寺中。这么大的动静，连寺里的主教都惊动了，一个执事被派来询问。

"现在有外道奸贼图谋不轨，朝廷需要借重上帝威光，震慑邪魔，所以求助于在下，在寺内推鞫详刑。"伊斯执事这样对同僚说，他们虽然听不懂什么叫"推鞫"，什么叫"详刑"，但知道朝廷这是对上神的接纳，纷纷表示与有荣焉。

拘押医馆学徒的地方，恰好就是之前关押张小敬和檀棋的告解室。伊斯解释说，这是寺里最安静的地方，用来审问最合适不过。他现在殷勤得很，只怕张小敬迁怒景寺。

医馆学徒被五花大绑塞进狭窄的小屋里，然后被一桶冰水泼醒。

"接下来你最好回避一下。"张小敬对伊斯道，独眼里闪动着残忍的光芒。伊斯犹豫了一下，却没挪动脚步："他在敝寺行凶，敝寺理应与闻审讯，以示公义。"

"随便你。"

张小敬拉开小窗，往里看去。那个人垂着头没动，头发一缕缕滴着水，但微微颤动的肩膀说明他已经清醒了。

这家伙是中原人，瘦脸短须，身上肌肉不多但很匀称，耳下隐约能看到两根青筋连到脖颈下，一看就知道是常年锻炼的杀手。张小敬什么都没说，就这么冷冷地看着。

"杀了我。"杀手虚弱地说。

"我来告诉你接下来会发生什么。"张小敬的声音传入告解室，"神龙朝时，有一个御史叫周利贞，受武三思之命，去杀桓彦范。周利贞特意砍伐了一片竹林，留下凸出的尖竹桩，然后把桓彦范在地上拖来拖去。他的肌肤一片片被竹尖刮开、撕裂、磨烂，露出筋腱和骨头。足足拖了一天，他才咽气，死时骨肉已几乎全部分离，竹桩皆红——这唤作晚霞映竹。"

张小敬说得津津有味，描摹细节，仿佛亲身见到一般。旁边的伊斯却发起抖来，他忍不住去想象那"晚霞映竹"的血腥场面，可立刻觉得胃里一阵翻腾。在告解室里的囚犯听到这些，不知道会是什么心情。

张小敬继续道："不过我现在没有一整天时间，所以会换一种方法。这是当年周兴用来对付郝象贤的法子，叫作飞石引仙。"他说起这些残忍的事，居然也引经据典，让伊斯哭笑不得。

"我会在你的肛门里塞进一根铁钩，挂住肠头。钩子的一头拴在一根横木杆上，木杆的另外一端，缒着石块。将这根横木杆挂在木架上，你和石头分置两边，就像是秤一样——秤你用过吧——然后我会在这边把石块往下拉，木杆翘起，那钩子就会把你的肠子慢慢扯出屁眼，每一寸挪动，你都能清楚地感受到。如果我拉得快一点，你的肠子就会被一下子扯出来，抛飞在空中。

"当然，把铁钩换成竹尖，靠竹竿的弹力把整个人挑上去，再穿下来，也不错。"

然后张小敬呵呵笑了，笑得还很得意。如果那个犯人抬起头，看到那只在小窗闪过的独眼，就知道他是认真的。

檀棋在一旁听着，她明知张小敬是在逼迫犯人，可仍感到不寒而栗。张小敬散发出来的那种气势，让她几乎喘不过来气，不得不挪动脚步，站远了几步。

她一直以来，都把张小敬当成好色的登徒子、尽职的靖安司都尉和可靠的同伴。这时她终于想起来了，这个人的真面目，可是万年县的五尊阎罗。

哪五尊？狠、毒、辣、拗、绝。

九年长安不良帅，不知这手法他用过多少次，折磨过多少人。

她拼命把这个念头甩出脑子，和伊斯交换了一下眼神，都在对方眼中看出了悔意。早知道不该过来旁听，在走廊等着结果就好了。伊斯为难地抓了抓脑袋，如果张小敬真要动刑，他拦还是不拦，这毕竟是神圣之所啊……

"杀了我。"杀手低低地重复着这一句。

张小敬咧开嘴，语调森森："你不必怀疑效果，我可以告诉你，周利贞也罢、周兴也罢，还有我们刑吏的种种刑求手段，都来自同一个传承——来俊臣。来氏八法，可是很有名气的。"

"来俊臣"三个字说出来，屋子里的温度立刻降了下去。那可是长安居民永恒的噩梦，尽管这个人已经死去许多年了，仍可以用来止小儿夜啼。这个名字，有时候比他发明的各种严刑还有效果。

"呸！"犯人想吐一口唾沫，却发现没吐出去，因为嘴唇一直在抖。

这一切，都被张小敬看在眼里。

如果是突厥狼卫，张小敬没有信心撬出他们的话，但这些人不同。他们随身携带着毒丸，说明虽不怕死，但毕竟也怕严刑拷打。现在他在发抖，这是个好兆头。

张小敬"唰"地把小窗关上，且让恐怖慢慢发酵一阵。在漆黑封闭的空间，囚犯会在内心把刚才那些场景一遍一遍地想象，停都停不下来。外界的任何声响，脚步响起，木几挪动，都会被当成临刑信号。有些人就这么被活活吓死了。

张小敬故意没有问任何问题，让囚犯在心理上产生错觉，以为拷问方无求于自己。这样才会让他愈加惶恐，愈加急切地想证明自己的价值。

刑求这门艺术，和房事一样，精髓在于前戏。

安排好之后，张小敬转身离开告解室，檀棋和伊斯远远站在门口，看他的眼神都有些畏惧。张小敬捭了捭眼窝，没有去做解释。这两个人生活的世界太美好了，根本不知道真正底层的世界是什么模样。

伊斯犹豫了半天，还是凑了过来："张都尉可是查了不少典籍呀，我看那刺客真是给吓到了。"

"我可不是从书本上学到的。"张小敬笑了笑。伊斯只觉一股凉气从脚心升到头顶，原本白皙的皮肤更不见血色。

"你们在这里盯着，一旦囚犯开口，尽快告诉我。我去外面看看地形。"

"地形？"伊斯不明白。

"飞石引仙，最好是在平地，架子才扎得稳。"

"喂，这，这不合仁道吧……"伊斯这次真吓坏了，这家伙真打算要在这景寺之内当场虐人啊！这以后让景僧们如何处之？

张小敬没理睬他，走出告解室，开始在院子里勘察地形，时不时举起两根指头丈量一下，或者用脚踏一踏泥土，看看松软程度，像是个最敬业的营造匠。

过不多时，伊斯撩着袍子，跌跌撞撞从殿里跑出来："张都尉！别架了！招了，招了！"他情急之下，连雅词都不说了，直接大白话。

"哦？他都说了？"

"对，都说了！"

这个囚犯招供的契机，还得归功于伊斯。张小敬离开以后，伊斯左想不对，右想心慌，于是钻到告解室的另外一侧，像是平日里给信士们做告解一样，苦口婆心地劝说起刺客来。

不知是伊斯的言语里确实存在感召的力量，还是张小敬之前造出来的气氛太过恐怖，囚犯终于放弃了抵抗。伊斯赶紧跑过来拦张小敬。

从刑讯角度来说，一软一硬，一打一拉，确实可以让人更快开口。

快到告解室时，伊斯拽住张小敬："他答应会知无不言，但你们得赦免他的罪状。这个人已答应皈依我主，从此静心修行，不出寺门一步。"

"这个你去跟靖安司丞去谈，我只负责问话。"张小敬甩开他的手。这个执事未免越俎代庖，干涉起朝廷的事情来了。

囚犯仍旧被绑在告解室内，不过木门敞开，让他能看到光亮。檀棋坐在对面主问，张小敬则在旁边一直盯着他的表情，一是施加无形的压力，二是观察刺客的细致动作，若有半分假话，立刻就会被觉察。

刺客缓缓开了口，自称他是守捉郎。这个名字，让张小敬不期然地皱起粗眉。

"守捉"一词，本指大唐边境的屯兵小城。这些小城不在地理要冲，规模都非常小，朝廷基本不怎么过问。它们平时自治，战时自保，久而久之，每一座守捉城，都变成一片唐律和帝泽都触及不到的法外之地，鱼龙混杂。

从开元年间开始，大唐府兵日渐废弛，折冲府几无上番之兵。在这时，一个叫守捉郎的组织悄然出现，专门为各地官府、节度使以及豪商提供雇佣兵服务。它的成员成分十分复杂，有逃亡的罪犯、退役的老戍兵、流徙边地的农夫子女，还有大量来历不明的西域胡人。这些成员只有一个共同点，皆出身于各地的守捉城。

守捉郎的兵员精悍，办事利落，十几年光景，便成为大唐疆域内一股举足轻重的势力。

这两个刺客，居然来自守捉郎，事情更加蹊跷了。

张小敬跟守捉郎打过几次交道，他们归根到底是生意人，行事低调谨慎。他们的主要业务对象是大唐，怎么会勾结突厥人，为害长安？不想活了？

他转念一想，很有可能，守捉郎只是接了个刺杀的委托，并不知道被刺杀者背后的事情。于是他悄悄告诉檀棋，朝这个方向问。

果然，檀棋再问下去，刺客承认并不认识这个普遮长老。他只是接到命令，潜伏在波斯寺里，随时盯着长老的动静。一旦接到信号，就立刻出手杀人，然后撤离。

张小敬追问是什么人发的信号，刺客说没有人，用的是波斯寺里一棵槐树顶上的老鸹巢。什么时候老鸹巢消失了，便意味着可以动手了。

这样一来，两边不用见面，也就降低了泄密的可能。这是很常见的做法，只是可怜了那一窝老鸹。

"那么你的命令，是谁发放的？"张小敬又问。这个刺客不知道委托人的虚实，一定知道他的上级。

刺客不吭声了，这触及他们最大的忌讳。这些守捉郎，都有家小生活在守捉城里。自己若是身死，组织会照顾抚恤；若是背叛，家中亲人可就不知什么下场了。

张小敬冷声道："你既然已开口交代，就已经背叛了守捉郎，还不如全交代了，也许朝廷还能优待一二。"刺客听出张小敬的威胁意味，露出绝望神情，恳求地看向檀棋和伊斯。

伊斯看着不忍，开口道："他既有心向主，不宜逼迫太……"张小敬突然手指门口，一声怒喝：

"滚！"

这突如其来的霹雳，让屋子里所有人都一哆嗦。伊斯张口结舌，简直不敢相信。自他来到长安，可从来没人对他这么声色俱厉。

张小敬大骂道："你以为你是刑部尚书还是大理寺卿？在这里兀自聒噪，指手画脚！"

"在下只是……"

"你们这个波斯寺窝藏要犯，为害长安；你阻挠靖安司办案，几令刺客逃脱。光凭这两条罪名，就足够把你寺连根拔起！你还觉得自己有功？"

"可是……"

"滚出去！"

伊斯被骂得面如死灰，半晌才鼓起勇气，画一十字道："我乃是上帝之仆，只以神眷为顾念。"然后深鞠一躬，转身离开，脚步跟跟跄跄，似乎深受打击。

檀棋望着他的背影离开，轻轻叹了一声。她有点同情这个自恋天真的景僧，可事态严重，由不得菩萨心肠，只好金刚怒目了。

见张小敬对伊斯发泄了这么一通，那刺客也有点被吓到了。张小敬一拍桌子："我告诉你，你们杀的这人，乃是突厥的右杀，他替凶徒伏谋筹划，要在今晚毁掉整个长安城。你们接的委托，正是替那些凶徒灭口。"

刺客瞳孔为之猛然收缩。他不知道右杀是什么身份，也不太能搞清楚这之间的复杂关系，可他知道整个长安城被毁是什么结果。

"守捉郎为虎作伥，对抗朝廷。届时别说你们的组织，就连边地所有的守捉城，都要全数肃清。"

刺客沉默不语，可他的眉角在微微抖动。"肃清"只有两个字，却意味着十几万守捉妇孺流离失所，沦为贱奴。大唐朝廷，干得出来这种事。

"说出你的上级，这是在挽救你们守捉郎自己。"张小敬发出了最后一击。

刺客终于彻底崩溃了，他捂住脸，嚅嗫着说出了一个地址："平……平康坊。我们的落脚处和委托，都是在里面的刘记书肆交接。"

平康坊？

张小敬先一愣，再一想，觉得再合理不过了。

平康坊里，可不光有青楼，还有范阳、河东、平卢、朔方、河西、安西、北庭、陇右、剑南、岭南五府十位节度使的留后院。

这十个留后院，负责十位节度使在京城的诸项事务，大到钱粮调遣、官员走动、奏章呈递，小到家眷出游、礼品采买，都归其负责。它还有个不能宣之于口的工作，就是担任各地驻京城的情报驿，既搜集地方情报汇总给朝廷，同时也是节度使在京城的耳目。

突厥狼卫袭击京城这件事，最早就是朔方留后院发现，然后报予朝廷，靖安司接手那是之后的事情了。

节度使是守捉郎的大客户，一般由留后院出面发出委托。守捉郎把落脚地点设在平康坊里，沟通起来自然再方便不过了。

看来今日，注定要二入平康坊啊。

张小敬一边想着，一边活动了一下指头。左手小指头处的伤口，又隐隐作痛起来。他正要动身，忽然听见外头一个旅贲军士兵惊慌地跑过来。檀棋认出他正是被派去光德坊靖安司的人，忙拦住他问怎么回来了。

"靖安司遇袭！"士兵拖着哭腔，气都喘不匀了，"整个大殿都烧起来了！"

光德坊的靖安司大殿，正变得前所未有的明亮。无数星星点点的火苗从壁里瓦间蹿出，它们疯狂地吞噬着建筑，发出噼里啪啦的声音，每一个弹指都在疯长。用不了多久，这些火苗便能汇聚一处，把靖安司大殿变成一具不逊色于西市任何一处彩灯的大火炬。与此同时，左右偏殿也腾起火头。

在火势成形之前，极黑的浓烟已率先飘起，四周火星缭绕，如一条泼墨的黑龙跃上夜空。烟色极黑极浓郁，还带有一种刺鼻的味道，本来已被诸坊灯火映亮的夜空，生生被这一片烟雾重新抹黑。

远近的望楼，都在徒劳地向总部挥动着紫色灯笼，等待着注定不会再有的回应。

许多靖安司的书吏从正门和偏门涌出来，他们个个狼狈不堪。有人摔倒在地，有人大声呼救，甚至还有人后身衣襟上还燃着火，边跑边发出凄厉惨叫。

所幸长安一贯极重视上元节的火灾隐患，每年到了灯会，都会安排大量武侯随时待命。一见光德坊火起，附近诸坊的救火武侯立刻做出反应，朝这边赶过来。只是观灯的人实在太多了，他们在路上，要花费多一倍的时间。

先期抵达的救援，人手太少，只能先对幸存者进行施救，然后保证不让火势蔓延到周围建筑。对于大殿本身，则完全束手无策。

不少官吏逃到安全地带后，一屁股蹲在地上，对着大火痛哭流涕。大殿和左右偏殿存放着大量重要文档资料，这一下子全被烧没了。没了这些，就无法施展大案牍术，靖安司将失去最重要的洞察力。

这些幸存者的心中，都有一幅难以言说的恐怖影像。他们逃离大殿之前，看到殿中那座巨大的长安沙盘被大火所笼罩：朱雀大街的地面裂开大缝，乐游原在火舌舔舐中融化，曲江池中升腾起烟雾，一百零八坊一片片地倾颓、坍塌——那简直是宛如地狱般的景色。每个看到这一幕的人，都被这巨大而不祥的征兆压迫得喘不过来气。

这场大火惊动了周围所有官署。从坊角的武侯铺到京兆府的不良人，从旅贲军到右骁卫，都纷纷派人试图接近，想弄清楚到底发生了什么事。还有许多观灯的游人和闲汉，以为这又是什么新噱头，于是好奇地凑过来围观。

靖安司的地位太敏感了，它在这个时候失火，势必会牵动方方面面的关注。

按道理，在这个时候，应该首先设法抢救殿中文书，然后设法恢复大望楼的通信功能，调遣诸军布防。可是贺知章与李泌两个长官一个病危、一个被挟持，靖安都尉和旅贲军主帅又远在义宁坊，主事徐宾也不知所踪，整个局面群龙无首，一片混乱。

靖安司就像是一个被淬毒弓箭射中的巨人，一下子便瘫倒在地，全无知觉。

一队骑兵飞快地冲了过来，他们的肩盔下缘缀着豹皮，一看便知是隶属于右骁卫的豹骑精锐。豹骑们挥舞马鞭，粗暴地驱开围观的百姓，很快在火灾现场附近清出一块安全的空地。一身戎装的甘守诚在十几名近卫的簇拥下，匆匆赶了过来。

皇城之外，本不归右骁卫管。不过甘守诚恰好巡视到了附近，便赶了过来。

甘守诚抬起头来，一言不发地观察着大殿的火势，紧绷的脸上没有任何表情。旁边一个近卫笑道："靖安司烧了咱们，没几个时辰就遭了报应。这现世报也真爽利……"他话还没说完，"啪"的一声，马鞭狠狠地抽到了他大腿，把他疼得一蹦老高。

甘守诚低声喝道："闭上你的狗嘴！"此刻他的心里，可没有丝毫报复的快意，有的只是恐惧。

刚才手下已经找到几个幸存的书吏。根据幸存者的描述，是有一伙自称"蚍蜉"的蒙面人突袭了靖安司，进行了一番杀戮与破坏，然后在外面的人觉察之前，迅速挟持李司丞离开。临走前，他们还喷洒了大量石脂火油，把整个大殿和偏殿付之一炬。

外行人听了，只会震惊于突袭者的残忍，但有几十年军龄的甘守诚听完，感觉到的却是彻骨的寒意。操控者得要何等的胆识和自信，才能想出这么一个直击中枢的计划。

这次突袭，无论是事先情报的掌握、计划的制订以及执行时的果决利落，都表现出了极高的水准。就像一员无名小将单骑闯关，在万军之中，生生取下了上将的首级。甘守诚不认为任何一支京城禁军有这种能力，即使是边军也未必能与之媲美。

跟这个相比，刚才被李泌与贺东逼迫打赌的窘迫，根本不算什么。

"蚍蜉……蚍蜉……"甘守诚低声念着这两个字，不记得有任何组织叫这个名字。

这样一支强悍的队伍，如果袭击的不是靖安司，而是皇城或者三大宫呢？

甘守诚想到这里，握马鞭的手腕不由得颤抖起来，心中冰凉。这时一名骑兵飞驰来报："我们找到崔尉了。"甘守诚道："立刻让他过来汇报。"崔器一直留守靖安司大殿，他那儿应该知道得更详细。可骑兵却面露难色："这个……还是请您过去吧。"

甘守诚眉头一皱，抖动缰绳，跟着骑兵过去。

在靖安司附近的一处生熟药材铺门口，十几个伤者躺在草草铺就的苫布上，呻吟声连绵不绝。老板和伙计正忙着在一个大石臼里调麻油，这是眼下炮制最快的烧伤方子，还有几个热心居民正忙前忙后地端着清水。在铺子门口，几名右骁卫的骑兵已经左右站定，不允许人靠近。

甘守诚一掀帘子，迈步进去。里面一共有四个人，除了崔器以外，旁边还有两男一女，全都是灰头土脸，甘守诚只认识其中的姚汝能。

看到甘守诚进来，姚汝能只是转动了一下眼球，面色黯如死灰。他没想到前面大殿比监牢还要惨烈十倍。当他看到那熊熊的大火时，整个人差点疯了。他的信仰、信心以及效忠的对象，就这么化为了飞灰。

甘守诚的目光扫过姚汝能，又看向旁边的崔器。

他的情况比姚汝能还糟糕，整个人直挺挺地躺在门板上，下腹部一片血污，上面沾满了糊状的止血散。甘守诚一看就知道，止血散根本没发挥作用，就被血冲开，肯定没救了。听到脚步声，崔器忽然睁开双眼，虚弱地朝他看过来，口中一张一合。

甘守诚对这个叛徒没多少好感，可如今看到他惨状如斯，一时不知该说什么才好。他索性俯身前探，直接开口发问：

"崔尉，你觉得袭击者是谁？"

半晌才传来一个极其虚弱的声音："军人，都是军人……"

甘守诚心中一沉。他一直在怀疑，这种精准狠辣的袭击方式，不可能来自职业军人之外的组织。这下子，只怕整个大唐军界都要掀起波澜了。

"能看出是哪儿的军人吗？"甘守诚追问。

崔器闭上眼睛，轻轻摇摇头。甘守诚一看他这状况，只好放弃询问，心不在焉地宽慰了几句。这时崔器又开口道：

"甘将军……我不该来长安。"

"嗯？"甘守诚一怔。

"我到京城来，本以为能建功立业，可我不该来。长安把我变成一个我曾经最鄙视的懦夫。六郎啊，我想回陇山，想回陇山……"

崔器望着天花板，喃喃念叨着，两行泪水流下脸颊。周围的人默然不语。他忽然拼尽全力，大吼了两声："陇山崔器！陇山崔器！"然后叫声戛然而止，呼吸也随之平息。

闻染默默地蹲下身子，用一块汗巾擦拭崔器的遗容。她不知道这人之前有什么事迹，但在监牢前奋勇杀敌的身影，她是清清楚楚看在眼里的。姚汝能斜过头来，目光里有浓浓的悲哀，脑子里想起张小敬的那句话："在长安城，如果你不变成和它一样的怪物，就会被它吞噬。"

甘守诚站起身来，将左手横在胸前，敲击胸口三下。这是军中的袍泽之礼，旁边的近卫们也齐刷刷随将军行礼。

一个声音在屋中响起："君不闻胡笳声最悲，紫髯绿眼胡人吹。吹之一曲犹未了，愁杀楼兰征戍儿……胡笳怨兮将送君，秦山遥望陇山云。边城夜夜多愁梦，向月胡笳谁喜闻？"

这诗咏的是戍边之事，句子之间缭绕着一股悲怆思归的情绪。众人转头看去，一个方脸挺鼻的年轻人斜靠在墙角，双手抱臂，刚才的诗就是出自这人之口。

"这是你写的？"甘守诚问。岑参拱手道："只是有感而发，几行散碎句子，尚不成篇章——在下仙州岑参。"

"诗不错，只是不合时宜。盛世正隆，何必发这种悲怨之言。"甘守诚随口评价了几句，然后转身出去了。岑参在他背后大声道："将军你觉得这盛世，真的只需要逢迎颂赞之言吗？五色使人盲，眼盲之人，可是看不到危机暗伏的。"

甘守诚脚步停住了。

他不是被岑参的诘所震惊——那种文人式的抱怨没什么新鲜的——而是从他的最后一句话联想到了一个可怕的猜想。

那些人袭击靖安司，随身携带火油，显然是为了破坏而来，一达成目的立刻撤走。这种举动，不像复仇，更像是一种预防措施：靖安司是长安城的眼睛。把眼睛挖掉，它就变成了一个盲人，敌人便可以为所欲为。

也就是说，突袭靖安司只是计划中的必要一环，袭击者一定还有一个更大的目标。

想通这一点的甘守诚，铠甲内衬立刻沁出了一层冷汗。比靖安司更大的目标，在长安城可不算多。

他一念及此，根本无心在这里多做停留，快步走出门去。外头还是一片乱哄哄的。大火仍在继续，丝毫没有熄灭的征兆。七八个不同衙门的人混杂在一处，大呼小叫，各行其是，根本没人居中指挥，救援和灭火效率极差。

"若是没有一个新长官，靖安司恐怕就完了。"甘守诚心想。

他不喜欢靖安司，但必须得承认，靖安司在搜寻敌人上的作用，是其他任何一个官署衙门都无法取代的。它如果完蛋，对整个长安的安全都将是个极大的打击。

一大块云枋头燃烧着掉下来，砸中了一辆运送伤员的牛车，激起了一阵惊呼。那车夫犯了个错误，把车停得离火灾现场太近了。

几个铺兵正在缠绑担架，准备抬人。可他们的位置恰好挡住了坊前通道，后面的水囊送不过去，导致前方扑火的士兵不得不后退，不小心踏坏了几副担架。两边掀起一阵争吵。

这样的事情，不断在现场发生，严重拖延了救援的进度。

看到这一幕幕低级错误，甘守诚有点忍无可忍，上前一步，举起了右手。此时他是现场最高级别的官员，只要振臂一呼，情况就能得到好转。可是甘守诚犹豫再三，又把手放下了。

一个禁军将领接手城防指挥？不行，这太犯忌讳了，绝不能这么做。靖安司的后台是太子，来收拾残局的人，必须得是东宫一系的才行。

嗯？等一等，这个可未必。

甘守诚的脑海里忽然浮现出一个好主意。他唤来一个骑兵，现场手书了一封信笺，让他立刻直送中书省。信的内容很简单：靖安司被罹兵难，首脑残破，恐有害于城治，提请中枢再简贤良，重组司务。

他知道，李林甫觊觎靖安司的控制权很久了，只是苦于无处下手。这封信，可以送李相一个冠冕堂皇的理由，一份绝大的人情。

而且这个行为，官面上无可指摘。我右骁卫将军出于安全考虑，建议中书令选拔新官，接手靖安，堂堂正正，发乎公心，谁也不会说有越权干政之嫌。

既卖了人情，又占了大义，还推动了靖安司复建，可谓一石三鸟。

至于眼前的混乱局面，就只能再让它混乱一阵了。甘守诚带着憾色，又扫了一眼那火炬般的靖安司大殿，掉转马头匆匆离开。他得赶快回去，把右骁卫的安防再查一遍。

黑烟与火焰继续在夜空舞动着，长安其他街区仍旧歌舞升平，游人如织，丝毫没觉察到在这里发生的一切，更不知道这一切意味着什么。

听到靖安司遇袭的消息，檀棋完全傻掉了。

她觉得这根本就是谣言，怎么可能会有这样的事情发生？那可是靖安司啊！她不顾矜持，抓住那个士兵的甲衣，像吼一样地追问到底怎么回事。

可那个士兵根本没机会靠近大殿，并不清楚细节。他只是打听到似乎有人袭击靖安司，放火焚烧，然后匆匆返回报信了。

"那公子呢？李司丞在哪里？"

"不，不清楚。"士兵结结巴巴地回答。

檀棋深深吸入一口气，一把推开士兵跑到坐骑前，连上马石都顾不得踩，就这么急匆匆地翻身上马，一抖缰绳要走。这时一个男人突然拦在马前，用大手把辔头死死扯住。

"你要去哪里？"张小敬阴着脸喝道。

"回光德坊！靖安司遇袭你没听到吗？"檀棋的声音尖利，还带着点哭腔。

张小敬脸色阴沉："你现在回去没有任何意义。"檀棋叫道："我又不归你管！让开！"她把缰绳又抖了抖，驱赶着马匹要把张小敬撞开。张小敬挺直了胸膛，挡在路上纹丝不动："我们还有更重要的事情要做。"

檀棋气坏了，这个人竟然无情无义到了这地步，真是半点心肝也没有："你是个死囚犯，靖安司与你无关！可我不能不管公子！"她呵斥马匹，就要跃过去。

张小敬没容她前进，独眼凶光一现，双手在两侧马耳狠狠一捶。马匹猝然负痛，登时惊慌地开始尥蹶子，檀棋一个把握不住，生生摔下马来。

檀棋被摔得头昏眼花，伏在地上爬不起来。张小敬踱步走近，却没伸手来扶，就这么冷冷地俯瞰着她："靖安司有李司丞在，如果连他都处理不了，你就算赶了回去，又能做些什么呢？"

檀棋半支起身子，把脸转过去，这个残忍虐囚的刽子手，怎么能理解人类的情感？张小敬看穿了她的心思，毫不留情地说道："是，你很关心，你很愤怒，你很有人情味，可这些狗屁情绪，对局势毫无用处！看我的口型——毫无他妈的用处。"

这突如其来的粗口，让檀棋脸色涨红。她正要反口，张小敬独眼一瞪，用更大的声音给她压了回去："你以为这是富家小姐的花间游戏？说走就走。错了！这是战争！战争容不得任何感情用事！每个人都必须遵从命令，不折不扣！"

檀棋从来没见过这人如此凶恶，她被这一顿呵斥吼得抬不起来头。

"我也有好朋友在司里，你以为我不担心？你以为我不想立刻回去？但我们的任务，不是保卫靖安司！而是追查阙勒霍多的下落，保住这长安城！这件事没解决，任务就得继续。"

"先，先回去看一眼，再去找守捉郎……"檀棋还要试图辩解。

"没有那个时辰！两个地方你只能选一个。你做出选择，就得承担代价。"张小敬瞪了她一眼，转过身去，走了几步，冷冷甩过来一句，

"你家公子同意你跟着我，是因为他相信，你能做到比伺候人更有价值的事情。"

说完他抛下放声哭泣的檀棋，走到波斯寺门口。那个守捉郎被两名士兵押住，就站在旁边。他神色憔悴，忐忑不安，不知接下来是吉是凶。

这附近没有漏刻，不知时辰，但酉时恐怕已经快过了一半。外头的灯市已经渐入高潮，声浪一波高过一波，光亮有增无减。张小敬压住焦虑，简短道："带上这个人，我们出发。"

于是士兵把刺客塞入一辆厢车，几个士兵也坐了进去。他在外面把布帘一拉，就看不到里面了。

张小敬牵过自己的坐骑，上马正准备离寺。忽然一只手在旁边扯住了辔头，马匹受惊，嘶鸣一声，前蹄高高扬起。张小敬急忙夹腿缩腹，牢牢地粘在马背上，这才没掉下去。

他侧头一看，檀棋正站在马前。她的眼角还残留着没拭净的泪痕，清丽的脸庞多了几分憔悴，也多了几分坚毅。她松开辔头，仰起下巴："这下我们扯平了，走吧。"

没等张小敬搭话，她已经反身上马，用一截细绳把自己的长发束在后面，再反绾于头顶。这样在运动时，头发便不会散乱脱下，尤其是檀棋的脖颈特别顾长，头发高束，更显出整个人飒爽干练。

张小敬没有做任何评论，一挥手，下令出发。

一队人迅速离开波斯寺，从观灯的如潮人群中挤出一条路，以最快的速度奔平康里而去。走了一会儿，这一队人忽然在一处十字街前散开，分成两队朝着两个方向而去。很快有另外一个骑手从后头赶过来，左右为难了半天，终于选定了右侧，纵马追过去。

他一气追到义宁坊的坊门口，前方的队伍忽然消失了。他正要探头寻找，忽然被左右数骑给围住了。张小敬从阴影里走出来，定睛一看，他的表情，比这个中伏的人还要显得意外："伊斯执事？"

"张都尉，别来无恙。"伊斯挺直胸膛，在骡子上画了个十字。他刚才被张小敬骂得狗血淋头，现在却一点都不尴尬，反而似老友重逢。

一离开波斯寺，张小敬就发现后头有尾巴。他们设下一个圈套，本以为能逮到守捉郎的成员，没想到居然是波斯寺那位自恋天真的执事。

"你跟着我们干什么？"

伊斯在骡子上努力保持着平衡，开口说道："都尉适才严训，真是醍醐灌顶。在下躬惕自省了一下，敝寺确实耽于经义，疏于自查。所以在下决定来为都尉分忧。若能有毫末之助，也算景寺不负朝廷知遇。"

他这一通话，张小敬听懂了。波斯寺里头藏着一个突厥右杀、两个守捉的刺客，这事真要揭发出去，只怕阖寺都要倒霉。伊斯为了景教在长安的存续，也只能厚着脸皮凑过来帮忙，好歹搏一个功过相抵。

张小敬在马上眯着独眼，就是不说话。伊斯战战兢兢等着，喉结滚动，咽了一下口水，他不知道这番话能不能打动这位凶神。

见他半天没反应，伊斯双手一拱，语带恳求："我景僧在中土传教不易，恳请都尉法外开恩，在下愿执缰扶镫，甘为前驱——再者说，都尉查案，不也正好需要一个身手敏捷、眼光敏锐、头脑睿智的帮手吗？"

"……"这回连张小敬都无言以对了。

檀棋忍了很久，才忍住把这个自恋狂踢下骡子的冲动。伊斯也觉得说得不太合适，连忙改口道：

"与胡人交涉时，以在下波斯王子的身份，定能有所助益。"

胡人多信三夷，景教算其中一大宗，伊斯这么说，不算自夸。至于"波斯王子"云云，只当他自吹自擂。张小敬终于被打动了："随便你吧，不过我可不保证你的安全。"

伊斯大喜，赶紧抽打骡子，紧紧跟上队伍。他出门追赶得太急，不及备马，就随手牵了头骡子来。好在此时大街上人太多，骡子和马的行进速度也差不多。伊斯不敢太靠近张小敬，便去和檀棋套近乎。檀棋心中惦记公子，懒得理他。伊斯只好一个人缀在后头。

他们走走停停，好不容易才挤过观灯人潮来到了光禄坊。前方就是朱雀大街，再过去便是万年县城的辖区了。不过走到这里，马车实在是没法往前走了。

此时宽阔的朱雀大街上全是密密麻麻的民众，摩肩接踵，不可胜计，黑压压的一片，密得连风都透不过去。

他们都在等着看拔灯。

拔灯不是灯，而是一队队在特制大车上载歌载舞的艺人。这些拔灯车由各地官府选拔，送入京城为上元灯会添彩。上灯之后，他们分别从东、西、南三个方向入城，沿街徐行，各逞技艺，最后在四更也就是丑正时，集合于兴庆宫前。获得最多赞赏、表现最夺目的艺人，谓之"灯顶红筹"。

在那里，天子将恩准"灯顶红筹"登上勤政务本楼，一起点燃长安城最大的灯楼，把节日气氛推至最高潮——这就是拔灯的由来。

长安民众除了观灯之外，另外一大乐趣就是追逐这些拔灯车。车子走到哪儿，他们就跟到哪儿。一些特别出色的艺者，每年都会有固定追随者一路跟从。

现在朱雀大街中央，两个极受欢迎的拔灯车队正在斗技，一边是一个反弹琵琶的绯衣舞姬，一边是个敲四面羯鼓的半裸大汉。两人身边皆有乐班随奏。无数拥趸簇拥在周围，高举绸棒，汗水淋漓地齐声呐喊。

张小敬一看这架势，只怕半个时辰之内这里的人群是不会散了，宽大的马车肯定穿不过去。他和其他人商议了一下，决定让那一干士兵押送马车，从南边绕路慢慢过去，他自己先行一步。单骑行穿越朱雀大道，比数骑外加一辆车可快多了。

本来张小敬让檀棋跟着马车走，可她眼睛一瞪："你不是总说，每个人都得为自己的选择负责？你刚才非要我跟着，现在又要甩开？"她倔强地把马头一拨。

张小敬只得苦笑着答应。于是他跟檀棋两人两马先走，其他人绕行。

至于那个跟在屁股后面的伊斯执事，张小敬的意思是不必理睬，爱跟着就跟，跟丢了活该。

计议既定，车夫把马车掉头，一路向南而去。张小敬和檀棋则从马上下来，把缰绳在手腕上扣上几圈。这两匹马没有玳瑁抹额，不能在朱雀大道上奔驰。何况现在大道上人数太多，骑马还不如牵马走得快些。

于是两人就这么并肩牵着两匹马，努力地挤过重重人群。四周烛影彩灯，琴鼓喧嚣，不时还有剪碎的春胜与花钱抛去半空，又徐徐落下，引起阵阵惊呼。整条大道上洋溢着脂粉味、臭汗味与几千支蜡烛的香腻味，浓郁欲滴，熏得观者陶陶然。

这两人两马，默然前行，与兴奋的人群显得格格不入。在人群里穿行的张小敬，收敛起了杀气和凶气，低调得像是不存在似的。有好几次，兴奋的游人撞到他身上，才发现这里还有个人。檀棋几次侧过脸去，想对张小敬说点什么，可又不知该说什么。

　　登徒子、死囚犯、凶神阎罗、不肯让女人代死的君子、酷吏、干员、游侠……此前短短几个时辰，檀棋已经见识到了张小敬的许多面孔，可她对这个人仍旧难以把握。如今这杂乱的人潮，反倒如潺潺溪水一般，洗褪了张小敬身上那些浮夸油彩，露出本来的质地。

　　檀棋的脑海里，凝练出两个字：寂寞。

　　张小敬的身影十分落寞。周围越是热闹，这落寞感就越强。他穿行于这人间最繁华最旺盛的地方，却仿佛与周遭分别置身于两幅画内，虽相距咫尺，却永不相融。

　　从某种意义上来说，他比公子距离这尘世更远。

　　她这么想着，头也不知不觉垂下来，背手牵着缰绳，轻声地哼起牧护歌来。歌声萦萦绕绕，不离两人身边。声音虽低，却始终不曾被外面的喧腾淹没。

　　这是岐山一带乡民祭神后饮福酒时的助兴调子，虽近俚俗，却自有一番真意。公子曾说，此歌韵律是上古传下来，上可映月，下可通达初心，大雅若俗，今人不知罢了。

　　此时天上明月高悬中天，浑圆皎洁，散着清冷的光芒。檀棋相信，那月亮已生感应，只是不知能通达到哪些人的初心中去。

　　且唱且走，檀棋忽然发现，张小敬牵着缰绳前行，那粗大的手指却轻叩着辔头上的铜坏，恰好与牧护歌节拍相合。他的动作很隐秘，似乎不好意思让人发现。

　　檀棋轻轻一笑，也不说破，继续哼着。两个人很有默契地一唱一拍，就这么穿过喧嚣人群。张小敬的步态，似乎轻松了一些。

　　两人足足花了半刻时间，才挤出人群。檀棋看到兴道坊的坊墙时，如释重负，忍不住叹道："如果望楼还在就好了，至少能提前告诉我们，哪里不堵。"

　　自从靖安司遭到袭击后，整个望楼体系都停止了运作。其实绝大部分望楼还在运作，只是没有大望楼居中协调，它们不过是些分散的望楼罢了，捏不成一体。

　　没有了长安城消息的实时更新，这让靖安司的人备感不便。

　　想到这里，檀棋朝光德坊回眸望去，眼神里又涌出浓浓的担忧。她选了前去平康里，她相信公子易地处之，也会这么选，可忧虑这种情绪，可没法控制。

张小敬忽然勒住了坐骑，转头对檀棋咧嘴笑道："你提醒了我，我来给你变个戏法吧。"檀棋一愣，不知道他为什么说这个。

张小敬从马匹旁边的褡袋里取出一张叠好的紫灯笼。他把灯笼重新拉撑起来，点亮，然后把一根折成三折的长竹竿重新展开，高高挑起灯笼。檀棋有点莫名其妙。这一套装备，是靖安司的外勤人员在夜间与望楼通信用的，眼下大望楼已灭，用这个传话还有什么意义呢？

张小敬挑起紫灯笼，有规律地上下摆动，时而遮掩，时而放高。檀棋对这一套灯语不很熟悉，不知道他想表达什么。张小敬却把食指放在唇边，嘘了一声，让她等着看。

过不多时，兴道坊的望楼亮起了紫灯笼，闪过数次，似乎收到了张小敬的消息。随即南边的开化坊望楼，也亮起了紫灯笼，闪动频次与兴道坊类似。

张小敬继续晃动着灯笼，远处光禄坊、殖业坊也纷纷做出回应。过不多时，安仁、丰乐、务本、崇义……周围远近诸坊的望楼，都陆陆续续苏醒过来，紫灯明灭闪烁，很快连缀成一片，都呼应着张小敬的动作。那番景象，就好像天师攘星似的。

张小敬把挑着紫灯的竹竿，插在马背后的扣带上，这才对檀棋说道："现在望楼体系恢复运作了。只不过它们的中心不是光德坊大望楼，而是我。"说到这里，他跷起左手大拇指，在自己胸口点了点。

"我现在，就是靖安司的中枢所在。"

檀棋瞪大了眼睛，这还真是比变戏法还神奇。为什么他这么容易就接管了望楼，成了级别最高的指挥者？

张小敬重新上马，马匹身子一颤，连带着屁股后那高高挑起的紫灯抖了几抖。

"别忘了，李司丞在申初授过我假节望楼的权限，这个命令可从来没撤销过。"

姚汝能递过一杯水，闻染接过去浅浅喝了一口，觉得水中也满是烟火之味。姚汝能歉然道："抱歉，几处水井都人满为患，只能再等等了。"闻染苦笑道："能活下来就好，又怎么能挑拣呢？"

甘守诚走了以后，他们无处可去，只得继续待在药铺子里。外头依旧忙乱，就连崔器的尸身，都来不及收殓，暂时还停在旁边的门板上。

"我能不能回家？"闻染可怜巴巴地问。她从今天中午开始，就再没碰到过好事，被人捉来运去，没个消停时候，精神实在是疲惫不堪。姚汝能比了个道歉的手势："抱歉，不成，李司丞让我把你关起来，还没有释放的命令。"他又怕闻染误会，连忙又解释道："现在外面可不太平，还是待在这里最安全。"

"因为这里已经烧过了？"闻染反问。

"呃……"姚汝能毫无防备被噎了一下。闻染扑哧笑了一声，忽然注意到，姚汝能肩头的伤口只用块破布潦草一裹，歪歪扭扭的，便招呼他坐下。她低头从自己的裙摆下缘撕了一条布，重新细细给他包扎起来。

闻染的葱白手指灵巧地摆弄着布条，姚汝能闻到阵阵幽香传入鼻子，连忙把头低下去。他心想，原来张都尉循着这样的香气，才找到这姑娘的。这香味初闻淡泊，却弥久不散，以后用作公门追贼，倒是方便得紧。

唉，不知张都尉和檀棋姑娘听到靖安司遇袭的消息，会是什么反应？阙勒霍多查得如何？

他想到这里，忽然想到这是个很好的机会，便随口问道："你和张都……呃，张小敬都尉怎么称呼？"

闻染一边专心致志地处理着伤口，轻声答道："他是我的恩公。"

"他救过你？"

闻染的脸上浮现出沉痛之色："岂止救过……他为了我们闻家，把命都搭上了。"姚汝能一惊，怎么他判死刑是这个原因？檀棋不是说因为杀了县尉吗？

现在左右无事，闻染便娓娓说来。

原来张小敬和闻染的父亲闻无忌，在西域当兵时同为战友。当年死守烽燧城幸存下来的三个士兵里，闻无忌也是其中一个。他救过张小敬一命，为此还丢了一条腿。

烽燧之围解除后，闻无忌无法继续当兵，便选择了退伍。他带着女儿与都护府的赏赐，来长安城里开了个香铺，日子过得不错。后来张小敬做了万年县的不良帅，两个老战友有过命的交情，更是时时照拂。

去年十月，恰好是张小敬前往外地出差，闻记香铺忽然接到虞部的通知，朝廷要为小勃律来使兴建一座宾馆，地址就选在敦义坊。虞部开出的价码极低，闻无忌自然不干，坚持不搬。不料夜里突然来了一群蒙着面的浮浪少年，手持大棒闯入铺里，乱砸乱打，闻无忌出来与之理论，竟被活活打死。闻染也险遭强暴，幸亏她机警顽强，觑到个空隙逃了出去。

闻染本想去报官，正赶上县尉亲自带队夜巡，一口咬定她犯夜，给抓了起来。她百般哭诉，却无人理睬，一直被关在深牢之中。没过多久，外头递进一份状书，让她供述父亲勾结盗匪，分赃不均而被殴死，香料铺子就是用贼赃所购。若她不肯画押，就要被变卖为奴。

闻染听了以后，坚决不肯，结果几个狱卒过来按住她，硬是在状书上按了一个手印。她心里彻底绝望，曾几度想过要自杀。

过了几天，忽然她被放了出来。闻染出来一打听，才知道外面已经天翻地覆。张小敬回到京城，得知闻记香铺的遭遇后，先把熊火帮几乎连根拔起，随后不知为何，杀了万年县尉，惹得万年县廨震动。最后他居然挟持了永王，几乎要把乱子捅到天上去。

到底张小敬是怎么扯进永王的，又是怎么被擒判了死刑，内中曲折闻染并不清楚。她只知道，从此闻记香铺安然无恙，也没人来找自己麻烦。她一介弱质女流，没有力量见到恩公，只能在家里供奉生祠，每日奉香。

说着说着，闻染靠着他的胳膊，居然睡着了。

姚汝能身子没动，心里却是惊涛骇浪。他不只是惊张小敬的作为，也惊讶于那些人的黑心贪婪。

要知道，县尉轻易不亲夜巡。他那一夜会出现，显然是早就跟虞部、熊火帮勾结好了，黑道大棒，官府刑笔，双管齐下钉死闻无忌，侵吞地皮。他相信，张小敬肯定也看出来了，所以才会怒而杀人。

姚汝能对吏治阴暗之处，也听过许多，可这么狠绝恶毒的，还是第一次。一户小富之家，顷刻间家破人亡——这还是有张小敬舍身庇护，若换作别家，只怕下场更加凄惨。张小敬说长安是吞人的巨兽，真是一点不夸张。

他终于理解，为何张小敬一提到朝廷，怨气会那么重。

"长太息以掩涕兮，哀民生之多艰。"一声慨叹从旁边传来，姚汝能回头，发现岑参正斜靠在廊柱旁边，也听得入神。

他念的这两句诗，姚汝能知道是惋惜痛心的意思。岑参又赞道："姑娘这一番讲述，略作修饰，便是一篇因事立题、讽喻时政的上好乐府。"他低头想要找笔做个记录，却发现诗囊早就被烧没了，只好去翻药铺的木柜格，看有没有纸和笔。

姚汝能有点迷茫："这也能入诗？"

岑参激愤地挥了挥手："怎么不能入？如今写诗的，大多辞藻昳丽，浮夸靡绮，动辄诗在远方，却不肯正视眼前的苟且。正该有人提倡新风，为事而作，不为文而作。"然后又埋头翻了起来。

姚汝能无奈地催促道："阁下在靖安司只是临时羁押，现在若想离开，随时可以离开。"

当初关岑参，是因为他阻挠张小敬办案，怀疑与突厥狼卫有关系。现在身份已经澄清，可以放了，再者说，想留也没地方关他了……

岑参从柜台后抬起头来，语气愤慨："走？现在我可不能走。我的马匹和诗都没了，你们得赔我。"

"坐骑好歹能折个钱数……诗怎么赔？"

"嗯，很简单，让我跟着你们就行。"岑参一副妙计得售的得意表情，"我一直在观察着，闻姑娘的事、崔器的事、你的事、那个张小敬的事，还有你们靖安司追捕突厥人的事……你也懂点诗吧？知道这对诗家来说，是多么好的素材吗？"

姚汝能有些愕然，在这家伙眼里，这些事情只是诗材而已？他摇了摇头道："抱歉，我不懂诗，只知道一点韵。"

岑参一听他懂韵，立刻变得兴奋了，连声说够了，可以简单聊聊。姚汝能苦笑连连，他懂字韵，是因为望楼传递消息以《唐韵》为基础，跟作诗毫无关系。

没想到岑参更好奇，缠着他让他讲到底怎么用《唐韵》传消息。姚汝能以手扶额，后悔自己多嘴。他让岑参把窗子推开，远处可以见到慈悲寺门前悬着的灯笼。姚汝能对着这个灯笼，简单地讲解了一下望楼白天用鼓声、晚上用灯笼进行韵式传信的原理。

岑参击节赞叹道："以灯鼓传韵，以韵部传言，绝妙！谁想出这个的？真是个大才！看来以后我不必四处投献，只要凭高一鼓，诗作便能传布八方，满城皆知！"

姚汝能嘴角抽搐了一下，勉强压下反驳的欲望，心想你高兴就好……岑参对着窗外，对着灯笼开始比画起来，嘴里念念有词——他正尝试着把自己的诗句转译成灯语。

这时大门哐的一声被推开，走进一个衣着鲜亮的皮衣小吏。小吏环顾四周，大声嚷道："这里还有靖安司的人没有？"

姚汝能看他容貌陌生，犹豫地举起手来，表示自己是。小吏道："靖安司丞有令，所有还能动弹的属吏去慈悲寺前集合，有训示。"姚汝能一怔，李泌不是被挟持了吗？难道被救回来了？小吏看了他一眼："是新任靖安司丞。"然后匆匆离开铺子，又去通知别人了。

这么快就有人接手了？姚汝能觉得有点不太舒服。可李司丞被人挟持，去向不明，也确实得有一个人尽快恢复局面——如果这个人是张小敬该多好，可惜这绝不可能。

他把熟睡的闻染轻轻放平在席子上，跟岑参打了个招呼。岑参一摆手，说你去吧，这姑娘我先照看着，然后继续专心翻找纸笔。

慈悲寺的大门离靖安司不远，门前有一片宽阔的广场。观灯游人都已经被清空，和尚们也把门关紧，现在广场上站着几十个人，都是靖安司幸存下来且能动弹的人员，个个都面露悲戚。

姚汝能数了数人数，只有事发前的三分之一。换句话说，足足有近百位同僚死于这场突袭，他心中一阵恻然。广场上的熟人彼此见了，未曾拱手，先流出泪来。除了庆幸劫后余生，别的也说不出什么。

等不多时，一声锣响，四面拥来二十几名士兵，个个手执火炬，把广场照了个通明。一位官员踱步走到慈悲寺的大门前，站在台阶上俯瞰广场。他四十岁上下，身材颀长，两边颧骨很高，把中间的鼻梁挤得向前凸出，似乎随时会从脸上跃出。他的下颌有一部美髯，在火炬照耀下泛着油光，一看就是平时下了功夫保养的。

姚汝能注意到，此人身着浅绿官袍，银带上嵌着九枚闪闪发亮的铜带銙。这是七品官阶的服带，比起李泌要低上一阶。

锣声再次响起，示意众人注意。那官员手执一方铜印，对下面朗声道："诸位郎君知悉，本官是左巡使、殿中侍御史吉温。现奉中书之令，重组靖安司。各归其位，不得延滞。"

这个身份让广场上的人议论纷纷。他们都知道靖安司的后台是东宫，现在中书令任命一个御史来接管，这事怎么听怎么奇怪。

吉温显然是有备而来，他颔首示意，立刻有另外一位官员走过来，手里捧着厚厚一卷文书。那官员展卷朗声读道，声音响彻整个广场：

"《大唐六典》卷十三《御史台殿中侍御史》载曰：凡两京城内则分知左、右巡，各察其所巡之内有不法之事。谓左降、流移停匿不去，及妖讹、宿宵、蒲博、盗窃、狱讼冤滥，诸州纲典、贸易、隐盗、赋敛不如法式，诸此之类，咸举按而奏之。

"又！《百官格》：左巡知京城内，右巡知京城外，尽雍、洛二州之境，月一代，将晦，即巡刑部、大理、东西徒坊、金吾、县狱。"

随着一条条艰涩拗口的官典条文当众念出来，靖安司的人渐渐都听明白了。

殿中侍御史有两个头衔：左巡使、右巡使，对两京城内的不法之事有监察之权，而靖安司掌管的是西京策防，两者职责有重叠之处，可以说是同事不同官。

无论是从律法上还是实务上来说，让一位左巡使来接掌靖安司，并无不妥。

这位吉御史一不依仗官威强压，二不借中书令的大势逼迫，而是当众宣读官典，可见是个恪遵功令的人。现在群龙无首，人心惶惶，正需要一个人来收拾残局。何况这位御史还捏着中书令的授权，何必跟他对抗呢？

众人敌意少减，议论声逐渐平息。吉温捋了一下胡髯，再度开口道："靖安司为贼所乘，本官倍感痛心。但如今元凶未束、顽敌尚存，还望诸位暂敛仇痛，以天子为念，先戮贼首，再祭英灵。"

这话说得很漂亮，既点出事态紧迫，又暗示朝廷必有重赏。幸存的靖安司大小官吏，都纷纷拱手弯腰，行拜揖之礼。这是下官见上官的礼节，承认其为新的靖安司丞。

吉温见大部分人都被收服，大为得意，侧过头去，对刚才那读官典的官员悄声道："公辅啊，你这一招似拙实巧，还真管用。"那官员笑道："在下还会骗端公您不成，趁热打铁，按之前商量的说吧。"

侍御史在朝下称为"端公"，殿中侍御史称"副端"。那官员故意称高了一阶，吉温听了心中大悦，旋即拿起铜印："诸位听令！"

这是他就任靖安司丞后下达的第一个命令，大家都安静下来。

吉温朗声道："靖安司遭贼突袭，必有内奸勾结。攘外必先安内，接下来的首要任务，就是要挖出这个毒瘤。至于他的身份，我已经查明了——"他扫视全场，发现所有人都直勾勾地注视着他，很满意这个效果，吐出一个名字："靖安都尉，张小敬！他就是勾结蚍蜉的内奸。"

这个结论，让下面的人一阵哗然。

吉温脸上的笑容趋冷："诸位也许不知道，张小敬此前被判绞刑，正是因为杀死顶头上司。所谓贼性难移，有过一次，难免会有第二次。此前王忠嗣之女被绑架，他也有份。如今靖安司被袭，一定也是他引狼入室——给我传令各处坊铺司守，全城缉拿此人，死活勿论！"

元载站在一旁，慢条斯理地把官典重新卷好，唇边微微露出一抹微笑。

听说袭击靖安的贼人，自称"蚍蜉"，岂不正合张小敬这个卑贱之徒的身份？

275

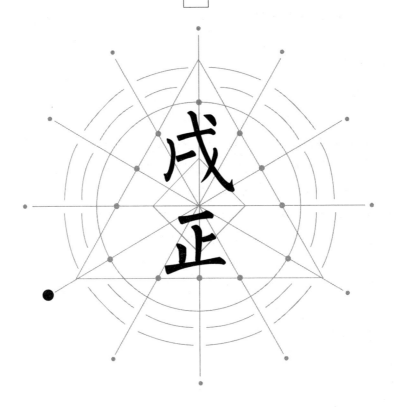

第十一章

戌正

可李泌一眼就看出来，那四根亭柱每根都有五抱之粗，
光是原木运进来的费用，就足以让十几个小户人家破产。

天宝三载元月十四日，戌正。

长安，万年县，平康坊。

相比起其他坊市的观灯人潮，平日繁华之最的平康坊，此时反倒清静得多。因为平康里的姑娘们都被贵人们邀走伴游，青楼为之一空。大约得到深夜两更时分，姑娘们与贵人才会陆续归来，开宴欢饮。

一走进坊内，檀棋就厌恶地耸了耸鼻子。街上此时弥漫着一股苏合香的味道，这是上灯之后，香车出游散发出来的。这香调得太过浓郁轻佻，却十分黏衣，一沾袖子就挥之不去。她可不想被人误会成伴游女。

张小敬道："放心好了，不会有人误会，今夜稍微有身份的粉牌，都在外头呢。"檀棋初听宽心，再一琢磨，这分明是嘲弄嘛！她正要发作，张小敬已扬鞭道："那里就是李相的府邸了。"

檀棋望去，原来李林甫的宅邸就在平康里对面，高墙苍瓦，里头只怕又有十进之深。门前列着十二把长戟，左右两根阀阅立柱，柱顶有瓦筒乌头，显出不凡气度。说来也怪，明明檐下挂着一排红纸灯笼，光线却只及门前数丈，其他地方还是一片黑暗。远远望去，好似一头黑兽张开了血盆大口。

处处与公子作对的那个人，就住在这里啊……檀棋没来由地打了个寒战，赶紧催马快走了几步，仿佛待久了会被吃掉似的。

"对了，伊斯执事呢？"檀棋忽然想起来，还有这么一位跟着。张小敬回头扫了一眼，大街上不见踪影，这家伙自从跨过朱雀大街后就没见过，想来是走散了吧。

"无所谓了，随便他。"

张小敬对这一带轻车熟路，两人走过两个十字街口，看到东北角有一片青瓦宅院。

这些宅院像是出自军匠之手，建筑样式几乎一样，排列严整，都是三进七房。唯一能把它们区分开来的，是每一处中庭高高飘飘起的鸟兽旗麾：有熊有虎，有隼有蛟，没有重复的——这正是十位节度使设在长安的留后院，每个院的旗麾，都与节度使的军号相应和，一看便知是哪家节度使的院子。

而留后院的对面街里，则是杂七杂八的一溜商铺，都是珍珠宝石、香料、金银器、丝织、漆物之类的奢侈品铺子。留后院每年在京中采购大量礼品，商家自然不会放过这个良机。

不过这会儿铺子都已经关门，店主伙计都跑出去看灯了，整条街几乎没人。张小敬与檀棋辨了辨方向，七转八转，来到巷子最尽头的一家刘记书肆。这家书肆的门面比其他铺子都要小，几乎只是两扇门的宽度，两侧紧邻着一个车马行与银匠铺。这个时辰，书肆早已关门，连门板都上了。

据刺客供认，这家刘记书肆是守捉郎的火点。火点是他们的专用切口，指的是用于任务发放的联络点。在火点负责的人，叫作火师，也是张小敬这次要找的关键人物。

按道理，应该先让刺客叫开门，说明情况，再进去跟火师交涉。但张小敬在入巷前已经和望楼确认过了，马车押送着刺客还在路上，赶过来还要一阵。

张小敬不能再等了。自从得知靖安司被袭击后，其实他比檀棋还要焦虑。内心中那一股不祥的预感，越发强烈。他必须抓紧每一个弹指的时间。

他没有去拍门板，而是走到了门板左侧的墙边。这是一堵黄色的夯土墙，夯工粗糙，墙上有大大小小的土坑。张小敬数到第三排右起第十个小坑，把指头伸进去，在尽头摸到了一截小绳头。

绳头打了一个环扣，另外一端从小孔穿墙而过。张小敬把指头套进去，轻轻扯动绳子，扯了五下，停顿片刻，又扯了三下，最后急拨两下。

这是刺客交代的联络之法。不扯这根绳子，或者扯法不对，这间书肆永远不会对你袒露真实面目。

扯完不久，门板"咣当"一声，从里面被卸下去一条，一只警惕的眼睛从门内空隙闪过："春江？"

"白云一片去悠悠。"

这是《春江花月夜》中的第十七句，亦是证明身份的一个标识。屋内沉默了一下，说道："你不是刘十七，也不是摩伽罗。"张小敬一亮铜牌："我是靖安司都尉张小敬，刘十七介绍我来的。现在有要事相商。"

"那刘十七他们在哪里？"

"正在永乐坊路上，稍后即至。"张小敬回头看了一眼望楼。

望楼恰好打过来一束信号，马车已经过了永乐坊，距离这边只有两三个路口了。

"那等他到了再说吧。"对方说完就要上门板。张小敬"啪"的一掌按在门板上，态度强硬："朝廷办事，等不得。你是要我现在进去，还是等县尉亲自带队过来？"

这个威吓似乎起了作用。屋子里沉默了片刻，另外一扇门板很快被卸下来，露出半扇门的空隙。张小敬、檀棋侧身而入，屋子里的一只手点亮了案几上的龟形烛台，托在手里。

火师是个满头斑白的老者，皮肤如枣色一般皴裂，看不出是哪一族出身。在他身后，一排排全是竹书架。书架上摆放着各种名贵绸卷，每一卷用的都是象牙白轴、水晶环扣，还用五色布签标明了类型。有淡淡的樟脑香气弥漫其间，清脑醒神，兼防蠹虫。

这些书不是用来看的，而是专供达官贵人赠送之用的礼品。火点每天要处理各种联络文书，用书肆做掩护再合适不过了。

张小敬也不寒暄，进门后劈头就问："我要知道是谁发出的委托，让刘十七和摩伽罗去刺杀波斯寺普遮长老。"

老者托着烛台，烛光照在脸上的重重皱纹里，光影层叠，让人无法把握他真正的表情。

"都尉该知道，我们守捉郎要为委托者保密。这个要求，恕难从命。"

张小敬冷哼道："现在这个暗杀委托，牵连到一桩危及整个长安城的大案。朝廷必须知道答案，有意隐瞒者，以同谋论处！"老者不屑一笑："守捉以诚信为本，否则何以取信天下人？别说都尉，就是京兆尹亲临，也不能说。"

张小敬怒火中烧，一拳重重捶在墙上，屋内的书架都为之一颤。老者手里烛台却稳稳托着："小老只有一人在此，都尉尽可以锁拿拷问，绝不反抗，但也别指望在下能说什么。"张小敬"唰"地掏出弩机，顶住他的脑门，阴恻恻地说："刘十七当初也是这么说的。"

他没说下面的话，可动作表示得很明白了。能用刘十七的暗语进入这里，自然是已得了全盘交代。老者右侧眉头轻微地抖了一下："十七违背戒律，祸及家人，我救不了他。守捉郎，守捉郎，恩必报，债必偿。"

这是守捉郎的箴言。守捉郎外出做事，家眷都要留在守捉城内。刘十七泄露了火点的秘密，就算他逃得性命，家人却死定了。

张小敬道："岂止是他，长安若有什么变故，整个守捉郎全都要死！"

老者见张小敬声色俱厉，叹了口气："委托人的姓名、身份，小老是绝不能透露的，不过都尉想问别的，权限之内，小老知无不言。"

能在长安城当火师的，果然都不是一般人。他知道张小敬背靠官府，不好太过得罪，便提出一个变通的法子。守捉郎在京城有独到的情报网，说不定掌握着靖安司所不知道的资料。

张小敬便把突厥狼卫与阙勒霍多的事说了一遍，问他是否听到过什么。老者听完之后，大为骇异："小老今日未曾出门，不知外头……居然出了这么大的事。容在下去查询一下。"

他托着烛台，转身走到书架深处。

张小敬把手弩搁在桌子上，略带烦躁地等着。他对靖安司遇袭也极度担忧，刚才那一拳与其说是吓唬火师，不如说是发泄内心的焦虑。

这时檀棋悄悄扯了一下张小敬的袖子："这个老头，身上有苏合香的味道，却没有樟脑味。"张小敬"嗯"了一声，没有任何反应。檀棋有点起急，男人这方面怎么如此迟钝："他说一天都待在书肆里，那怎么身上一点樟脑味都没有，反而全是外头的苏合香？"

张小敬瞳孔陡缩，他"哗啦"一声推开身前案几，凶猛地跃进书架。那烛台被挂在竹架旁的铜钩旁，旁边空无一人。

不，准确地说，还有一人。这里有一个五十多岁的短髯胖子，身披狐裘，躺倒在书架之间，咽喉被割开一道非常精细的口子，眼睛兀自圆睁。

张小敬一瞬间就明白过来，这个才是真正的火师。那个老头，恐怕是神秘组织派来灭口的。他们给守捉郎下了刺杀委托，接洽者即是这个火师，杀了他，线索就会彻底断绝。

谁知刚动完手，张小敬就拍门了。寻常杀手，刺完就走，不会去理睬外头拍门。可这个家伙机变之快，行事之大胆，让人咂舌。他居然在极短时间内想到反过来冒充火师，套走了靖安司的调查进度。

这下子，连张小敬这种老江湖都被骗了。若非檀棋从香气中闻出破绽，只怕他们还被蒙在鼓里。

张小敬刚想通此节，尚未及转身示警，忽然书肆里传来一声响亮的男子惨叫声，然后身旁那一排书架像牌九一样，一个接一个相撞倾倒，把他和火师的尸体压在了下面。张小敬先喊檀棋退出书肆，防止那家伙反扑，然后双臂一抬，把书架重新推回去。

幸亏这是竹架，上头又都是书卷，不算太重。不过这么一压，火师咽喉上的伤口又喷出血来，沾到了张小敬的短衫之上。

张小敬站起身来，冲进书肆尽头，发现后窗打开。他探出头去，看到远处屋顶上一个黑影在腾跃疾驰，那矫健的身手完全不似老人。

他正要追出去，忽然耳边又响起尖叫声，这次是来自书肆正门外头，是檀棋！

张小敬只得先放弃这边，转身朝门外飞跑而去。一出门，外头已经亮起了七八盏灯笼，十来个铁匠和车夫模样的人，正面色不善地围着檀棋。他们看到张小敬跑了出来，纷纷亮出砧锤和铁棍。

"火师呢？"为首一人怒喝道。

这些人也是守捉郎，负责火点的护卫，平时隐藏在书肆左右的车马行与铁匠铺，轻易不会现身。刚才听见那一声惨叫，他们这才出来。

张小敬脸色"唰"地变了。原来那一声惨叫，并不是真正的惨叫，而是老头故意学火师的声音发出来的，为的是让那些护卫听见。这个老东西，心思之深沉，简直到了可怕的地步。只是短短的一次交锋，设下了多少圈套。

现在被这些护卫一围，张小敬根本没办法去追击。几个护卫推开张小敬冲进屋子，很快他们又退了出来，杀意腾腾。

他们刚才都听到了那一声重重的捶墙声，显然是来客与火师起了龃龉。很快传来火师的惨叫，紧接着这人浑身是血地跑出来。现在屋子里的火师尸体已经被发现，而且在屋内翻倒的几案旁边，还捡到了属于这个男人的手弩。

事实再明白不过了。

"守捉郎，守捉郎，恩必报，债必偿。"一个队正模样的人念着口号，把铁匠锤抢起来。这里有十几个人，又已经把窄巷子堵死，张小敬就是有三头六臂，也绝不是对手。

檀棋气愤地开口道："火师不是我们杀的。"护卫们冷笑着，根本不相信这虚弱的辩白。张小敬一举铜腰牌，喝道："我是靖安司都尉张小敬，是由刘十七带过来找火师问话的，我绝没动手，凶手另有其人。"

队正眉头一皱，若是朝廷办差的人，还真不好处置。他示意手下暂缓动手："你说刘十七？他人呢？"

"应该马上就到。"

队正道："好，就等他来，再来定你的生死。"他一下一下抛着手里的铁锤，肌肉上的青筋绽出，眼中的杀气不减。

远远地，一个黑影几下跳跃，便离开了平康坊的范围。

听到吉温的宣布，姚汝能呆立在原地，化为一尊石像。

绑架王韫秀？勾结外敌袭击靖安司？

把这两个罪名栽到张小敬头上，姚汝能觉得荒唐无比。可是在新任靖安司主官眼中，这是一个再正常不过的推测。

在世人眼里，犯人都是最不可信的恶鬼。就像吉温刚才说的，一个杀死上司的死囚犯，凭什么不会犯第二次——别说吉温，当初李泌刚提拔张小敬时，姚汝能自己都心存偏见，认为这人一定别有所图。

这次可不像上次。上次是崔器自作主张，强行拘押张小敬，根本没有任何罪名，所以在右骁卫的文书里，连名字都不敢提。但这一次对张小敬的公开指控，性质完全不同，他在京城将再无容身之处。

不行，我必须得跟吉司丞去说明白！

姚汝能推开身边的同僚，冲到慈悲寺前。吉温正在跟几位幸存的主事讲话，分配工作。姚汝能不顾礼节，强行打断："吉副端，您犯了一个错误！"

"嗯？"

"吉……吉司丞……"姚汝能百般不情愿地改成了称呼。

"讲。"吉温这才让他开口。

"在下是靖安司捕吏姚汝能，一直跟随张都尉查案。他搜寻王家小姐、阻止突厥狼卫，都是众目睽睽的功劳，怎么可能与之勾结？这其中，一定有误会！"

吉温将了将髯，温和地笑道："姚家阿郎，我适才也有这个疑问。不过李司丞曾经说过，突厥狼卫只是枚棋子，背后另有推手。张小敬剪除突厥狼卫，恐怕也是他们用的障眼法。"

他把李泌推出来，姚汝能一时竟无法反驳。吉温忽然一拍手，恍然道："我刚刚听说，在昌明坊找到一个叫闻染的姑娘，还是你找到的，对吗？"

"是。"

"我可是听说，张小敬故意欺骗靖安司，假称找到王韫秀的线索，让李司丞调动大量资源去救。结果救出来的，却是他的姘头。"

这话说得很毒，隐藏着最险恶的猜测，可是大部分内容却是事实。李泌对此确实相当不满，姚汝能也知道。可……可是，这和张小敬是内奸并没有联系啊。

这时，旁边那位读官典的官员也插口道："张小敬在万年县时，外号叫五尊阎罗，狠毒辣拗绝。这样一位枭雄，可不是什么人都能驾驭的。"

他这句话跟主题没有关系，可听在大部分人耳朵里，却成了张小敬人品最好的注脚，还把李泌给捎带进去了。

姚汝能捏紧拳头，想要出言反驳，可忽然想到一件事。

吉温是得了中书令的任命，是李相的人。相信他会非常积极地去证明，李泌是错的，太子是错的。所以无论如何辩驳，张小敬都得被打成奸细。姚汝能再看向吉温，终于从那副温润君子的面孔里，分辨出几分阴险。

他的内心，满是愤怒和绝望。长安城已被架上油锅，这些人还在锅里头琢磨着把唯一正在灭火之人干掉！这他妈叫什么事！

若换作从前，姚汝能热血上头，早就不顾一切开口抗争，或者干脆挂冠而去。可在这几个时辰里，他已见识过了太多冠冕堂皇下的龌龊，知道在长安城里，光凭着道理和血气之勇是行不通的。

他得留下有用之身，才能帮到张都尉。

吉温见姚汝能无话可说，便转身对其他几位主事继续道："如今李司丞下落不明，唯一的线索，就着落在张小敬身上。本官已分派了四十多个番仆，先把通缉文书送达全城诸坊。你们得尽快修好大望楼，恢复全城监控，这是第一要务。"

几名主事都面露难色，其中一人道："望楼体系乃是李司丞一手建起，十分复杂。我等皆是文牍刑判之职，对这个……只能坐享其成而已。"

吉温有些不悦："难道懂望楼的人一个不剩全死完了？"几个主事诺诺不敢言。姚汝能在旁边忽然抬手道："在下略懂。"

"哦？"

"此前在下担任的正是望楼旗语、灯语的转译工作。"姚汝能没说假话，几个主事也都纷纷证明。吉温颔首道："既然如此，那此事就着你去做。一个时辰之内，望楼要恢复运作。"

姚汝能暗喜，只要掌握了大望楼，就有机会帮到张都尉。为此，他不得不捏着鼻子与虚伪的新长官虚与委蛇，这可是之前自己最痛恨的做法。

他现在总算明白，张小敬所谓"应该做的错事"是什么意思。

这时一只手拍了拍姚汝能的肩膀，他回头一看，原来是那位宣读官典的官员。

"本官叫元载，字公辅，大理寺评事。现在忝为吉御史的副手。"元载笑眯眯地说道，晃了晃手里的簿子，"你说你叫姚汝能是吧？正要请教一件事情。"

"元评事请说。"

"我刚才查了一下记录，有一个叫闻染的女人，是被你带出了监牢，正安置在附近对吧？"

"啊？是……"姚汝能一出口就后悔了。元载看人的眼神飘忽不定，很难有针对性地做出戒备，一不留神就被钻了空子。

元载眼神一亮："这女人与张小敬关系匪浅，想抓张小敬就得靠她了——她安置在哪里？"

"我这就去把她带来。"姚汝能回避了元载的问题，要往外走。不料元载眼珠一转，把他给拦住了："你要去修大望楼，不必为这点小事耽搁，把地址告诉本官就好。"

他咄咄逼人，不容姚汝能有思忖的机会。姚汝能想不出什么好办法推脱……可是，绝不能把她交给这个家伙，那样的话张都尉就完了。

元载神情还在笑，可是语气却已带着不耐烦："快说，难道你想存心庇护不成？"

姚汝能知道，如果让元载起疑，吉温绝不会让自己去修大望楼，就帮不到张小敬了。

现在，自己必须在张小敬和闻染之间做出选择。

姚汝能咬着牙，宁可自己没的可选。

一辆马车横躺在街道上，已近半毁。

它一头撞到了一处巨大的灯架，随即侧翻在地。本来在灯轮处有很多歌姬少女在行歌踏春，结果这辆车突然失控，撞了过来，把这些可怜女子横扫一片，娇呼呻吟四起，花冠、霞帔散落一地。现场一片狼藉。

周围观灯的百姓同情地围了过来，以为车夫趁着灯会喝多了酒，才酿成这么一起事故。

一名士兵从车里狼狈地爬出来，随后又把刺客刘十七扯出来。可后者已经气绝身亡，咽喉上多了一道红线。

刚才牛车通过宣阳长兴的路口，忽然一个黑影从车顶跃过，速度极快，先杀死了车夫，让马车倾覆，然后趁着混乱冲入车厢。这家伙的刀法精准得出奇，一冲入车厢，短刀准确地划过刘十七的咽喉。守卫甚至连出刀的机会都没有，那黑影已退出去，灵巧地跳下车，然后顺这灯架越过坊墙，扬长而去。

"不对，我看到的是两个黑影，一前一后。"这是士兵在昏迷前的最后一个思绪。

元载朝着慈悲寺旁边的生熟药铺子走去，他现在很快乐，连脚步都变得轻松。

没有理由不快乐，一切事情都朝着他最满意的方向发展。不，是比他最满意的期待还要满意。

在最初，他只是被要求出一份提调文书；在发现封大伦误绑了王韫秀后，元载主动提出了第二个方案，一石二鸟。然后他直奔御史台而去，恰好当值的是吉温，跟他相熟。元载刚刚寒暄完，还没开口说话，吉温突然接到一封李相密函，让他立刻去抢夺靖安司的司丞之位。

吉温对这事有点吃不准，便跟元载商量。元载一听，那颗不安分的大脑袋又开始转动了，很快从中窥到了一个绝佳的机会，第三度修改了自己的计划。

接下来，他便以"辅佐"为名，陪着吉温来到慈悲寺前，宣布张小敬是袭击靖安司以及绑架王韫秀的主谋。

这是个多么简单的决定，又是一个多么绝妙的安排。永王会很感激他，因为张小敬会被全城追杀至死；封大伦会很感激他，因为有人背起了绑架王韫秀的黑锅；王忠嗣和王韫秀会很感激他，因为是元载把她一力"救"出；吉温以及背后的李林甫，也会对他另眼相看，因为他帮助吉温迅速拿下了靖安司，并重重地抽打了太子的颜面。

最初只是一次小小的公文交易，现在生生被元载搞成了一局八面玲珑的大棋，做出这么多人情。若不是个中秘闻不足为外人道，元载简直想写篇文章，纪念一下自己这次不凡的手笔。

刚才元载在报告里查到了闻染的下落，猛然想起来，封大伦透露，永王似乎对闻染怀有兴趣。若把她交给永王，又是一桩大人情！

所以元载权衡再三，决定亲自来抓闻染，以纪念这历史性的一刻。不过他并没有轻敌，在接近铺子前，指示身边的不良人把四周先封锁起来。元载做事，信奉滴水不漏，再小的纰漏也得预防着点。

就连姚汝能那边，元载都悄悄安排了一个眼线。一旦发现姚汝能跟旁人耳语或传递字条，就立刻过来通报。真正万无一失！

一切都已安排妥当，元载慢慢走到那生熟药铺子门前。他同情地注视着瓮里的这些可怜龟鳖，抬起右手，准备向下用力一划，用这个极具象征性的手势完成杰作的最后一步。

可是他的手臂在半空只划了一半，却骤然停住了。

轰隆一声，一匹马从铺子里踹破房门冲出来。它去势很猛，附近的不良人被一下子撞飞了好几个。其他人不敢靠近，只好围在周围呐喊。马匹在铺子前转了几圈，却没有立刻跑开。不良人这时才看清，马背上伏着一男一女。

元载处变不惊，站在原地大声喝道："严守位置！"

他看出来了，这马只是冲出来那一下声势惊人，骑士自己都不知道该往哪里去。只要封锁做好，他们俩没有机会逃掉。不良人们也反应过来，纷纷抽出铁尺，从三个方向靠近马匹。这样无论那坐骑如何凶悍，总会有一队攻击者对准它最脆弱的侧面。

骑士也意识到这个危机了，他环顾四周，一抖缰绳，纵马朝着唯一没有敌人的方向冲过去。

元载冷笑，观察着他的困兽犹斗。

骑士跑去的方向，是封锁圈唯一的一个缺口，它所在的位置，恰好是靖安司的正门。此时大殿还在熊熊燃烧，丝毫不见熄灭的迹象。

正因为如此，元载才没有封锁这里，往这里逃的人，反正会被火场阻住，死路一条。

可元载的笑容突然在脸上凝住了。

靖安司的正门很窄，不容马匹通过。可是为了避免火势蔓延，救火人员已经把这附近的墙给扒掉了，清出一条隔离带。那个骑士驾着坐骑，轻而易举地越过断墙残垣，一马两人很快就消失在熊熊大火里。

他们这是干什么？穷途末路想要自杀？

不对！

元载飞速转动着脑筋，然后对不良人叫道："快，去京兆府和后花园的坊墙外！"

元载研究过靖安司的布局，里面的建筑间隔很宽。如果一个人决心够狠、速度够快的话，可以勉强穿过起火的大殿和左右偏殿之间，抵达后花园或者京兆府偏门。

一直到这会儿，元载还是不太着急。钻进靖安司是一招妙棋，然后呢？

后花园和京兆府这两个地方的围墙都在，骑士只能弃马翻墙。一男一女徒步前进，在围捕之下又能走多远？

不良人在上司的严令下，兵分数路。一队进入京兆府堵住偏门；一队绕道去了后花园的坊墙外头，连水渠都被控制住；还有一路披上火浣布，硬着头皮闯入火场。

很快两队来报，都不见动静。又过了一阵，进入火场的第三队狼狈地跑回来，他们只看到了那匹马被扔在庭院里，人却不见踪影。

元载大怒，这他们能跑哪儿去？还能飞上天不成？！他手掌一压，让不良人再仔细搜查一遍！一定得找到闻染，不能给这美妙的一夜留下瑕疵。不良人为难地说再强行进入，怕会有伤亡。元载看着他："你不进去，现在就会有伤亡了。"

不良人面如死灰，只得再去召集人手，再闯火场。没想到这时元载说一句："且慢。"

他仰起头，看到在大殿后面，还有一个建筑高高耸立着，忽然想到了一个可能。

大望楼！

大望楼就矗立在后花园里，如果他们弃马要逃，只能是顺梯子爬到楼顶，躲在上头。等风头过了，再下来逃走。没错，姚汝能那个浑蛋，不是正在修大望楼吗？

元载想到这里，脸色转冷，小小的一个靖安吏也敢在他面前耍心眼？他喝令召集不良人，亲自带队，要去瓮中捉鳖。

你们能上去，可是下来就难了！

为了修复大望楼，救援人员打通了一条相对安全的进入路径。修复者不用强行穿过起火的三大殿，而是从京兆府这边的墙上打的一个洞，进入临近的靖安司监牢，再从监牢前的小花园翻入后花园。

元载带着人，就从这条路进入后花园。他一马当先，手脚并用攀上木梯，噌噌噌一口气爬到了顶端。

大望楼的顶端非常宽敞，是一个长宽约十二丈的宽方平台，地上铺着一层厚毡毯，四边有围栏，中间的枢柱支起一面翼立亭顶，以遮蔽风雨。

此时在平台上，八具武侯的尸体横七竖八躺倒在地。蜥皮鼓、五色旗、紫灯笼等信号用具扔了一地，还有饭釜、水囊、暖炉、披风之类的生活用品散乱地扔着。姚汝能和其他两个杂役正蹲在那里，逐一进行检查。除此之外，别无他人。

见到元载突然气势汹汹地爬上来，姚汝能觉得很意外。元载扫视一圈，发现这里实在没有藏人的地方，便冲姚汝能喝道："你把闻染藏哪里去了？那个男人是谁？"

姚汝能无辜地回答："在下一接到命令，立刻赶紧来修复大望楼，这不是您要求的吗？哪有时间去藏人啊？"

元载身子前倾，大脑门几乎顶住姚汝能的脸："若不是你通风报信，他们怎么会突然从药铺里逃走？"他转过头去，向另外一个杂役："你说！你看到没有？"

这杂役就是他安排的眼线，这人一看长官发火，战战兢兢地回答道："回禀评事，在下一直紧随姚汝能左右，他……他确实没跟任何人传递过消息。"

"不可能！那是你没看出来。你把他跟什么人说过话，做了什么，原原本本地告诉我！"元载烦躁地搓着手指，简直不敢相信，在自己眼皮下，居然让闻染逃了。

杂役记性很好。姚汝能先跟几个主事谈过，内容不外乎是筹备修复材料与人手，现场征用了慈悲寺门前的一批大灯笼。然后他又请救火兵开辟了一条安全通道，带着这批材料爬上了大望楼，评估损失情况。

杂役记得姚汝能跟人来往的每一个细节，清清楚楚，没有任何疑点。元载不死心，追问那批灯笼在哪里。杂役一指，它们正挂在大望楼的亭顶外缘。这是在提醒周围望楼，这里出现故障，正在检修。

元载趴在围栏边缘，探头挨个去摸灯笼，几次差点翻倒出去。可让他失望的是，灯笼上除了卍字纹饰之外，没看到任何字迹。元载缩回身子，俯瞰着下面的靖安司，一片黑漆漆的。

这次他真是想不出来，闻染和那个神秘男子，到底还能藏在哪里。

"尽快修好，不然重罚！"

元载一拂袖子，从大望楼上悻悻地爬下去。他还有太多事情要做，不能在这里浪费时间。

看到他爬下去走远，姚汝能这才擦了擦汗，心中连呼侥幸。他吩咐那两个杂役继续翻检尸体，然后背过身去，轻轻地拨转其中一盏灯笼。

这盏灯笼的罩纸分成两半，一半薄纸，一半厚纸。如果灯笼转动起来的话，从一个固定的角度看过去，会看到烛光忽亮忽暗。姚汝能的手法很有规律，很快，在大望楼附近的一片阴森林子里，亮起了一个很小的光团。光团闪烁几下，似乎在与大望楼应和，随后熄灭。

姚汝能彻底放下心来。

他被元载逼问出药铺地址以后，立刻对吉温提出：现在满城观灯，很难从别处运来修复物资，不如就地取材，比如慈悲寺门前悬挂的那些大灯笼。

这个理由完全合理，直接就被批准。然后姚汝能借口检查，爬到其中一盏灯笼前。

他知道，在远处药铺里头，岑参正看着这个灯笼，玩着韵字转换的游戏。姚汝能拨转灯笼，把信号发出去，默默祈祷岑参能够注意到这个变化，并及时解读出来。

时间紧迫，姚汝能只能告诉岑参，尽快带闻染离开，闯入火场，来到靖安司右偏殿附近的围墙。

之前李泌在隔壁慈悲寺的草庐里，设立了一个临时议事厅，并在围墙立了两个木梯，方便来往。这个草庐的存在，只有李泌、张小敬、姚汝能、檀棋和徐宾五个人知道。

岑参不愧是诗人，果然准确捕捉到了这则消息。他立刻抢了一匹马，带着闻染冲入火场，然后迅速翻过围墙，撤走梯子，躲到草庐里。元载再神通广大，也想不到，靖安司在隔壁慈悲寺里还有个落脚点。

现在闻染暂时安全了，姚汝能终于可以把注意力放回到大望楼本身。

大望楼一共配备有八名武侯，兼顾四方收发。可现在这八个人都死在上头，且俱是一刀刺中心脏致命。蚍蜉显然先袭击的大望楼，打瞎靖安司的眼睛，然后才实施下一步行动。

现场没有格斗痕迹，姚汝能不相信这世上能有人可以在这么狭窄的空间，把这八人悄无声息地干掉。他仔细搜寻了半天，发现那个饭釜翻倒在地，里面的羊肉汤全洒在地板上。他用指头蹭了蹭，放在鼻子边嗅了下，嗅不出个所以然来。再打开水囊，里面的清水早已漏光。

姚汝能猜想，会不会是羊肉汤或水里被人事先下了毒，这十几个人中了毒之后，才遭到袭击，所以完全没有反抗能力。到底怎么回事，恐怕只能等仵作来剖腹检验了。

如果这个猜测成立，下毒的一定是蚍蜉安插在靖安司里的内奸，而且这个内奸很可能还活着。想到这点，姚汝能心中不禁一沉。

可以想象得到，蚍蜉就是利用突厥狼卫的幕后组织，他们袭击靖安司，一定有更深的用意。

姚汝能吩咐杂役，多叫几个人来，把这些尸体背下去。杂役口里应着，手里拖起一具尸体的脚踝，往平台下一扔，一会儿地上传来"啪"的落地声。姚汝能大怒，给了杂役一记耳光："放尊重点！这都是为国捐躯的烈士！"

杂役只当他是为了报监视之仇，捂住脸唯唯诺诺。姚汝能不再理他，继续评估大望楼的损失。

通信用的旗鼓角灯等物什还在，没受什么损失，可是再找八个懂旗语的武侯就很难了。训练这批人耗费极贵，所以大望楼只有两轮班次，现在另外八个人分散在全城各地，短促间根本没法召集。

再者说，现在全城灯火通明，可以说是一年之中望楼通信条件最差的日子。即使恢复，也没法传输太复杂的信息。

更麻烦的是，大望楼周围一圈望楼，全都灭了灯，很可能楼上守卫也已经遭遇不测。换句话说，大望楼只能跳过这一圈望楼，向更远的望楼传递信号，这样误差会很大。

要在一个时辰之内修复大望楼，几乎不可能。

姚汝能一拳砸在围栏上，突然觉得心灰意冷。靖安司尽毁，李司丞去向不明，唯一的干将张小敬如今被打成了叛徒。自己所做的这一切，都是徒劳，再怎么努力，也无法阻止阙勒霍多的阴谋。

姚汝能慢慢让身子半靠着亭柱，无力地朝外面黑漆漆的夜空望去，内心充满挫败的绝望。长安城终于展露出它的怪兽本性，一点点吞噬掉那些拒绝同化的人。

李司丞和张都尉都无力阻止，更何况我一个新丁？我唯一能做的，就是在这里目睹这座城市的毁火吧。

可是，过了几个弹指后，他忽然睁圆了眼睛，似乎看到什么奇怪的动向。他集中全部精力，向着远处望楼群仔细观察了一阵。他注意到，那些望楼之间，正在做着有规律的交流，紫灯若隐若现，似乎一路传到很遥远的地方去。

咦？望楼应是以大望楼为枢纽，怎么彼此传起消息来了？姚汝能再仔细一看，它们不是互相传，而是有一个特定方向。虽然那个方向是哪里不知道，但姚汝能立刻判断出来，那里应该形成了一个新的枢纽。

"是张都尉！"

姚汝能陡然变得兴奋。他想起来了，能有资格号令整个望楼体系的人，除了大望楼，只有假过节的张小敬。

要知道，望楼体系的运作完全独立于其他衙署。哪怕张小敬被全城通缉，只要大望楼这边没有撤销假节，其他望楼仍旧会听命于他。

张都尉，他还没有放弃！他还在奔走。

长安城还没有失掉最后一点希望。

姚汝能胸中的激情涌动，难以自已。他抓住栏杆，忽然意识到，自己的位置对张都尉……不，对整个长安城都十分重要。

只要自己掌控住大望楼，张小敬便可以继续利用望楼体系追查，那么，尚还有一线希望阻止阙勒霍多。长安城的命运，将取决于他在大望楼上能撑多久。

大势已如此艰难，若我再放弃的话，那就再无希望可言！

姚汝能的眼神一下子变得坚毅起来。他拎起紫灯笼，向着那边清晰地发出一段讯息，并重复三遍。然后他放下灯笼，捏紧了拳头。

接下来，他要死死守住这里，就像当年张都尉在西域死守拔换城烽燧一样，哪怕与整个靖安司为敌也在所不惜。

张小敬和檀棋站在书肆前头的巷子里，焦虑地向外望去。在巷子口，十几个守捉郎封住了出路，个个虎视眈眈。

巷子外面一直很安静，大街上不断有游人路过，远处还有隐隐的丝竹之声。可张小敬允诺将很快抵达的车队，却还迟迟没有动静。

"你还要我们等到什么时候？车队呢？刘十七呢？"守捉郎的队正上前一步，手里的铁锤高高举起，眼神不善。他手下的守捉郎们已经失去了耐心，掂着武器越站越近。

"今日观灯，路上迁延并不奇怪——"张小敬把铜牌一伸，厉声道，"你们不要轻举妄动，这可是袭击朝廷。"

队正冷笑道："就算是朝廷的贵人们，杀了人，也不能一走了之。"他认为这个骗子是在虚张声势，手臂一振，喝令将其拿下。

众人一拥而上，个个争先。

火师被杀，这些保卫者一定会被重罚，只有抓住凶手，才能减轻自己的罪愆。张小敬见场面快弹压不住了，"唰"抽出佩刀，刀尖一指前方："靠近者死！"

"恩必报，债必偿！"

守捉郎们低声喊着号子，慢慢靠近。张小敬还想试图喊话，可对面一直齐声低吼着，根本不搭话。五花八门的兵刃朝着张小敬和檀棋刺来。

张小敬不能躲，因为檀棋就在身后。他只能正面硬挡。甫一交手，他对这些兵器感觉极不适应，居然被压制在下风。

守捉郎的武器以匠具为主，有铁锤、镰刀、马鞭、凿子、草叉之类，形形色色。在守捉城里，没有专门的军器监打造兵器，居民们都是一把工具在手。平时用来干活，战时当兵器，久而久之，形成了自己独有的一套格斗玩意。

所幸巷子狭窄，守捉郎没法一次全投入战斗。张小敬咬紧牙关，尽量利用地理上最后一点点优势，拼死抵挡。

前面的两三个人被打倒了，后续敌人却源源不断。张小敬觉得这么下去不是事，便从腰里掏出三枚烟丸，扔了出去。

烟雾一腾起，整个巷子里立刻陷入一片迷茫。灯笼在雾中变成模糊的光团，人影憧憧分不出是谁。张小敬抓住檀棋的手，拼命朝外跑去。檀棋知道此时性命攸关，一声不吭，任凭张小敬拽着。

两人快跑出巷子口时，守捉郎们也已恢复视线，穷追过来。张小敬猛推了一把檀棋，指向前方："坊角铺兵，快去报官！"

"那你呢？"

"我来挡住他们！"张小敬猛一回身，把佩刀横在胸前。

守捉郎毕竟是地下组织，官府再默许，也不会容忍他们在长安闹事。只要能惊动铺兵，守捉郎就会知难而退。

"记住！提我的名字！"张小敬喊。

檀棋转身就跑，背后传来叮叮当当的兵刃相磕声。她头也不回，一口气跑出去两百多步，跑得肺里几乎要炸开来，前头已经能看到坊角武侯铺门口那盏明晃晃的惊夜灯。

跟其他诸坊的守兵相比，平康坊铺兵的工作比较轻松。大部分居民都跑去外头了，坊内反而没什么事。几个武侯围坐在一只铁锅周围，满脸喜色。锅里头炖着几只骆驼蹄子，黏稠的褐色汤汁咕嘟翻滚，让整个屋子里都热气腾腾。

火候差不多了，一个胖胖的武侯小心翼翼地掏出个精致的丝绸小口袋。他从里面抓了一把胡椒末，仔细地搓动手指，一点点撒进去，生怕放得太多。

这时大门"砰"地被推开了，武侯手一哆嗦，一把胡椒全扔锅里了。浓郁的香味从锅里飘出，让武侯心疼得脸都白了。

"谁敢擅闯武侯铺子？"他怒气冲冲地大喝，再一看，闯入者是个衣着不凡的年轻女子。这女人一进门就急切喊道："我们是靖安司的人！遭贼袭击，我的同伴急需支援。"

武侯们面面相觑，却谁也没挪动屁股。骆驼蹄马上就能吃了，谁乐意走啊。

檀棋见他们不动，大为恼怒，大声催促道："快点去啊！人命关天！"胖武侯懒洋洋地开门道，"何处强人，姓名为何，在哪里行凶，你得写个具状来，我们才好办嘛。"周围几个人哧哧笑起来，拿起筷子去夹锅里的肉。

"你们想清楚了。外面被围的那个人，叫张小敬！"檀棋的声音带着几分凌厉。

这名字一说出来，屋子里的几个武侯动作都是一僵。胖武侯战战兢兢问："是哪个张小敬？"檀棋冷笑道："五尊阎罗，还能是谁？"

这名字似乎带着神奇的魔力。这些武侯连忙把碗筷放下，带叉的带叉，提刀的提刀，纷纷跟着檀棋出了铺子。

檀棋带着这一伙懒散的武侯，朝着书肆那条巷子冲，迎面正好看到张小敬朝这边跑来。他身上似乎多了不少血道，身后的守捉郎少了几个，可还在穷追不舍。

两拨人一直冲到小十字街的中间，这才堪堪停住脚步，形成一个对峙的局面。这边是一群略带惶恐的铺兵，那边是气势汹汹的守捉郎，中间是气喘吁吁的张小敬，他受伤颇重，站立不稳，被檀棋一下扶住。

时间似乎静止了片刻，两边对视，谁都没敢轻举妄动。胖武侯试探着开口："张头……你快过来吧。"

檀棋看了眼守捉郎们，搀扶着张小敬往这边走。守捉郎一阵骚动，可对面毕竟是官府的兵，他们不敢太造次。武侯们高高抬起叉刀，面露紧张。他们知道守捉郎的凶悍，真要暴起发难，这几个人根本挡不住。

对峙的寂静，忽然被一串从远方传过来的脚步声打破。很快一个小通传气喘吁吁跑过来。他看到这番对峙场面，吓了一跳。胖武侯吩咐其他人继续盯牢，然后退回半步，问他干吗来了。

小通传埋怨道："你们怎么全不在铺子里，让我好找！靖安司发了三羽令了！"

一羽常令，二羽快令，三羽的话，就是要立即执行的急令。不过这份命令居然是靖安司发出，武侯们没觉得什么，在檀棋怀里的张小敬肩膀却是一震。

小通传把手里的文书展开，对胖武侯道："你赶紧听着啊，我念了，念完我还得去别处呢。"绝大部分武侯不识字，所以文书不会下发到每一个武侯铺，而是让通传挨个通知，当场念一遍。

小通传清清嗓子，朗声念道："兹有重犯张小敬，面长短髯，瞎左眼，高约大尺六又二分，见及者格杀勿论……"

小通传还没念完，张小敬猛地把檀棋推开，从守捉郎和武侯之间穿过去。两边以及檀棋都没反应过来，他已经跑开很远。

"追！"带头的队正这才做出反应，一群人轰轰追过去。武侯们在原地面面相觑，都把目光投向胖武侯。胖武侯有心收兵回铺，可他发现小通传还站在旁边，把这一切看在眼里，只得一咬牙："追过去！"

一个武侯怯怯道："那可是张头啊……"不知道他这句话是顾念旧情，还是忌惮张阎王的凶悍。胖武侯一瞪眼："那也得追！"

追得上追不上，这是个能力问题；追不追，这是个态度问题。

于是武侯们也朝那边赶过去，不过跑得不是很积极。有意无意地，谁也没理檀棋，也没留一个人问话，就把她一个人扔在那里。

檀棋呆立在瞬间空荡荡的十字街口，不知所措。她知道，张小敬是怕连累她，所以一个人先跑了——毕竟通缉令上只提了一个名字。

可这份通缉令是怎么回事？张小敬怎么就成了全城通缉的危险犯人？这跟靖安司遭调袭击有什么关系？若是公子在，绝不会允许这种事发生……檀棋想到这里，心突然凉了半截——这岂不是说，公子现在已经不在了？

檀棋看向远处黑幕中的光德坊，又看向张小敬身影消失的街道，她只信赖这两个男子，而他们都离她而去，不能再成倚仗。绝望和海量的疑问涌入檀棋的大脑，让她头昏目眩，几乎站立不住。檀棋缓缓蹲下身子，感觉到了前所未有的孤独和害怕。

公子没了，靖安司烧了，如今张小敬又沦为全城通缉的要犯，已经没人关心长安城会怎么样了。

这种体会，就像又回到了她小时候被父亲抛弃、流落街头之时。那早已隐没在记忆里的恐惧，又浮出水面，令檀棋战栗不已。

她呆呆地站了一会儿，想要放声痛哭，可就在眼泪夺眶而出的一瞬间，张小敬的一句话冲入脑海："你家公子同意你跟着我，是因为他相信，你能做到比伺候人更有价值的事情。"

檀棋抬起手背，把眼泪从眼角拭掉，重新站起来，狠狠地吸了一口气。是啊，我的能耐，可不止伺候公子，我能做到更有价值的事！不能被那个登徒子小看，更不想让公子失望。

大势已如此艰难，若我再放弃的话，那就再无希望可言！

檀棋的眼神，流露出坚毅神色。这时她看到远处望楼，正在朝这边发着紫灯的信号，就像是夜空中升起一颗指路的明星。

信号很简单，只有两个字。檀棋纵然对传信不熟，也能读出这个信号的意思：

不退。

在经历了很长时间的黑暗后，李泌的眼前突然亮了起来。

不是天亮，而是他的头套被取了下来。展现在李泌眼前的，是一个灯火通明的华美庭院。这庭院占地极广，四处假山藤萝，错落有致，间杂着娑罗树、金桃等名贵的异国树种。沉香朱楯、檀木栏杆、连井阑都是用金灿灿的宝钿覆满，周围的回廊上还绕了一圈紫藤架子，可谓奢靡之至。

在庭院正中是一座翘檐亭子，亭子并没什么特别之处。可李泌一眼就看出来，那四根亭柱每根都有五抱之粗，光是原木运进来的费用，就足以让十几个小户人家破产。

"李司丞好眼光，这自雨亭，可不一般哪。"龙波笑嘻嘻地站在旁边，抬起手臂，像是一个殷勤的主人在给客人炫耀，"你看，那亭子的边缘有一圈可活动的敛水堤。遇雨则收储不泄，到了酷暑时分，只消把敛水堤抬起一条小缝，便有清水从四边亭檐倾泻而下，有如水帘，那叫一个风凉，有钱人就是会玩，啧啧。"

李泌仔细观察着这一切，眼神闪动。

突厥狼卫背后，应该就是这个叫蚍蜉的组织——这个幕后主使的身份，在长安一定不低，否则不可能会拥有这宽阔豪奢的庭院；他的身家也必定惊人，否则不可能纠集这么一支装备精悍、战技强悍的军队。

长安城能玩出这种手笔的豪商，人数并不多，究竟会是谁？

龙波注意到李泌在观察，点了点自己的鹰钩鼻，呵呵一笑："李司丞可真是个操心命，已经穷途末路，干吗想那么多，索性好好欣赏一下美景呗。"

李泌挺直胸膛，丝毫不见怯意，一如在靖安司大殿中那样凌厉："你们不在靖安司杀掉我，反而不辞辛苦地挟持至此，难道就是来赏这亭子的？"

"哎，司丞真是目光如炬，到底是说棋的神童。"龙波尴尬地抓了抓脑袋，从腰里又掏出一卷薄荷叶，递给李泌，"来一口？"

李泌一动不动："你们背后的主使者，是谁？"

龙波跷起指甲，从牙缝里把薄荷叶渣剔出来，往地上一弹："司丞怎么就觉得，我们背后必须得有一个金主？"

"这等规模，这等手笔，岂是寻常人能做到。"

龙波似笑非笑："司丞是高高在上的大人物，出身上品高第，就算被人打败，也只能被身份对等的敌手打败——我们这样名不见经传的寒门小人物，是不配击败您的，对吧？"

李泌没有回答，他觉得这个问题太蠢了，不需要回答。

龙波却继续说道："这倒也不怪司丞。行旅在途，自然要提防熊罴虎豹，谁会低头去顾忌小小的虫蚁呢？"他的靴子猛然一踩，挪开之后，磨纹石的地板上多了几只蚂蚁的扁尸，"它们的生死，只在大人物一踩之间，又有什么好忌惮的？"

李泌不动声色，试图从这几句怨愤之语里，猜测出他的动机。

龙波伸手一扬："不过，并不是所有的虫蚁都只有被靴子碾死的命——虫蚁之中，有一种叫作蚍蜉。生而纯白，大小如米粒，小得可怜。可是它们有嘴至刚，啮木为粮，专门喜欢钻椽穴柱，蚀壁蛀梁。纵然是百丈广厦，千里长堤，也能被这小小的飞虫侵蚀一空，轰然倒塌。"

仿佛为了证实他的话，几只生了翅膀的白色蚍蜉从身后的屋殿缝隙中飞出来，在半空中追逐飞舞。春天到了，正是蚍蜉交配的季节。

李泌冷声道："你们有胆子在长安腹心偷袭靖安司，却没胆子与一个俘虏说实话？"

"这便是实话。我等以蚍蜉为名，自然都是些小人物，只是不那么甘心罢了。"龙波说到这两个字时，神情带着淡淡的自豪和自嘲，"世人只知巨龙之怒，伏尸百万，却不知蚍蜉之怒，也能摧城撼树。"

李泌脑中浮现出一幅情景。遮天蔽日的蚍蜉振翅而飞，啃噬着这长安城的每一处建筑。

龙波吩咐手下把李泌身上绑着的绳索解开，然后恭敬地做了个手势："请随我来，我就带您去看看，我们这些小小的蚍蜉，是怎么撼动这座大城的。"

周围全是岗哨，李泌知道绝无逃走可能，他揉了揉被捆疼的肩膀，冷哼一声，昂首迈步前行。龙波与他并肩而行，一起朝着庭院深处走去。

他们穿过亭子，绕过假山，沿途可以看到许多精壮汉子，手持寸弩来回巡逻，汉胡皆有，戒备森严。这些人想必就是随龙波袭击靖安司的人，他们身上有着一种与寻常贼匪不同的气质。

寻常的贼人或很凶悍，但多是松松垮垮的一盘散沙；而这些士兵进退有度，行姿严谨，这么多人守在庭院里，居然一点声音都没有——别说匪类，就是京城的禁军，能做到这点的都不多。

这，可不是光有钱就能搜罗来的。再联想到龙波的蚍蜉之喻，李泌心中一沉。

龙波一边走着一边吹起口哨，对李泌的观察全不在意。

他们来到院角那一片黑褐色的娑罗树林边。这些树都是从天竺移栽而来，每一株都价值不菲，树干上用麻布包裹，以抵御北方的严寒。在树林边缘，龙波停住脚步："李司丞，到地方了，仔细瞧着吧。"李泌环顾四周："你要我看什么？"

龙波笑嘻嘻道："当然是你们追查了几个时辰的玩意啊。"

"阙勒霍多？"

李泌低声说道。突厥狼卫偷运进延州石脂，在昌明坊炼制成猛火雷。其中十五桶已经炸了，其他两百余桶至今下落不明，原来竟藏在这庭院里！

龙波有点尴尬地"啧"了一声："阙勒霍多是突厥人起的绰号，说实在的，太土了。那些突厥人根本不知道这东西真正的用法，只知道驾着马车到处乱炸，和这个名字一样粗俗。"

李泌扫视每一处角落，却没见到什么可疑之处。按道理，猛火雷有两百多桶，不可能藏得很隐蔽。

龙波伸出指头往天上一指，高声道："要有光！"

很快，有星星点点的烛光在不远处亮起来，起初是一两个，然后是一片、一圈，很快勾勒出了一个完美的圆盘。

这时李泌才看到，在这附近竟矗立着一架高逾五丈的竹架大灯轮。只是刚才没有光线，在夜里根本看不出来。现在几十根火烛同时摇曳，把林子照得犹如白昼一般，终于可以看清细节。

这灯轮是用粗竹拼接成骨架，外糊油纸，做成一个水车状的转轮。中空放着一格格蜡烛，外面的纸面分成十二个区域，分别彩勾着十二生肖的形象，边角还挂着金银穗与福虫缎子。下面是一条水渠，水流推动灯轮，缓缓转动，十二生肖便往复旋转，象征时辰流逝。灯轮中央，是福寿禄三星齐聚的工画。

这个灯轮，规模不及东、西市与兴庆宫里动辄十几丈的灯楼，可设计者心思细密，能想到借水车的运转原理，化成时辰轮转之喻，相当有特色。

它和庭院里那个自雨亭一样，极具巧思，非兼有闲情与富贵者不能为之。

李泌仰头看了一阵："这与阙勒霍多有何关系？"龙波拍拍他的肩膀，示意少安毋躁。

灯轮沉默地旋转了一阵，突然在辰时区域，燃起了一团火。不，不是燃起来，而是爆起来。李泌清楚地看到，那是从竹子里爆出来的。灯轮还在转动，这团火苗顺势蔓延到了毗邻的卯时区和巳时区，那两边的竹子也纷纷噼啪地爆起来，几乎只是一瞬间，四分之一个灯轮便熊熊燃烧起来。

李泌瞪圆了双眼，在烛光的照耀下，他看得很清楚。之所以火势如此迅速，是因为竹子爆开之后，从里面流出来黑色的液体。那液体触火即燃，极为凶猛。

黑液带着火苗流遍了灯轮全身，把它变成一个熊熊火炬。很快火势烧到了灯轮的中央竹筒，没过几个弹指，李泌看到有一团火焰从竹筒猛烈炸出，福、寿、禄三星的身体迸裂，化为无数碎片。紧接着，十二个时辰也被突如其来的火焰风暴扯碎。如此精致的一个灯架，就这样轰然倒塌。

那爆炸声李泌很熟悉，与西市那次爆炸完全一样，只是规模更小。

"丁次测试，完毕。"林子里传来一个观察者的声音。龙波听到之后，高兴地拍了拍巴掌，转头对李泌道："怎么样？您看明白了吗？这是多么美好的景象啊。"

李泌伸出手去，扶住一株娑罗树。他全看明白了。

难怪靖安司找不到那两百多桶猛火雷的下落，原来蚍蜉在昌明坊，把提炼后的石脂灌入了竹筒里，再大摇大摆运走竹筒。望楼和各地武侯拼命找拉木桶的车，自然是南辕北辙，一无所获。

若把这些石脂竹筒装在灯架上，小筒助燃，大筒引爆，一旦炸起来，以长安观灯民众的密度，只怕伤亡会极其惨重。

龙波还在仰起头来感慨："这么美妙的场景，可惜那些突厥人是看不到了，好可惜。你说他们会不会跪在地上膜拜哪？"

"我不明白……"李泌喃喃道，"灯架早在几天前就开始搭建，你们为何不在搭建时装好，偏要赶在上元举烛之后再去装？"

龙波懊恼地抓了抓自己的鹰钩鼻头："没办法，石脂这玩意，不预先加热的话，是引爆不了的。加热之后，如果半个时辰之内不引爆，就凉了，还得重新加热。"

李泌听明白了，猛火雷的这个特性，决定了它只能现装现炸，不能预先伏设。他知道龙波没有撒谎，当初突厥狼卫驾车冲阵时，那木桶里的石脂也是煮沸状态的。

可是这个工作量……未免太大了吧？

李泌在脑子里重新把燃烧场面过了一遍，忽然发现，刚才那个灯轮，真正起火的只有几处部件。换句话说，一处灯架，只消更换三四处竹筒，便足以化为一枚巨大的猛火雷。

长安通行的竹制灯架，是以一截截竹节与麻绳捆绑而成，结构松散，无论拆卸还是更换，都极为便当。这些人只消以维护的名义，用这些石脂竹筒替换几根，工作量不大，半个时辰绰绰有余。

这一招，可比突厥人带着猛火雷冲阵更高明，也更隐蔽，造成的伤亡会更巨大。这才是真正的阙勒霍多！若不事先查知，根本防不胜防。

现在整个长安少说也有几万个灯架，若要一一排查……等等，不对，石脂只有两百多桶，不可能覆盖整个长安城，除非，除非蚍蜉追求的不是面，而是点！

李泌的脊梁突然"唰"地冒出一层冷汗。

猛火雷半个时辰的引爆特性，两百桶石脂的使用范围，从这两点反推回去，说明蚍蜉追求的，不是大面积杀伤，而是在特定时间针对特定地点进行袭击。

莫非……一个狰狞、可怕的猜想，撕开李泌的脑子，破体而出，向着真实世界发出嘶吼。他的双腿，不由自主地颤抖起来。

李泌虽然不知道他们为何绑架自己，但一定和这个惊天阴谋有关。他眼神一凛，突然用尽全力朝那堵坚实的院墙撞去——他意识到，唯一能破解这个惊天阴谋的办法，只有一死。

就在他的天灵盖即将撞上墙壁时，一只手拽住了李泌的衣襟，把他扯了回来。

"李司丞真是杀伐果决——可惜身子比决心晚了一步。"龙波嘲讽道。

几个人上前，制住了李泌，防止他再有自杀的企图。李泌失望地闭上眼睛，无力感如同绳索一样缚住了全身。

龙波凑到他面前："我最爱欣赏的，就是你这种聪明人看透了一切却无能为力的绝望表情。"

李泌睁开眼睛，一字一句道："就算我不在了，一样会有人阻止你们的。"龙波大笑："靖安司确实值得忌惮。不过那儿已经被烧成白地了，凭什么来阻止？"

可很快龙波发现，李泌居然也在笑。在见识到了阙勒霍多的威力后，这个年轻高官居然还笑得出来。龙波发现自己居然有那么一点点害怕，这让他心里突然极度不爽。

啪！

龙波挥动手臂，重重给了李泌一耳光："你手里什么倚仗都没有了，为什么还笑得出？"

李泌嘴角带着一点血，可他的笑意却没变："因为你们唯独漏掉了那个最危险的家伙啊。"

"张小敬？"龙波居然知道这个名字。

李泌注意到，对方轻佻的神情消失了，取而代之的，是前所未有的郑重。

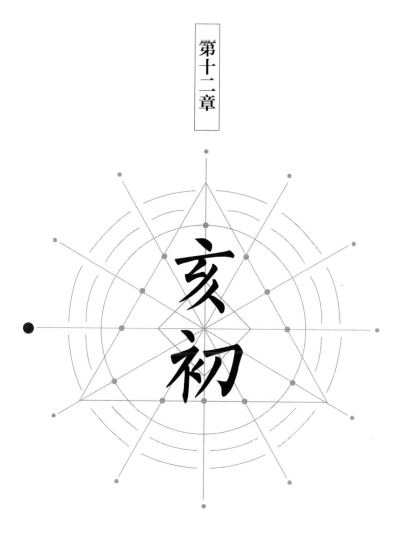

第十二章

亥初

远远地，街道尽头先出现六名金甲骑士，然后是八个手执朱漆团扇和孔雀
障扇的侍从，紧接着，一辆气质华贵的四望车在四匹枣红色骏马的牵引下
开过来，左右有十几名锦衣护卫跟随。

天宝三载元月十四日，亥初。

长安，万年县，平康坊。

守捉郎分成了十几队，如水银泻地般渗透进蛛网式的狭窄曲巷里，来回搜寻。他们每一队至少都有两人，因为对方的战斗力实在太惊人了。

刚才他们明明已经把那个胆大妄为的家伙赶进巷子里，怎么一转眼就不见了？守捉郎的队正阴沉着脸，喝令手下把四周的出入口都死死看住，不信这个受了伤的家伙有翅膀飞出去。

今天已经够倒霉了，火师一死，会对长安的生意造成极大影响，如果凶手还捉不到的话，他这个队正也就当到头了。

"头儿，武侯还在那里呢……"一个守捉郎提醒道。

队正顺着他的指头看过去，看到刚才那五个武侯，紧紧缀在后头，但没有靠近过来。他鄙夷地吐了口唾沫："这些废物，不用管他们。"

"我看到他们刚才敲金锣了。"

队正眉头一皱，铺兵敲金锣，这是向周围的武侯铺示警。用不了多久，整个平康坊的武侯都会被惊动。他们守捉郎毕竟不是官府，公然封锁几条巷曲，只怕会惹来不必要的麻烦。

"让儿郎们进民居搜！哪个不满，拿钱堵嘴！要快！"队正咬牙下令。那个家伙既然不在巷道里，也没离开这个区域，那一定是闯进某户民居了。

这一带小曲小巷，住的都是寻常人家，院子最多也不过两进。此时大部分人都在外头观灯，守捉郎直接闯的空门。偶尔有在家没去的百姓，猛然看到家门被踢开，都吓得瑟瑟发抖。守捉郎们一般会扔下几吊钱，警告他们不许把看到的事情说出去。一时间鸡飞狗跳，如悍吏下乡收租税。

有两名守捉郎一路找过去，忽然看到前方拐角处有一户人家，屋子里没有灯，可院门却是半敞的。两人对视一眼，靠了过去。

他们没急忙进去，而是提着灯笼俯身去看门槛，发现上头滴着几滴血，还未凝固。两人不由得大喜，先向周围的伙伴示警，让他们迅速靠拢，然后抽出武器迈进院子……

突然，一声凄厉的惨叫，划破夜空。

所有正在搜寻的守捉郎都为之一惊，听出这是来自自己伙伴，急忙朝声音传来的方向集结。队正一脸怒色地赶到民居门口，也注意到了门槛上的血。不过他没有急着进入，而是吩咐手下把整个民居团团包围，然后才带着几个最精悍的手下，冲入小院。

一进门，先看到一小块的菜畦，一个守捉郎趴在土埂上，满面鲜血，生死不知。队正和其他人顿时戒备起来，手持武器，一步步小心向前走去。很快他们看到在屋子前的台阶上，躺着另外一个守捉郎，同样鲜血淋漓。最触目惊心的是，一只尖尖的纺锤正扎在他的左眼上，旁边一架纺车翻倒在地。

看到这等惨状，众人不约而同吸了一口气，这人下手也忒狠了。

队正吩咐尽快把两名伤者运出去，然后亲自带头，一脚踹开正屋。结果他们在屋子里转了一圈，榻底床后，梁顶柜中，仔细搜了一圈，全无收获。守捉郎们又找到左右厢房和后院，也没任何痕迹。

外面的守捉郎纷纷回报，并没看到有人翻墙离开——他们甚至连墙角的狗洞都检查了。

队正站在院子中央，捏着下巴思索片刻，忽然眼睛一亮——还有一个地方漏过去了！他三步并两步，冲到左厢房的厨房里。这里估计住的是一大家子人，所以修了一个拱顶大灶台。队正一眼看到，灶眼前的枯枝里滴着新鲜的血迹。他大声招呼其他人赶紧过来，然后拿起一柄掏炉膛用的铁钩，狠狠地往里捅去。

果然，捅到一半，队正感觉似乎捅到了什么肉身上，软软的。队正退出一点，再次狠狠捅了一下。如是再三，直到队正确认对方肯定没反抗能力了，才让手下从灶眼往外掏。

守捉郎们七手八脚，很快从灶台里拽出一个人来。队正上前正要先踹一脚出气，一低头，脸上的得意霎时凝固了。

这不是张小敬，而是刚才进门的守捉郎之一！

队正一瞬间明白过来怎么回事。

张小敬打倒了进门的两个守捉郎，先把第一个弄得鲜血满面，扔在门口，让进门的人形成思维定式，然后自己伪装成第二个，还刻意用纺锤遮掩住了左眼——而真正的第二个人，则被塞进了灶台。

院子里黑灯瞎火，即使点了灯笼，人们在情急之下也不会用心分辨。在队正还在民宅内四处寻找时，张小敬已被守捉郎们抬出了曲巷。

"快追！"队正怒吼道。

他们迅速返回巷子口，可是已经晚了。几个守捉郎倒在地上，担架上只有一个满面鲜血的伤者，那个凶手早消失在黑暗中。"砰"的一声，队正手里的大锤狠狠砸向旁边的土墙。

可是，张小敬这时的危机，仍未解除。

外头街上一队队武侯跑过，忙着在各处要路布防。更多的士兵，在更远的地方拉开了封锁的架势，吵吵嚷嚷。几处主要的街道口，都被拦阻。他们或许没有守捉郎那么有战斗意志，可胜在人多，而且有官兵身份，更加麻烦。

张小敬并不知道为什么自己会被通缉，谁发的命令，罪名是什么。现在张小敬满脑子就一件事——跑！

他脱离曲巷之后，倚仗对地形的熟悉，迅速朝着平康坊的门口移动。可很快他发现前方封路，没法走了，只好躲在一处旗幡座的后面，背靠着墙壁。张小敬摸摸小腹，那里中的一刀最深，至今还在渗血。

张小敬觉得快要被疲惫压垮了，他大口喘息着，无意中仰起了头。他看到在远处的望楼，正朝这边发着紫灯的信号。

信号从大望楼发出，内容很简单，只有两个字：

不退。

张小敬立刻猜出了发信人的身份。这种表达方式，只有姚汝能那个愣青头才干得出吧？

可是，不退又能如何？

张小敬苦笑着。姚汝能发出"不退"的信号，固然是表明了立场，可也暗示他承受了极大压力，说明靖安司的态度发生了剧变，李泌一定出事了。

一想到这里，张小敬的独眼略显黯淡，没有了靖安司在背后的支撑，调查还能走多远？阙勒霍多眼看就要毁灭长安，可唯一还关心这件事的人，却成了整个长安城的敌人，这是一件多么讽刺的事情。

远处望楼的紫灯仍在闪烁，可张小敬知道，那是长安唯一还站在自己身边的东西。可是他现在连回应都做不到。

就在此时，街道前方一辆宽体敞篷马车飞驰而过。这马车装饰精美，想必属于某位贵人。一名美艳歌姬站在车正中旋旋环舞，有五彩缎条从她的袖子里不断飞出，周围五六个人围坐喝彩。

这是时下流行的新玩意。舞者在起舞时，用巧劲把裁好的锦缎长条一一甩出，甩得好，那缎条能在半空飞出各种花样，配合舞姿，如飞霞缭绕，因此叫作甩霞舞。不过跳一次舞得费两三匹绸缎，一般人可享受不起。

张小敬看到这车一路开向封锁路障，锦缎沿途抛撒了一路。他心中一动，趁街口武侯们拦住那辆马车时，赶紧跑出去，俯身抓了一把回来。

张小敬从中间捡出两三条紫色的，缠在一盏顺手从某户人家门前摘的灯笼上，强忍着身上的剧痛，攀上一处墙头，冲望楼挥舞起来。

很快望楼信号闪了三下，表示收到。联络又恢复了。

即使是用望楼，张小敬也不敢说得太明白。他发了一个回报给人望楼，只说了两个字："收到"。

随后他给平康坊的望楼下令，要求它们观察所有路段的封锁情况，持续回报。

"持续回报"的意思是：不需要张小敬询问，望楼一旦发现封锁有变化，立刻主动发出信号。这样张小敬只消抬眼，便可随时了解局势动向，不用再冒着暴露的风险挥舞灯笼了。

李泌当初设计这套体系时，要尽量排除掉外界干扰，规定他们只接受大望楼或假节者的命令，其他的一概不予理睬。所以望楼的武侯并不清楚外界的变化，更不知道现在给他们发命令的这个人，已经被全城通缉了。

于是在这一夜的平康坊里，出现了奇妙的场景。武侯铺的兵丁们，拼命要抓到要犯张小敬；与此同时，整个长安的眼睛，却仍旧在为张都尉提供着消息。两套安保体系并行不悖，为着同一个目标的不同目的而疯狂运转着。

在望楼的指引下，平康坊的布置无处遁形。张小敬成功穿越了三道封锁线，眼看就要抵达门口。不过门口的坊卫这时已接到命令，竖起荆棘墙，对过往的行人车辆进行检查。

张小敬的独眼扫了扫，看到一个铺兵离开门口，转到这边的拐角撒尿。他悄悄摸过去，猛然从后头勒住对方的脖子。

那人嗬嗬叫了几下，发不出声音。张小敬把胳膊稍微松开一点，沉声道："老赵，是我。"

"张……张头？果然是你！"那老铺兵一惊，甚至放弃了反抗，"我听到通缉令，还以为是重名呢。"

"我要借你一用，离开平康坊。"张小敬道。老铺兵犹豫片刻，脖子一仰："当初追捕燕子李，若不是张头挡在前头，我的命早交代了。这次还给您，也是理所当然。"

"我又不要你的命，只要你配合一下。"

他让老铺兵去弄一身铺兵的号坎来，给自己换上。老赵去而复返，果然谁也没惊动。两人装扮完毕，一前一后，朝着门口走去。到了门口，老赵的一干同僚正忙着检查过往车马。他们看到多了一个人，问怎么回事。老赵说这个人是新丁，刚才看见通缉犯并与之交手，正要外出汇报。

同僚一愣："看见脸了？是那个张阎王？"

张小敬垂着头，略点了点。他的左眼被一条白布缠起，就像是受了重伤似的。同僚同情地啧了一声："不愧是张阎王，下手就是狠——哎，老赵我记得你还跟他干过一段时间对吧？"

"咳，那都是好几年前的事了。"老赵赶紧掩饰地咳嗽了几声，把张小敬往前一推，"你赶紧走吧，汇报完立刻回来。"

"等一等。"同僚忽然拦住张小敬。

老赵和张小敬心里都是一紧。同僚打量了他一番，忽然笑了："到底是新丁，衣服都穿反了。"

铺兵的号坎都是无袖灰赭衫，前开后收。张小敬受伤太重，老赵又过于紧张，两人都没发现这个破绽。

张小敬独眼凶光一闪，捏紧拳头，准备随时暴起。老赵赶紧打圆场："咱们这号坎跟娘们儿似的，新丁用起来，分不清前后。"这个荤段子，让众人都哄笑起来。那同僚也没做深究，抬手放行。

老赵带着张小敬越过荆棘墙，看到坊外大街上的人山人海，心神一懈。老赵双手轻轻一拜："只能送您到这儿了，您保重。"然后想了想，又掏出半吊铜钱递给他。

张小敬没要钱，淡淡道："你快回去吧。下次再见到我，照抓不误，免得难做。"老赵摸摸头："哪至于，哪至于。一日是头，小的终生都当您是头。"

张小敬没多说什么，转身朝坊外走去。

根据刚才望楼的报告，这是最后一道封锁线，过了便大致安全了。他迈步正要往前走，忽然看到前方有一个人正死死盯着他。这人张小敬不认识，可他的衣着和手里的扁叉，却表明了身份。

守捉郎？

望楼能监控得到武侯铺，却看不到单独行动的守捉郎。原来他们早早便布置在了门口，等着张小敬出现。

"你是张小敬！"那守捉郎上前一步，大声喊道。

这声音很大，大到所有守在门口的坊兵、铺兵都听见了。他们听到这名字，同时转头。张小敬说时迟，那时快，一把揪住老赵，朝坊内疾退。

老赵如何不知这是张头为自己洗脱嫌疑的举动，也配合地大叫别杀我别杀我。张小敬退到门内，把老赵往坊兵堆里猛地一推，然后掉头就跑。正面恰好是一道荆棘墙，张小敬连绕开的时间都没有，就这么直接闯过去了，衣衫哧的一声，被荆棘墙扯下血淋淋的一条。

这一下子，铺兵全被惊动起来，纷纷追将过去。那守捉郎也呼哨一声，通知在附近的同伴迅速集结。

这下子，可真是天罗地网。大街上的是大批铺兵围捕，小巷子里都是一队队的守捉郎。张小敬几乎无路可去，只能咬着牙往前跑去。

凭借对地形的熟悉和斗争经验，他几次死里逃生，千钧一发之际脱离追捕。可平康坊毕竟只有这么大，敌人一次比一次追得紧急。有时候是铺兵，有时候是守捉郎，每一次都比上一次的境况更加危险。

张小敬咬着牙，喘着粗气，浑身的伤口都在疼痛，破烂的衣衫渗出一条条触目惊心的红色。他不知道自己还能坚持多久。

可是他不能停，因为身后始终能听到追兵的脚步，他只能勉力狂奔。不知跑了多久，张小敬的眼前开始发黑，不是夜色的黑，而是深井的黑。甚至连远处望楼上那唯一的希望之星，都看不到了。

他不知道这是路上缺少照明的缘故，还是自己的身体已濒临极限。张小敬向前猛冲出去十几步，旋即有一种强烈的无力感降临。

不，与其说是无力，不如说是绝望，那种无论如何奋斗都看不到结果的绝望。

这绝望感让他瞬间脚步踉跄，向前倒去。

就在这时，一只漆黑的手从漆黑的夜里伸出来，托住了张小敬的臂弯。

王韫秀现在既恐惧，又气愤。

恐惧，是因为几个穷凶极恶的混混突然出现在柴房。这些人她都认得，就是把自己绑架来的那几个人。他们用一个布袋套住了她的脑袋。那布袋曾经装过陈米，一股子霉味，差点把她给熏晕了。这些人把她扯上一辆骡车，不知要转移到哪里去。

气愤，是因为那个叫元载的男子食言而肥。他口口声声说要救她出去，结果一直到现在都没动静。现在自己要被拽上车，很可能要被杀掉，他还是没出现。虽然这个人跟王韫秀素昧平生，可君子一诺千金，难道不应该言出必践吗？戏文里可都是这么演的。

王韫秀越想越气愤，可很快又变得绝望。如果元载不来，那岂不是最后一点希望也都没有了？

她斜倚在骡车里，眼前一片漆黑。骡车驾驭得不是很稳，晃晃悠悠，让她的背不断撞击厢壁。王韫秀好不容易攒起的一点体力，又逐渐流失。她的精神衰弱到了极点，听到外面隐约有歌声和欢呼声传来，两行委屈的清泪缓缓流下来。

今天是上元节啊，我本该在万人瞩目下，驾驶着奚车去赏灯才对，而不是像现在这样，在一辆破车里蜷成一团，有如被送去屠宰的牲畜。阿爷，救我啊，救我……

就在王韫秀昏昏沉沉要睡去时，骡车忽然一个急刹车停住了。王韫秀身子往前一倾，差点倒在地上。她双目不能视物，只听到有呵斥声和打斗声。

打斗持续的时间不长，然后骡车一颤，似乎有人踩上来。旋即一只手把布袋扯下来，有温暖的光照在王韫秀的脸上。她茫然地睁开眼睛，看到一个男子提着一盏花灯到耳旁，正凝视着自己，烛光映衬下，那张有着宽大额头的陌生面孔格外亲切。

"王小姐，恕在下来迟。"元载温言道，伸过手去。

王韫秀哇的一声，大哭起来。她一边哭，一边踢打元载，抱怨他为何不早些来。元载没说什么，挽紧她的手，把她扶下骡车。王韫秀因为被捆得太久了，脚一落地没站住，身子一歪就要摔倒，被元载一把揽住腰。

王韫秀脸颊一下子红透了，这人也太唐突了吧？可她身子软软的，根本没办法挣扎。所幸元载稍触即放，转身给她拿了一件锦裘披上："夜里太冷，披上。"王韫秀注意到，元载的胸口破了一道口子，似是刀砍所致。

元载似乎觉察到王韫秀的目光，笑了笑："我不是早说过嘛，你今日遇到我元载，便不会再受到任何伤害。"她看看四周，地上果然躺着几具尸体，都是之前绑架她的人，周围还有十几名披甲士兵在巡逻。

王韫秀问到底怎么回事。元载道："此事说来话长。简而言之，有个叫张小敬的贼人，借靖安司都尉的名头绑架了你，被我无意中发现。我调拨了一批人马四处搜查，终于等到你了。"

王韫秀不知是不是自己的错觉，元载"终于等到你了"这六个字说得火热滚烫，里头藏着压抑不住的关切。她赶紧低下头去，生怕被他看到表情。

元载手一伸，远处开来一辆骡车——不是王韫秀的那一辆，而是同款，只是装饰略有不同——她很惊讶，没想到他居然调查到了这地步。元载解释说："我去勘察过绑架现场，所以我想你或许喜欢坐这一类的车子。"

王韫秀眼神闪亮，一时不知该说什么才好。等骡车停好，元载手臂一弯，她乖乖地伸出手去，搭着他的臂弯上了车。然后元载也跳上车去，吩咐车夫开动。

骡车开动起来，披甲士兵左右列队跑步跟随，整齐的靴声落地，阵势煊赫，不过方向却不是朝安仁坊去。面对王韫秀的疑惑，元载拱手道："很抱歉，王小姐，你现在还不能回府，得先跟我走一趟。"

"我已经受了很多苦了，我母亲会很担心。"王韫秀不满地抱怨。

"王小姐，你被绑架这件事，牵涉重大，必须慎重以待，明白吗？"元载的话里有着不容分说的决断。

王韫秀这次没有发脾气，小声问他去哪里。元载笑道："放心吧，是整个京城除了宫城之外最安全的地方，靖安司……哦，准确地说，是新靖安司。"

他们的这辆骡车一路先沿南城走，人流相对比较稀疏，然后再向西北前进，很快抵达了光德坊。

靖安司大殿的火势依旧熊熊，不过该救的人已经救了，该隔离的地方也隔离了，剩下的就是等它自行熄灭，也许三更，也许天明，谁也没个准数。靖安司临时迁到了隔壁的京兆府公廨，又从各处临时征召了一批新吏，到处乱哄哄的，不知何时才能真正恢复机能，去追捕蚍蜉。

此时吉温站在正堂前面，正盯着长长的一队官吏沮丧走过。他们个个高鼻深目，一看就有胡人血统。

袭击事件的首领，似乎是一个龟兹口音的胡人。所以吉温下达了一个命令，将所有幸存下来的胡人官吏，统统赶出去，不允许继续从事靖安司的工作。

靖安司的胡人占了幸存者的三分之一，这个命令一下，等于把有经验的宝贵人力又削减了三四成。几位主事对此强烈反对，可是吉温振振有词地说："非我族类，其心必异。你们是心向蛮夷吗？"

此言一出，立刻没人敢说话了。吉温对他们的噤若寒蝉颇为满意，这意味着自己对靖安司拥有绝对的控制权，这种感觉真是太棒了。

于是胡人们别无他法，只得在同僚们无可奈何的注视下，离开这个他们献出忠诚的地方。他们甚至连家都不能回，因为还得接受严格的审查——这是御史台最擅长干的事。

至于那些主事反复念叨的"阙勒霍多"还是"阙特勒多"什么的鬼名字，吉温并不是特别关心。就算出了事，那也是前任的黑锅，他急什么？他现在要做的，就是把所有的资源，都投入到"追捕蚍蜉"——不，是"追捕蚍蜉匪首张小敬"上面来。

这是最容易出成果的做法，抓一个人总比抓一群人要容易，何况还能打太子一系的脸。

吉温又签下一卷文书，敦促各处行署加大搜捕力度。忽然銮铃响动，他放下笔，一抬头，看到元载从一辆华贵的马车上下来，车上还载了一个姑娘，不禁眉头一皱。

等到元载走到堂前，吉温不悦地埋怨道："公辅，这里这么多事，你跑哪里逍遥去了？"元载却一拱手，满脸喜色："恭喜吉司丞，新司甫立，即成大功。"

"嗯？"吉温糊涂了，自己做成什么事情了吗？

元载指向奚车，悄声道："车上的女子，乃是王忠嗣的女儿，王韫秀。"吉温疑惑道："你确定是她吗？"他可是听说，靖安司之前出过岔子，救了一个无关的女人回来。

元载道："错不了，我已经请了王府的婆子来辨认。"

吉温又惊又喜，对元载道："你是怎么找到的？"元载笑嘻嘻回答："还不是吉司丞指挥机宜，调遣有方，我们在一辆要出城的马车上截到此女，立刻送来了，绑架者已悉数毙命。"

这几句话，听得吉温如饮暖汤，浑身无不熨帖。元载话里话外，给自己送了一份绝大的功劳过来啊。

说实话，吉温过来接管靖安司，算得上是抢权，心里毕竟有点忐忑。现在好了，才一接任，立刻就破了上一任没解决的案子，救回了朝廷重臣之女，这足以堵住所有质疑者的嘴。

吉温腰杆挺得更直了，胡子乐得发颤。他拍着元载的肩膀，不知该说啥才好。元载又压低声音道："还有一件小事。在下找到王韫秀的手段，嘿嘿……不那么上台面。如果王府的人问起来，得有个官面上的说法，司丞记得帮我圆一下便是。"

吉温一听，不以为意地摆摆手："小事一桩，公辅你写份书状来，本官帮你签字用印。"他没问那手段是什么，这不重要，重要的是结果。

元载深揖拜谢，心里长长松了一口气。

他走出正堂，请王韫秀下车，搀扶时忽然看到外头人群里站着封大伦，眼神一动，让王韫秀先入内，然后走了出去。两人没有急于交谈，一前一后步行到一处小曲内。

封大伦急切问道："他们信了？"元载得意地抬起下巴："幸不辱命。"封大伦双肩垂下，如释重负。

自从他知道自己错绑了王忠嗣之女，整个人如同背负了千钧重石。幸亏这位元载出了一个匪夷所思的主意。

元载让封大伦派出那几个绑架王韫秀的浮浪少年，把她装车送出去，提前告知行进路线。而元载抽调了一批旅贲军，在半路发起突袭，把这些人全数斩杀。这样一来，所有被王韫秀看见过脸的浮浪少年，全都被灭口。

更妙的是，正因为死无对证，恰好可以把这次绑架的主使者栽到张小敬的头上。反正他已经背了一个勾结外敌袭击靖安司的罪名，不差这一个。

这样一来，既让封大伦摆脱了绑架困境，也让张小敬更难以翻身，一箭双雕。

整个策划里，只有一个纰漏。王韫秀此前在柴房见过元载，如果主使者是张小敬，那么元载为什么会出现在那里？

吉温未必能觉察这个漏洞，王韫秀肯定也想不到，但随着事情细节逐渐披露，早晚会有有心人提出这个疑问。元载可不允许自己的规划，在这个小地方失手，所以刚才特意跟吉温打了个招呼。

他准备的说辞是这样的：御史台很早就开始怀疑张小敬，殿中侍御史吉温委托元载深入调查蚍蜉，发现了张小敬落脚的贼巢。元载甘冒风险，打入其中，无意中发现了王韫秀，及时组织救援。

吉御史会非常乐意承认，因为这证明了他有先见之明。

封大伦听完讲述，简直惊佩无及。这个大理寺评事到底是何方神圣，几件麻烦事被他轻轻拨转，竟成了彼此助力，化为晋身之阶。而且每个人都高高兴兴，觉得自己赚了——有这种手腕的人，以后在官场上还得了？

"得跟他好好结交一下。"封大伦心想，赶紧一揖到底。元载伸手来搀扶，封大伦趁机在对方袖子里塞进几条小金铤。

元载也不客气，袖子一抖直接收了。封大伦想了想，又问道："张小敬的事，没问题吧？"

张小敬给他留下的印象实在太深，没真正伏诛，始终不踏实。元载却浑不在意："放心好了，吉御史已经发下了全城通缉令，他逃不出去。"

"评事可不能掉以轻心……那个人，可总能出乎意料。"

元载鄙夷地看了一眼封大伦，今晚他即将完成一个仕途史的完美奇迹，这个人却还在反复纠缠这件几乎板上钉钉的小事情。

"请封主事回报永王，且请宽心。不出三个时辰，这个疥癣之患必然落网。还有点事，先告辞。"

元载把封大伦扔在原地，转身返回京兆府。他得陪王韫秀去了，这才是今夜最大的战果。

张小敬悠悠醒转过来，他发现自己正躺在一层柔软的锦褥子上，身上已换了套干净的圆领软袄，还盖着一张毯子。那些伤口都被仔细地清洗过，敷好了药油，痛楚已淡薄了很多。

四周一片漆黑，不过他能感觉到自己的身子在微微晃动。外面有咯吱咯吱的车毂碰撞和蹄子声传进来，人声鼎沸。

看来自己是在一辆牛车上。

张小敬艰难地转动脖颈，试图搞清楚这一切到底怎么回事。这时在车厢尾部，一个惋惜的声音从黑暗中传来，却看不到人：

"张帅，今天第二次见了。"

张小敬知道为何看不清人形了："葛老？"

对面正是曾经的昆仑奴、如今的平康里老大葛老。葛老呵呵一笑："小老在长安城没什么势力，不过平康坊的动静，好歹瞒不过我——你可真是招惹了不少人哪。"

"他们，在哪里？"

葛老道："铺兵好应付，守捉郎就麻烦些。这些西北人脾气又臭又硬，费了点手脚。"

张小敬知道葛老所谓"费了点手脚"，恐怕是"废了点手脚"更准确。他正要开口，葛老却阻住了："你不必道谢，我不是出于好心，只是不想让那些人太得意罢了。"

葛老是本地帮派，守捉郎是外来的佣兵，两个势力同在平康坊里，自然互相看不顺眼。

张小敬勉强支起半个身子，喘息了一阵。葛老说你手边有莲子枣羹，最合养气。张小敬拿起来一尝，羹居然还是热的，便慢慢转着碗边喝起来。热流涌入胃袋，似乎把失去的活力补充回一点。

葛老道："张帅不愧是张帅，连犯案都惊天动地——知道吗？你现在已经被全城通缉，满城都是找你的人。"

"那么，葛老这是要带我去见官讨赏？"他放下碗。

葛老哈哈大笑："官府那点赏钱，给我买刮舌的篦子都不够。放心好了，这牛车是送你出城的——长安你是没法再待了，早早离开罢。"

张小敬迷惑不解，他和葛老敌对的时间多于合作，几次差点要了彼此的命。几个时辰之前，他刚刚逼着张小敬杀了一个暗桩，只为了换一个审问的机会。

可如今先是救命，然后疗伤，现在居然还体贴地安排了马车出城，这个无利不起早的老狐狸，为何突然善心大发？

果然，葛老森森的声音很快传来："别着急道谢，小老不是活菩萨，这趟安排可不免费。"

车厢里陷入了一阵沉默，只能听到两个人的呼吸声，一个沉稳，一个急促。张小敬想知道，这次葛老会开什么价。更多的暗桩名单？万年县的部署安排？达官贵人的秘闻？

这些情报都很有价值，不过比起救张小敬所冒的风险，似乎又太便宜了。可张小敬实在想不出，自己身上还有什么值钱的。

牛车不紧不慢地朝前挪着，车厢有节奏地晃动。葛老把身子凑过来，语气变得微妙："今日下午，西市附近有好几场爆炸，此事与你有关，对吧？"张小敬独眼一眯："葛老想知道，我身涉何事？"

"不，我不想知道，没兴趣。我只想讨一句话：究竟是何物，竟有这等威力？"

那一场爆炸，惊动的不只是官府，还有长安地下世界的那些人。他们震惊地发现，爆炸的来源，居然只是几个木桶。地下世界的人，对威力巨大的危险物品有着天然的兴趣，他们开始到处打听其中内情。

就算葛老自己不打算沾这东西，只消把名字卖出去，便足以换取惊人的利益。

在黑暗中，张小敬看不到葛老的表情。不过可以想象，如果他拒绝的话，这辆牛车可能会直接开去万年县衙。

"上次见面，我就劝你离开长安，你不信，偏还要给朝廷效力，如今落得什么下场？你顾念大唐，大唐顾念你吗？"葛老的声音，诚恳而充满诱惑。

张小敬沉默不语。葛老说的都是实情，实在没什么可反驳的。

"现在你还有最后一次机会，说出那东西的名字，然后出城，接下来的一切都跟你无关。你又有什么可顾忌的？"

沉默半晌，张小敬终于开口："好，我可以告诉你这东西的名字。"

葛老拍拍车厢，显得很欣慰。这时张小敬又抬起手："但是……作为交换的条件，我不要出城。"

"哦？那你想要什么？"

"我要你为我安排一次与守捉郎的会面。"

元载在京兆府里专门安排了一间独室给王韫秀，铜镜粉奁各色妆点一应俱全，还配了一个乖巧侍女。虽不及王府那么豪奢，总算可以满足基本需求。

王韫秀不想那么灰头土脸地回到家里，这个安排可谓贴心得很。

王韫秀洗净了脸，重新挽好了一个双曲发髻，只是还未点腮红和花钿。她在铜镜里看到元载走进，便转过身来，问他贴哪一个花钿好看。

元载恭敬地一拱手："小姐天人容姿，岂容在下置喙。"还没等王韫秀回答，他又开口道："在下特来告辞。"

王韫秀一怔："告辞？"

"小姐既然安然无恙，在下也该继续追缉凶徒，毕竟张小敬还未落网。"

一听这名字，王韫秀便冷哼一声："这个奸贼，捉到了可不能一死了之！"元载道："自然。只是这人奸猾凶悍，极难制服，所以特来先向小姐告辞，以免有失礼之憾。"

他没往下说，只是面露微笑。王韫秀初听有点迷茫，然后终于反应过来，元载这是怕他在追查途中牺牲，再也见不到自己，特意来先告别呀。她想到这人胸口那一条刀痕，心里为之一颤，不由得伸出手去挽留："你就这么走了？我……嗯，我家里还没好好谢谢你呢。"

"纠非匡世，本来就是在下的职责，何谢之有？"元载后退一步，郑重其事地行礼。

王韫秀不悦道："我怎么觉得你是在躲着我？"

"在下出身寒微，区区一介大理寺评事，岂堪与高门相对。"

王韫秀知道元载这是自惭出身不好，不由得冷声道："谁敢说三道四，我让我爹斩了他们的舌头！"

元载听到这一句话，面上淡定，心里却终于大定。有了这句话，王韫秀的心思便有五成把握。接下来，他要做的就是尽量远离、尽量冷淡，越是如此，王韫秀越追得紧。届时水到渠成，他便有了晋身之阶。此老聃所谓"将欲去之，必固举之；将欲取之，必固予之"。

比起今夜所得的其他利益，这才是最大最长远的好处。

元载正要再说几句，忽然有通传在门外说有要事相报。这通传是靖安司之前大殿所用，也在火灾中幸存下来。他嗓门不小，似乎对新上司不是很礼貌。元载眉头略皱，对王韫秀道："军情紧急，容在下先离开。王府那边已遣人通报，等一下自有马车过来，接小姐回府。"

王韫秀一看确实没法挽留，便让元载留下一片名刺，这才依依不舍地目送他离开。

离开独室，元载问那个通传什么事这么急。通传哑着嗓子说，他们在清扫靖安司后花园时，发现一名晕倒的主事，名叫徐宾。

"哦，他有什么特别之处？"

通传粗声粗气道："徐主事记性超群，是大案牍术的主持者。而且……呃，张都尉就是他举荐的。"

"哦？去看看。"

元载一听，登时来了兴趣。

他们来到了位于京兆府后面的设厅，这里本是食堂所在，如今临时改成了救治伤员的场所。一进去，就听见呻吟声此起彼伏，还有恶臭弥漫。一群临时调拨来的医师，正手忙脚乱地施治。

徐宾身份比较高，所以独占设厅一角。他躺在一副担架之上，额头乌青一片。元载走过去问情况，医师介绍说，徐宾被发现于后花园的一处草丛里，没有烧伤，也没刀伤或弩伤，只是头上有很严重的撞击痕迹，应该是摔跤时头触地砖，被撞晕了。

元载眼珠一转："他一个主事，为何出现在后花园？为何别人都死了，唯独他安然无恙？"

周围的人谁也不敢接话，保持着沉默。

"张小敬是他举荐的，可见他也是内奸！蚍蜉应该就是他从后花园放进来的。"元载觉得这个推断无懈可击，今天可真是幸运，每一件事、每一个人都恰到好处地送到他面前。

元载板着脸对左右说："加派守卫，把这个奸细给我仔细看好。"然后转头对医师道："他现在醒了吗？"医师说徐主事对声音有反应，能做简单对话，但神志还没完全清醒。元载走过去，俯身叫道："徐主事？徐主事？"

"哎哎……"徐宾发出虚弱的声音，眼皮努力抬了几下，可终究还是没睁开眼。

"你知道张小敬在哪里吗？"

"波斯寺。"

"你知道闻染在哪里吗？"

"靖安司。"

徐宾不愧是记忆天才，即使在半昏迷状态，仍可以清晰回答。可是元载很失望，这两个答案已经过时了，毫无用处。不过这确实不能怪徐宾，他在袭击前就晕倒了，连大殿被袭击都不知道。

元载想了想，又问了第三个问题："靖安司还有什么不为人知的隐蔽场所吗？可以藏人的那种。"

徐宾沉默片刻，元载能感觉到，他知道些什么，可犹豫要不要说。元载俯身在耳边，换了一副极其温和的口气："此事关乎李司丞和张都尉安危。"

徐宾终于开口："慈悲寺旁草庐，有木梯越墙可至。"

元载闻言一怔，旋即明白过来，自己陷入了一个盲区——谁说冲入靖安司就一定要留在靖安司？那个男子和闻染，一定是又越过围墙，躲去慈悲寺了。

他不太明白，为何靖安司要在慈悲寺草庐设点，不过这不妨碍马上采取行动。元载吩咐把徐宾看护好，强调说这是重要的从犯，然后离开设厅，召集一批卫兵前往慈悲寺的草庐。

走到一半，元载忽然停住脚步，抬头看了一眼大望楼，脸色阴沉地分出一半卫兵，让他们迅速爬上楼去，把姚汝能给带下来。

之前闻染逃脱，一定是因为这个臭小子用了什么手法通知。就算没有，这个人也不适合在大望楼那么重要的设施待着。元载忽然发现，自己还是太过心善，一切与张小敬有关的人，都应该毫不留情地清除掉，无论冤枉与否。

他们敲开慈悲寺本已关闭的大门，叫了一个知客僧，朝草庐直扑而去。另外还有一小队人沿靖安司和慈悲寺之间的围墙前行，以切断可能的撤离路线。

前方很快回报，草庐里确实有人在活动。元载这次没有轻举妄动，他耐心地等着所有部队就位，把草庐围得一点空隙都无，连草庐前的放生池都被盯紧，这才下令强攻。

三名膀大腰圆的士兵手持巨盾，冲到草庐门口，一下子撞开那扇单薄的木门。草庐里传来一个女子的尖叫，还有男人愤怒的斥责声，然后是纷乱的脚步声和挣扎声。

抓捕在一瞬间就结束了。元载满意地看到，岑参和闻染各自被两名士兵扭住胳膊，押出草庐。他走过去，好奇地端详着这个年轻姑娘。

她有着一张小巧精致的脸庞，眼睛却很大，嘴唇微微翘起，显得很倔强，是个美人胚子——难怪永王会动心。不过她神色很憔悴，估计这半天已被折腾得够呛。

说起来，这姑娘还是他的恩人。若不是封大伦起意要绑架闻染，又怎么会有后面这一连串事件，让他元载一步一踩直登青云？

元载突然涌起一股恶趣味，他走到闻染面前："闻姑娘，我受人之托，要送你回去。"

闻染抬起头，眼神里闪过一丝希望："是恩公吗？"

元载哈哈大笑："没错。他已经死了，临死前把你托付给了永王。"

他饶有兴趣地观察着，闻染的脸色从红润褪成苍白，再从苍白败成死灰，整个人像是被抽去了骨头，士兵们一下没抓住她胳膊，她整个人直接瘫软在地板上。

"原来一个人彻底失去希望，会是这样的反应啊。"元载啧啧称奇，他还没露出第二个思绪，闻染突然起身一头撞向他小腹，像一头愤怒的小鹿。

元载猝不及防，身子向后仰倒，哗啦一声跌进放生池里，闻染也顺势掉了进去。

时值初春，放生池的水并不深，上面只覆着薄薄的一层冰，冰层被这两个人砸得粉碎。元载开始还惊慌地在冰水里伸展手脚，很快双脚够到水底，心中略安定。可就在这时，闻染迅速欺近身子，随手捞起一块尖利的碎冰，横了他的咽喉处。

现场登时大乱，士兵们急忙要下去救人，可看到闻染的威胁，都不敢靠近。

这次轮到元载的脸色变白了，锋利冰冷的冰块紧贴在肌肤上，让死亡变得无比清晰。他的嘴唇不由自主地抖起来，这怎么可以？这怎么可以？今天的一切都这么完美，怎么能因为这么一点小错就死掉呢？

闻染半泡在冰水中，厉声对周围喊道："你们都退开！"元载也急忙喊道："快，快听她的。"

士兵们只好后退。然后闻染用碎冰架住元载，从放生池走出来，让他们把岑参也放了。在元载的催促下，士兵们只好依言而行。

岑参走过来，深深看了元载一眼，摇了摇头："你若不去玩弄人心，本已经赢了。"元载沉默不语。

闻染胁迫着元载，一步步朝着慈悲寺外走去。士兵们紧跟着，却一筹莫展。元载道："外面都是我们的人，你们逃不掉的。如果姑娘你放下刀，我可以帮你和你恩公洗清冤屈。"

"闭嘴！"

闻染没理他，忽然转头对岑参道："岑公子你走吧，这些事情本和你无关。"岑参一愣："剩你一个人在这里？那怎么行？"

"公子已仁至义尽，你是未来要做官的人，不要被我拖累。"闻染紧紧捏着碎冰，面色凄然而坚决。

岑参还要坚持，可他忽然注意到，闻染那握着碎冰的手掌，正悄然滴着水。他陡然反应过来，闻染的碎冰坚持不了多久就会自行化掉，到了那时，恐怕两个人谁也逃不掉了。

岑参一咬牙："你还有何事托付，我岑参一定办到。"闻染苦笑道："帮我收起闻记香铺的招牌，连同里面的恩公牌位一并烧掉，也就够了。只盼和尚说的是真的，死后真有那极乐世界让善人可去。"

岑参听在耳中，百感交集，一连串浸透着郁愤与情怀的精妙诗句呼之欲出。可他一句话也说不出来，只得郑重一抱拳，然后转身离去。

士兵们虽想拦截，奈何元载还在她手里，都不敢动弹。闻染一直等到岑参的身影消失在慈悲寺大门，这才一声长长叹息，把化得只剩一小块的冰刀丢开，瘫坐在地上。

死里逃生的元载飞快地跑开十几步远，然后吩咐士兵把闻染死死抓住。他这时才发觉自己后心全都被冷汗浸透，现在风一吹觉得冰凉一片。

元载气急败坏地掀起前襟，把脸上的水渍擦干净，眼中露出凶光。

对于元载这样的人来说，濒临死亡是极其痛苦的体验。那个岑参无关紧要，这个闻染差点给这一个完美的夜晚留下难以弥补的瑕疵，绝对不能容忍。

他们押送着闻染离开慈悲寺，朝着京兆府走去。这次闻染没有任何逃跑的机会，四个士兵把她牢牢夹住，外面还有另外四个随时出刀。元载则站得远远的，避免重蹈覆辙。

这一列如临大敌的队伍很快抵达了京兆府门口，恰好赶上一辆高大华丽的马车即将从门口出发。马车与队伍擦肩而过，忽然一张惊喜的脸从马车里探出来。

"元评事。"

元载看到是王韫秀，原来这是王府的马车到了，正要接她回家。他露出笑意，还没来得及开口，王韫秀又惊喜地喊道："闻染？你也还活着？"

被押送的闻染猛然抬起头，终于"哇"地哭出声来：

"王姐姐！"

元载的笑容登时凝固在脸上。

檀棋站在兴庆宫前的火树之下，平静地望着街道的尽头。

这一带是长安城最热闹的地方。不光有全长安最大最华丽的灯架群和最有才华的艺人，而且一过四更，天子将在这里亲登勤政务本楼，与民同乐，从几十支拔灯队中选出最终的胜利者。眼下还有不到两个时辰，百姓们纷纷聚拢过来，将这里簇拥得水泄不通。

不过周围这一切喧腾，都与她无关。

远远地，街道尽头先出现六名金甲骑士，然后是八个手执朱漆团扇和孔雀障扇的侍从，紧接着，一辆气质华贵的四望车在四匹枣红色骏马的牵引下开过来，左右有十几名锦衣护卫跟随。

这个仪仗已经精简到了极点，可面对这漫无边际的人潮，还是显得臃肿庞大。整个队伍不得不把速度放到最缓，一点点赶开前方的百姓，朝兴庆宫开去。

檀棋趁这个机会，以极快的速度冲入仪仗队，不顾四周的卫士抽出刀剑，用双手扒住了四望车的轸板，声嘶力竭地喊道：

"太子殿下！靖安有难！"

平康坊有一处荒芜的废庙，叫作管仲祠，不知何年所建，何年所废。据说管仲是青楼业的祖师爷，他的庙出现在这里，并不算奇怪。这废祠隔壁，就是守捉郎的书肆。

二十几个守捉郎站在庙前的破香炉旁边，个个面露凶恶，手执武器。他们的中央，正是队正。他们没有举火，就这么静静地站立在黑暗中。不多时，远处小道上传来吱呀吱呀的声音，车轮滚动，碾过碎土路面。不少守捉郎下意识地提起武器，队正却不动声色。

牛车缓缓开到庙前，车夫一收缰绳，固定住车身。葛老与张小敬从车上下来，前者老弱不堪，后者伤势未复，这一老一伤，跟这边的杀气腾腾形成了极大反差。

队正张望了一下，似乎牛车后面没跟着什么人，开口道："葛老，你找我何事？"

葛老摇摇头："我跟你没什么好说的，是这位朋友要找你。"然后他闪身让开，张小敬从后面跳下车。他的脸色还是苍白的，脚步因伤重而有些虚浮。

他一现身，这边立刻掀起一阵骚动。不少守捉郎挥舞武器，恨不得立刻扑过来要动手。队正喝令他们安静，然后瞪向这边：

"张阎罗？你还敢露面？"

队正一口叫出绰号，显然也已查过他的底细。张小敬上前一步，丝毫不惧："杀火师者，另有其人。"队正冷笑一声，根本不信。张小敬道："不信你可问问隔壁铁匠铺的各位，是不是在我之前，也有一人进去，却再没出来过？"

队正见他说得斩钉截铁，便召过了几个人低声问了一回，抬头道："你说得不错，可这不代表不是你杀的。"

"我没有杀火师的理由。我是靖安司都尉，来这里只为查询一件事：委托守捉郎在波斯寺刺杀一位长老的，是谁？"

队正讥讽地笑道："靖安司都尉？你的通缉已经遍及全城，就算我守捉郎不动你，你也无处可去。"

"那与你无关。委托守捉郎在波斯寺刺杀一位长老的，是谁？"

"为何我要告诉你？"

"因为这件事关系到长安城的安危！波斯寺的普遮长老，涉嫌一场毁灭长安的大阴谋。如果你们拒绝合作，就是为虎作伥，与朝廷为敌。"张小敬眯起独眼，语气变得危险起来。

"你一个逃犯，有什么资格危言耸听？！"

队正大怒，伸出手去，猛然抓起张小敬。张小敬没有躲闪，一下子被他按在香炉旁，脸硌在香炉凹凸不平的铜纹饰上，一阵生疼。

葛老无动于衷，他只答应带张小敬来见守捉郎，并没答应保障他性命。

队正抓着张小敬的头发，咣咣撞了几下，撞得他额角鲜血直流。张小敬也不反抗，等队正动作停下来，他以冷静到可怕的腔调继续说道："西市下午的爆炸，你可知道？"

队正一愣，手不由得松了一下。那场爆炸他没目睹，可派人去打听过。可惜封锁太紧，没打听出什么内情。

张小敬直起身子倚靠香炉，咧嘴笑道："这样的爆炸，在长安还有几十起正在酝酿，唯一的线索就是普遮长老。你们刺杀了长老，那么这个黑锅就是你们背。"

他半边脸印的都是香炉印子，半边脸流淌着鲜血，看起来如同地狱爬出来的恶鬼，狰狞可怖。

队正眉头紧皱，这个人说的话没有证据，可他不能等闲视之。守捉郎能生存到现在，靠的不是武力和凶狠，而是谨慎。

张小敬道："本来我已说服刺客刘十七，带我们来找你，可车队在半路被拦截了，刘十七当场殒命。这说明对方打算斩断线索，让守捉郎成为这条线的末端。官府追查，也只能追查到你们头上。"

这件事，队正也听说了。出事的路口离平康坊并不远，除了刘十七之外，还有几个军官被波及。

"所以，让我再问你一次，委托守捉郎在波斯寺刺杀一位长老的，是谁？"

队正生硬地回答："不知道。客户与火师一直是单线联系，只有火师知道委托人的样貌。"

"没有别的记录吗？"

长久的沉默，然后队正才勉强回答道："火师会存有一份秘密账簿，以防意外。不过这份账簿只有我和火师知道存放在何处。"

难怪他犹豫再三才说。如果客户知道守捉郎偷偷存了他们的资料，一定不会再对他们那么信任。

张小敬道："我要看这本账簿。"

"凭什么？"队正不悦。

张小敬一指葛老："我本来有一个很好的机会，可以离开长安城，远离你们的追杀，可是我偏偏返回来找你们——你知道为什么吗？因为这件事太大了，大到我根本顾不上去考虑个人得失。"

葛老点点头，表示他所言不虚，然后又撇撇嘴，表示对他的选择不屑一顾。

"对你们也一样。这件事太大了，已经超乎你们的所谓恩怨和规矩。"张小敬道，"给不给账簿，随便你们。只是要做好心理准备，得为自己的选择负责。"

队正与周围几个人低声商量了一番，开口道："你可以看到那账簿，但必须在我们的控制下，而且你只能看我们指定的那一部分。"

张小敬毫不犹豫地答应了。

队正叫了两个人，把张小敬五花大绑起来，带着朝书肆走去。葛老和其他大部分守捉郎则等在巷口，不得靠近。到了书肆门口，队正示意张小敬在门口等候，自己进屋。过不多时，他拿着一卷赭皮文卷出来。

这文卷其貌不扬，尺寸又小，不那么引人注目，确实是密写账簿的好地方。

队正手持文卷，正要解开卷外束着的丝绦，突然感觉头上风声响动。他一抬头，一个黑影猝然从天而降，电光石火之间，文卷已告易手。

与此同时，张小敬大喝一声，把身上的绳子挣开，朝黑影扑去。原来这绳子本是虚扣，轻轻一拽即开。黑影没料到这一点，身形往后疾退，却被书肆的夯土墙给挡住了退路。

　　黑影急中生智，一手抓住文卷，一脚踢在分土墙凹凸不平的表面，借着那一排小坑，居然堪堪避开了张小敬的一扑，眼看就要跃上墙头。

　　这时又是几声吆喝传来，三四面渔网从左右高高扬起。那黑影身法再快，也逃不脱这铺天盖地的笼罩，先带着渔网向上一蹿，然后又被守捉郎拽回地面，重重摔在地上。

　　张小敬走到那黑影身前，把文卷从他手里踢开。文卷一踢即散，里面的纸面空白一片，只字未著。

　　"守捉郎以诚信为先，又怎么会偷偷记客户的小账？你对他们若有一点信任，也不会中这一个局。"张小敬嘲弄道。

　　原来这一切，都是他们布下的一个局。

　　这个黑影先杀火师，又杀刘十七，他的使命一定是替组织斩断一切可能的线索。可是这家伙动作实在太快了，追赶不及，只能等他自投罗网。

　　所以在葛老的斡旋下，将信将疑的队正与张小敬合演了一出戏，算准黑影一定会潜伏在附近，伺机出手。

　　他们假装有那么一卷秘密账簿，里面暗藏委托人的线索。这样一来，逼得黑影必须在张小敬得到之前，出手抢走。以他的狡黠，也没料到原本是仇敌的守捉郎和张小敬，居然会联手准备了一个大大的陷阱等着他到来。

　　四周有灯笼亮起，照亮了这个黑影。这人脸上还是那副老人模样，一身贴身麻衣遮不住匀称健壮的身材。他趴在渔网里，如同一条上岸很久的鱼，一动不动。

　　队正走过来，手持铁锤，双目放着锐利的光芒："这就是那个杀了火师的杀手？"

　　"不错。"

　　队正伸腿踢了一脚，黑影全无反应。他又加重脚劲，连连踢踹。张小敬淡淡道："别打死，我还有话要问他。"队正把大锤高高举起："问话，只要留一张嘴就够了吧？"然后朝黑影的膝盖重重敲去。不料黑影在渔网里突然一耸，整个身子平移了一点距离，及时躲过了这一击。

　　"垂死挣扎。"队正冷笑着，把锤子又转了转，准备发起第二击。

可就在这时，巷子口外的守捉郎慌忙跑进来，大声嚷着说有大批武侯集结过来。

"嗯？他们怎么会来？谁报的官？"队正皱起眉头，看向葛老，葛老摊开手，表示自己是无辜的。张小敬的视线扫向渔网，他知道是谁干的了。

这个杀手，从来就不是一个单纯的杀手，他会利用一切环境为己所用。张小敬刚抵达书肆，这家伙就通过一连串巧妙的手段，让守捉郎跟张小敬产生误会，他趁乱逃脱。

这次他又故伎重演，提前报官说张小敬藏身书肆，再行出手。这样无论他得手与否，蜂拥而至的武侯都可以把局势搅乱。

谋而后定的，可不只是张小敬。

队正悻悻收起锤子，吩咐左右把渔网收紧："这个人，我们必须带走。"张小敬沉下脸来："我们不是说好了吗？等我问到想要的东西，你们随便处理。"

队正一指巷子口："你先把外面的事情解决吧，守捉郎可不会为一个通缉犯提供庇护。"张小敬讥笑道："什么恩必报、债必偿，原来只能听后半段。"队正面色略一尴尬，可最终只是摆了摆手："你若能逃脱追捕，再来找我们不迟。"

守捉郎的仇人，必须得由守捉郎来处理，这事关脸面。但他们并不想去招惹官府。

他怕张小敬又来纠缠，把身子强行挡在他前面，催促手下把刺客抓走。张小敬一见急道："先把双腿敲断！"

可是他说得太晚了，几个守捉郎已经掀开了渔网，俯身去按黑影的四肢。按他们的想法，四个人一人对付一条肢体，可谓万无一失。可就在渔网被掀开的一瞬间，黑影的袖口猛然抖出一股绿油油的汁液来。

四个人猝不及防被汁液喷到身上，不约而同发出尖叫，动作为之一滞。黑影趁这个机会原地跳起，一边向墙头跃去，一边继续向四周抛洒绿液。

张小敬反应很快，伸手去拽他裤管，那绿液沾在皮肤上，一阵火辣辣的疼。黑影被这一拽，身形稍顿，队正挥舞着大锤已经砸过来。这黑影不闪不躲，把左臂迎上去。那大锤砸在胳膊上，登时咔嚓一声臂骨折断，可黑影用这一条胳膊的代价，争取来了一个机会，左手猛弹几下，绿液一下飞入队正的眼睛里。

队正痛苦地狂吼一声，把大锤丢掉，拼命揉搓眼睛。黑影利用这一瞬间的空隙拔地而起，重新跃上墙头。

这一连串变化说着长，其实只在瞬息之间。黑影着实狠辣，为了争取一个先机，竟连胳膊也舍掉一条。他一跳上墙，回头看向张小敬，一个如风吹过瓦砾的沙哑声音传来．"张小敬，我鱼肠一定会取你性命。"

说完他一晃身子，消失在夜色里。

张小敬没去管躺在地上打滚的队正，他把沾在袖子上的绿液放到鼻前闻了闻，分辨出这是绿矾油，乃是道门炼丹的材料。这东西有虎性，触及纸、木、肌肤，皆能速蚀。不少刺客会在袖口藏着一个袖囊，里面灌有绿矾油，危急时可以有奇效。

"这个自称鱼肠的家伙到底是什么来头……"张小敬暗暗心惊，脸上的忧色浓郁到无以复加。

他已经竭尽所能，在如此艰难的局面下拼命抓到一线希望，可到头来，还是让鱼肠逃掉了。鱼肠不会再上当，最后一条线索，就此断绝。

希望一断绝，无穷的压力便从四面八方涌过来。以张小敬的坚毅心性，终于也心力交瘁。他开始怀疑，大概天意如此，就像是去年那一场厮杀似的，竭尽所能又如何，孤军奋战终究逆转不了大局，亦不能救回战友性命。一个人，到底没办法对抗一个组织。

何况现在的他，是被大唐朝廷和阙勒霍多两个庞然大物前后夹击。

所有的努力，从付出时起就已然是无用之功。葛老之言，如同心魔一样在意识里一遍遍地循环着——你顾念大唐，大唐顾念你吗？

张小敬勉强睁开独眼，眼前的视线已开始模糊。武侯们急匆匆地冲入小巷，挥舞着锁链和铁尺，正要对他来个瓮中捉鳖。守捉郎们搀扶着受伤队正，全数退开，葛老也已悄然离开。他们都绝不会出手相救。

真真正正的绝境，内外都是绝境。

"汝能啊，对不起，我没办法遵守不退的承诺了。"张小敬颓唐地垂下肩膀，背靠土墙，一瞬间衰老了许多。

突然，他的耳朵一动，急忙抬起头来，黑影又一次从旁边不远处的屋檐直扑下来，冲着这边飞来。张小敬没想到这家伙去而复返，习惯性地回肘一顶。不料那黑影根本没防住，被一肘砸中鼻子，哎呀一声躺倒在地。

张小敬一听声音不对，定睛一看，却是失踪已久的伊斯。这家伙自从在朱雀大街走散以后，就再没出现过，张小敬本以为他被甩掉了，想不到居然在这里出现。那对波斯猫似的双眼，满盈着酸鼻的泪水。

"你怎么……"

"莫多言，跟上我的脚步！"伊斯顾不得多解释，转身又朝墙上爬去。

张小敬发现，墙上檐下那些凹坑、椽子头、瓦边、裂隙，看似杂乱无章，可在伊斯脚下，却如同一条隐形的楼梯。只要按照特定顺序和节奏，很轻松就能登上去。他如法炮制，果然没费多大力气就攀上墙头。

伊斯带着张小敬一会儿越梁，一会儿翻檐，在诸多房屋之间施展着巧妙步伐，飞檐走壁，如履平地。一会儿工夫，他们就远远地甩开那些追兵，跳进一个无人的僻静院子里。

还没等张小敬发问，伊斯就哇啦哇啦自顾说了起来。

原来他在朱雀大街上并不是走散，而是起了争胜之心，想先张小敬一步立功。于是伊斯施展跑窟之术，先翻进平康里。不料他身手虽好，却不辨方向，稀里糊涂，竟误入一家青楼，耽误了好些时间。等到他摆脱纠缠，回到大街上时，正好目睹了鱼肠袭击关押刘十七的马车。

伊斯大惊失色，连忙悄悄缀了上去。他依靠跑窟的技巧，竟一直没有跟丢，也没被发现，就这么随着鱼肠来到了小巷尽头的书肆。

接下来的连番起伏变化，让伊斯一下反应不过来。他看到鱼肠逃跑，本想去追，可又见到张小敬眼看要被武侯抓走，两边必须选一边，最终伊斯一咬牙，还是选择了先救张小敬。

"憾甚！憾甚！"伊斯遗憾地抓抓头。

张小敬没有废话，直接问道："你跟了他那么久，他身份有露出过什么线索吗？——说人话！"

"呃……这家伙肯定是西域人，至少在西域待过一阵，那一身跑窟的功夫，和在下的实力在伯仲之间。"伊斯很谦虚地表示。

"那他的行踪呢？是否有藏身处？"

"没有，他一直在平康坊的房顶上转悠，灵巧如猫。不过在下窥得……"伊斯从怀里掏啊掏啊，掏出一个小玩意。

这是半枚竹片，有指甲盖那么大，状如八角。

伊斯说，鱼肠为了方便腾跃，脚上穿了一双特制的鱼骨鞋，鞋底有许多棱，状如鱼骨。这半枚竹片，恰好嵌在棱线之间。伊斯眼睛尖，在追踪途中发现鱼肠在一处屋顶起跳时，鞋底掉下一块东西，便随手捡起来了。

"早跟您说过，长安城里，可没有能瞒住我眼睛的。"

张小敬拿起这竹片仔细审视，没看出所以然。亏他的内心刚才还燃起了一线希望，原来又是个虚像。他摇摇头，对伊斯颓然道："谢谢你，不过我们已经没办法阻止阙勒霍多了，你还是尽快回寺里，通知僧众尽快出城避难吧。"

伊斯大惊："这不是有线索了吗？"

"一片随处可见的竹子，又能说明什么？"张小敬意兴阑珊地回答。

伊斯把脸凑近，不太高兴："随处可见？你是在怀疑我的眼力吗？随处可见的竹片，我会特意捡起来吗？你看，这个八角形，应该是被精心切削过，中间还有一截凹槽呢。这在长安可不是随处可见……"

听着伊斯的话，张小敬原本颓丧的神情，似乎被注入了一丝活力。

他说得没错，这个竹片的切削方式，太少见了——不是说削不出，而是不经济。它的刀功太细致，没人会在一个不值钱的小竹片上花这么大功夫，除非，它属于更大的一片部件。

张小敬的眼神渐渐严肃起来，猛然想起了一件事。

昌明坊爆炸之后，靖安司那边在现场搜集了大量碎片，带回去研究。他曾经仔细看过一遍，找回了曹破延的项链。现在回忆起来，碎片中似乎还有不少碎竹头，徐宾还曾抱怨说扎手。

可那时他只是草草一瞥，不记得具体细节了，不知那些碎竹头，和手里这个竹片有无关系。张小敬心想，如果他想搞清楚，必须得回靖安司才成——可是，那些证据应该已经付之一炬了吧？

想到这里，他又是一阵失望的疲惫。这时伊斯忽然握住张小敬的手，把胸前的十字架塞到他手里，急切道："张都尉，道心唯坚，放弃尚早。你看，我都没灰心呢。"

那一双宝石般的双眼，似乎有着一种天真的力量。张小敬忍不住笑了一下，精神稍微振作了一点："这件事本与你无关，干吗这么上心？"

伊斯正色道："波斯寺能否正名为景，全操之于都尉之手，在下自然得全力以赴。"

张小敬苦笑道："我如今自保都难，只怕你要失望了。"伊斯却道："我教讲究祷以恒切，盼以喜乐，苦以坚忍，必有所得。张都尉你与别人气质迥异，能酾注于一道，是要成大事的，必是我教的贵人。"

张小敬奇道:"若说为了财帛名利,也还罢了。一个名字而已,真值得你冒这么大风险?"

"是的。名不正则言不顺。"伊斯答得极认真,仿佛天底下没有比这更重要的事。他见张小敬还不是很信服,指了指自己的双眼:"都尉可知道,我这一双美目,是什么来历?"

"波斯?"

"唯有正统波斯王室,才有这等剔透的琉璃碧眼。"伊斯口气颇为自豪,旋即又叹了口气,"可惜太宗、高宗之时,大食逼迫,波斯竟致覆国。先王卑路斯举族迁徙,投奔大唐,官拜右威卫将军,王族子嗣散居在西域诸城。我一生下来,便是亡国之民,备受歧见,若非遇见我主,只怕尸骸早湮没在沙漠之中。"

张小敬"嗯"了一声,难怪他有时自称波斯王子,还以为是戏谑,没想到是真的。

伊斯忽然抬起头来,在胸口画了个十字:"我的身世,已见证了世事无常,兴灭轮替。什么权势财富,都不能长久,唯有侍神方是永恒之道。为其正名,正是我一生的寄托,赴汤蹈火,在所不辞!"

他的双眼闪闪发亮,张小敬发现根本没法拒绝,只得无奈道:

"好吧,好吧。我就设法回靖安司一趟,看看这竹片到底怎么回事——死马当活马医。"

他的话音刚落,四边远近的望楼,同时开始闪烁,持续不断。张小敬眉头一皱,抬眼看去,发现这是最紧急的通信状况,会反复传播同一内文,直到下一个命令进入。他很快解读出了这条内文,它来自大望楼,只有四个字在不断重复:

"不要回来,不要回来,不要回来。"